奋斗者

STRIVER

者

侯沧海商路笔记 ③

小桥老树 —— 著

民主与建设出版社

· 北京 ·

© 民主与建设出版社，2018

图书在版编目（CIP）数据

奋斗者：侯沧海商路笔记. 3 / 小桥老树著. — 北
京：民主与建设出版社，2018.7
ISBN 978-7-5139-2059-9

Ⅰ.①奋… Ⅱ.①小… Ⅲ.①长篇小说－中国－当代
Ⅳ.①I247.5

中国版本图书馆CIP数据核字（2018）第147454号

奋斗者：侯沧海商路笔记 3
FENDOUZHE HOUCANGHAI SHANGLU BIJI 3

出 版 人	李声笑
著　　者	小桥老树
出 品 人	一　航
选题策划	航一文化
出版统筹	康天毅　李　丹
责任编辑	程　旭
特约编辑	康天毅
封面设计	金　山
出版发行	民主与建设出版社有限责任公司
电　　话	（010）59417747　59419778
社　　址	北京市海淀区西三环中路10号望海楼E座7层
邮　　编	100142
印　　刷	三河市冀华印务有限公司
版　　次	2018年11月第1版
印　　次	2018年11月第1次印刷
开　　本	700mm×980mm　1/16
印　　张	18.5
字　　数	312千字
书　　号	ISBN 978-7-5139-2059-9
定　　价	45.00元

注：如有印、装质量问题，请与出版社联系。

目 录

第一章　深入山林打假

2002 年 9 月，山南省，南州市。

侯沧海将所有现金投入山南华魏公司，一夜回到解放前，钱包空空。投资华魏公司必然赚钱，可是远水解不了近渴，他必须要加大赚钱力度，否则母亲的医药费就没有着落了。

为了赚取生活费，侯沧海接受了汪海的邀请，参加汪海商务咨询公司的调查行动。

汪海成立商务咨询公司以后，借助团队的力量，帮助山南酒厂端掉了极为猖獗的制假窝点，在业界声名鹊起，不断有知名企业委托打假。公司近期接受了宝烟厂委托，寻找假烟制作窝点的准确位置。

假烟制作窝点位于南州市李渡县偏僻山区，准确位置不详。当地村民把假烟生产当成摇钱树，参与制假的人数众多。不少人认为造假是村民脱贫致富的重要门路，于是睁一只眼闭一只眼。

打击这种假烟制作窝点非常难，必须有精准情报。汪海商务咨询公司参加调查的有三人：汪海、侯沧海和打假律师梁毅然。

三人行动前聚于汪海商务咨询公司办公室。

汪海摘掉标志性大墨镜，道："宝烟厂联络了检察院和公安局等相关职能部门，下定决心铲除制假窝点。按照宝烟厂调查员提供的情报，这个制假窝点在巴岳山一条支脉里，大体在李渡县境内。宝烟厂两个调查员开车进山，想找到窝点的具体位置。他们的外地口音打草惊蛇了，这两个调查员连假烟制作窝点都没有摸到，就被打得头破血流，车被推进深沟，人被绑到深山关了一夜。两个调查员回到宝烟厂后，宁愿辞职也不再当调查员。宝烟厂没有办法，才高价委托我们调查制假窝点。"

听到"高价"两个字，穷光蛋侯沧海顿时口水长流，道："高价，到底有多高？"

"这一次行动危险性很高，必须是智勇双全的人才能胜任。侯子经受过考验，没有问题。梁毅然是正牌法学院毕业生、校登山协会会员，因为打群架没有拿到毕业证，正是我们公司需要的人才。今天我们前往虎穴，只要找到制假窝点，每个人两万元收入。"汪海先给两人戴高帽，再报价。

参加一次摸底调查活动就有两万元收入，侯沧海顿时如打了鸡血，很兴奋。

三人对照地图，反复研究行动计划，随后购买相应设备，于次日开车进山。

三人带有全套野营装备，如果遇到制假窝点的人，就以驴友身份作为掩护。

行至半山腰，上来一个村民。村民是汪海花高价请来的带路人，缩在车后座指路。二十分钟后，越野车在一条小道边停了下来。村民将身体尽量伏低，道："我不能再走了，被人看见要丢命。你们顺着这条道往前，有两个岔道，第一个岔道朝左，第二个岔道朝右，就能开到那个窝点。他们在路上设有拦路的，车辆过不去。"

汪海道："如果我们从这里走路到窝点，要走多久？"

村民道："顺路走，一个多小时。翻山，三个小时。"

汪海递了一个信封给村民。村民拿出信封里的钱数了一遍，总共两千五百元。村民不依，道："说好五千，少了一半。我带你们来，要是被发现，我会丢命的。"

汪海不紧不慢地道："以前说好的，你带我们到窝点，给五千。现在我们没有看到窝点，只给两千五。你带我们走小路，在山上看见窝点，我立刻给另外两千五。"

村民犹豫了一会儿，没有禁受住现金的诱惑，带着汪海等人翻山前往深山里的窝点。

村民身材不高，不足一米六，在一条时断时续的林间小道上健步如飞，行动敏捷如穿山豹。侯沧海和梁毅然体力尚好，勉强能跟上。汪海中年发福，体力很快不支，越走越慢，拖累了行进速度。

在密林中穿行了四个多小时后，几人终于站在山坡上看到了制假窝点。带路的村民拿了剩下的钱，转身钻进密林。最初还能见到树叶晃动，不一会儿，整个人就消失在了一片绿色之中。

三人坐在山腰的密林处，用望远镜打量山谷里的特殊院落。

这处制假窝点位于密林深处，只有一条公路可以进入。凡是进入这个窝点的车辆都要通过两道栏杆和一道铁门。两道栏杆处各有四个汉子把守。铁门紧闭，后面有狼狗。沿着山沟分布着几十户村民，要想不惊扰村民去制假窝点，绝不可能。

梁毅然道："制假窝点这个地方没有选好，把路口堵住，就是瓮中捉鳖，想跑都没有退路。"

侯沧海当过基层干部，看到这个地形头疼万分，哼了一声，道："瓮中捉鳖？不知谁是瓮中的鳖。山沟附近的村民绝对和制假窝点的人是一伙的，一呼百应，到时打假者才是瓮中之鳖。"

梁毅然道："没有这样夸张吧。"

汪海拍了拍梁毅然的肩膀，道："人为钱死，鸟为食亡，造假者疯狂得很，什么事情都做得出来。你才从大学毕业，见的丑陋事情还少，见多了，才知道人心有时非常丑恶。"

梁毅然又问："海哥，为什么不准用照相机？"

汪海道："打假是夺人饭碗，夺人饭碗如杀人父母，这里有许多血的教训。我们只是侦察，不负责行动。如果有相关内容的相机被对方拦截，我们就惨了。把位置记在脑子里，就算被对方拦住，我们也能说得通走得脱。"

三人藏在密林，耐心观察制假窝点。半天之内，有两辆货车进入院子。除了这两辆货车以外，无车进出。

侯沧海总觉得山谷里的窝点透着诡异，便用望远镜察看院子附近。突然，他发现一个怪异之物，院子后门朝下有一条极似超大号滑梯的条形建筑物。

超大号滑梯的终点在背坡，视线无法触及。侯沧海脑中浮现出一个画面：假烟团伙制作假烟以后，将成箱假烟用滑梯送到另一条小公路处，这条小公路应该通向另一条公路。这样一来，材料和成品是两条线运输，很难人赃俱获。

要证实这个猜测，必须实地查看。三人沿着密林绕了一个大圈子，朝着滑梯方向走。他们刚刚从密林走上一条小公路，五个挂着锋利砍刀的汉子围了过来。

"做什么的？"一个黑汉子问道。

"驴友，爬山。"汪海是正宗南州人，会说当地话，就由他来与村民对答，他指着远处山峰，道："我们要爬尖刀峰，宿营。"

五个带刀汉子目光不善，团团围住三人。侯沧海、汪海和梁毅然按照事先准备的战术，三人呈"品"字形，手摸到工兵铲上。

对峙片刻，黑汉子掏出红袖章，道："我们是森林防火巡逻队，现在是森防期，我们要检查你们有没有带打火机和其他火源，把包打开，东西拿出来。"

汪海依言将户外背包取下来，里面有帐篷、矿泉水、干粮、手电筒、数码相机等物。看到数码相机，黑汉子紧张起来，厉声道："把相机打开，我们要看内容。"

汪海故意争辩道："你们是防火巡逻队，主要责任是查看火源，为什么要看相机？"

黑汉子伸手在包里翻了翻，又拿出一个袖章，袖章上面写着"治安巡逻"四个字。

"我是派出所联防员，今天就要看你的相机。不给，你们别想走出这里。"虽然自己人数占优，但是眼前三人长得壮实，手边还有开口锋利的铁铲，真要打起来，不一定能占上风。黑汉子紧张起来。

这也正是汪海请侯沧海和梁毅然参加调查活动的原因：一方面，有身手好、胆子大的兄弟在身边，他心中有底；另一方面，自己这边实力强劲，才能有效减少冲突。

汪海与黑汉子理论几句后，不情不愿地打开数码相机，让对方查看。相机里面全是城市风景照，没有一张山区相片。

黑汉子看过相片后，相信这三人真是驴友，不是探秘者。他将相机还给汪海，道："你们回去，森林防火，真不能进入。"

汪海等人背着包沿小公路往下行，一个小时后走到主公路，再沿主公路继续往下行，走得腿软之时遇到客车。客车的终点站在李渡县的一个镇，准确地说是三个行政辖区交接处。车行至此，略做停留，掉头回李渡县。

如此精密诡异的设计，宝烟厂打假人员觉得棘手，不敢决策，将情况反馈给总部。总部仍然坚持要全力以赴打掉这个窝点。

宝烟厂通过明暗两条关系联系到山南检察部门、质监部门、公安部门和省电视台，周密准备后，于次日早上5点展开行动。

李渡县政府副县长张代强、宝烟厂打假办主任、市局经侦支队民警、杜青县经侦大队民警以及汪海公司调查员，总共五十多人，乘坐一辆警用大客车、三辆警车直扑制假窝点。他们没有拉警笛，没有闪警灯，静悄悄地进入山区。

公安人员控制两道栏杆的守护人员以后，车队逼近制假窝点。

沿途农家看门狗叫成一片，很多村民站在院中看到了行进中的车队，无数道无线电波射向了制假窝点。制假窝点里，七八个人从房间里奔了出来，匆匆忙忙地将成箱香烟扔进滑梯。

制假窝点有一道厚铁门，暂时挡住了民警。民警们费力地弄开铁门，赶走大狼狗，这才冲进大院。院内，七八个汗水淋漓的男人站在院内，神情木然地望着冲进来的民警。

公安人员来得突然，窝点转移了成品假烟，原材料没有来得及转运。

房间里有十几个捋烟叶的妇女，成捆烟叶直接摆放在地上，旁边几个脏桶盛着染料和油类。制假者正是用来源不明的红色染料和油类喷染烟叶，切割制成假烟丝，贴牌就变成各种名牌香烟。

副县长张代强得知滑梯另一端也被公安成功控制时，很是兴奋，道："再狡猾的狐狸，也斗不过好猎手。"

公路上出现许多手持棍棒和锄头的愤怒村民，朝窝点涌了过来。经侦支队副支队长意识到情况不对，赶紧让手下关闭铁门。刚才强行进入院内时，铁锁被破坏掉，这时想要关门，一时间无法找到铁锁。

副支队长赶紧让民警堵住大门，不让村民冲进来。

侯沧海有丰富的农村工作经验，意识到警察堵不住这些愤怒的村民，带着汪海和梁毅然来到滑梯处。走近滑梯，他们发现滑梯很陡峭，深不可测，无法滑下去。

局面很快失控。

村民们常年活动在山野之间，异常剽悍，何况还涉及巨大的经济利益。他们在众多警察面前不肯退却，怒目圆睁。一个六十来岁的老人目露凶光地喊道："我们全村都指望这个发家致富，你们要挖我们的命根子，我们就和你们拼命。"

宝烟厂打假办主任躲在警察后面喊："你们制造假货，是违法行为。"

这一句话引起了村民的强烈反感，他们举起棍棒，就要冲过去逮说话的外地人。市经侦支队副支队长见势不对，取出手枪，命令拿着锄头和棒子的村民后退。带头的老人根本不惧，撕开自己的衣服，露出瘦骨嶙峋的胸膛，朝着手枪顶上去，道："我以前是村长，为李渡县服务了几十年。今天你有种就开枪，朝着我胸口打。"

张代强拿着喇叭，大声道："我是李渡县副县长张代强，你们听我讲几句。"

"吃里爬外的东西。"

"叛徒。"

"胳膊肘往外拐。"

"滚出去。"

……

张代强站出来发言，不仅没有达到震慑作用，反而如催化剂将整个局面弄得更加混乱。前排村民愤慨地责骂不为自己说话的地方官员，后排村民趁机扔石头。石头飞过人群，砸向警察。

张代强十分倒霉，被一块石头砸中，鲜血顺着白净的脸直往下流。

警察手里有枪，却不敢对村民使用，眼睁睁看着石头如雨点般飞来。所幸这次行动带了十几面警用盾牌，大家躲在盾牌后面，朝平房退去。

退进平房以后，关上了农村里少有的防盗门，警察们找来所有能堵门的东西将房门堵住，以防村民们破门而入。

村民们最初没有硬闯，站在屋外议论纷纷。个别村民朝窗户砸石头。

张代强伤势严重，躺在一张桌子上，奄奄一息。

警车里有医药箱，但在退入房间时，谁也没有顾得取，此时被堵在屋内，只能束手无策地看着副县长流血。张代强硬撑着拿起手机，向李渡县主要领导报告当前状况，汇报结束后，手机滑落在桌子上。

市经侦支队副支队长也向上级报告了当前事态。

外面村民不再扔石头，也不散去。侯沧海、汪海和梁毅然三人蹲在角落里，前面挡了一张桌子，好几块石头砸在桌子上，砸出凹凸不平的几个小坑。

汪海道："如果外面放一把火，我们就都成为烤鸡了。"

侯沧海摇头道："外面的人不是暴徒，是有组织的制假窝点。他们里面有领头人物，不会任由事态发展。闹一闹事，制造些事端，又不出恶性事件，这是他们的策略。闹事以后，以后大家再来打假，便会惧上几分。"

梁毅然愤怒地道："这些村民违法。为了制止犯罪，警察应该理直气壮地执法。开枪才能震慑犯罪。"

侯沧海拍了拍梁毅然肩膀，道："我曾在政法委工作，知道其中分寸。从理论上说，开枪没有大问题；但实际上，没有任何一位领导愿意下令开枪。原因很简单，第一，这些村民也是人民群众；第二，法不责众，这是传统思想；第三，稳定压倒一切，开枪就要打破稳定。"

市经侦支队副支队长接到另一个行动组的电话。滑梯另一侧的带队者喜气洋洋地说："支队长，行动相当成功，截获四十七箱假烟，扣缴了货车，抓获了运货人和搬运工。"

这时，外面人群开始骚动，每个人都变得异常愤怒。石头再度从窗口袭来，打假众人躲在墙壁后面，眼见着石头在身边横飞。

原来，得知滑梯另一侧也出现警察，假烟全部被收缴，经济损失巨大，外面村民愤怒地扔石头。几个村民抬来一根脸盆粗的木料，开始撞门。

防盗门被撞得歪歪扭扭，眼看就要脱落下来。

一个年轻民警急眼了，道："不能让他们冲进来，冲进来，谁都不知道会发生什么事情。那时再开枪，伤亡就大了。"这个急眼的年轻民警是李渡县经侦支队民警陈杰，胡子刮得铁青，目光很锋利。

防盗门哗哗乱响，眼见要倒下，领导依然不敢拍板，大眼瞪着小眼。防盗门被冲掉以后，一群民警用桌椅和盾牌堵住房门。

圆木威力巨大，桌椅很快被推垮，好几个民警手臂被断掉的木块扎伤。

刚才急眼的年轻民警陈杰终于忍不住了，爬上窗台，朝着天空开了一枪，大吼道："你们退后，谁再上来，我开枪了。"

村民们被枪声震慑，犹豫了一下，手上的动作仍然不停。

年轻民警又朝天空开了一枪。

刚才撕衣服堵枪口的老人见民警真的开枪了，急忙阻止抬圆木的年轻人。这一群年轻人将圆木扔到一边。

民警们站在门口，重新用盾牌挡住房门。

双方重新对峙。

第二章　公司高层变动

开枪民警陈杰从窗台上跳下来，被叫到一边，面前是两个脸青面黑的指挥员。开枪民警手枪被收缴，低着头，听领导训斥。

时间一点一点过去，副县长张代强状况很不好，开始口渴。警察退入房间时都很仓促，没有带水。侯沧海、汪海和梁毅然昨天侦察过地形，预料到今天情况会很难，都带有水壶。听到有人询问谁带了水时，侯沧海拿着水壶来到张代强身边。

侯沧海问愁眉苦脸的宝烟厂打假办主任道："增援什么时候来？"

宝烟厂打假办主任擦了一把汗水道："出发了，很快就到。"

侯沧海道："打假很难啊，你的工作不好做。"

宝烟厂打假办主任长叹一声，道："我也不想做这活儿，但是老板又是讲纪律，又是讲感情，我没有办法，只得接手这事。"

侯沧海望着围在门口的村民，道："你经常遇到这种情况吗？"

宝烟厂打假办主任用衣袖擦了一把脸上的汗水，道："这种情况我不怕，大不了放开了打一架，最让企业头痛的是后续处理。虽然有制造伪劣商品罪、侵犯知识产权罪，但是各种利益群体纠葛在一起，制假设备难以没收，假冒产品难以销毁，以罚代刑现象严重，地方保护屡禁不止，假冒伪劣屡打不绝，难啊。"说到这里，他自嘲道，"这是我写报告时经常用到的词，都记熟了，一套套的，绝对真实。"

侯沧海道："我理解。"

宝烟厂打假办主任又道："我再给你背一段套话。行政执法中罚款太低、处罚太轻，与制假、售假的高额利润相比，区区罚款对不法分子来说根本不能伤筋动骨。去年，全国工商系统共受理各类造假案件一万五千多件，受到刑事追诉的只有二十六件。许多造假售假者被行政处罚过四五次，有的甚至被罚过十多次，可他们从未放弃造假贩假。行政处罚仅仅是增加了其经营成本而已！"

　　听到打假办主任如工作汇报般的套话，市经侦副支队长不满地道："市里很给宝烟厂面子了，堂堂副县长都受了重伤，你们也知足吧。"

　　宝烟厂打假办主任赔笑道："兄弟们辛苦了，等会儿回去，我请大家喝酒。"

　　市经侦副支队长哼了一声，道："谁有心情喝酒。"

　　在恐惧和不安中度过了三个多小时，李渡县出动了二百多名武装警察，这才将又饥又渴的打假队伍救了出来。当大队伍来到时，围攻村民中的青壮年溜得一干二净，剩下一群可怜巴巴的老弱妇孺。

　　李渡县警察只求顺利救人，对抓人之事没有兴趣。当所有人上车之后，十几辆车前后车距很近，一辆接一辆朝山下开去。

　　这次行动总体来说相当成功，发现并捣毁了制假窝点，收缴了制成的香烟和原料，还在滑梯另一侧抓到了制假者。公安机关以此为突破口，将制假窝点主谋绳之以法。逮捕制假窝点主谋又是一场斗智斗勇的过程，在此不再赘述。

　　警察队伍最讲究纪律。年轻警察陈杰违反命令开枪，不管是否起到作用，此行为也绝对不容许。年轻民警因为擅自开枪面临追责，愤而脱下警服。后来，他成为侯沧海重要的伙伴。此是后话，也不赘述。

　　回到南州城里，侯沧海拿到两万元调查费，暂时可以支撑一段时间。他觉得参加这次打假很值得，短短两天时间狂赚两万元。

　　汪海更是觉得成立商务咨询公司这个决定英明。宝烟厂支付的前期调查费用是五十万元，扣除线人费用、侯沧海和梁毅然的费用，以及零散开支，这一笔生意他净赚四十万元。

　　宝烟厂也觉得这是一笔划算生意，这个制假窝点产量大，严重冲击山南市场。经此一役，至少在山南省内暂时不会有大规模假烟。

　　侯沧海回到南州城，立刻给家里汇去一万元，用于母亲治病，留下一万元作为日常开支。

他刚从邮局出来，二七医药山南公司总经理大伟哥的电话打了过来。以前大伟哥在电话里总喜欢开玩笑，今天非常严肃，没有废话，道："你回办公室，立刻。"

侯沧海脑筋急转，思考大伟哥找自己做什么，不管部这一段时间运转良好，没有什么值得指责的，唯一的破绽在于吴建军的保健品生意。

果然，大伟哥见面就直截了当地问："你知道吴建军的事情吗？"大伟哥平时总是称呼吴建军为贱货，今天一本正经地称呼其真名，肯定是吴建军做保健品的事情败露。侯沧海摇头道："吴建军不是我们部门的，不了解。"

"你、杨兵和吴建军都是优秀业务员，我平时很信任你们，但是有人辜负了我的信任。"大伟哥怒火冲天地将一封信扔到桌上，道："有人给总公司写检举信，说吴建军背着公司做私活，推销保健品。在哪几个医院做，用什么方式做，信里写得清清楚楚，我按照检举信的内容去了几家医院小卖部，果然有吴建军的保健品。按照二七公司规矩，凡是发现做私活的一律开除。"

侯沧海脑子里浮现"夜路走多了要撞鬼"这句话，这句话弯弯曲曲飘在空中，做着鬼脸，发出嘲讽似的哼哼声。他用手拍了拍脑袋，将这句话拍碎，思路又清晰起来：这事明明与自己无关，大伟哥逮着这事来考验自己，肯定说明他并不想开除吴建军，否则直接将这封信拍到吴建军桌子上就行了。

想明白这一点，侯沧海以静制动，用无辜的眼神望着大伟哥。

"侯沧海，你说怎么办？"大伟哥气势汹汹地道。

"他不是不管部的员工。"

"从现在起，他就是不管部的人了。你要拿出个管理章程，杜绝再次发生这种事情。"

听到这句话，侯沧海明白大伟哥确实不想开除贱货，道："很简单，出一道选择题，让吴建军选择保健品或者二七公司，只能二选一。"

大伟哥用手拍了拍肚子，哼了一声，道："你说得轻巧，总公司如何应对？"

侯沧海眨了眨眼睛，道："大伟哥能力超群，肯定早就搞定了总公司。"

大伟哥拿着这封信在桌子上用力拍了几下，道："侯子真比猴子还精。侥幸啊，这封信被我在总公司的好友收到，否则我要跟着吃挂落。贱货是做业务员的好手，我还真是舍不得开他。这人最大的优点是路子野，最大的缺点是路子太野。你们是一起穿开裆裤长大的朋友，以后我将贱货交给你管。给你一个要求，业务不能下降，不能再捅乱子。"

侯沧海出门时，大伟哥道："殷素已经被我开了，朱颖也一起调到不管部。我把最漂亮的女员工交给你，业务上不来，唯你是问。"

谈到业务，侯沧海又回到办公室，道："大伟哥，我拿下山南二院，奖金能否兑现？"

大伟哥很神秘地笑了笑，道："我听说了一些事，你不要惊讶，我在二七公司这么久，也不是吃干饭的，在医院有眼线。如果这次你真能拿下山南二院，十万元奖金，我单独给你申请。"

侯沧海道："上一次不是说十五万元吗？我记得很清楚。"

"以前肯定没有问题，现在有点儿变数。二七总部高层不断小地震，我尽量争取十五万元，如果拿不到十五万元，十万元还是没有大问题的。"大伟哥说这话时，神情中有些疲惫。在他一直以来的理解中，企业一切以业绩为导向。这些年，他凭着业绩在二七公司中层干部里享有相当大的话语权。最近高层的一系列调整，并不以业绩为唯一评判标准，让他对公司前景产生了少有的焦虑。

"高层变动？这是企业，又不是机关。人变了，以前政策不算数？"侯沧海作为曾经的政府工作人员，对"高层变动"有切肤之痛。

大伟哥自嘲地道："在山南省里，企业和机关没有区别。"

离开大伟哥办公室时，侯沧海情绪不佳。回到寝室，他打起精神，把垂头丧气的吴建军叫到房间聊了一个多小时。得到吴建军的承诺以后，他叫上不管部所有的人，中午集体撮一顿。

不管部五个员工围坐于圆桌，吴建军沉默不语，江莉则和杨兵聊得高兴。

"为了庆祝两个开裆裤朋友成为战友，我们斗地主。"朱颖为了让气氛活跃一些，发出倡议。

吴建军假装高兴，龇牙警告不能和侯沧海斗地主，否则就是送钱。朱颖不信邪，拉着江莉一起与侯沧海斗地主，准备使用"美人计"让不管部大主管出血。

战斗开始后，杨兵站在江莉身边，吴建军在朱颖身后指挥。

侯沧海独自一人慢条斯理地摸牌，自信得如顾盼自雄的非洲雄狮。

这是饭前娱乐，赌注不大。十几局之后，侯沧海轻轻松松赢了两百多元，朱颖和江莉身后站着狗头军师，仍然不可避免地输钱。

凉菜上桌，朱颖将牌扔在桌上，道："以后真不能跟侯子打牌了，每一张牌被算得清清楚楚，没有意思。"

"这是我们的共识，只有你们两个小姑娘是傻瓜，挑战侯子的智商和记忆力。"杨兵说话之时，轻轻拍了拍江莉的肩膀。

热菜上桌，侯沧海端起酒杯，说了一些鼓劲的话，把气氛弄得不错。

吴建军放弃了保健品，损失了一笔可预期收入，调入不管部实质上还丢了老业务的提成。这两笔钱加在一起，不是小数。酒劲上来以后，他愤愤不平地道："辛苦搞了两年，一夜回到解放前。侯子，干脆我们甩掉二七公司，五个人成立一个新公司，单干。"

在当前形势和今天这个场合下，不管吴建军内心是什么想法，都不宜说出来。现在这种煽风点火的说法实质上是在拆侯沧海的台。

侯沧海瞪了吴建军一眼。

吴建军看到侯沧海的眼神，想起其"要么现在辞职，要么好好干活"的要求，闭上了嘴巴。

不管部五人正在吃饭时，来了一个不速之客。

任巧穿着职业套裙，背着小包，神采奕奕地出现在大家面前。

"我真不是销售，是分享。比如医药代表，他们一般情况下不会使用自己的产品，这叫销售。我们做清涟产品的，对自己的产品有信心，每个人都要消费本公司的产品，是最忠诚的客户，这是分享，不是销售。"任巧来到了现场后，与大家闲聊几句，又开始宣传产品。

由于任巧长得漂亮，在场的三个男人对她的销售行为还能容忍，当成学习另一个流派的销售手法。

朱颖则表现出明显的厌烦，道："大家都是做这一行的，拜托，好好吃饭，不要在我们面前提清涟产品。"

任巧经常参加公司培训，受过被拒绝的针对性训练，被当面打脸后，仍然笑容满面。她暂时没有说起清涟产品，陪大家聊闲话。听到杨兵谈起临床费、二五扣时，她又道："清涟产品的薪酬体系是全世界最棒的，我给你们分享。"

朱颖立刻打断她的话，道："我们不想听清涟产品，这个产品和我们没有任何关系。"

任巧解释道："我只是想分享一点关于薪酬的经验，没有其他意思。"

杨兵和任巧单独有过多次接触，算是朋友了。他没有料到朱颖会如此看不起销售清涟产品的任巧，不禁对逆来顺受的任巧产生了同情心，劝道："大家都是搞销售的，互相体谅一点。我们在医院被医生训斥的时候，心情也不好受，将心比心吧。"

吴建军盯着任巧特别长的眼睫毛，道："举杯，喝酒。"

朱颖更加不高兴了，而且把不高兴表现在脸上，道："今天是侯子请客，是不管部聚会，不是搞销售的场所。"

任巧再次申明："我真不是销售，是分享。"

人上一百，形形色色，侯沧海作为不管部的领头者，能够容忍手下不同的性格，与此同时也在观察手下的心性。他没有出声，继续旁观。

杨兵听到任巧再一次申明时，道："好好好，我承认你是分享，不是销售。任巧别急，我是真承认，不是讽刺。"

面对杨兵包容式的误解，任巧涨红了脸，道："兵哥，我真是分享。"

杨兵道："我说过，承认你是分享。"

"兵哥，你还是有误解。"任巧肤白，脸红后衬得皮肤更白，与身材高挑的朱颖相比，显得小巧玲珑。

杨兵被任巧倔强而不合时宜的态度逗笑了，道："我真没有误解，你确实是分享。我们不能把药当饭吃，你能天天吃营养素？"

众人笑了起来。

"你们别笑，我就是分享。"任巧迎着笑声站了起来，委屈的泪水终于流了出来。

任巧这一段时间销售挺不顺利，今天到一个朋友的朋友介绍的朋友家里分享清涟产品。这人才从国外回来，在国外接触过清涟产品，承认这是优秀的营养素，但是听到价格后就当场翻脸，原因很简单，国外清涟产品的价格至少比国内清涟产品的价格少三分之一。她如赶骗子一样将任巧赶出家门，还站在家门口道："国外工资比国内高得多，国外价格还便宜这么多。你们这一群专门骗同胞钱的骗子，滚出我家。"

灰溜溜地离开后，任巧反复告诉自己："是她与健康无缘，与幸福无缘，而非自己受到了伤害。"

精神胜利法起到了一定作用，让她暂时忘记受到的屈辱，又不屈不挠给另一个潜在客户杨兵打去电话。她虽然用精神胜利法表面上战胜了那个伤害自己的人，实则还是在内心留下了伤口。当与一群医药代表分辩自己是"分享"不是"推销"时，情绪终于失控。

不管部五个人都曾经受过推销对象的伤害，也都有压抑不住愤怒的时候。江莉经历复杂，对此更有切肤之痛，听完任巧的诉说后，递了一张纸巾过去，安慰道："没事，要哭就哭吧。"

任巧抽泣道："我就是与她分享产品感受。她凭什么骂我是骗子，还让我滚？定价权在公司，又不是由我来定价，我怎么知道国内的价格比国外还要高？"

听罢任巧哭诉，几个医药代表生出同仇敌忾之心，一起批判那个从国外回来的傻瓜。

国内价格高于国外价格，这让侯沧海也怀疑起清涟产品。他没有挑明这个观点，对任巧道："你既然觉得这个工作不爽，那就换一个吧。"

"我不想随便换工作，清涟产品是好产品，我只是没有做好。"

在清涟产品宣传体系中，一直强调自加压力，强调没有压力就没有动力，具体行动是购买产品，让自己赶紧行动起来。任巧相信了"自加压力"的说法，购买了超过四万元的清涟产品放在家里，今天上午上级老师又打电话让其购买产品，想起堆在屋里的产品以及日渐枯竭的钱包，她咬牙坚持，压力如山。

第三章　美人计考验

聚餐结束，杨兵等人集体看电影《指环王》。

侯沧海接到大伟哥电话，回到办公室。大伟哥一脸郁闷地道："侯子，山南二院到底搞定没有？如果已经搞定，赶紧让四个主力品种进去，然后我才有依据给你申请奖金。赶紧办，越快越好。"

"二七高层又有变化？"侯沧海从大伟哥的话中听出些话外之音。

"高层争斗波及省级公司了。有个蠢货提出省级公司总经理对调。我如果在被调之列，你的奖金就悬了。"大伟哥平时大大咧咧，但在关键时刻能保护手下。二七医药山南公司表面上管理松散，大家没大没小地互称绰号，实则公司风气还算正。

侯沧海为开发山南二院之事伤起脑筋。

自从吴小璐与亲生母亲周瑛见面之后，侯沧海一直未再与周家人以及吴小璐联系。周家也没有主动联系他。

侯沧海是医药代表，肯定希望周瑛能帮助二七公司进入山南二院。最佳结果是周瑛主动提起此事。如果由自己提起要求，未免有"携恩以求回报"的嫌疑，这种做法并不受到传统道德褒扬。

传统的理想模式是李白所描述的"十步杀一人，千里不留行。事了拂衣去，深藏功与名"。侯沧海很清楚自己当前的处境，根本没有资格玩"深藏功与名"式的潇洒，于是主动打电话联系周鑫，约定一起喝茶。

侯沧海来到山南二院外的茶楼，要了一个面朝二院的房间，点了一壶龙井。二十分钟后，周鑫走进小屋，进门后就感慨道："这几天家里乱了套。"

侯沧海道："天上突然掉下来一个女儿，肯定会打破原来的平衡。"

周鑫猛喝了一口茶，不停地摇头，道："我姐夫知道我姐以前的事，找到小璐，他倒能接受。关键是我姐对小璐的婚姻不满意，小璐二十岁出头，居然嫁给马忠。马忠是我们一辈的人，还经常打交道，算是熟人，小璐应该叫马忠为叔叔。"

侯沧海劝道："小璐一人不容易，总得找个依靠。"

周鑫瞅了侯沧海好几眼，道："小璐经常谈起你。看得出来，她对你很有好感。当初，她在黑河卫生院，你在黑河镇政府，你们就没有想到耍朋友？如果你们当初耍了朋友，我姐也不会气得捶胸顿足。"

"我当时有女友，谈婚论嫁了。"侯沧海不愿多谈熊小梅，话题回到吴小璐身上，又道，"不要干涉小璐的婚事。婚姻之事都是命中注定，当事人觉得好就行了。"

"清官难断家务事，算了，不说此事，下棋。"提起家务事，周鑫就觉得心烦。他打开随身提着的小包，将青冈木象棋拿了出来。

两人暂时将话题放下，专心下棋。

有了象棋，时间过得特别快，转眼间就到了晚饭时间。周鑫棋艺稍逊于侯沧海，两败一平的战果让他还能接受，道："今天晚上我们不在外面吃饭，我要去看大姐。大姐是家里的主心骨，她不高兴，家里就没有笑声。"

如果按照侯沧海原来的性格，他肯定不会在这个节骨眼儿提出自己的事情。此时二七高层变动在即，为了能让药品早日进入山南二院，他放下自尊心，理直气壮地讲出自己的期望："周院，希望你给周主任吹吹风，看我的药能否进入二院。"

侯沧海是医药代表，在哪个山坡唱哪支山歌，提出这个要求合情合理，也在周鑫意料之中。侯沧海帮助周家做了这么大一件事情，不提要求，反而不正常。

周鑫客客气气地道："我抽机会给大姐说说，先搞点儿临时进药，其他事情以后再说。大姐脾气犟，她认定的事情九头牛都拉不回来，我尽力跟她说。"

侯沧海道："临时进药肯定比不进强。但是临时进药也有麻烦的地方，每次用完药还得把所有流程走一遍，重新与各个'菩萨'沟通，太麻烦。我希望临时进药的同时，药事会上能及时跟进。"

周鑫答应尽力帮助。

事情做到这一步，侯沧海不准备进一步推进了，更不准备向处于情感激荡期的吴小璐提起。

侯沧海在街道漫步，正在严肃思考如何解决晚餐问题，大伟哥电话打了过来。

回到公司，侯沧海正好遇到老段从大伟哥办公室走出来。手里拿着厚厚一叠票的老段将侯沧海拉到一边，道："侯子，让兄弟们赶紧开发票，多准备点儿，让大伟哥签。"

侯沧海压低声音道："大伟哥当真要走？"

老段道："他不肯明说，我觉得十有八九要走。我找他签字，他以前总要啰唆两句，今天干脆得很，拿笔就签。大伟哥是有本事的人，有本事的人待部下都比较宽厚，如果换一个没本事的老板，好日子就结束了。"

走进办公室，大伟哥以四十五度角看着窗户，心事重重。侯沧海招呼了两声，大伟哥才回过神来："二院怎么样？"

"我正在推进，心急吃不了热豆腐。"

大伟哥坐正了身体，道："你们不管部工作成绩有目共睹，鸿宾医院、杜青县的医院，这些都是我们以前忽略的，如果能搞定山南二院，不管部就是真牛。我认为不管部没有根据地，老是打游击也不是办法。"

二七公司在山南经营多年，每个地区都由"山大王"占领着。不管部表现不错，但是没有自己的基础领地，始终难成大气候。

侯沧海闻言一喜，道："大伟哥，哪块地方需要不管部介入？"

大伟哥道："你小子真聪明，和你说话就是不费力。高州老代表方景波要辞职，高州这一块就交给你去搞，直接对我负责。方景波打电话撂挑子，你最好今天动身，明天与方景波交接。杨兵和吴建军都是老油条，你带上一个，把交接手续办好。"

高州位于山南省西北角，山高林密，经济落后。因为经济落后，高州成为二七公司最薄弱的一环，只有一个老代表方景波，由老段代管。

方景波是本地人，退休前在本地医药公司工作，内退后进了二七公司。他年龄偏大，有退休工资，对二七公司业务不太上心，守着市区三所医院，每个月能拿到几千块钱，觉得非常满足。

方景波满意了，二七公司就不满意。只不过高州偏远，大伟哥懒得增派人手，容忍了方景波。现在方景波准备离开高州去带外孙，主动辞职。二七总部正在发生变动，大伟哥自己的位置或许有变，更没有心思花大力开发高州，为了图方便，干脆将高州整体划给不管部。

得到好消息以后，侯沧海马上给杨兵和吴建军打电话。

杨兵带着江莉正在开拓李渡县的医院，接连两天都约有饭局，暂时脱不开身。

吴建军和朱颖回到江州，据称是正在攻克以前忽略的两所部委工厂内部医院，也走不开。

侯沧海让两组人准备用于报销的票据，独自前往高州。

坐了近五个小时长途汽车，屁股差点儿被摔成了八瓣，侯沧海在晚上10点来到高州。高州市城区只有五十多万人，是全省城区人口最少的地级市。城市基础设施比南州差得远，人行道很破烂，路灯昏暗，沿途没有多少漂亮大楼。

背着小包，行走在高州，侯沧海惊讶地看见高州街道上奔驰、宝马车比比皆是，到达高州市人民医院对面的高州宾馆时，还看见了一辆在南州都很少见到的保时捷。

站在宾馆八楼俯视高州街道，从灯光分布面积来看，高州比起省城南州差得太远，比起江州和秦阳也颇有不足。在距离宾馆不远处有一处大排档，人来人往，热闹非凡。侯沧海来之前匆匆吃了一碗面条，坐了几个小时长途客车，饿得前胸贴后背。他没有洗漱，下楼到大排档吃夜宵。

高州大排档的生意甚是火爆，划拳、唱歌、嬉笑、吵闹，各种声音不绝于耳。侯沧海正在东张西望，寻找合适的摊点，从大排档里飘出一声招呼："侯沧海。"

侯沧海听到这声招呼，感到很惊讶。一是惊讶在高州居然还有人认识自己，二是惊讶这一声招呼居然是江州口音。他很快看到正在挥手的张跃武，身边坐着其女儿张小兰。

"张总，你们怎么在这里？"侯沧海走过去，坐在临时增加的座位上。

"我在这边有生意，这一段时间都在高州。"张跃武喝了不少酒，脸泛红润，他放了一瓶啤酒在侯沧海桌前，道，"怎么一个人在这里？"

"二七公司派我负责高州业务。"侯沧海又饥又渴，一口气喝了大半瓶酒，放下瓶子，问张小兰道，"前些天还在南州见到你，怎么也到高州来了？"

张小兰没有想到居然在这个偏僻之地遇上侯沧海，道："我爸在这边做生意，我过来做业务员。以前什么都不做，天天玩，实在没有意思。山岛俱乐部的人都把我当成纨绔子弟了。"

"我眼里没有纨绔子弟，所谓纨绔子弟不过是顺应了当时的生活状态。生活逼迫之后，任何人都必然会随着环境变化而改变自己。所谓纨绔子弟要么沉沦，要么自救。最大的纨绔子弟是末代皇帝，他最后一样适应了新生活。"侯沧海这一番话结合了自己的人生经验，脱口而出。

张小兰嘲笑道："心灵鸡汤。"

侯沧海倒了一杯啤酒，道："那就将心灵鸡汤喝掉，我敬张总一杯。张总在高州做什么生意？"

张跃武被众人围坐在中间，自信心如朝阳一般喷薄而出，侃侃而谈："到高州做生意，最发财的是煤炭，房地产、餐饮、宾馆等行业都靠着煤炭才能活跃。高州以前是小高州，全省倒数第一，谁都瞧不起。现在不一样，挖出的都是黑黑的金子。全省范围内，街上跑的车，还数高州最好。"

他看了一眼女儿。在高州做煤生意，太赚钱，什么事情都能遇上，他不希望女儿接触煤炭行业。

谈到这里，张跃武心中一动。侯沧海曾在政府机关工作，能力不错，完全可以将其吸纳到自己麾下。

女儿大学刚毕业，做生意得有得力助手。他曾经想过调老员工帮助女儿，可是，不能干的员工放在女儿身边没有意义；把得力干将放在女儿身边，女儿容易被架空。侯沧海独自一人来到高州，是辅助女儿的合适人选。

这是灵光一现的主意，张跃武越想越觉得这个主意很妙。给女儿一笔钱，让她独立操作与煤炭行业无关的生意，这样既让她远离煤炭行业，又让女儿得到充分锻炼。

产生这个想法后，张跃武便发动手下轮番和侯沧海喝酒。张跃武在高州的这帮手下都是老江湖，得到老板暗示后，陆续起身敬酒。他们手法很隐蔽，没有群起而攻之，而是你一下我一下，有掩护，有主攻。

侯沧海在不知不觉中喝了不少啤酒。

与张小兰坐在一起的是武雪。武雪太了解老板的习惯了，今天对这个年轻人过于热情，又发动大家以酒为武器全面围攻，绝对有想法。让她疑惑的是这个年轻人不过是离职干部，如今是不入流的医药代表，实在没有值得围攻之必要。

张跃武看到侯沧海脚下的七个空啤酒瓶，豪爽地道："今天难得遇到家乡人，喝啤酒不过瘾，开一瓶白酒。"

七瓶啤酒转眼间被倒进肚子，侯沧海的肚子胀得鼓了起来。在众多江州老乡的热情相劝下，这一瓶白酒他喝了三分之一。啤酒和白酒的夹攻，让他酒意迅速上头，眼睛明显露出醉意。

张跃武又要开白酒时，侯沧海道："张总，我确实不胜酒力，再喝下去，就要现场直播了。"

张跃武指了指角落，道："男人嘛，现场直播很正常。"

侯沧海捂着嘴在角落"哇哇"地大吐了一通。啤酒、白酒混合江湖菜，从胃里喷出来，味道十分难闻。

张小兰觉到爸爸做得有些过了。侯沧海是山岛俱乐部成员，还是清风棋苑快刀手，凭着这两条都应该帮助他。她见父亲还要拿酒，急道："侯沧海不能再喝了。"

侯沧海脸色苍白，摇摇晃晃地回到座位，道："现场直播，大家见笑啊。"

张小兰将侯沧海面前的酒拿开，道："你们人多，他才一个人，别喝了。"

张跃武见女儿罕见地维护一个男子，有些奇怪地看着女儿，心道："刚才我的想法有缺陷，侯沧海长得一表人才，如果品行有问题，我就是引狼入室。"有了这个心思，他有意考验侯沧海，道："算了，今天小侯喝得不少。大家都要在高州混，以后时间还长得很。"

一个叫六指的汉子护送侯沧海回酒店。六指将昏头昏脑的侯沧海送到房间，开了几句玩笑，这才离开酒店房间。离开酒店时，顺手取下插在取电槽的房卡，插上另一张随便拿来的卡片。高州酒店智能措施一般，酒店取电槽如傻瓜一样，只要插进去一个东西，立刻受骗。

半个小时以后，一个打扮得清凉又漂亮的年轻女子来到侯沧海房间，用酒店房卡刷开房门。

侯沧海喝得又急又猛，回到酒店后抱着马桶又吐了一通，然后如一条麻袋般摔在了床上。迷糊之中，他被人推醒。醒来之时，见到一个女子坐在床前，满身香气，衣着暴露。

侯沧海吓了一跳，道："你是谁？"

"侯哥喝了酒，别动，我给你做大保健。做完了，身体就舒服了。"女子顺手将身上最后一片纺织品取下，美好春光如集束炮弹一样射向侯沧海。她的手很不老实，朝着不该去的地方倒腾。

侯沧海是喝了酒的年轻男人，面对如此旖旎风光，身体顿时有了强烈欲望。只是初来高州，此情此景太过诡异，他的理智压住欲望，坚决地道："你出去，我不需要，酒喝得多，现在只想睡觉。"

"我帮你做一把，很舒服。六指哥叫我来的，绝对可靠。"女子不走，赖在床边。

侯沧海用力翻身起来，不由分说将春光无限的漂亮女子往外推。

女子抓起衣服，在门口手忙脚乱地穿上。她来到楼下，气呼呼地对六指道："谁啊？假模假样，把我的手臂都弄痛了。你要多付钱。"

六指抽出几张钞票，夹在指尖上，道："再啰唆，一分钱不给你。"

侯沧海早上醒来，始觉昨日女子来得奇怪，犹如古庙青灯下的狐仙。他随即自嘲道："我真是有病，还想起狐仙，不过就是风尘女子而已。"由于醉酒，他确实记不清那个女子是如何进屋的，暗中告诫自己在高州行事要多加小心，此地大有狐气。

啤酒混合白酒，总会制造出更大的杀伤力，侯沧海头痛得紧。酒精通过肠胃进入血液，循环到身体各处，最后变成一个个小人，不停地啄着他的头。

侯沧海用两根手指压着太阳穴，仔细回想了昨天夜里发生的事情。昨天的事情如此不真实，仿佛没有发生过一样。而事实上，喝酒与清凉女子都是实实在在发生过的事情。

洗过澡，到楼下餐厅吃了自助餐，侯沧海这才彻底从昨天的"狐气"包围中解放出来。他给二七医药老代表方景波打去电话，约定见面时间和地点。

电话里，方景波态度还不错，客客气气，听不出有什么负面情绪。

侯沧海再给杨兵打电话，询问接收细节。两人在电话里推敲了一会儿，定下"当着医生的面结清临床费、看医院库房查进货"相结合的接收策略。

第四章　独掌一方被坑

9点半，侯沧海在高州第一人民医院与方景波见面。

方景波白白胖胖，远看满头白发，细看头发根上有黑发的痕迹。他将灰色衬衣扎进裤子，有着国有企业职工的派头。

"我盼星星盼月亮，总算把侯主任盼来了。我当外公了，家里那位老太婆天天在催，让我马上去。老太婆想外孙想疯了，催得我心脏病几次发作。侯主任来了，我总算得到解放。"

"我不是侯主任，按照二七公司惯例，叫我侯子。"

"你是领导，我怎么能叫绰号？那我叫侯经理。"

"老方，我不是侯主任，也不是侯经理，大家都叫我侯子。"

"你在不管部，那就叫侯部长。"

在称呼问题上争执了一会儿，最终没有达成共识。方景波坚持称呼"侯主任"，侯沧海坚持称呼"老方"。

第一回合结束后，方景波道："我和侯主任一起去把临床费结了。当面结清临床费，我就可以走得清爽利索。我这人在二七公司工作几年，守住了城内三家大医院，虽然没有将所有医院'一网打尽'，也对得起二七公司。高州是被杨总遗忘的地方，这几年他没有来过，段经理一共才来过三次。"

杨总自然就是大伟哥，段经理就是老段。由于南州二七公司流行绰号文化，侯沧海几乎忘掉了大伟哥是杨总、老段是段经理。

从公司得来的消息，方景波这人不思进取，几年来满足于守住三家医院，每月销售额十七八万元，是鸡肋。而在方景波自己的观念中，他在此地苦苦支撑，没有功劳也有苦劳，于是见到省公司的人就发牢骚。侯沧海没有理睬老代表方景波的牢骚，跟着他到医院结清临床费。

方景波在医药公司工作多年，与医生们确实很熟悉。凡是年龄稍大的医生都与方景波熟悉，总会开几句表示亲热的荤玩笑，互相调侃几句。遇到年长的女医生，方景波就讲讲儿孙之事。

在前往高州的车上，侯沧海一直在强记高州三家医院主要医生档案。来到高州时，他已经记住了大部分名字。在交接过程中，他将医生的相貌、气质和档案中的名字一一对应。走了几个科室后，他觉得这次交接收获极大，基本将方景波原来的关系掌握在手中了。

发放了高州一院临床费，侯沧海没有发现什么问题。

方景波又主动带着侯沧海去查库房。

库房大门紧锁。方景波站在库房门口打电话："老董，你怎么关键时刻掉链子？我和领导要看库房。"打电话时，他用了免提，让侯沧海也能听到。

老董毫不客气地道："我等了一个小时，刚刚接到老大电话，中午有应酬。"

方景波道："刚才我在发临床费，耽误了时间。这几年大家合作愉快，我走之前总得把该发的钱弄明白。你能不能抽空回来一趟？我们领导在库房门口，要查二七公司的货。"

老董大声道："我是市一院的人，又不是二七公司的人，你的领导关我屁事？我是看你方景波的面子，换个人，我才懒得搭理。"

打完电话后，方景波急忙给侯沧海道歉，道："侯主任，你别介意啊，老董就是这个臭脾气，为人挺好，办事耿直，没有歪心。我办事，你放一万个心，绝对不会有超方。"

库房无人，侯沧海无法验库，问道："老方，你这边统方的人在哪里？我们一起吃个饭？"

方景波没有回答这个问题，转过身去又打了个电话。这个电话打了十来分钟，回来时，他愤怒地大骂道："现在养女儿也没有用，三天两头催我们去带外孙。山南老年人真悲催，明明退休了，还要为了家里当牛做马。我说晚两天，女儿还说些酸溜溜的话。"

他随即又将矛头指向大伟哥，道："我对杨总还是有意见的，高州堂堂一个地区，三百万人口啊。杨总作为二七公司山南掌门人，从来不来指导工作，临床费也给得少，还没有其他政策。我在这里苦守，没有我，二七公司早就被赶出高州了。"

发泄一通后，他又道："侯主任是杨总心腹爱将，你来了以后情况就大不一样了，各种资源和政策就要向高州倾斜了。我老了，确实该走了。"

侯沧海一直在观察方景波，从目前情况看，这个老代表牢骚太多，进取精神严重不足，还患有国企职工依赖症。而从昨天大排档了解到的情况来看，高州煤矿众多，经济条件并不差。另外，高州位置虽然偏僻，但也有优势，病人大多在高州治疗，很少到省城。

综合以上条件，高州一院销量翻两番都有可能。基础销量低，实际条件好，这是老天爷赐给不管部的大肥肉。想到这一点，侯沧海暗觉兴奋。

走出医院，方景波带着侯沧海来到当地土餐馆。餐馆大厅，玻璃柜子里养着十几条尖头鱼。尖头鱼整体色彩略淡，身体修长，游动快捷，姿态优美。它们更像是观赏鱼，而不是活在鱼缸里等着被宰杀的食用鱼。

方景波站在玻璃柜前噼里啪啦地介绍了尖头鱼的来历，又亲自指挥服务员抓了两条。

侯沧海进门时见到价目表，知道尖头鱼很贵，道："老方，两人吃一条就够了。"

方景波摇头道："酸菜尖头鱼，味道霸道，一条不够，我们两人一人一条。我老方即将退出二七公司，临走之时，还是让我尽地主之谊。二七公司是我工作的最后一个单位，值得纪念啊。"

进了包间后，方景波拿出交接表，请侯沧海签字。

侯沧海回想整个交接过程，除了没有看库房外，没有异常，便在交接表上签上名字。

尖头鱼散发的诱人香气弥漫在房间内，让人食欲大开。方景波开了一瓶酒，不由分说地给侯沧海倒上。

喝到了两点半，侯、方两人又来到高州市二院，发完临床费，已经到了下午4点。在方景波的强烈要求下，两人接着来到高州中医院。下班时分，方景波顺利地拿到了三张交接表。

晚餐，侯沧海准备回请方景波。方景波笑呵呵地道："晚餐就算了，我等会儿要去农村老家一趟，看看老人，然后再去给女儿、外孙当牛做马。明天我让侄儿陪你转一转高州，你别瞧不起高州，还是有历史底蕴的，好几个景点值得一看。"

侯沧海道："什么时候看库房？"

方景波道："我明天从农村老家回来，时间来不及了。后天上午看库房，然后我就去当牛做马。"

稳住侯沧海以后，方景波当天晚上乘坐晚班车前往南州。侯沧海在交接表上签了字，他可以到二七公司结清相关费用。从此以后，他和二七公司再无瓜葛。他想起侯沧海年轻的面容，自得意满地道："一个青屁股娃儿，跟我玩，差得远。想看库房，等着吧。"

侯沧海原本有心晚餐时回请方景波，不料对方拿到签字后便不告而别，找拙劣借口推托了晚餐，让他心里有了一丝阴影。

次日，方景波叫来的人开车到宾馆，请侯沧海参观高州景点。侯沧海对参观景点没有任何兴趣，婉言谢绝。

上午，他吃过早餐，去租房子。

高州最大的三家医院就是方景波经营的高州一院、二院和中医院。这三家医院集中在市区，相距不远。侯沧海买来高州市区地图，在三家医院的中心地带画了一个圈，所租房屋就在这个圈内。

住房除了居住功能，还是二七公司驻高州办事处。侯沧海挑了一套三室两厅的房，直接交上一年租金。

不管部成立不久，在省城收获了鸿宾医院、杜青县和李渡县的几所医院，正在攻克山南二院。平心而论，这个成绩还算不错。但是在侯沧海心目中，这些医院都不能构成不管部的主体业务。不管部以后的核心地盘应该在高州，高州有三百八十万人口，三区四县。他相信高州必将成为不管部的发家之地。

基于此想法，侯沧海挑好房子后，自掏腰包，花了一万多元购买了必需的家具。这些钱有一部分可以在二七公司报销，有一部分需要自己贴进去。他将建立高州办事处当成一项人生意的开始，购买必需的办公用品正是对人生意的投资。

医药代表短时间很赚钱，不管部也必将红火，但是这些对于侯沧海来说只是前进的第一步。他心里很清楚，积累了足够的原始资金以后，必然要涉足其他行业。至于什么行业，现在还难以确定。

六指给侯沧海打过电话以后，开着越野车来到罗马皇宫小区。

六指手臂夹着皮包，在房间里转了一圈，道："你还缺一套沙发。如果不嫌弃，我们公司办公室有一套沙发，实木的，还不错。张总嫌硬了，要换一套真皮沙发。我给你拉过来？"

"好啊，我正想弄点儿家具把房屋填满。"侯沧海看了来人几眼，笑道，"那天晚上喝酒，我醉得太快，桌上很多人我都没有记住名字，这位哥，怎么称呼你？"

六指举起手掌扬了扬，道："我的名字就是这手指的名字——六指。中午，张总弄了三瓶二十年茅台酒，找我喝酒。"

侯沧海洗了手，跟在六指身后。六指用脚踢了踢越野车大轮胎，道："会开车吗？"

"会开，有证，只是开得很少，技术不算好。"侯沧海以前在黑河镇的时候，跟着司机陈汉杰学过开车，到了政法委后又由单位统一办了驾驶证，算是技术过关的正式司机。

得知侯沧海有证，六指将驾驶位置让了出来，道："昨天打了一晚上麻将，困得很。你来开车。"

侯沧海是胆大之人，见到越野车甚是心喜，坐进驾驶室，稍稍熟悉一下，大越野车就在油门轰响中开动起来。他原本以为自己很少开车会显得笨拙，结果开起来还行，很快在六指的带领下来到别墅区。这个别墅区名为高州森林，从名字来看，高州森林应该受了电影《重庆森林》的影响，明显强于俗气的罗马皇宫小区。

张跃武和一男一女两个穿着白衬衣和西裤的人坐在客厅聊天。白衬衣和西裤如今成为职业装，比如医药代表、银行职员，都是如此打扮，差别在于衣服质地。

一男一女皆为当地建设银行的工作人员。男工作人员以为侯沧海是张跃武手下的管理人员，客气地发名片。名片上的头衔是高州建设银行房地产信贷部主任——方天东。

"山南菜在全国名气不响，实则最为健康，味道纯正。我这人没有其他爱好，就喜欢美食。前几天从山南挖了一个特级厨师，以后各位想吃正宗山南菜，不用打电话，直接来就是。"张跃武身穿非常休闲的老头衫，大老板的气派十足。

方天东笑道："张总开流水席，这是好事，我随时要过来叨扰。"

"不算流水席，有朋自远方来，不亦乐乎？"张跃武特意介绍侯沧海道，"侯沧海，来自江州的青年才俊。他以前在政府机关工作过，办事牢靠。"

侯沧海在聊天时一直在琢磨张跃武为什么对自己如此热情，仅凭江州老乡，绝无可能是这种态度。他转念想道，自己是初出茅庐的小人物，没有让对方可图之处，那就轻轻松松地享受美食，谈论乡情。

张小兰从楼上下来，见到侯沧海时有点儿意外，坐到他身边，道："你一个人来的？杨兵过不过来？"

侯沧海道："杨兵在李渡县搞开发，正顺手，暂时不过来。"

张小兰又道："姚姐什么时候过来？我请她吃饭。"

侯沧海道："姚琳没有在山南，调到其他省搞开发，不知道什么时候回来。"

张小兰一本正经地又问："你和姚姐关系挺亲密，怎么不知道她的行踪？"

侯沧海不想在这个问题上多言，同样一本正经地道："她是华魏公司的人，不在二七公司工作。她的事业是星辰大海，怎么能在小地方过多停留？"

侯沧海和姚琳这种情人关系，让张小兰总觉得与大学时代的爱情故事不一样，大学时代想象的爱情故事是主人公爱得死去活来，生离死别，充满爱恨情仇。现实生活中的爱情故事是侯沧海和姚琳式的爱情，上床之后，各奔东西，新生活各人顾各人。

厨房上了冷菜。这是两盘做工精细的工艺菜，一道由白萝卜雕刻出来的凤舞，栩栩如生，刀功精湛。随后的主菜是高州人最喜欢的酸菜尖头鱼，大盆鱼刚端上来，香味立刻扑面而来。

主厨徒弟热情地介绍道："尖头鱼还数静州最好，今天用的尖头鱼是专门派人从静州弄来的。这条尖头鱼是土生土长的野生静州尖头鱼，品质上乘。为了不浪费食材，我们师父还特意到静州的霸道鱼庄学过手艺，用我们的特长菜换他们做尖头鱼的手艺。"

所有人都被色香味俱佳的酸菜尖头鱼所吸引，一时之间，筷子翻飞，咀嚼之声大起。外面有汽车刹车声响起，随后，两个汉子提着编织袋走了进来。

张跃武问道："上午多少？"

其中一人道："三十万元。"

张跃武喝了一碗汤，放下筷子，道："这是上午买主付的煤炭货款，三十万元，这些钱存在建设银行吧。"

方天东赶紧放下碗，喜出望外地道："张总，每天的营业额都放到我那里？"

张跃武苦着脸道："大家都是朋友，我也没办法。这样吧，每周两天的营业额放在你那边。"

方天东道："四天？"

张跃武道："三天。"

三天也有九十万元，方天东接受了这个方案。

编织袋里满满的人民币如一颗颗地雷，在侯沧海的耳朵边、心脏里爆炸。与这种用编织袋装钱的土豪相比，原以为医药代表不错的收入变得十分可笑。

喝了土豪的二十年茅台酒，坐着豪车回到住处，侯沧海努力从虚幻星空踏入真实世界。那编织袋里装着的三十万元钞票给了他太大刺激，让他心情难以平静。睡了一觉，早上起床时他的心情才彻底平静。

来到市一院，侯沧海抽空与交接时相识的医生见了面。医生态度不冷不热，聊了两三句后道："上个月临床费得赶紧发，你是新来的，要讲信誉，不能拖。"

侯沧海惊讶地道："临床费？老方已经给了。"

医生态度强硬地道："老方给的是上上个月的临床费。他说这个月的临床费由你来给。签字时你在现场，怎么就不认了？以后还想不想让我们开方了。"

接连问过一院的三个医生，都是相同的说法。侯沧海又来到高州二院和中医院，遇到的情况与一院基本一致。他已经意识到被"老实巴交又急着带外孙"的方景波耍了一道：方景波以二七公司财务清账为理由，少发了一个月临床费。自己在交接时没有识破其诡计，白纸黑字地在交接单上签了名字，于是将这部分临床费窝囊地接了过来。

具体来说，二七公司发了这笔钱，交接单上也表示发了这笔钱，但是实际上医生们没有得到这笔钱。为了开展工作，必须要按照交接单上的数目再给医生发这笔钱。这笔钱公司已经支付过，不可能再出。谁犯了错，则由谁来负担。

方景波电话关机。侯沧海按照公司传过来的家庭地址找了过去，大门紧闭。据其邻居称，方景波要带外孙，已经走了。至于到什么地方，不清楚。

站在方景波家门口，侯沧海给大伟哥打了电话，原原本本地报告了事情经过。

大伟哥对这事没有太过惊讶，声音仍然不缓不急，道："嘿嘿，不叫的狗才咬人啊。昨天方景波来到公司，还到我办公室坐了坐，感谢几年来对他的照顾。然后，他把该领的钱全部领走了。有你的交接签字，我们当然认账。"

　　"大伟哥，这次被骗得团团转，太丢面子。"侯沧海向来自诩为精明能干，没有料到第一次独掌一方，便犯了让人笑话的错误，极为羞愧。

　　"哈哈，吃一次大亏，下次就不会犯错。你去查存货，找统方再核实一下。我让老段代表公司明天来一趟，和你一起抹平此事。"

　　"我准备把方景波的关系全部废掉，重建新关系。从现在开始，所有关系都得认我。"侯沧海咬着牙，暗自发誓一定要将高州业务做起来。

　　"方景波本来就没有把业务开展起来，你放开手脚干吧。这一次算是交学费，没有什么大不了的。侯子，我话说在前面，你既然犯了错，多多少少都要承担一些经济损失。但用不着全部承担，我其实也有责任，没有派人监交。"一般情况下，地区级工作移交时，二七公司都会派人监交，三方签字，这样才能确保顺利交接。这一段时间二七公司高层风云变幻，大伟哥心思不在工作上，再加上高州原本就是鸡肋，因此没有派人前往。

　　大伟哥如此大气，侯沧海更觉不好意思。放下电话，他深深地吸了几口气，让自己平静下来。

　　回想起当天办交接的过程，侯沧海发现自己在业务上还真有缺陷。他在短时间内接连攻下鸿宾医院和杜青医院，在二七公司蹿起得太快，对医药代表基础工作掌握得并不扎实，或者说书面知识没有变成潜意识的行为。反省之后，他自我鼓劲道："每个人都会犯错，犯点小错是好事，能提醒自己，免得犯上无可挽回的大错。"

第五章　医药代表非长久之计

侯沧海不是坐以待毙的性格，没有坐等老段处理此事，转身去了一院库房。

上一次到库房，方景波联系了一个叫老曹的人。他抱着"不入虎穴，焉得虎子"的态度，直接来找此人。

对于医药代表来说，药房这一关无论如何也躲不掉。既然老曹愿意演戏，说明其心思活泛，十有八九会为我所用。

在库房门口，侯沧海见到一个头顶发亮的人，在门口敲了敲，头顶发亮的人转头看了一眼来者，道："进来。"侯沧海进去后就发烟发名片，问道："您是曹主任吧？"头顶发亮的人拉开抽屉，随手将名片丢了进去，道："二七公司啊，你是顶替老方的吧？我姓曹，不是什么主任。"

侯沧海继续客气地称呼对方为曹主任，介绍了二七公司在高州的变动情况，再提出看库房和进货账目的要求。他原本做好了被拒绝的准备，没有料到曹主任很爽快地答应了。

库房如阿里巴巴的宝库，堆放着码得整整齐齐的各类药品。曹主任手拿一本账目，轻车熟路地在药堆中穿行，然后在进货区左侧角落停了下来。

进货区左侧摆放着八件二七公司的四个主力品种，数量不少。见到这八件药，侯沧海心里很痛，脸很红。从方景波交接的情况来看，这些药品都应该销售出去了，没有料到仍然在库房里睡大觉。

曹主任不等侯沧海发问，将进货账目递了过去，神情似笑非笑，道："认真瞧瞧，这是货真价实的东西。"

侯沧海默算了交接中的销售情况。从进货账目反映出来的情况显示，方景波在还有三件药品没有销售出去的情况下，又进了五件。如今方景波拿了奖金离开高州，留下一地鸡毛。

让自己上当的另一个关键点是医生们都在装模作样地配合方景波演戏，包括这个曹姓库管员其实都是在配合方景波演戏。所有演员都把二七公司的后来者当成了傻瓜。更让人可恨的是就算后来者心里清楚此事，却不敢怎么样，还得继续求着他们合作。

曹主任脸上始终带着嘲笑，等到侯沧海合拢账目后，道："方景波是只老狐狸，从年轻时就耍滑头。现在医院的事与他没有关系了。"

侯沧海很快从气恼中回过神来，听出曹主任的话外之话，道："是啊，以后我来负责二七公司，还请曹主任多照顾。"

曹主任压低声音道："虽说统方是明令禁止的，可是你们没有统方，怎么开展工作？"

侯沧海道："曹主任，不知以前是谁统方啊？"

曹主任一副推心置腹的神情，道："统方的事，虽然是惯例，可是毕竟是灰色的，名不正言不顺，谁拿出来说啊？"

侯沧海迅速做出决策。他必须要找一个人统方，与其找其他人，还真不如找这个办事灵活的曹主任。这个曹主任是个有奶便是娘的角色，这种人虽然讨厌，可是也有利用价值。

"曹主任，我想请你统方。"说到这里，侯沧海比了一个手势，轻声在曹主任耳边说了个数字。

曹主任在心里给反应敏捷又上道的侯沧海竖了个大拇指，点头应了。他又推心置腹地道："老方这几年都是在混日子，没做什么事。他是老医药公司的人，大家照顾面子，敷衍着开方。侯老弟过来做，肯定会有大起色。"

"还得曹主任多帮助啊。"

"别客气，你多盯着医生。库房交给我，绝对没问题。"

离开库房时，侯沧海和曹主任有说有笑，仿佛多年老友。

侯沧海在医院转了几圈，找到最初见面的梁医生，笑容满面但是没有隐瞒事实，道："梁医生，我刚才到库房看了，库房的账目和您这儿有点儿出入啊。"

梁医生不以为然地道："你这话什么意思？既然如此，你以后别来找我了。"

侯沧海内心深处怒火燃烧，这个梁医生明明和方景波一起做手脚，把自己当猴耍，现在还如此蛮横不讲理，而自己作为医药代表，还真不敢得罪他。他忍了气，找台阶道："出现这种情况，是不是有跑方？"

所谓跑方，如今是一种常见现象。去医院看病，拿着医生开的处方到医院药房取药，这是最常见的看病模式。去医院看病，怀揣医生处方跑到街头药店买药，这就是跑方。

梁医生点了点头，道："外面药店多，一个个药店如雨后春笋，院里没有好办法。你是二七公司新来的，叫什么？叫侯沧海啊，我记住了，以后给你多开点儿。"

明知对方耍了你，还得好言相求，这种感觉令侯沧海很不爽。

成为医药代表以后，虽然赚钱比单位拿死工资高得多，可是一直行走在灰色地带，让他难以产生职业自豪感。他知道医药代表非长久之计，这一刻有了尽早脱身的想法。

老段很快来到高州，与侯沧海一起查了三家医院。看罢库房，老段感叹方景波人老成精，老奸巨猾。

侯沧海道："我不觉得方景波是老奸巨猾，反而觉得他目光短浅，为了一两万元，得罪了二七公司，在整个医院其实都坏了名声。医生们心里也有一杆秤，他们以后和方景波打交道时会防一手，不会真心和他交朋友，这样肯定增加了方景波以后的办事成本。"

老段望着来来往往的病人和医生，道："你说的是一般情况，放在这里不适合。方景波是退休老头，如今屁股一拍，潇洒地带外孙，说不定打好主意一辈子不回高州。就算几年后回来高州，谁还记得这些烂事？"

侯沧海道："通过这件事，我发现高州人有抱团排外的特点，医生们和方景波勾结在一起，很愉快地欺负外地人。难怪高州是全省最落后的地方，既有经济原因，也有观念原因。"

经老段实地调查以后，大伟哥最后同意由侯沧海承担三分之一的损失，公司承担三分之二的损失。

解决方案提出以后，交接引发的风波暂时告一段落，侯沧海将精力转到开拓高州市场。杨兵、江莉、吴建军、朱颖，这四员大将各有业务，一时半会儿来不了，这让侯沧海变成光杆司令，空有想法而无法实施。

最先来到高州的是一个意想不到的人物。

老段离开后，侯沧海接到任巧的电话，来到小区门口。等了几分钟，一辆高州特有的三轮车骑了过来，停在侯沧海身前。在南州、江州这些全省发达地区，三轮车早就退出了历史舞台。在高州，高档越野车、奔驰、宝马与三轮车混杂在一起，公路混乱不堪，全省闻名。

任巧从三轮车上下来，提了两个大箱子，背了一个大背包。三轮车师傅叫嚷道："你这么多东西，等于两个人的重量，得给两个人的钱。"

任巧仍然穿着职业套装，太阳之下，汗水不停地顺着额头往下流，流到眼睛里，很疼。她用衣袖抹道："在车站说好一口价，凭什么临时加价？"

三轮车师傅蛮横地道："你给不给？不给就走不脱路。"说话间，他下了车，脖子上青筋暴起。

侯沧海通过方景波事件了解了高州人的性格，如果任巧坚持不给两个人的钱，说不定还真有可能当场打起来。虽说侯沧海不惧打架，可是为了这种事情打架不值得。他拿了十元钱给三轮车师傅，解决了这场纷争。

任巧囊中羞涩，羞答答地道："侯子哥接到杨兵的电话没有？"

侯沧海打量了一下两个大箱子，道："你到高州做业务？"

任巧一脸忧伤地道："老师天天要我自加压力，自加压力就是购货，这些货都是我买来的，准备与人分享。"

侯沧海直言道："高州经济远不如南州，更没有销路。"

任巧眼泪在眼眶里打滚，可怜巴巴地道："我不是到高州来分享清涟产品，而是准备跟着侯子哥做医药代表。我做过清涟产品，有一定经验。杨兵说侯子哥在高州负责，我就想过来投奔你。这两箱都是清涟产品，我只能随身带着。侯子哥放心，这些营养素我不分享，自己吃。"

两个箱子都是实实在在的大箱子，里面如果全是营养素，足够任巧吃上几十年。侯沧海有些怜惜地看着这个独自在外打拼的女子，没有再说多余的话，接过一个箱子，往小区里走。

回到房间，任巧仔细地收拾侯沧海指定的房间。

房间里有一张新床，还有新的床上用品，简单收拾后，任巧关上房门，躺在床上，看着天花板，在这一瞬间居然产生了家的感觉。休息了一会儿，她从箱子里取出一些自己服用的营养素，有鱼油、维生素等各类品种。虽然暂时不做清涟产品，她还是决定坚持服用营养素，一是增强抵抗力，二是对产品保持关注。在她心里，过来跟着侯沧海当医药代表只是权宜之计，等经济条件缓和过来以后，她还是要做清涟产品的。

任巧从房间里出来后，被侯沧海叫到客厅。

"我给二七公司负责人讲了招人的事。你目前可以算是实习，由我管理。实习结束，如果我觉得可以用，还得到总部培训。"侯沧海一副公事公办的态度。

任巧乖巧地道："那我具体做什么？"

"你暂时不进医院，专门负责跑药店。一般来说，我们面对的终端有三个，第一终端是医院，第二终端是药店，第三终端是除医院和药店之外的直接面对消费者的其他环节。二七公司以前只抓了第一终端，对第二和第三终端放任自流，我给你的任务是做OTC，也就是第二终端。"全面进入第二终端是侯沧海主管高州时的第一项措施，任巧来得恰逢其时。

任巧道："给我什么政策？"

"二七公司的政策都是底薪加提成，工作中产生的费用由公司按发票报销。你做OTC，具体的点子与杨兵在算法上有差异，我还得和公司协商。"

安排完工作，任巧问道："厨房里有菜，中午都在家里吃？"

侯沧海道："高州办事处初建，能节约一点儿算一点儿，大家轮流煮饭、炒菜，尽量在办公室吃饭。"

任巧立刻戴上围腰，在厨房里忙碌起来。忙碌了一会儿，她抽空出来给侯沧海泡了一杯茶，端到桌前，乖巧地笑道："我炒菜水平一般，别嫌弃啊。"

"任巧，一个人在外打拼不容易，你怎么不找个安逸一点儿的工作？"侯沧海端着茶杯来到厨房门口，随口闲聊。

"我是民办七流大学出来的，找不到正经工作。男的可以进工厂，我不想去。"

"民办七流大学？哪一所？"

"江州电科院，去年毕业的。"

"啊，你到过一食堂没有？我以前承包过一食堂，客串过厨师。"

有了这个缘分，侯沧海不再旁观，接过任巧手中的铁锅，麻利地颠了起来，展示一食堂大厨的风采。任巧到过山岛俱乐部多次，一直认为侯沧海非常高大上，此时得知侯沧海曾是一食堂老板兼厨师，瞠目结舌之后，很开心。

颠完勺，侯沧海问道："你是江州电科院毕业的，没有跟杨兵谈起过？"

任巧道："谁好意思主动提起这种七流学校？有一次他问过，我遮掩过去了。"

侯沧海道："那为什么要跟我说真话？"

任巧用手掌擦了鼻尖的汗水，道："我信任侯子哥。原因很简单，你从来不歧视我，看我的眼神很平和，不像有的男人，总是色眯眯的。"

吃过饭，任巧不由分说地刷了碗。她见盆里有侯沧海的脏裤子，帮他洗了。

侯沧海一直在观察任巧。当看到任巧帮自己洗裤子时，内心产生了保护弱女子的冲动。他如今不是一个人在战斗，而是带领一个团队，作为团队领导者，有责任让团队所有人都有钱赚。

中午，侯沧海丢了一本二七公司培训手册让任巧自学。他站在窗口，指着街边的一家药店，道："那就是你今后的工作对象，是你的战场，你害怕陌生拜访吗？"

顺着侯沧海手指的方向，任巧看到了一家写着"和平药房"的药店。她心情比初到高州时好了许多，微笑道："我做过清涟产品，做陌生拜访是长项。陌生拜访最大的问题就是被拒绝，难道被拒绝算是大问题吗？"

"被拒绝还真不算大问题。做我们这一行的不需要脆弱的自尊心。但是，任巧，我希望我的团队做人做事要有底线，否则赚了钱都不快活。"

这是一句侯沧海想了很久的话。二七公司算是正规医药公司，但是也发生过医药代表和医生之间的绯闻，留下了山南二院这种烂摊子。高州这边目前有三男三女，全部是相貌不错的年轻人。侯沧海准备画一条线，不能让员工与工作对象发生任何超越朋友的关系。

"谢谢侯子哥，我记住了。"

"你要开展业务，可以借点儿钱，以后拿发票冲抵。"

"我现在能借吗？"

"当然可以。在阅读培训手册的时候，读一读二七公司主要药品资料，提前熟悉。"

将预支的业务费用交给任巧以后，侯沧海回到房间里，躺在床上翻书。过了一会儿，响起了敲门声。他翻身下床，穿着拖鞋来到门口。

任巧端着一盘葡萄站在门外道："我在窗边看到有卖葡萄的，买了两串，这是高州本地葡萄，挺甜的。我洗干净了，侯子哥吃吧。"

葡萄被剥了皮，露出青油油的身体。侯沧海笑了起来，道："你的动作挺快，我没有看几页书，你就剥了这么多葡萄。"

"你尝尝，挺甜的，果味足。"任巧大学毕业后独自来到省城，没有任何人际关系，清涟产品让她很崩溃。虽然嘴里不承认失败，可是内心却觉得职业生涯失去了刚刚毕业时的梦想。此次百里投奔侯沧海，实质上是绝望之中抓住一根稻草。来到高州以后，一切都比预想中要好，特别是侯沧海待人很有大哥风范，虽然只是短短的时间，还是让她产生了依靠感。为了感谢侯沧海，她用刚预支的业务费用买了葡萄。

侯沧海小心翼翼地用两根指尖夹起了一粒，扔进嘴里，果然很甜。他接过盘子，道："我记得在读小学之前，我妈给我剥过葡萄。"

任巧脸微红，道："侯子哥，小兰姐等会儿要来看我。我这是做清涟产品的习惯，凡是到某一个地区，都要给认识的人打个电话，以方便拜访。所以，我在车上就打了小兰姐的电话。刚才她回电话过来，说是要过来看我。你不会怪我吧，以后我不会把清涟产品带进工作中。"

侯沧海见任巧有些紧张，道："客走旺家门，张小兰是山岛俱乐部成员，到我们这里来也很正常，你不用担心，更不要看我脸色。我们是工作伙伴，平等的。"

任巧这才放下心来，又羞涩地道："这里有厨房，里面什么都不缺，等会儿我去买面粉，晚上我们包饺子。"

"面粉我来出钱，别争了，就这样。"侯沧海给了面粉钱，端着葡萄走进房间。

他盘腿坐在床上，慢慢吃着葡萄，脑子里没来由地想起了张跃武家里的那一麻袋钱。这一麻袋钱代表着不同行业的境遇，也反映了煤老板的奢华生活，与他们这一群基层的小职员们有天壤之别。

正在胡思乱想时，放在桌上的手机响了起来，是张跃武的电话。张跃武没有寒暄，直截了当地说："侯老弟，下午到我办公室来一趟，我让六指来接你。"

来到高州以后，侯沧海觉得张跃武对待自己的态度有点儿异样，左思右想没有想通这里面的奥妙，今天这一次见面，估计会有结果。

接到电话，侯沧海换了衣服，等着六指。

办事处初开，侯沧海处于无所事事的状态。他在等待六指时，打开放置在客厅的公用电脑，进入清风棋苑，准备找无影宗下一局。在清风棋苑转了一圈，与棋苑几个老友打了招呼，向无影宗发出了约战请求。等了一会儿，无影宗头像仍然是浅灰色。

张小兰和六指一起走进客厅。

张小兰一眼就看到了清风棋苑熟悉的界面。侯沧海和六指打招呼的时候，她走到电脑旁，看到了快刀手向无影宗发出的约战请求。这是久违的约战请求，张小兰暗觉解气，心道："无影宗无数次约战快刀手，快刀手都不理。如今，快刀手约战，无影宗也不理睬。哼。"

离开办公室前，侯沧海特意在清风棋苑上给无影宗留了话，约定明天早上战斗。

等侯沧海离开，张小兰迫不及待地查看了他在清风棋苑的留言，决定继续不理他。

任巧将桌子收拾干净，准备和面。

张小兰道："你不用这么麻烦，就我们两人，等会儿到外面吃一点儿算了。"

任巧道："我给侯子哥包几个饺子，煮熟了，他晚上可以吃。"

张小兰道："瞎忙活，侯子跟着六指出去了，晚上肯定要喝酒。你没有冰箱，煮了饺子得臭。"

任巧想想有道理，停了下来。

以前见面之时，任巧总会在最短时间将话题引到清涟产品，今天见面这么长时间，任巧一个字都没有提起清涟产品，这让张小兰很是奇怪，道："你到高州不做清涟产品了？"

任巧神情坚定地道："我绝不会放弃清涟产品，只是暂时不做了。我在二七公司高州办事处这边专门负责 OTC 项目。等这边项目做成功以后，我就能缓过气。缓过气以后，我还会继续做清涟产品。"

"真能缓过气，何必又做清涟产品？OTC 项目是什么意思？听起来很高大上。"

"负责跑药店销售，第二终端。"

"切，我还以为是什么。跑药店难吗？我想去试一试。"

张小兰挺有兴趣，任巧便决定到对面的和平药房试一试。她之所以没有拒绝张小兰，很重要的原因是张小兰是清涟产品的大客户，让大客户满意，是清涟产品合作伙伴的基本准则之一。

来到和平药店，年轻店员用挑剔的眼光瞧着两个年轻的药品销售道："负责人不在。二七公司，没有听说过，刚成立的小公司吧？"说完，他将资料丢在一边，自顾自地看柜台里的小电视。

第二家药店，负责人态度还不错，道："没有报价单？没有报价单谁进药？把联系方式留一下吧。"

第三家药店，没有见到负责人。

第四家药店，一个中年负责人态度倨傲地道："代销，可以。其余免谈。"

走了四家药店，张小兰感叹做销售真不容易。任巧经受过清涟产品的洗礼，承受失败的能力明显强于张小兰，道："没事，只要努力跟进，肯定没有问题。"

第六章　房地产的诱惑

来到高州森林后，六指离开，侯沧海和张跃武单独在一起。

经过前期多方考察，特别是经过公司高薪聘请的大师看过面相以后，张跃武准备向侯沧海伸出橄榄枝，让这个有魄力而且人品不错的年轻人辅助女儿开一家房地产公司。

依他的判断，如今房地产行业进入上升趋势。女儿迟早会接自己的衣钵，应该让她起点高一些，从独立运作项目开始，直至最后接手家族企业。

"据我了解，山南省医药代表的主要手段都是灰色的。反商业贿赂相关法律将在近期出台，医药代表实质上行走在法律边缘，稍不留意，就有可能触犯法律。从这个角度来讲，我认为这不是一项长期的事业。男怕入错行，你应该趁着入行时间短，早日转行。"张跃武特意让自己的法律顾问对医药代表这个行业进行了分析，今天见面后，他一针见血地提出了自己的见解。

张跃武提出的问题确实点到了要害之处。侯沧海如今带领团队游走在灰色地带，几乎只能靠灰色行为获取利润。这不是侯沧海团队的悲哀，其实是整个行业的悲哀。

侯沧海不愿意向张跃武解释从事此行业的原因，道："张总，有什么事情请吩咐。"

张跃武道："你认识我女儿张小兰，她是我的独女。我想让她在高州搞房地产，但是需要有人辅助，你是个好人选。"

侯沧海没有料到居然是这个事情，反问道："为什么是我来辅助？"

"你没有乱七八糟的社会背景，又在政府机关工作过。"

"为什么不在江州开发房地产？高州经济条件一般，远不如江州。"

"我到高州来办企业是为了煤矿。高州煤矿储量全省第一，如今煤炭行情好，很多资金都在各显神通进入高州。我五年前在高州中标一段路，承建方是下面一个县的交通局，县里没有钱支付修路款，硬塞了一个年年亏损的煤矿给我。我当初找了很多关系，不想用煤矿抵债。高州人抱团排外，地方官员和煤矿老板勾结起来，强行将这个煤矿抵给了我。当时搞得我欲哭无泪。煤矿到手后，需要生产才能维持，否则浪费一大笔钱。我那年春节到黑河要钱，确实是没有钱了，钱全部投到煤矿了。"

这一段时间，侯沧海脑海中一直漂荡着编织袋和现金，画面如此富有刺激感，想忘记都难。此时听张跃武讲起煤矿的奇异来历，他张大了嘴，半天合不拢。

"我接手这个强塞给我的煤矿时，每吨煤的价格在九十八元到一百零五元之间，我基本没赚到钱，勉强维持。去年，煤炭价格一夜飞涨，跃至每吨一百八十元，我想不发财亦难。以前是我四处求人卖煤，如今是一串煤车等着拉煤。国内建设还要持续，对能源需求旺盛，煤炭价格肯定还要涨，我有几年好日子过。"张跃武自嘲道，"经过这次事件，我有一个总结，发财是上帝抛色子，扔到谁头上，谁就会发财。"

侯沧海道："我对房地产一窍不通啊。"

张跃武摆了摆手，道："煤炭成了赚钱机器以后，许多小煤矿受到地方势力或者说是黑社会性质组织的敲诈，我们这个煤矿产量大、质量好，很受黑恶势力'关照'。为了护矿，我们弄了护厂队，准备了铁锹、木棍。在厂区外打了几架，黑恶势力没有占到便宜。我们护厂队的队长因为打架斗殴被公安抓了，差点儿被判刑，三个月前才放出来。为了保他，我花费不少。"

侯沧海不解地道："既然这样，张小兰为什么不回江州做房地产，或者直接到南州？"

张跃武道："这里又有另一个新故事，你在江州工作过，应该知道市委黄书记吧，他的女婿是你的大学同学。三个月前，黄书记调到高州任市长。现在，你应该明白我为什么要把房地产放在高州了。黄书记来到高州后，在省城搞了一次推介高州的招商会，想给高州多找项目。我在江州时和黄书记关系不错，他如今来到高州，恰好我在高州有煤矿。我得在开发区搞些地，投资做开发，这是给黄市长扎场子。行走江湖，讲究人敬我一尺，我还人一丈。黄市长想让开发区热起来，我必须支持。"

侯沧海再次张大了嘴巴，黄书记是黄英的爸爸，也就是陈文军的岳父，没有料到绕了一个大圈子，陈文军的岳父居然来到高州当市长。想想也正常，书记、市长、公安局长、组织部长四个重要职务原则上异地任职，黄书记是江州人，要想当正职，必须离开江州。

"黄书记过来了三个月？"

"嗯，半月前刚刚完成选举，他如今是高州市委副书记、市长。你平时没有看报纸和电视？以后不管到哪个地方做生意，当地新闻要多看。当地新闻就是领导日记，你可以从中了解他的执政理念。"

"医药代表不考虑这些。"

"医药代表要赚钱，必须游走在灰色领域，很容易被打击，不是长久的事。张小兰刚大学毕业，为人单纯，我不想找一帮老江湖帮她。新成立的房地产公司，我女儿是老板，你帮助她处理日常事务，我给你年薪。"

张跃武举起手，三个手指伸得老长，"三十万元年薪。项目完成后，项目利润百分之十是你的奖金。"

如果是从区委政法委刚离职，这个条件确实十分优厚，足够让侯沧海为之拼命。如今侯沧海负责二七公司在高州的业务，如果业务顺利，他这个地区级主管能有二三十万元的年收入。相比之下，三十万元的年薪显得不是那么诱人。

张跃武看出了侯沧海在犹豫，道："二七公司高州负责人这个职务你可以保留，再找一个副手帮助你管理业务就行了。我带你去见见黄市长，有了黄市长的面子，二七公司在高州做业务，谁还能挡得住。你很幸运，这么年轻就能亲自操盘一家房地产公司。虽然是小型公司，也要走过所有流程，会遇到许多麻烦，经过这家公司以后，你立刻就会变成掌握山南省情的真正企业家。"

同意，或者不同意，这对侯沧海来说是一个问题。

"我是二七公司驻高州主管，带领一个团队。成或者不成，我都会一个星期之内给答复。"侯沧海最终没有立刻答复。

侯沧海没有拒绝，张跃武知道事情基本成了，道："一个星期，希望侯子能到任。"

离开别墅区时，六指丢了一把越野车的钥匙给侯沧海，道："这车停着没有人开，你去跑磨合。"

侯沧海没有客气，接过车钥匙，驾车离开高州森林。越野车穿行在街道上，不时有三轮车迎面而来，让侯沧海被迫踩刹车或者变道。三轮车就宛如高州人——穷、硬、横，不惧怕比他强大的人。

越野车顺路停在一家渔具店，侯沧海买了两副最便宜的渔竿。世安厂位于城郊，外面有小河，小时候，父亲经常带着侯沧海到野外钓鱼，这给侯沧海留下了深刻印象。如今他有了一辆车，便想着休息时找个地方钓鱼。

小车开进罗马皇宫小区，懒洋洋的保安完全不负责，视车如无物。侯沧海将车直接开到楼下，站在车门外给任巧打电话，得知张小兰也在楼上包饺子，便让两人一起去郊游。

张小兰下楼见到这车，惊讶地道："这车是六指在开，怎么在这里？"

侯沧海甩了甩钥匙，道："六指说这车闲置，我来跑磨合。"

张小兰深有疑惑地望了望越野车，又看了看侯沧海。最近她和父亲长谈过几次，父亲很坚决地拒绝了她到煤矿的要求，神神秘秘地提出有另一个生意由女儿负责，并且正在寻找得力助手。她看到侯沧海开着六指的越野车，暗猜道："莫非，我爸给我找的助手是侯沧海？肯定是这样的，否则他不会对侯沧海这么热情。"

"侯子，我爸到底搞什么鬼？"

"你不清楚？"

"他不肯说，只是说很快就会见分晓。"

"你爸是个好老爸，他不说，我也不说。任巧弄个锅，备点儿姜、葱和盐。既然有车，我们到郊外去找个水库钓鱼，然后在水库边上煮鱼吃。"

任巧赶紧上楼。

张小兰疑惑地道："你知道哪里有水库？"

侯沧海道："高州是山区，20世纪60年代大搞农田水利建设，城郊肯定有大水库。我们买一份高州地图，自然一清二楚。"

张小兰道："开车技术怎么样？以前没有见你开过。"

侯沧海道："放心吧，六指将钥匙交给我，说明相信我的技术。"

六指是父亲的亲信，凡是要处理的"外务"，一般是由他来出面。六指能将钥匙交给侯沧海，说明侯沧海肯定就是那个神秘助手。想到侯沧海要来当自己的助手，张小兰感觉怪怪的。

任巧将锅碗都拿了下来，放进尾箱。

小车在报刊亭停下，侯沧海买了一份地图。半个小时左右，侯沧海带着两个女孩来到红旗水库。红旗水库大坝上写着"严禁垂钓"几个威严的大字。张小兰嘲笑道："侯子，你出错了吧？这里不能钓鱼。风光不错，我们到水库边走一走。"

侯沧海拿着烟，进了管理房。几分钟之后，他走出管理房，径直到后备箱里拿了渔竿。张小兰道："准你钓鱼？"侯沧海道："一根竿儿十块钱，交给管理员，随便钓。"

经过管理房时，耳朵上夹了一支烟的邋遢管理员站在门口，道："我们有特制饵料，用来喂窝子。不喂窝子，钓不上来。五块钱一包，便宜。"

付钱买了带有酒味的糟子，管理员热情地介绍道："你们朝里面走，有个小湾，将料撒进去，鱼最容易上钩。"

沿着水库行走，脚边是清冽的湖水。侯沧海道："这就是社会，我们要认清，否则办不成事。我建议张小兰到二七公司来做几天业务，跟着任巧跑。"

张小兰和任巧一起笑了起来。任巧道："我和小兰一起跑了四个药店，一无所获。侯子哥，有药店提出要代销，可不可以？"

侯沧海断然否定道："我研究过这事，OTC终端和第一终端有明显区别，前者快，后者慢。如果代销，药店面对代销品没有资金压力，必然不会全力推荐。现在同品牌的药品很多，代销的药品肯定放在最后。特别是小药店，绝不能追求单纯的数字好看，要实实在在销售。"

任巧道："小药店不能代销，那些连锁大药店怎么办？我问过一家，凡是产品进柜都得交进店费，不仅要交钱，还得审核资质。"

侯沧海道："如果是连锁大药房，那我们就射人先射马，擒贼先擒王，把区域负责人搞定再说。"

谈话间，三人来到小湾处，撒下特制酒料，开始等着鱼上钩。最初侯沧海还和两个女孩子说上两句。等鱼上钩时，他望着波光粼粼的水面开始走神，想起了曾经与熊小梅在一起的快乐时光。与熊小梅分手后，他先后与陈华和姚琳都发生过关系。欢娱时，他会暂时通过身体的舒服忘记曾经的爱，但是还没有谁能够真正代替熊小梅在他心中的位置，或者说，还没有一个女子能填满熊小梅在他心中留下的空隙。

张小兰守着另一支渔竿。

任巧削了一个苹果，削成片，插上牙签，分给侯沧海和张小兰。

水面终于有了动静，浮子上下抖动，然后猛地下沉。任巧站在侯沧海身后，用手捂着嘴巴，担心发出声音惊走即将上钩的鱼。一条漂亮翘壳鱼被钓上来以后，她高兴得又拍手又蹦跳。

张小兰望着兴高采烈的任巧以及沉稳的侯沧海，忽然觉得生气。她知道生气毫无来由，于是强行克制，专注看水面。这时电话响起来，是黄英的电话。

"我和文军在高州，晚上一起吃饭。"

"好啊，我和侯子在钓鱼。"

"侯子？谁是侯子？"

"侯沧海啊，陈文军的同学。"

"你们在一起钓鱼，太奇怪了，你们到底是什么关系？"

"确实有点儿莫名其妙，晚上见吧，我们在水库钓了鱼，挺新鲜的，晚上喝鱼汤。"

这时，侯沧海的电话响了起来，是陈文军打来的。

"我调到高州来了，在高州新区管委会当主任助理，我以前是科级，这次是平调。"陈文军声音里有掩饰不了的兴奋。

得知陈文军出任高州新区管委会主任助理的消息，侯沧海烦躁起来。浮子在水里静止不动的时间不过短短几分钟，他却觉得很漫长。他不耐烦钓鱼，索性将竿插在地上，在水边走来走去。

每个人在人生中都会做出无数次选择。选择，这个词听起来轻飘飘的，没有分量，实质每一次选择都改变了人生方向。陈文军能走到现在这个位置，是从大学时代一次次选择积累起来的结果，每一次选择都很关键，无法取代。选择黄英而与陈华分手固然关键，但是离开前面的选择，这一次关键性选择必然也不会出现。

侯沧海现在的生活也是从大学时代一次次选择积累起来的结果。

张小兰突然间有了收获，一条大鱼中招。大鱼不甘心突然降临的厄运，带着刺入身体的鱼钩，在水中快速游动。它露出青黑色的背脊，发怒地翘起嘴壳。

任巧站在水库边，想用胶桶将大鱼舀上来。

翘嘴大鱼不肯服输，拼命地在水中转圈，忽远忽近，激起了一圈圈涟漪。

侯沧海准备帮着任巧将那条强悍的大鱼弄上来。走近时，任巧已经用桶舀到大鱼。大鱼身体强健，动作滑溜，拱了拱背，趁着敌人立足未稳，轻松地从胶桶中滑了出去。任巧眼见进桶的大鱼要溜走，上前一步，弯腰准备再次将鱼装进胶桶，不料脚一滑，身体前倾，扑通一声摔进水库。

侯沧海毫不犹豫地跳进水库。

张小兰站在岸边，急得直跺脚。

侯沧海下水以后，没有急着靠近任巧，而是游到其背后方向。当任巧从水中露出之时，他迅速靠近，从后面抱住她的脖子。这是救人的正确姿势，免得救人者被溺水者抱住，发生更大的悲剧。

"放手啊，我会游泳。"任巧摔进水里后，顺手抱住那条大鱼。她双手抱着那条大鱼，双腿在水里有节奏地打水。由于脖子被侯沧海从后面抱住，她接连喝了好几口水。

侯沧海赶紧放开抱住任巧脖子的手，道："你早说啊，我衣服都没脱就跳下来了。"

任巧水性不错，抱紧大鱼，双腿打水，来到岸边。

那条大鱼足有半米多，是一条大块头翘壳鱼。上了岸以后，它失去威风，蜷缩在胶桶里，尾巴将胶桶打得啪啪直响。

侯沧海和任巧都成了落汤鸡，在风的吹动下，水珠滴滴下落，既狼狈，又可笑。

任巧落水，张小兰最初吓了一大跳。谁知原本英雄救美女的好戏变成了英雄卡住美女脖子的滑稽画面，惹得她很想笑。从这件事可以看出来侯沧海的为人还是不错，跳水救人时毫不犹豫。

第七章　高州形势复杂

侯沧海一身是水，由张小兰开车回城。

小车进城后，侯沧海和任巧在商店买了衣服，换好以后直奔黄英所住的老干部小区。

老干部小区建在老市委后方，从表面看起来很普通，走进以后，才发现里面绿树参天，宛如小型森林公园。森林里分布着不少小型院落，离休的副厅级及以上领导干部居住于此。

黄英提前打过招呼，小车得以在院内穿行，在第三个交叉小路口左转，行进百米，见到一幢单家独户的院子。

院子前有保安。保安看了车号，示意其停在院墙旁边。

侯沧海和张小兰第一次到黄英家，不能空手，两条野生翘壳鱼恰是最好的礼物。

任巧在路边买的衣服实在难看，头发乱七八糟，便躲在车里，不愿意出来。

黄家院落门前是一个半截木门，院里种满花草。小院建筑相当久远，可以追溯到解放初期，建筑格局偏传统，显得陈旧。有了盛开的繁花，小院顿显勃勃生机。

一个梳着大背头的中年男子背着手在院子里低头沉思。

陈文军看见侯沧海、张小兰过来，打开木门。侯沧海很多年前看过一部好莱坞20世纪40年代的黑白片，名字叫《鸳梦重温》，最后一个画面是男女主人公在曾经居住过的小院相遇。电影里面的小院和现实中的这小院几乎一个模样。

陈文军道："提桶做什么？"

"这是张小兰钓的鱼，这么大的翘壳实在罕见，给叔叔阿姨送过来。"侯沧海脱离了机关，不再是公务员，他故意没有称呼黄市长职务，而是以长幼辈分来称呼。

"好大的翘壳鱼。"黄英瞧了瞧桶，惊讶地道。

听到女儿惊呼，黄德勇这才看见进来了两个年轻人。女子是张跃武的女儿，男子则不认识。

张小兰甜甜地打了招呼，叫了一声："黄叔叔。"

黄德勇在小辈面前没有架子，笑呵呵地道："小兰的男朋友吗？果然一表人才。"

张小兰唰地红了脸。

黄英笑弯了腰。

陈文军道："爸，这是我大学同学侯沧海。以前在黑河镇政府工作，后来调到了区委政法委。后来辞职了，如今是二七公司驻高州分公司经理。"

黄德勇对侯沧海调动之事还有印象，脸色严肃起来，道："为什么要辞职？"

黄英帮着答道："侯沧海的妈妈得了尿毒症，为了换肾，卖了房，花光了所有积蓄。换肾手术的后续治疗费用也高，他只能辞职，否则靠工资只能饿死。"

"哦，原来这样。你妈妈现在怎么样？"

"谢谢黄叔叔关心，我妈妈比较乐观，恢复得还行。"侯沧海不称呼黄德勇职务，努力将关系由上下级变成私下朋友关系。他将胶桶提到黄德勇身边，道："黄叔叔，这是张小兰钓的鱼，很新鲜。"

黄德勇看见张小兰和侯沧海第一眼，觉得两人真有夫妻相。他又问道："你们两人在谈恋爱？"

张小兰脸更红了，道："黄叔叔，没有。"

黄德勇哈哈大笑，道："鱼不错，晚上有口福了。你们出去玩吧，别来陪着我这老头子了。"

以前在江阳区委政法委工作时，侯沧海在大会场曾经听过黄德勇副书记的讲话。在会场上，他神情严肃，一丝不苟，散发着慑人气场。侯沧海现在离开体系，从另一个视角来看黄德勇，又有不同的感受。

越野车宽阔，五个人坐在里面不显挤。侯沧海开车，陈文军坐副驾驶，任巧坐在左侧车门，听张小兰和黄英聊天。

陈文军即将到高州新区任主任助理，这顿晚饭就安排在高州新区。

越野车在高州新区转圈，寻找合适的餐厅。在新区转了一圈下来，他比较失望，相较于南州或者说江州，高州开发区到处是被圈起来的土地，一点儿都没有"热土"的迹象。区域内商业更是凋零，接连找了几家餐馆，都不如意。诸人很快统一了意见，回老城吃大排档。

高州一院附近的大排档是全市最火爆的场所，比起新区，这里又显得太嘈杂。大家原本想要坐在楼下的坝子里，被划拳声音和震耳的音乐吓得到了楼上。

黄英压低了声音，神神秘秘地问道："你怎么和侯沧海在一起钓鱼？他是单身汉，你们还真的挺配。"

张小兰望着站在门外抽烟的侯沧海，道："我爸在这边做煤矿，我一个人在南州无聊死了，到高州找点儿事情做。侯沧海原本在省城一家医药公司做医药代表，业绩不错，被派到高州当主管。我们在这边遇上，纯属意外。任巧是他们公司的新员工，以前做清涟产品。"

门外，侯沧海与陈文军站着抽烟，聊近况。

"你都叫黄叔叔为爸爸了？"

"结婚证都领了，当然叫爸爸。"

"小日子不错啊，准备要孩子？"

"迟早都得要小孩，早点要，年轻一些，黄英容易恢复。"

这家店的服务员全力以赴应对楼下的大排档，对楼上单独一桌很敷衍。任巧点完菜，又给几人倒了茶，坐了一会儿，再出去催菜。反复催促后，黑胖服务员明显不高兴，端菜上来，重重地往下放，菜里油水溅了起来。

黄英当场要发作，被陈文军挡住。陈文军道："高州民风彪悍，服务意识不强，你和她生气，不值得。"黄英气呼呼地道："如果不是你要来，我真不想到这个鬼地方来。这个地方的意识至少比江州落后十年。"陈文军温柔地劝道："正因为高州落后，所以才需要爸来这里工作，通过爸的工作，我们就能改变这里的风气，让改革走上快车道。"黄英点了点头，道："我只能忍了。"

侯沧海离开体制有一段时间了，往日构建在思想里的规则、原则和套话都变得遥远、模糊。在这个大排档听到陈文军这一番高论，只觉得中午吃的饭菜都要吐出来了。看见黄英点头的样子，他不禁疑惑道："难道黄英真相信他爸就能改变一个地区的风气？"

他在心里呕吐时，看了两眼另外两个女子。

张小兰在东张西望，眼神对过来的时候，里面透露些许嘲弄。

任巧乖巧地用汤勺给大家盛汤。

侯沧海决定回家以后要批评任巧，批评如下："就算黄英是市长的千金，就算陈文军是新区管委会的主任助理，就算张小兰是富家女，她也不必把自己弄成服务员，挺起腰来，别人才会真正重视你，否则留给对方的是轻视。"

当然，在这个场合里，他不会当面批评任巧，很礼貌地对任巧的服务说了声谢谢。

高州餐厅服务员质量不怎么样，菜的味道还算不错。高州菜讲究本味，有一种特殊的感觉。其中一道汤将鱼和鸡混搭着熬制，味道着实鲜美。侯沧海几口喝完了一碗，刚将碗放在桌上，任巧拿起汤勺又给他盛了一碗。

黄英打量着任巧和张小兰，突然问了一句："任巧，你以前做过清涟产品吗？推销挺难的，是不是经常受到白眼？"

任巧微笑着将碗放在侯沧海面前，道："我现在还在分享清涟产品，只是这一段时间的重点在做 OTC。"

黄英没有听明白什么叫 OTC，望了陈文军一眼。陈文军在脑子里将这个词过滤了一遍，道："这应该是一个模式，比如我们投资的方式就经常用英语代号，侯子，是不是这样？"

侯沧海神情严肃地道："OTC 确实是一种模式，最初来源于股票市场，是指在证券交易所以外的市场所进行的股权交易。移用在医药市场，是指在医院外进行药品交易的一种模式。"

这一番介绍很是高端、大气、上档次，不足之处还是没有讲明白。

张小兰曾经跟着任巧跑过药店，明白 OTC 是怎么一回事。她看见黄英还在思考这个问题，憋着笑走出包间，到了卫生间忍不住大笑起来。她笑得很是畅快，越笑越觉得好笑，眼泪都笑了出来。她想起侯沧海一本正经地胡扯的样子，笑骂了一句："这个侯子，还会玩点儿冷幽默。"

走出卫生间时，张小兰揉了揉笑脸，准备回到桌上也严肃地讨论这个问题。

楼下传来了一阵叫骂声，一阵急促的脚步声在楼上响了起来。张小兰走到包间门口，停下脚步，观看是怎么一回事。

从楼下冲上来一个狼狈的中年人，后面是几个短发年轻人。年轻人手上都有砍刀，闪着寒光。中年人跑上二楼后，无路可逃。他不顾一切地冲向窗边，准备跳楼。餐厅是一楼一底，从二楼跳下去应该问题不大。

一个光头年轻人飞身往前扑，抱住了中年人的腰，将其从窗口拖了下来。

中年人顺手抓起桌上的空碗，狠狠地砸在年轻人的光头上，然后用力猛推光头年轻人。

光头年轻人头顶开花，鲜血直流，仍然抱住中年人。耽误了宝贵的几秒钟，中年人陷入包围。

转眼之间，中年人后背衣服被砍碎，皮开肉绽，血肉模糊。一个刺青男子将中年人提了起来，面对疤脸男子。

疤脸男子恶狠狠地道："复星矿必须卖。"

中年人尽管被砍得很惨，仍然坚持道："不卖。"

疤脸男子用砍刀横着在中年人肚子上拉了一刀。

张小兰被血腥场面吓得肝胆俱丧，愣了几秒后，张嘴要惊叫，侯沧海站在她的身后，眼疾手快，一只手捂着她的嘴巴，另一只手将其拦腰抱起。回到包间，他轻轻掩上房门，才将张小兰放下。

张小兰腿软得紧，倒在侯沧海怀里。

侯沧海将张小兰搂抱着带进屋，让她坐在椅子上，安慰道："你别怕，街头打斗就是这样，有时很血腥。以前我在世安厂时，青工们打架比这还要厉害。"

张小兰大脑处于混沌状态，血腥场面将她所有的思维都染成红色。

侯沧海站在门口听了一会儿，外面已经没有动静了。他拉开门，迎面见到窗口处血肉模糊的伤者。伤者趴在地上，呻吟，双腿抽动。两个服务员站在远处，不敢上前。楼梯口站着几个来自底楼大排档的食客，伸长脖子看热闹，指指点点。

侯沧海走近伤者，蹲下身查看。伤者全身血肉模糊，眼睛顽强地睁开，道："救我。"他的声音细如蚁音，时断时续，随时都有可能一口气提不上来而断掉。

侯沧海快步走回包间，要过任巧的手机，打了 120 后，又打 110 报警。打完电话，他安排道："陈文军和黄英身份不一样，别在这里逗留了，我要处理一下受伤的人，否则此人要完蛋。"

黄英的爸爸是新任市长，陈文军是新区管委会即将上任的领导，都不宜和这起伤人案有牵连。张小兰和任巧则是女生，亦不适合这么血腥的场面。陈文军戴上墨镜，对侯沧海说了一句"改天再见"，便牵着黄英离开了。

四人离开后，侯沧海到楼下买了一瓶水和三条毛巾。他没有系统学过现场救护，凭着本能觉得应该扎上伤口，否则失血过快，救护车到来也没用。

中年人腹部被锋利的刀口拉伤，皮肤被划出一条超过十厘米的大口子，肠子挤了出来。侯沧海将三条毛巾接起来，紧紧地捆住伤口，不让肠子继续向外涌。

伤者手臂和腿上还有多条伤口，很快在身体周围形成一摊血水。侯沧海正准备到楼下再买毛巾，不知何时转回来的任巧颤抖着道："我下去拿毛巾。"

在等待任巧拿毛巾时，侯沧海喂了几口水给伤者，道："别着急，医生很快就到。你是皮外伤，看起来吓人，没有伤到要害。"他没有给伤者说肠子露出来，故意往轻的方向说。

刚将大腿伤口扎住，外面传来警车响声。随后，警察出现在楼梯口。

警察出现后，任巧在卫生间吐得稀里哗啦。刚才见到冒出体外的、滑溜溜的肠子时，她就想呕吐。为了救人，她强忍呕吐的欲望，直到警察到来才奔向卫生间。

120 急救车的声音也响了起来。受伤的中年人脸色苍白，被急救人员抬上车时，一直望着侯沧海。

侯沧海跟着一个老警察下楼，准备到派出所做笔录。任巧如小尾巴一样，一直跟在侯沧海身后。

下楼后，侯沧海看到越野车在原地未动，跟老警察解释两句，走到越野车边。张小兰还没有从惊吓中恢复过来，坐在越野车上一动不动。等到侯沧海问了几句后，她才回过神来，道："派出所为什么要带你走？这事和你没有关系。"

"我报的警，要做笔录。这事挺麻烦，你别卷入里面。你别开车了，坐出租车回家。"侯沧海又对一直跟在身边的任巧道："晚饭没吃成，回去包饺子。"

听到"包饺子"三个字，任巧脑子里浮现起滑溜溜的肠子，捂着嘴巴又跑到一边。

在派出所做完笔录，侯沧海回到罗马皇宫。客厅桌上摆着一碗稀饭和一碟咸菜。侯沧海经过一番折腾，确实饿了，坐在桌边喝稀饭。

"回来了，快吃吧。"任巧洗过澡，头发湿漉漉的。在日光灯下，她的脸色出奇地苍白，没有一点儿血色。

"生病了？"

"没有，你包扎时，我看见了肚子上的伤口，在卫生间吐了。至少一个星期，我不会吃荤。"

侯沧海当时只是顾着救命，完全没有在意伤口的情况，更没有意识到此类伤口会对年轻女子带来如此大的冲击。他笑道："没事，这也是人生百态之一。"

任巧道："砍人的是什么人？如今我在高州有严重的不安全感。"

侯沧海站在门口时恰好听到了"复星矿"三个字，虽然现在无法断定复星矿是金属矿还是煤矿，但是这次砍杀肯定是因为矿产而起。他这时才明白当初张跃武所言。张跃武有黄德勇这个后台，仍然如履薄冰，看来高州经济环境真不好。

他让任巧坐在身边，道："到了高州，夜总会之类的地方少去，免得惹事。"

任巧用毛巾擦着头发，露出白白细细的脖子。她小心翼翼地问道："我听小伟哥说过，要做好医药代表，少不得要和医生打成一片，唱唱歌，喝喝酒，应该免不了了吧？"

"这是我最头痛的地方，只能尽量避免吧。"侯沧海准备充分利用黄德勇这条线。目前有黄英、陈文军的关系，还有张跃武的关系，想必这条线走得通。

手机落水后，电池和手机暂时分离。从落水到现在，侯沧海没有打电话，也没有接电话。作为二七高州办事处负责人，没有通信，相当误事。喝完稀饭后，他用餐巾纸将手机壳重新擦了一遍，将电池安装进去，遗憾的是手机没有丝毫反应。

这个诺基亚手机有电话簿功能，手机损坏，电话号码丢得一干二净。

侯沧海先后有两个重要的纸质电话记录本，第一个本子在熊小梅离开后，被他一时冲动丢进街边垃圾桶。等到后悔时，再也找不到这个本子了，幸好手机里面还存了一部分电话号码，包括熊家的电话、熊小琴的电话。他一直想将手机里的号码转抄到纸质笔记本上，一拖再拖，始终没有完成这个工作。

第二个本子是到南州以后重新记录的，主要是南州关系户电话和山岛俱乐部成员电话。

今天手机损坏，他靠回忆将以前熟悉的号码记在第二个本子上。熊小梅的电话、熊家的电话、陈华的电话、杨定和的电话，这些都是十分熟悉的电话，他记得很清楚。唯一想不起来的是大姐熊小琴的电话。

他左思右想，总也想不起熊小琴的电话。这原本不是一个十分重要且紧急的电话，却如一根带毒的尖钉，扎在侯沧海心中。他在屋里徘徊两个小时，无心做其他事情。

第八章　十五万元奖金泡汤

早上，等到商店开门，侯沧海立刻买了手机。

手机开通不久，吴小璐电话打了过来："电话怎么不开机，昨天下午就给你打电话，一直打不通。我妈松了口，同意在山南二院临时进二七公司的药，你们要及时跟进，免得有变。"

聊了几句公事，侯沧海道："听周鑫讲，周主任对马忠不太满意。"

吴小璐叹息道："我妈与马忠算是同辈人。我妈没有明确反对我们的婚事，只是不愿意我和马忠来往。打了一段时间冷战，我怀孕了，这场战争才结束。"

侯沧海道："怀孕了！祝贺啊。"

吴小璐道："我希望生一个女儿，让她享受完整母爱。父爱和母爱，缺一种都永远无法弥补。"

母亲周永利生病时，吴小璐送了一笔钱过来。这笔钱是救急钱，侯沧海一直记在心里。如今吴小璐怀了孕，恰好是表达感谢的良机。

与吴小璐通话后，侯沧海马上拨通大伟哥的电话。

大伟哥火气很大，责问道："你昨天为什么关手机？给你打了无数个电话。"他得知山南二院之事，无精打采地道，"这事和我无关了。我接到正式通知，调回总部，新的总经理马上要到，她来接管这一摊子。"

放下电话，侯沧海立刻前往南州，将任巧留在罗马皇宫继续自学培训手册以及药品资料。

任巧看了一会儿资料，有些心神不宁。她仔细化妆后，准备将报价单给那家提及报价单的药店送过去。她预领了二七公司的工作费用，就得认认真真工作。这不是挣表现，而是能否生存的大问题。

吃大锅饭的现象容易出现在大企业，原因是在大企业一个人是否真正做工作只能间接影响体系，工作结果与生存没有直接关系，与生存有直接关系的往往是内部人际关系。这就是大企业病的根源，是办公室政治产生的直接原因。

二七公司驻高州办事处是一个小单位，每个人都将负责一条线或是一个面，能否赢利是能否成功的唯一标志，简单明了，一清二楚，由不得任巧有半点儿偷懒。

这一次到南州，侯沧海开着那辆越野车。

二七公司宿舍还保留着前往高州的诸人的床位，这是大伟哥要求的。当时有人要将这些床腾出来，方便新人进入。大伟哥没有同意，一是新人还没有到，用不着提前做没有发生的事情；二是给侯沧海等人留个床，让他们有了归宿感，这种一本万利的事情不做，才是傻瓜。

侯沧海见到自己的宿舍和床位时，确实产生了对二七公司的归宿感。他和还在宿舍里的员工打过招呼，直奔二七公司办公室。

"山南二院开了口子，很难得，立刻全员跟进，这是最近一段时间的工作重点。"习惯性说完这句话，大伟哥自嘲地笑道，"这些事情由新来的苏松莉来操心了。苏松莉一直在总部工作，是一个牙尖嘴利的女强人，在总部的时候最看不惯我们山南这边的绰号文化，估计以后在正式场合不准称呼绰号了。"

周瑛同意帮忙，进入山南二院之事就没有太大难度，侯沧海还是挺有把握的。他关心的是另一个问题："大伟哥，以前说的奖金怎么兑现？"

大伟哥道："如果早几天，我可以兑现我的诺言。但是公司文件已经下发，现在我不是山南公司的负责人了，做不了这个主。在工作交接的时候，我会将这件事情提出来。"

侯沧海离开办公室后，将杨兵和江莉召了回米，让他们两人跟进山南二院。

杨兵在二七公司的时间比侯沧海长得多，业务精熟，为人圆滑又谦和，由他跟进山南二院最合适。相较之下，吴建军适合管理不太正规的医院，其歪招、怪招、野招在不太正规的高州几家医院更有用武之地。

晚餐后，吴建军找到侯沧海，埋怨道："侯子，山南二院是肥缺，为什么不交给我？我们可是开裆裤朋友。"

不管部如今主体到了高州，但是以前开发的杜青县医院、李渡县医院、鸿宾医院和新近开发的山南二院，必须得留人继续跟进临床科室，朱颖不愿意离开省城前往偏僻的高州。因此，吴建军很在意谁跟进山南二院。

侯沧海所掌管的不管部实际上分成了三组人马：杨兵和江莉成为一组，吴建军和朱颖成为一组，任巧目前独立成组。他作为不管部主管，只能派一个小组进入山南二院，要么是杨江小组，要么是吴朱小组。他让杨江小组进入山南二院时，考虑到吴朱小组可能发出疑问，道："你跟我到高州，高州接近四百万人口，市场容量足够大，远远强过山南二院。"

吴建军毫不掩饰自己的目的，道："我们都是从世安厂那个山沟沟里出来的，我想要留在大城市，维护以前开发的几家医院。"

侯沧海道："我已经给杨兵下了任务。"

吴建军恼火地道："你怎么不征求我的意见？我等会儿跟杨兵商量，让我和朱颖留在南州，他们跟你走。"

吴建军在二七公司是著名的"野路子"，效率高、口碑差。山南二院的周瑛有"道德癖"，若是吴建军带着关系户乱来，被周瑛知道了，临时用药恐怕就真的变成了永远临时，这是侯沧海最为担心的事。如今，吴建军坚持留在山南，必须将此事挑破。

侯沧海道："贱货，你要留在南州也行，但是二院还是得由杨兵介入，这个不会变化。"

山南二院必将成为最大利润点，将山南二院交给杨兵，吴建军留在南州就会减少很多提成。吴建军想起朱颖坚决不到高州的哭泣样子，怒气冲冲地道："你和杨兵是大学同学，我们还是发小，你现在胳膊肘往外拐？不管怎样，我们不去高州。"

话说到这里，侯沧海不可能让步。

谈话不欢而散。

侯沧海晚上和杨兵一起来到山岛酒吧，汪海将一个短发年轻人介绍给侯沧海。侯沧海觉得此人有几分眼熟，一时之间又想不起在哪里见过。

汪海道："我们被围在假烟窝点，最危机时候，有人果断开枪。陈杰就是当天开枪的警察，他辞职了。"

"为什么辞职啊？"侯沧海对那位开枪的年轻警察印象深刻，只不过他当日穿着警服、戴着警帽，与现在形象大不一样，才没有将两人联系在一起。

"明明是上级优柔寡断，反而成了我严重违纪，要给处分，写检查。我受不了这份窝囊气，不干了。"

"杰兄，离职后做什么？"

"海哥想让我跟着他打假，这个工作没有意思。"

"那跟我合作，我在高州缺人手。"

"我不想当医药代表。"

"有一家新成立的房地产公司，我任总经理，你过来给我当助手。"

"这样啊？可以。"

得到了一个敢于开枪的助手，侯沧海挺高兴。

苏松莉刚满四十岁，多年职业生涯让她柔软的身体披上了一层铠甲。她从二七公司总部调至山南省，有了"主政一方"的机会。临走前，总经理找她长谈了一次，要求将山南业务由中等变成上等。

来到山南省第一天，上午，苏松莉与总公司来人一起与总经理杨伟办完交接。下午，她看了半天公司各类报表，又与老邱、老段以及老江分别谈了话。

第二天，苏松莉和山南公司财务人员、内务人员和个别骨干进行交谈。

苏松莉约谈了吴建军，第一句话就是："不管部这个部门很奇怪，别的省都没有这个部门。"她专门研究过不管部这个怪胎，每次看到公司表册上的不管部三个字，都觉得碍眼得很。

吴建军知道新来的领导一定会烧起三把火，今天找自己专门来谈"不管部"，说明其中有一把火可能烧在不管部身上。他打量新来的女老板，道："不管部是因人而设。侯子是怪才，先是搞定了一般人搞不定的私营鸿宾医院，最近又搞定了二七公司一直在吃闭门羹的山南二院，大伟哥看上了他专做偏门的才能，成立了不管部。别人不管的，由侯子来管。"

听到"侯子"的绰号，苏松莉道："Stop，Stop，我们是在正式谈话，不要叫绰号。在正式场合叫同事绰号极不严肃。你当过兵，应该知道规矩。我有一个疑问，如今侯沧海主管高州，不管部还有存在的价值吗？"

"确实没有存在的价值，我承认这一点。"

"高州主管把手伸到了南州，难道不是变相串货，违反规则？"

"我也认为是这样。以前侯沧海在南州，搞不管部还行。他到了高州，不管部就没有意义了。"

"把鸿宾医院和山南二院分给南州相关区域负责人，有没有问题？"

"应该如此。"

"侯沧海会有什么反应？"

"这应该是您的职权。"

"谢谢你，小吴。"

昨天，苏松莉和杨伟办交接时，苏松莉特意询问了公司骨干的基本情况。大伟哥对一手做强的二七山南公司深有感情，不愿意让苏松莉产生先入为主的坏印象，因此，他主要介绍了骨干员工的特点，轻描淡写地说了两句缺点，没有涉及原则问题。比如，在谈及吴建军时，将其违规做保健品这一段灰色历史抹去了。

苏松莉想撤掉眼中不伦不类的不管部，属于不管部的吴建军完全同意了她的观点，这让她对吴建军好感大增，打上了可以依靠和信任的标签。

谈话即将结束时，吴建军提出建议："我以前不是不管部的人，一直跟着老江。不管部成立后才调到不管部。我正在跟进鸿宾医院，杜青县、李渡县等医院，成绩还行。苏总，我有一个请求，如果要撤掉不管部，能不能让我回归原位，继续跟进这几家医院？"

苏松莉道："不管部是怪胎，二七公司是独一份儿，我肯定要撤掉这个部门。你的请求我会认真考虑，希望以后在二七公司努力工作，公司经营得好，你们的收入自然会水涨船高，大河流水小河满的道理，你肯定懂的。另外，今天我们谈话的内容，要保密，不能透露。"

吴建军出身于世安厂，当过兵，出来做过生意，算是老江湖。听苏松莉说了几句话便知其来自大企业机关，实战经验远不及大伟哥。他利用苏松莉对区域业务不太熟悉、对老江湖手段不太敏感的机会，暗地里给不管部撒了点"面面药"。这样一来，不管部被撤掉的可能性将大大增加。

回到新租来的房子，吴建军想到今天给侯沧海下的"面面药"，有些内疚地对朱颖道："朱颖，今天苏松莉征求意见，我琢磨着这个傻婆娘是想撤掉不管部，顺水推舟，说了几句同意的话。侯子是从小一起长大的朋友，我这样做有点儿阴吧？"

朱颖愤愤地道："谁想到高州去啊？我们好不容易租了房子，要在南州安家，跑到那个鸟不拉屎的地方，真是疯了。而且，侯子明显向着杨兵，把最肥的山南二院交给他，根本没有考虑你的感受，既然他不仁，你也不义。"

吴建军听到这话有些尴尬，道："不管部确实是怪胎，苏松莉那个傻婆娘肯定是要撤掉的，我不过附和两句，尽量争取自己留在南州。"

第三天，苏松莉召开了山南二七公司中层干部会，将外派各地的主管们全部召了回来，准备召开苏氏风格会议。

苏松莉开会方式与大伟哥不一样。

以前大伟哥在召开各地区主管、代表会议之时，会花两天时间。第一天会议各地主管和代表汇报工作，会场设在公司所在地，每人一把椅子，围在一起，大家讲完便讨论，讨论结束后开始喝酒。中午酒局，下午所有人聚在一起打牌。

第二天会议布置工作，会场仍然设在公司所在地。经过前一天的讨论，再结合平时掌握的数据，大伟哥将各地情况掌握得很准。第二天上午会议就由大伟哥唱独角戏，首先谈总公司的要求和新政策；其次总结上个月工作，总结工作没有什么废话，纯粹以数字说话，该表扬就表扬，该责骂就责骂；然后布置下一阶段的工作，也是以数字说话。

两天会议后，有特殊事的主管和区域代表留下来，单独讨论。

这是大伟哥风格的会议。

苏式会议走出了公司，专门租用酒店会议室，每个参会人员打上座位牌，有投影仪，参会人员还要提前上交发言材料，打印成册，在会议期间发给参会人员。这种方式让整个二七公司变得高大上起来，同时也让参会人员别扭和生疏起来。

侯沧海见到苏松莉的第一眼，就对这人产生了强烈的不信任感。没有原因，纯粹直觉。

人走政息是一种常态，广泛分布于社会各个层面。

侯沧海对此有刻骨之痛。

当年如果不是区委书记张强突然被调离，有两件事情肯定会发生。

第一件将要发生的事情：熊小梅肯定能调到江阳区一所重点中学。之后，两人结婚生子，过着平凡又幸福的生活。

第二件将要发生的事情：侯沧海调到区委机关，成为区委核心机构的一名工作人员。他将在岗位上熬资历，慢慢地能爬到科级，甚至处级。或者一辈子当一个科级干部。中途，两人或许会经历七年之痒。但是，生活会按照预定的轨道前进。

因为张强被调离区委书记岗位，侯沧海的生活便被彻底改变。此事后，侯沧海对于人走政息有了深刻理解。此时，他坐在宾馆会议室的椅子上，看着咄咄逼人的苏松莉，不由得想起以前的黑河镇委书记詹军，产生了警惕和强烈的不信任感。

第一天会议结束后，侯沧海是被留下来谈话的第一个地区级主管。在与苏松莉见面时，侯沧海尽量将所有的成见抛在脑后，听听苏松莉说些什么。

闲聊了一会儿，苏松莉很快将话题集中在不管部，提出一个尖锐问题："侯经理主管高州，应该将所有精力集中在高州，这样才能把高州业务做起来。从目前业绩来看，高州是倒数第一，杨总把你派到高州，肯定是为了提升业绩。"

"我会尽量把业绩提起来。但是，高州在全省 GDP 倒数第一，经济水平会直接反映在业绩上。苏总在二七山南公司搞每月业绩排名，高州基础太差，就算从纵向看业绩提高很多，横向比也有可能接连垫底。三次月排名垫底就要调动岗位，这种做法不科学。"侯沧海很平静地阐述自己的观点，态度平静，观点鲜明。

他拿出一张业绩排名表，放在苏松莉桌前。

从排名表上来看，倒数第一的高州与倒数第二的湖州在目前存在不小差距，就算高州业绩增幅达到了百分之十，仍然远不如湖州。

苏松莉坚持自己的改革方案，道："湖州和高州都是边远山区，两地条件差不多，业绩不应该相差这么多。相差这么大的原因只有一个，以前没有开发好，所以我必须得给主管高州的分公司经理压力，否则落后的永远落后。"

交谈到这里，苏松莉和詹军的形象基本上重合在一起，引起了侯沧海极不愉快的记忆。侯沧海不愿意如在行政机关那样委屈自己，直言道："这种比较其实没有意义，要结合历史来看问题。"

苏松莉来到南州以后，与员工谈了十几场话了，到目前为止，侯沧海是对改革新方案最不配合的人。她停止讨论道："排名方案经过总部同意，不再讨论，执行三个月以后，自然见分晓。我现在想谈的另一件事情，侯经理如今是高州分公司经理，不管部还有没有存在的必要？在整个二七系统里，这是唯一一例。"

侯沧海道："苏总是什么意见？"

苏松莉用力挥手，道："撤掉不管部，按区域管理。否则侯经理在管理高州的同时，还得管理山南二院、鸿宾医院、杜青县医院，分散了精力，不利于公司统一管理。其他地区对此意见很大。"

苏松莉谈话时，红色嘴唇一闭一合，让侯沧海产生了一条红色鲤鱼精正在说人话的感觉。这种感觉很怪诞，又很真实。

侯沧海等到"红色鲤鱼精"将主要观点表达明确以后，道："苏总，当初成立不管部是为了攻克二七公司现存的薄弱点，比如，鸿宾医院是私立医院，二七公司从来没有进入过这个领域，相信在全省就此一例。再比如，山南二院出于历史原因多年来都将二七公司排斥在外，如今能够进入实属侥幸。不管部花费大量精力进入了这些以前不能进入的领域，现在一句改革就将所有即将到手的收益让出去，恐怕不合适吧？"

侯沧海自从离开机关以后，回想在机关的那一段经历，决定从今以后不和圆滑沾边。对他而言，强者不用圆滑，只有弱者为了生存才需要圆滑；或者如方景波那种懦夫和骗子需要圆滑。

苏松莉双眉竖起，顿时在侯沧海眼里又幻化成一只好斗的公鸡。她咄咄逼人地道："难道谁开发了某一家医院，就必须永远享受那家医院的提成吗？没有这个道理。作为公司中层干部，为了公司总体利益，必须服从调整。"

侯沧海没有在苏松莉面前退缩，道："还有一件事情，我想问一问，杨伟总经理曾经向总部报告过，谁能成功开发山南二院将有十五万元奖金。不知这事杨总跟您提起过没有？"

苏松莉在此事上态度坚决，道："首先我申明，不是十五万元奖金，而是十万元。其次，这笔奖金是总公司对成功开发山南二院的奖励，如今只是临时用药，临时用药算是成功了吗？等到四个主品列入山南二院药事管理委员会的处方集，并且业绩达到一定标准后才能叫成功开发。到时候，十万元奖金肯定会奖励给开发过程中有功劳的人。"

这个理由很正当，而且不好反驳，却与实际情况完全不相符。实际情况是如果没有侯沧海和周瑛的特殊关系，二七公司绝对难以进入山南二院。

侯沧海靠着椅背，没有再说话。

苏松莉已经射出了枪中子弹，就不准备停下来，道："另外还有一件事。你和方景波交接之时，由于交接工作不细致，犯了不应该犯的错误，这个错误不应该由公司来承担,所以,根据总公司法务部门的意见,所有损失应该由高州分公司承担。你有意见吗?"

"没有意见。"侯沧海对于苏松莉已经完全失望。在这种不懂业务又自以为是的婆娘手下,他没有继续向上的空间。

苏松莉继续痛打落水狗,道:"刚才你谈到了鸿宾医院和山南二院,为了保持临床维护的稳定性,我对人员有所调整,将吴建军和朱颖划出高州分公司。吴建军和你是一起长大的朋友,由他来继续做鸿宾医院和山南二院的临床维护,侯经理肯定没有意见吧?"

侯沧海没有想到这个女子既愚蠢又恶毒,在心里叹息一声,道:"没有意见。"

原本倨傲的侯沧海彻底熄火,苏松莉放缓语气,道:"为了加强高州分公司的人员力量,你可以招三到五个工作人员。我现在宣布一条好消息,很多中干实际上都是临时工的身份,这一次总公司给了山南一些特殊政策,业绩好的分公司,主管可以转为二七公司正式员工。"

二七公司是国企,正式员工就有了国企职工身份,这是苏松莉手里握着的一张王牌。

侯沧海本身是从政府机关辞职出来,对这块蛋糕没有什么兴趣。他没有什么表情,平静地看着苏松莉。

第九章　用行动反击

谈话在侯沧海的沉默中结束。

苏松莉觉得最难啃的骨头被自己啃了下来。她握紧拳头，充满自信。

侯沧海一言不发地开了两天会，没有对苏松莉的方略再提任何意见。会议结束以后，吴建军和朱颖离开不管部，回归原位。

侯沧海打通吴小璐电话，约请吴小璐夫妻吃饭。

马忠对于传说中的侯沧海挺好奇，安排了鸿宾医院附近最好的中餐馆，带上好酒，准备和久闻大名的人物喝两杯。

前往餐厅之时，侯沧海下定了决心，准备给苏松莉还以颜色。这些年来，不论是在黑河镇机关还是在江阳区委政法委，他被欺负被压制后只能默默忍受。尽管如此，他在黑河镇还是落得被逼调走的结局。在政法委时间短，虽然混得不错，却是在夹着尾巴的前提下才获得领导的好感。

辞职后，侯沧海来到二七公司是为了赚快钱。经过一番努力，他在南州站住了脚跟，可与汪海合作，与张跃武合作，还在华魏山南公司中有了股份，处于进可攻退可守的有利位置。他不想平白无故地受苏松莉的窝囊气，决定立刻展开反击。

在餐厅里，侯沧海见到马忠第一眼，就明白吴小璐为什么最终会和他走到一起。马忠与吴培国在身高、气质上颇为相似，这种相似可以意会不能言传。吴小璐从小缺失母爱，恋父情结相比其他女子更重一些，马忠恰好是非常合适的替代人选。这个替代并非贬义词，而是一种正常的情感选择。

与在黑河镇相比，吴小璐稍稍胖了一些，皮肤红润，精神状态不错。

侯沧海送上一个厚红包，道："你们结婚时，我没有送上祝福。这一次小吴怀孕，我一定要有所表示。请不要拒绝。"

虽然说友谊不能用金钱来量化，可是友谊必须要有所付出。在侯沧海的世界观里，纯粹得没有一点金钱的友谊必然虚假。

吴小璐急忙摆手，道："别，真的。"

侯沧海道："我母亲患上尿毒症之时，我眼睛和饿狼一样，看见钱就想扑上去啃两口。小吴给了一个大红包，当时还真解决了大问题。这是给小侄儿的礼物，你们别推辞。"

马忠道："小璐，别推了。"

吴小璐这才接了红包，放进小包里。她决定抽时间再去看一看周永利，到时可以将红包转回去。

几杯酒下去，马忠和侯沧海的话题自然而然地转到了周瑛身上。

"我认识周瑛大姐很久了。"马忠怀着歉意对吴小璐道，"不好意思，我还是有点叫不出妈妈。"

吴小璐微笑道："没事，别说你，我是女儿，也是很久都开不了口。"

马忠继续展开这个话题，道："当时我还在学院当老师，算是青年教师，经常在学术会议上见到周瑛大姐。她理论水平挺高，辩论起来不留余地，尖牙利嘴，直指要害，大家都挺怵她。后来我们接触多了，我也由青年教师演变成了青年学者，再到中年学者，成了挺谈得来的好朋友。谁也没有想到，吴小璐居然就成了周瑛大姐的女儿，周瑛大姐成了我的岳母，世事之奇，谁又能够预料？"

侯沧海道："当初为了将药品打进山南二院，我多次到医剂科侦察。周主任面对医药代表时，只要用眼睛一扫，医药代表就要退后三步，仿佛那道眼光变成了降龙十八掌。"

听到"降龙十八掌"的说法后，马忠大笑，道："这个比喻形象，确实如此。我岳母第一次找到我的时候，两眼放光，恨不得掐断我的脖子，让我远离她的女儿。"

聊到这儿，隔阂渐渐消失。

侯沧海举了杯，道："马院，敬你一杯。"

"叫马院见外了，你应该叫我马哥，这样才亲热。"马忠与吴小璐谈恋爱之后，发现吴小璐对侯沧海有特殊感情，原本还以为两人发生过什么事情。结婚以后，他惊讶地发现吴小璐居然没有和男人真正交往过，于是他对侯沧海的态度发生了明显转变。当初为什么痛快地让二七公司进入鸿宾医院进货体系，也与此事有关。

"马哥，当初我几乎身无分文地来到南州，全靠鸿宾医院，我获得五万元奖金，这才有了一笔安家钱。"

"二七公司也是有名的医药公司，我们其实还有很宽的合作领域。"

"这一次周主任让山南二院临时用药，我原本准备精心跟进，只要让二七公司四个品种进了处方集，还可以得到一笔奖金。"

"肯定应该有奖金。与二院相比，鸿宾医院那点量是九牛一毛。"

"现在奖金飞走了。二七公司高层发生了变动，以前的总经理调走了，来了一个中年妇女。这人有周主任的杀气，但是没有周主任的智慧。她来了以后，屁股没有坐热就开始搞改革，撤销了我领导的部门，将我赶到高州。"

吴小璐惊讶地道："还有这种事，你没有拿到奖金？"

侯沧海倒了一杯酒，与马忠碰了一杯，仰头喝下，道："奖金肯定飞了。而且鸿宾医院也不让我负责了，以后销售提成一分都拿不到了。马哥，你别笑我俗气，从政府机关离开就是为了赚钱，要支付我妈的治疗费用，要为以后事业积攒创业基金。高层打架，底层遭殃，换了一个老板，居然将我的所有努力全部推翻。"

马忠非常聪明，明白了侯沧海的意思，道："你以后专攻高州？"

"嗯。新的总经理在各地区都成立了分公司，我在最偏僻的高州任分公司经理。"

"我在山医当过老师，各地都有学生和朋友。需要我出面，我和小吴就到高州喝喝小酒。至于鸿宾医院、山南二院，打开的门随时可以关上。"

吃过饭以后，侯沧海想起了一句话："君子报仇，十年不晚；小人报仇，从早到晚。"做了这事，他心情并不痛快，仰天长叹："难道我已经变成了睚眦必报的小人了？"他随即想起苏松莉毫不留情地对自己下手的神态，心肠硬了起来。

侯沧海对马忠印象很不错。马忠这个人聪明得紧，一点就透，为人又不失宽厚，不是那种心胸狭隘的人。吴小璐嫁给马忠是非常理智和幸福的选择，至少比跟着自己靠谱。

侯沧海与马忠握手告别后，跳上公交车。坐在公交车靠窗的位置，他居高临下地望着站在路边的马忠夫妻。吴小璐挽住丈夫的胳膊，朝公交车挥手。

公交车开得挺快，侯沧海感到从窗口吹来的风有了冷意，缩了缩脖子。前面老人受不了这秋风，用力将车窗关上。

秋风起，树叶落满街边。公交车开过，金黄色树叶随着汽车起舞。在今年5月9日，他带着满腹心痛离开江阳区委政法委，在南州度过了炎热夏季。秋风起，痛楚随着时间的流逝变得隐蔽，他甚至可以很长时间不会想起熊小梅以及大学那一段恋爱时光。

公交车朝着二七公司方向行走，走走停停。

二七公司宿舍，杨兵和江莉分别在寝室收拾行李。

张姐望着狼藉的房间，伤感地道："以前大伟哥在的时候，特意交代要给各位留床。现在公司把你们赶走，凝聚力肯定下降。"

杨兵对这个大嗓门儿直性子的大姐很有好感，嘘了一声，道："张姐小声点儿，别被人听到。"

张姐左右看了一眼，正好见到侯沧海进屋，招呼道："侯子，我正准备给你打电话。你也得把床收拾出来，公司要重新分配。"

侯沧海道："我正是回来收床。张姐以后一定要来高州，我请你吃鱼。"

张姐跟在侯沧海身后，絮絮地说着大伟哥的好话。

将原本就很少的行李从寝室搬走，侯沧海有了一种受驱逐的感受，这种感受让人不好受。二七山南公司失去大伟哥，就如失去有个性的衣服，泯然众人矣。

杨兵也有这种感受，在将行李装上越野车时，道："以前我觉得会在二七公司工作很多年，还想转为正式职工，为此工作很努力。现在看起来，二七公司也是官僚气严重的国企，大伟哥是泥石流里的一股清流。"

侯沧海没有在外人面前评价大伟哥和苏松莉，保持沉默。张姐是一个大嘴巴，如果在她面前进行评价，肯定会在短时间弄得整个二七公司都知道。他要反击苏松莉，不是用嘴来反击，而是用行动。

杨兵和侯沧海行李不多，所有行李只装了两个箱子，轻松塞进后备箱。

江莉的行李比两个大男人的行李加在一起还要多，更夸张的是她还带了一只白色大熊，占了一个人的位置。系上安全带，白色大熊仿佛真人一般。

对于江莉来说，这一次调整来得太及时了。最近做业务时，好几次在歌厅遇到前同事，场面惊险得犹如谍战片。她知道夜路走多了肯定撞鬼，终有一天会被前同事发现自己的秘密。如今远走高州，对于她来说是彻底解脱。时间长了，夜店小姐妹们也就烟消云散。怀着这种走向解放区的心理，她将自己喜爱的东西尽量带在车上。高州，是她真正新生活的开始。

三人在临行前以高州分公司的名义宴请了老段、老江和部分关系不错的同事。老段和老江曾经分别是侯沧海和杨兵的主管，且是二七公司元老，和他们搞好关系，有利于二七高州分公司开展工作。

吴建军和朱颖另有安排，分不开身，没有参加酒局。

晚餐一共十一个人，大家喝得尽兴。

王红曾经是侯沧海短暂的同组同事，这次表现得很是英勇，不时挑起酒战，最先喝醉。

在众人起哄下，喝醉的王红和老段喝起交杯酒。一般交杯酒是手腕与手腕相交。今天的交杯酒很热辣，互相将手穿过对方上衣，从领口穿出来，然后才是手腕与手腕相交。众多同事老友奔赴各地区，让一贯严肃的老段伤感。伤感后，他意志力薄弱起来，和王红喝了特殊的交杯酒。

当老段和王红喝这种带着强烈挑逗意味的交杯酒时，大家手掌拍红，嗓子喊哑。

老段带头，杨兵和江莉也喝了同样级别的交杯酒，赢得一片叫好声。杨兵的手穿过江莉内衣。江莉哈哈笑着，不动声色地踢了杨兵小腿。杨兵痛得弯腰。

开席前，大家原本计划饭后要唱歌，结果酒席结束时，醉倒一片，喝歌计划被迫取消。

没有了寝室，侯沧海、杨兵和江莉三人住进宾馆。侯沧海喝了不少酒，来到宾馆房间倒头就睡。

杨兵在江莉房间里聊到凌晨。

开车回高州途中，在密闭空间里，三人毫无顾虑地针砭苏松莉新政的优劣。

杨兵坐在副驾驶位置，睁着一双满带血丝的眼睛，声音激昂地道："山南二院原本应该由不管部跟进，把不管部撤掉，将山南二院划给老江，老江是飞来横福。"

侯沧海淡淡地道:"山南二院只是临时用药,以后能否对二七公司打开大门,谁说得清楚?苏总见过大世面,应该有办法吧。"

杨兵道:"整个二七公司的人都知道是侯子打开山南二院的大门的,一把钥匙一把锁,换了钥匙不一定灵。苏总来到公司后,找了很多人谈话。苏总肯定知道内情,知道内情还要如此决策,我没有想通。"

侯沧海完整地参加了中层干部会,更了解苏松莉的想法,道:"苏总来自总部,见过大世面,谋的是全局。她要理顺关系,就算个别地区因为区域调整受到影响,也只是暂时的,只要体系理顺,最终会将暂时的损失补回来。这就是她的总体思路。"

杨兵脸上尽是嘲讽的笑容,道:"苏总小看了大伟哥。大伟哥表面大大咧咧,实际上将二七公司控制得很紧。为了掌控公司,大伟哥主动放弃了一些市场,比如高州只是放一个代表,杜青县、李渡县基本没有跟进。侯子成立不管部,弥补了大伟哥布局的短板,所以他很支持。苏松莉在各地区都成立了分公司,招兵买马,二七公司人员和地盘迅速扩张,抢占市场,热闹得很,实则留下很多隐患。比如,有些分公司刚刚成立就开始接私活,这在大伟哥时代很难想象。"

杨兵在二七公司里面人缘极好,是一个活跃的社会活动家,往往能听到侯沧海不能听到的小道消息。

侯沧海惊讶道:"这么快就有接私活的?"

杨兵回头看了一眼江莉,开始试探侯沧海,道:"也有人来找过我,我觉得挺不错。"

侯沧海平静地道:"说来听听?"

杨兵道:"有一家专门生产抗生素的公司最近在山南寻找代理。这家公司的老总不想做市场,要把各个市场代理出去。这样利润少些,但是不用劳心费神。我觉得这是一个机会,想接这个活,就怕你不愿意。"

"我为什么会不愿意?"

"当初吴建军做保健品时,你一口拒绝了,还说做人要有底线。"

"此一时彼一时,既然抗生素能赚钱,又不需要我们额外开辟渠道,为什么要拒绝?"

"违反了二七公司的规定。"

"公司规定有这么神圣吗?苏总刚到山南,大伟哥的规矩就被废掉了,我还要拘泥于苏总的规则？这一段时间，我一直在想一位大人物说过的话，胜利者不受谴责。胜利者不受谴责，这句话太重要了，得说三遍。我们要成为胜利者，就不能给自己定下条条框框，要增强攻击性。换句话说，要有开拓进取精神，要大胆地试，要大胆地闯，要摸着石头过河。当然，我们也有底线，我们的底线有两条：第一条，不能有意伤害人，这是道德要求；第二条，不能和刑法对着干，那是纯粹给自己找不自在。只要不违背这两条，很多事情都可以做。"

杨兵想起侯沧海在暴风雨之夜背着肥胖的杨定和书记上车的画面，打量此时侯沧海瘦得坚硬的侧面轮廓，闷了几秒，道："刚才你提到不能跟刑法对着干，话外之意，是不是可以跟其他法对着干？"

"所有发财捷径都写在刑法上，我们要控制欲望，不走刑法禁止的捷径，这其实很难。只要不违背刑法，经济纠葛、民事纠葛算不了大事。比如我们高州分公司在做二七主品时，卖点儿其他公司的抗生素，能有多大危害性？"

"侯子，你变了。"

"要想在这个社会上竞争胜利，必须得变，变化才正常，否则就会成为失败者。我再重复一遍，胜利者不受谴责。"

江莉一直在听侯沧海和杨兵谈话，终于忍不住插话道："对我们以前那一群人来说，你们想的问题不值一提。我很不愿意回顾我的经历，更不愿意讲，只在你们两人面前可以说两句，以前我完全生活在另一个世界，我遇到的事、听说的事，比你们想象的还要黑暗，尔虞我诈、不择手段、醉生梦死，最后结局是进监狱、被砍被杀、生病、失去生活乐趣，一句话，没有好下场。"

杨兵道："那你的意思，我们这些都是小儿科？"

江莉抱紧大白熊，道："我们替另外一家公司卖抗生素就是屁大个事儿。其实对于我们来说，做这些事情根本不需要找理由，赚钱养家，用自己的劳动让自己活得好，这就是理由。"

侯沧海道："江莉，你的意思，我们太矫情？"

"是的，确实矫情。杨兵、我、任巧，以后肯定还有另外的人要和我们组成一个团队，你是团队大哥，让我们这个团队的人赚钱，比什么都要强，否则大家谁会跟你？我尝够了没有钱时上天无路、入地无门的滋味，所以这一辈子绝不矫情。侯子，我说话是不是太直接了？"

"不、不，我喜欢听到这种话，这是对我的当头棒喝。江莉说到本质了，我们团队要赚钱，这是最重要的事，其他事情都是白扯，让矫情滚一边去。"侯沧海打开隐藏在心中的暗结，真正轻松起来。

第十章　拿下抗生素代理权

高州有三百八十万人口，三区四县。二七高州分公司已经有四人。经理侯沧海，主管全面工作；杨兵实则担任副经理职务，管理公司日常事务，抓三区开发及维护；江莉分管四县开发及维护；任巧负责全市 OTC，兼管内务。

仅凭四人肯定打不开高州局面，招兵买马便提上议事日程。

侯沧海和杨兵反复商量，决定在三区四县各招一个医药代表。这个人数比实际需求稍多一些，从培养嫡系角度来看，人多有人多的好处。

于是他俩带着公司介绍信和相关证照来到高州人才市场，恰好遇到人才市场搞大型招聘活动。举办方正在为招聘单位少而焦头烂额，审过证照，立刻给二七公司安排了招聘位置。

来招聘的单位提供的多是推销类岗位，相较之下，二七公司牌子更响更硬，桌前人头攒动。

为了招到人才，侯沧海和杨兵亲自上阵，面见招聘者。上午时间一晃而过，两人说得口干舌燥，累得像条狗。

招聘结束，两人面前堆了厚厚一叠简历。

侯沧海翻简历，大学生独有的气息扑面而来。几年前，他和熊小梅有过这类经历，先后投递了几十份简历。投简历后，他和熊小梅骂过无数次面试官有眼无珠，不识人才。如今，侯沧海坐在招聘桌前翻看简历，才发觉简历特别突出的重点都不是用人单位感兴趣的，看起来实在幼稚。

杨兵望着一大堆简历，道："侯子，这么多人，你用什么标准选择？刚才你与面试者谈话时，也没做标记。"

侯沧海默想了一会儿，道："你相不相信命运？"

杨兵道："读大学的时候不相信，觉得人定胜天，现在，似信非信。"

侯沧海道："似信非信，说明三观发生变化了。我越来越觉得命运不可捉摸，冥冥之中自有天意。你还记得以前体育系那个接近一米九的排球主攻手吗？他每次参加比赛，都会引起女生疯狂围观，是公认的白马王子。有一天他走过教学楼，一大块脱落的外墙砖从高处坠落，砸中他的脑袋。他被砸成了植物人，现在还躺在床上。"

"你讲这个故事是什么意思？"这是轰动江州师范学院的大新闻，惹得无数女生为之落泪，至今在校园论坛上还有人提起此事。杨兵前女友也是该男生粉丝，记忆深刻。

"我讲这个故事的重点是冥冥之中自有天意。我们不看简历内容，先随机扔掉一半，从剩下的另一半挑选合适人选。"

"这样操作是胡作非为，没有任何道理。"

"我们招聘肯定要选运气最好的人，被扔掉的肯定是走背运的人，剩下的人自带运气。"

侯沧海拿起简历，也不看内容，第一本淘汰，原因是放在最上面；第二本留下，原因是放在第二位；第三本留下，原因是放在第三位；第四本放弃，原因是放在第四位……

转眼间，一半简历投递者被淘汰。

杨兵随手拿起一本被淘汰的简历，看了相片，哇哇大叫，道："啊，今天最漂亮的女生被你淘汰了。如果投简历的同学知道你是这样选人，肯定会把你拖出去活活打死。"

"这人原本被淘汰了，现在被你转了运。按照规则，要淘汰另外一人。"侯沧海拿起被杨兵捡起来的简历，从留下的简历中挑了一份，放在淘汰的那一堆。

很多人的命运，被侯沧海近似玩笑的做法所改变。

侯沧海做出决定以后，笑眯眯地对杨兵道："我挑选了一半，剩下的工作由你做，这些人主要是你在使用，尽量全面考虑。"

杨兵拿起被自己捡回来的女生，脑子里想起肤白唇红的女生站在面前的怯生生模样，骂道："侯子这个傻瓜，把最漂亮的美女扔在外面，幸好我发现了，否则后悔终生。"

"冥冥之中自有天意，你要记住我说的这句话。"侯沧海说这句话时装作很神秘。

杨兵提着一大包简历，跟在侯沧海后面，坐上越野车。他拍打装简历的旅行包，道："爽啊，我也有决定其他人命运的权力了。鲤鱼精算是做了件好事，将招聘权下放给分公司，要不然我也不能过把瘾。"

二七高州分公司继承了大伟哥流传下来的绰号文化，第一个正式绰号送给了苏松莉，将其由苏总变成了鲤鱼精。这个绰号由侯沧海无意中谈起，再由杨兵和江莉共同拍板敲定。

汽车发动机轰响，越野车缓慢移动，走上主公路，速度很快提了起来，汇入不时有高档车出现的车流之中。

"我不知道鲤鱼精是如何考虑的，从高州的情况来看，招人自主，市场自主，经济半独立，这样下去，二七山南公司必然要失去对分公司的控制力。比如我们，目前正在大踏步走向失控。"

这一点让侯沧海百思不得其解。

杨兵抱紧了旅行包，道："鲤鱼精一直在机关搞办公室政治，没有基层工作经验，思考方式和我们不一样。她觉得权力在手，要调你就调你，要撤你职务就撤你职务，要开除你就开除你，所以毫不犹豫地将大伟哥弄的这一套否定了。其实，我们做业务的，市场才是第一位，有了市场和渠道，还怕没有饭吃？有的老业务员根本不想要公司职务，守着自己的渠道，日子过得润滋无比。"

侯沧海同意这个看法，道："以后我们做企业，不仅要有好产品，还要有自己的渠道，否则受制于人。处理不好产品与渠道的关系，绝对被动。"

杨兵发出"呲"声："我们才开始喝稀饭，就不要想着山珍海味的事情。"

侯沧海反驳道："没有谁是天生富豪。只要敢想就有可能成功，说不定有一天，我们两人都会身家上亿。"

"我的梦想是奋斗十年，能有两百万元存款、一辆小车，在省城有一套房子。"

"鼠目寸光，十年说不定我就是山南首富。"

"吹吧，吹牛又不上税。"

小车在略带兴奋的争论声中回到罗马皇宫。杨兵提着旅行包钻进侯沧海宿舍，关上房门，行使裁判权力，在剩下的一堆档案中选了十名面试选手。

"女的太多，男的才两个。女生漂亮标致，男生歪瓜裂枣。小伟哥同志，分公司把选择权赋予你，是希望你为分公司选出有用的人才，而不是专挑美女。你为了满足自己的欣赏欲，留下大量美女，以权谋私。"

"医药代表就需要美女，美女是稀缺资源，哪怕是最顽固的医生，面对撒娇女生，都很难辣手摧花。你让我把分公司业务抓起来，就得放权。"杨兵将八个女生的简历排在自己面前，左挑右选，优中选优，最后如割肉一般将两名特色不太突出的女生淘汰，换上了看上去就是笨蛋的男生。与侯沧海取得共识以后，杨兵分别给十个初选通过者打去电话。接电话者自然欢欣鼓舞，将打电话的杨兵视为从电话里跳出来的天使。

面试时，侯沧海和杨兵在多次争辩中达成共识，挑选了五个女生和两个男生。一个星期后，这七个新入职的准医药代表将集中参加培训。

从招聘开始，到最终确定七人参加培训，这个过程表面上简单，实则充满许多不可控的变数，稍稍有任何一个环节变化，都会导致不同的招聘结果。冥冥之中自有天意，并非虚言。至于这七人进入高州分公司以后发生的故事，同样可以用冥冥之中自有天意来概括。

很久以后，杨兵回忆起当初招募人员时发生的事情，长时间唏嘘。

以后发生的事情暂且不说。高州分公司的架子搭了起来，有四件事情必须依次尽快办理。

第一件事是由侯沧海出面，到新区管委会弄一套办公室。以前分公司准备将办公室安置在罗马皇宫，人少时，罗马皇宫尚可做办公室，如今分公司有十二个人，将办公室安在居民小区就显得不正规。

第二件事是在办公室确定以后，由任巧出面寻找两套住房，安置新入职员工。

第三件事是由杨兵前往省城南州，请老段出马，到高州进行为期五天的正规培训。老段差旅费用由高州分公司报销，不占二七公司便宜。

第四件事是联合市卫生局在高州搞一次大型学术培训，用这个形式切入到高州卫生系统。此事需要二七总公司支持，由苏松莉同意后，报请总公司派出技术力量，老段是具体联系人。

除了属于高州分公司的四件事情以外，侯沧海和杨兵还要与生产抗生素的企业见面，谈合作。

饭要一口一口吃，事要一件一件做，杨兵前往省城之时，侯沧海开着越野车前往新区管委会。

新区管委会是一幢四楼一底的独立办公室，装修风格现代化，门口有制服保安，凡是没有通行证的车辆进出都要登记。

在门口登记以后，侯沧海将车停在院子里，迈入新区管委会办公大楼。从江阳区委政法委辞职以后，侯沧海再也没有进入过任何政府机关（省电信局除外，其虽然有一定管理职能，本质上仍然是企业）。新区管委会从编制来说不是一级政府机关，实则具有一级政府机关的所有特点。站在门口，熟悉的氛围扑面而来，将其紧紧包围。

"你找谁？"楼内保安的一声招呼，将侯沧海拉回现实之中。

得知侯沧海是来找陈文军，保安顿时热情起来，直接将侯沧海带到隐蔽电梯，道："三楼，左拐第一间办公室就是陈主任的办公室。"

出了电梯，还未到陈文军办公室，听到一个熟悉的声音。

循着声音来到一间小会议室。陈文军站在黑板前，正在用力地写写画画，粉笔在小黑板上发出刺耳的摩擦声。他看到从门口露出脑袋的侯沧海，道："我有客人，改天再跟你们具体谈。同志们，你们思想太保守了，新区是高州发展的发动机，你们这个工作思路绝对不行。我丑话说在前头，不换思想就换人。"

陈文军架了一副眼镜，面色严肃，批评起部下一点不留情面。

三个受批评的部下有一个稍年轻，另两个都是四十岁左右的中年人。被批评后，三人灰溜溜地离开会议室。

一个女工作人员过来为侯沧海泡了茶水，出门时，轻轻地将房门带上。

等到工作人员把门关上后，陈文军摘下眼镜，道："什么事情？是医药公司还是张家的事情？你别瞒我了，张跃武给我透过风了。我分管新区规划和国土，可以给你咨询。高州干部的思想和水平比起江州来，至少差上十年。"

半年不见，陈文军在气质上发生了明显变化，目光锐利，充满自信。

新区主任助理实际算作二级班子。在具体工作中，新区党政领导没有将陈文军当成二级班子。除了工资待遇以外，新区党政在用车、值班等方面都将陈文军当成了一级班子成员，还让其分管招商、规划、国土等重要领域。

钱和权是男人的胆，掌握了其中一项，男人就会变得自信，有了自信，男性魅力就会展现无遗。侯沧海和陈文军是大学同学，相互熟悉得很，对其气质变化观察得很细致。他喝了一口清茶，道："二七高州分公司要寻找办公室，不知道你们这边有没有合适的场所推荐？"

陈文军打了一个电话，不一会儿，一个工作人员拿着本子走了下来，详细汇报了新区管委会为入驻企业提供的办公场所分布的情况。听完汇报，他指着一个开放式办公区，道："这套办公室你们用起来正合适，租金从优。"

工作人员在图表上画了一个钩儿，在图表上加了侯沧海公司名字。

办完正事，侯沧海见陈文军确实忙碌，约定饭局后，告辞而去。在办公楼外，他在越野车上听了半个小时音乐，这才发动汽车。

每个人的路不同，每个人都要经历高潮和低谷，走好自己的路，这才最重要。

二七公司高州分公司的办公室确定之后，任巧和江莉开始全城寻找住房，绕了大半个城，看了好几家住房，都不满意，失望而归。

回到罗马皇宫，任巧在保安室门口见到物管告示里贴着住房信息，有一套四室两厅的大房子要出租。房子各方面条件都不错，两人当即拍板租下这间房子，作为女同事寝室。踏破铁鞋无觅处，得来全不费工夫，让充满主人公责任感的任巧和江莉大叹灯下黑。

侯沧海和杨兵看过新租来的房子后，决定在新区靠近办公室的小区租两个单间，供侯沧海和杨兵单独使用，同时也在罗马皇宫保留两个床位。

保留床位的目的是便于与员工们接触，不至于脱离群众。

另租两个单间有三个目的，一来是让两个领导稍稍距离手下远一些，距离太近有好处也有坏处，坏处是距离太近往往会失去领导的神秘感，距离远一些，会给部下增加一些神秘感；二来是两个单身大男人总得有些情事，有单间，好办事；三来张小兰设置的办公场所在新区，侯沧海到另一个办公场所更方便。

有了陈文军的支持和关照，二七公司高州分公司的办公场所落实得很快，甚至还配齐了一整套办公家具。高州市在建设新区过程中，为了促进新区发展，各大局逐步搬迁到新区。搬了新办公楼，各单位往往会购置新家具，老办公室的旧家具有一部分交给新区管委会调剂使用。

二七高州分公司得到了全套家具，包括皮沙发、高背椅、办公桌、会议家具和开水器等，一应俱全。办公室布置完成以后，二七公司高州分公司顿时鸟枪换炮，由游击队变为正规军。

第一个来到新办公室的客户是抗生素生产厂家的朱副总。

在当下市场上，抗生素潜力较大，很多医药公司都靠做抗生素发了财。此家公司抗生素是三代产品，价格较贵，仍然有较大空间。

最初朱副总不愿意到又穷又远的高州，有意让侯沧海一行去南州，吃喝玩乐的费用全部由生产厂家解决。但是在侯沧海的坚持下，杨兵接连打了几通电话之后，朱副总勉强带了销售经理开车前往高州。

朱副总完全没有料到二七高州分公司如此正规，态度顿时改观，热情起来。

参观完办公室，侯沧海和杨兵没有马上展开业务，陪着朱副总到水库钓鱼。这一次钓鱼运气实在不好，四人钓了三个多小时，只钓起两条小白鲢。水库管理方按照侯沧海的意图，提前准备了四条漂亮的翘壳鱼，装在充氧袋子里，直接放进越野车后备箱。

这一招是来源于以前在江州政府机关工作学到的招商招数。按照招商引资经验，不管能否让企业落地，先让客户玩好喝好。有了感情，正式谈事情之时，往往顺利一些。

侯沧海来自招商的策略收到了良好效果，从水库回来时，宾主言谈甚欢。

任何策略都是外因，内因还是厂商实际需要。比如鸡蛋变成小鸡的主因是本身是一枚受精卵，没有这个主因，无论外部条件多好，都无法变成小鸡。另一方面，一枚受精卵要孵化成小鸡，必须要有合适的温光条件，否则也不行。

响亮的牌子、良好的办公条件、热情的接待，这是与抗生素厂合作的温光条件。

对于抗生素厂家来说，药生产出来，总得找人销售，交给实力强大的公司自然是最好选择。

在内因和外因都满足的条件下，谈判很顺利。谈判时，侯沧海和杨兵坐在圆形会议桌的一端，厂家朱副总和销售人员坐在另一端，正规，又严肃。

首先谈的是代理针剂。

其次谈的是代理价格。

再次谈的是首次进货量和年销售指标。

前两者多依惯例，后面才是重点。经过反复讨论，双方将首次提货定为十万元，年销售额不低于四百万元，完成指标后奖励百分之六。

各项条件谈妥当之后，双方在合同上签名。

侯沧海和杨兵顺利地拿到了代理权。

第十一章 优势互补，合作共赢

晚上，谈成合同的双方痛快地喝了一顿酒。喝完酒，又去洗澡，然后再吃烧烤。这一套程序完成，已经是凌晨 3 点。宾主都累了，想早点睡觉，为了合作更顺利，双方都硬撑着。

送走合作方后，侯沧海和杨兵睡了一个大觉，醒来后单独找地方喝茶，梳理近期工作。

"小伟哥，这一次代理抗生素，我原来的想法是让你来签字。你为什么不愿意签字？"

"侯子，没有别的意思。这些年来我一直在反思，我到底能做什么事情？表面上看起来这是一个简单的事情，实则每个人要认清自己很难。你来到二七公司后，我才算彻底认清了自己。我到二七公司时间不算短，业务也行，可是我从来没有产生独立做事情的想法。你来到二七公司不久就弄出了一个不管部，二七公司上上下下都还认可这事，没有异议。通过这事我才认识到自己真不是一个大刀阔斧打江山的人，我的才能更接近大内总管。你在前面打江山，我稳固后方，打江山我不行，搞管理还不错。"

"你谦虚了。"

"真不是谦虚，我是深刻反思自己。比如接下来的全市学术性会议，是你提议，再主动借助陈文军的关系联系了市卫生局。我做这种开拓性工作比较难，但是你把事情定下来以后，到南州请老段，搞定苏总，这些具体会务工作是我的特长。我们两个性格互补，合作起来肯定愉快。你和吴建军都是敢想敢做的性子，你和他的差别在于理念，他是野路子，凡事总喜欢考虑下三路，下三路不是完全指男女关系，而是说他考虑事情总喜欢从阴暗的、灰色的、低端的地带出发，把人拖下水，达到目的。如果由他来开发高州，现在又开始拉着关键人物吃喝玩乐，绝不会去举办高端的学术性会议，堂堂正正地攻下高州卫生系统。这就是你和吴建军行为方式的不同。"

"少拍马屁了，捧得越高摔得越痛。在我越界之时，多提醒我，这是非你莫属的责任。为了显示诚意，我要先问你一个尖锐的问题。"

"说吧，我的心很大的，能接受任何尖锐问题。"

"你和江莉有没有实质性关系？这是你的私人问题，我原本不想问，可是这涉及分公司，还是要问。"

"我和江莉关系不错，没有实质关系。"

"江莉对你不错，我看得出来。"

"为什么突然想起谈论男女问题？"

"那个简历被我丢掉又被你捡起来的女生，叫孙艺欣吧？你看她的眼神不对，只要孙艺欣出现，你的眼光不自觉就粘在她的身上。我想提醒你，正确处理好男女关系，特别是有工作关系的女人要尽量躲远点儿。兔子不吃窝边草，这是有道理的。"

杨兵被窥破心事，恼羞成怒地道："也就是侯子能说我的私事，换个人，早就让他滚一边儿凉快去了。"

前一段时间，杨兵带着江莉做业务，请客、喝酒、唱歌，诸事皆在一起。两人拉过手，也曾拥抱过，但是没有进一步发展关系。他在内心深处还是没有忘记江莉曾经是舞厅小姐，这一个心结，阻止他进一步行动。这一次新招来的孙艺欣，清纯、漂亮，狠狠地打动了杨兵。

侯沧海道："今天我要把事情说透，你对女人心软，容易犯错，必须谨慎。"

杨兵瞪着眼睛，道："我们大哥不说二哥，两个都差不多。任巧对你也是含情脉脉，大家都清楚。"

涉及男女事，实在麻烦。侯沧海抓了抓短发，道："下次姚琳过来，我请她到高州公然同居一次，就能消除麻烦。"

"残忍。"

"早点儿残忍，总比晚点儿残忍要好。我们两人要互相提醒，免得犯错。"

侯沧海又道，"明天我要回江州，我妹生了一对双胞胎，还没有回去过，再不回去，我这个当舅舅的就实在不像话了。我从江州回来以后，就要正式加入张跃武新成立的房地产公司。二七公司的事情，你要撑起来啊。"

侯沧海开着越野车回江州。

从空中俯视，高州到江州距离不远，不足一百公里。实际上由于穿行在连绵的大山里，越野车很难提起速度，从高州出发，走了两个多小时，才开进江州城。

侯沧海想到第一次与小侄女见面，不买礼物没有纪念性，将车停在江州商场。

进入江州商场，琳琅满目的商品弄得侯沧海眼花缭乱，不知道应该为初临人世的两个外甥女买什么礼物。他站在商场底楼，调出陈华电话。

这一次回江州，侯沧海准备抓紧时间与陈华、杜灵蕴和周水平三人见面。

周水平不仅仅是开裆裤朋友，他还在检察院工作，这条线值得持续联系。而且这一次见面，他特别想和周水平聊一聊吴建军。在二七公司共事这一段时间，他和吴建军关系不太和睦，这严重破坏了少年时代形成的铁三角。不管与周水平聊这事能不能解决问题，他还是想聊一聊。

杜灵蕴是在黑河工作期间关系比较铁的朋友。如今杜灵蕴给分管卫生局的王副市长当秘书，尽管自己是二七高州分公司经理，说不定山不转水转，又会在某种情况下转到一起，所以这条线也不能断，还得继续维持。

与陈华见面则有另一层意味。侯沧海在离开江州前与陈华有过肌肤之亲，在高州期间两人偶尔也通通电话。熊小梅的离开对侯沧海的打击深刻而持久，这一点连侯沧海本人都没有觉察到。他如今没有心思重新谈一次"熊小梅"式恋爱，不愿意深入交流，只想保持身体关系，并且强烈回避婚姻。正是出于这个原因，他才会和心灵同样受过重伤的陈华以及重事业甚于家庭的姚琳保持亲密关系。

想到陈华，侯沧海小腹燥热。他打电话咨询给小侄女买什么礼物最合适。

接通电话后，陈华飞快地道："我跟着部长在县里，晚上10点左右回来，到时你给我打电话。一对双胞胎，那就买一套银手镯吧，江州商场就有首饰店。"

约定了会面时间，侯沧海心情愉快起来，朝首饰店走去。这时，手机又响了起来。

"侯子，你在江州商场吗？我正在商场门口停车，看到越野车。"

"我刚回来，正在底楼首饰店门口。"

说到这里，侯沧海已经看见了走进商场的张小兰。张小兰穿了一件浅色风衣，风衣不仅没有遮挡住年轻女子的苗条身材，还增添了绰约感和灵动感。她调侃道："要给哪位美女买首饰，我可以给你参考。"

"我正在焦头烂额。我妹妹的双胞胎女儿满月，我得送点儿礼物，不知买什么好。"

"哦，满月礼物。江州一般流行送玉佩，或者银器，不用太贵，表示吉祥富贵就行。"

在张小兰的参考下，侯沧海买了一对有着马头图案的银手镯。

张小兰买了两个马头形玉佩。当侯沧海客气时，张小兰道："你别跟我客气了，我们两人是搭档，遇上搭档家的大事，总应该表示一下，过于客气就是虚伪。你等会儿坐我的车，六指那辆越野车有一股汗臭味，我不想坐那辆车。"

张小兰开了一辆新款德系车，车内有隐隐的香水味道，确实比越野车的味道舒服。车内女性化色彩突出，除了一些女性小摆件外，有四五个黑白分明、表情憨萌的熊猫靠垫，还有一个挂置在座椅侧后方的储物盒。

张小兰开车技术不错。小车如一条鱼在海水中穿行，顺风顺水，轻易绕过人头攒动的大街上时常出现的不守规矩的人和车。

"你怎么回来了？"

"我爸准备下个星期给公司挂牌，营业执照办下来了。我本来想借壳弄一个房地产三级资质，我爸不愿意，让我们按照规定申领'暂定资质证书'。"

侯沧海虽然在黑河镇当过办公室主任，接触过开发项目，但是他以前只是站在甲方角度考虑问题，对房地产企业实质上是一片空白。他没有藏拙，问道："暂定资质，这个对我们有什么影响？"

张小兰见前面有人横穿公路，轻按一下喇叭，道："我爸真是心大啊，让两个外行做房地产。我好歹还有些概念，你完全是一张可以画最新最美图画的白纸。"

侯沧海道："别扯其他的，回答问题。"

张小兰猛地按了一下喇叭，道："你这人求教知识还挺横的，看在搭档的分上，我给你说说。每个房地产公司只能按照其核定的资质等级条件承担相应的房地产开发项目，不得越级承担业务。三级资质可承担二十万平方米的开发项目，四级可承担十万平方米以下的开发项目，暂定资质没有具体数额，由高州市建委核准开发项目规模。"

"这个不是高深知识，说清楚就明白了。"

"鸭子死了嘴壳子硬。我在新区看见你们的二七高州分公司了，管理得不错，很正规。平时谁在那边负责？是杨兵吗？你们做药的这帮人都挺能干，到时拉几个帮着销售房屋。"

"八字还没一撇的事情，考虑得太早。"

两人聊着天，斗着嘴，来到世安厂六号大院。

周永利见儿子带回一个年轻漂亮时尚的女子，有些惊讶。从女子穿着打扮和相貌气质来看，应该来自有钱人家。

侯沧海介绍道："张小兰，我的生意合作伙伴。"

周永利有些为难地道："生意合作伙伴，那我该称呼什么？张总，张经理？别扭得很。"

张小兰没有料到侯沧海的母亲一点儿没有工厂女工的小家子气，笑道："伯母，我年龄小，你就叫我小张吧。"

"那我就叫小张。"

"唉，伯母好。"张小兰答应了一声后，好奇地问道，"伯母，以前家里有人生过双胞胎吗？我听说双胞胎都有遗传。"

周永利道："生双胞胎确实需要遗传，周家没有这个基因，侯家人倒是经常生双胞胎。"

"好不容易见到生双胞胎的，我要沾沾喜气。"进了屋，张小兰好奇地凑到床前看双胞胎，看罢，哇了一声，道，"我以为小孩子都很丑，没有想到这一对娃娃这么乖。"

侯沧海用手轻轻碰了碰张小兰的胳膊，道："江州风俗，不能说刚出生的小娃娃漂亮，要说丑，这样才好养。"

侯水河好奇地打量着哥哥带回来的漂亮女子，温柔地问道："两个娃儿丑不丑？"

张小兰道："丑，丑得一塌糊涂，丑得完全说不出来。"

三人笑了起来。张小兰将两个玉马头送给了侯水河，还塞了一个红包。

一对双胞胎头发稀少，眼皮还有些肿，平心而论，还真不漂亮。尽管新生儿看起来并不好看，可是，此刻侯沧海胸中满是柔情。他站在床前盯着一对外甥女仔细地看，挪不开步子。

用肥皂洗了手以后，侯沧海小心翼翼地托起柔软的小生命。小小的外甥女睁着黑亮大眼睛，盯着侯沧海不转眼。

"她在看我。"

"哥，不会的。她的视力很弱，看不了多远。"

"肯定是在看我，我能感觉到。"

侯沧海如捧着和氏璧一般捧着娇嫩的小生命，轻轻放下后，又托起另一个。周永利站在身后，道："小娃儿都是绑着的，你别怕，放松点儿。"

侯沧海道："你们给外甥女取名字了吗？如果没有取，我要取，绝对是好名字。"

张小兰站在一旁望着柔情四溢的侯沧海，心道："这个家伙感情挺细腻，和外表看起来不一样。"

张小兰离开时，侯沧海将她送到六号大院门口。

"今天我要和以后公司管技术的戴工一起吃饭，你参加吗？"

"今天我有约会，不是姚琳，另外一个。"

"花花公子。"张小兰生气地打开车门，又狠狠地关了，车门发出砰的一声响。

"花花公子，情人多多。然而开不开心，他都不是太清楚……"侯沧海想起张小兰的那句判语，哼起多年前一首流行于世安厂的歌。

这是某个流行歌手20世纪90年代初期的一首歌，曾经在世安厂四处唱响，惹得古板的老干部在大会上严禁厂广播台播放，他的原话是："现在我管不了你们在家里听什么，但是我管得了广播站，有我在，广播站永远不能播放靡靡之音。"这句话成为全厂笑话。

侯沧海当年并不喜欢这首歌。乔峰式英雄形象才是其心中的理想模型，绝非见一个爱一个的段正淳。所谓理想丰满，现实骨感，这个想成为乔峰的人如今哼唱起了"花花公子"的歌词。

"说清楚，这个女孩子是做什么的？"周永利如一只长有厚厚脚垫的猫科动物，轻手轻脚地走到儿子身后。

侯沧海转过身，将手放在母亲肩膀上，道："先别说无关的事，身体怎么样？"

周永利道："比我想象中要好，除了重体力活不能做，基本上算是正常人了。"

侯沧海曾经找周鑫请教过尿毒症肾移植的后期护理，整理成六条。这次回来，他准备详细地把这六条讲给父母听。护理得好一些，母亲就能生存得更久，这事开不得半点玩笑。

"我给你讲六条，第一条是做好记录，每天记录好体重、尿量、体温、服药种类及剂量。"

"每天记，太麻烦了。"

"妈，我长期跟医生接触，懂得比你多。你别打马虎眼，事关生存，我一点儿都不开玩笑，再麻烦也得记录；第二条，严格按照医嘱服药，不能想当然地随便减药、改药，否则容易发生排斥反应；第三条，定期按时复诊、及时复查。"

"这两条我知道。"

"第四条，体温升高至38摄氏度以上、尿量减少、体重增加、肾移植肿大、疼痛、血压升高、乏力、腹胀、心动过速、血肌酐以及尿素氮升高，如出现上述情况，尽快复查肾功能；第五条，预防感染，我不多说。"

周永利拍着儿子的脑袋，道："我儿当了医药代表，进步很大。你其实是当医生的料，要是高考的时候不看棋谱，肯定能考进医科大学。"

侯沧海继续搂着母亲的肩膀，道："最后一条要和全家人一起商量，开家庭会议。"

侯家议事会在侯水河房间召开，两个小小的新成员虽然听不懂，仍然滴溜溜地转着眼睛。

"我有两个建议：第一，我妈不要去上班了，工厂本来就效益不好，上班没有意义，立刻办理病退手续；第二，我妈退休在家以后，家里请保姆，一个不够就请两个。"在家庭会议上，侯沧海提出了自己的想法。

家里人都用奇怪的眼神望着侯沧海。

侯援朝拿着儿子写给自己的六条护肾注意事项，道："侯子，你写的这些东西还算靠谱，让你妈病退也靠谱，请保姆太不靠谱。你妹和你妈，两个人在家，还带不了孩子？你在外面赚钱不容易，不要打肿脸充胖子。"

侯水河道："现在大学毕业生工资普遍不高，哥的工资就算高一些，自己要用一部分，还得给妈治疗费用，剩不了多少了。如今保姆费用不便宜，用不着。"

侯沧海道："刚才你们都在问那个叫张小兰的女孩是什么来历，现在我就讲明了。他爸爸是江州大老板，目前在高州开煤矿，每天收入用麻袋装。他准备给女儿张小兰成立一家房地产公司，张小兰是老板，让我做总经理，拿三十万元年薪。爸、妈，我是一个拿年薪的人，请保姆有什么问题？你们节约钱，把我妈累病了，才是真的得不偿失。"

三十万元年薪，对于侯援朝和周永利来说是一个天文数字。

侯沧海又道："除了三十万元年薪外，我在二七高州分公司还有收入。所以，家里不要节约钱，必须请保姆，不能让我妈再劳累了。"

屋里诸人都不说话了，只有两个小孩子的哼哼声。过了几分钟，侯援朝道："你别吹牛。老板又不傻，会拿三十万元给你？十年，就是三百万元，可能吗？人有多大胆地有多大产的时代过去了，现在不能浮夸，不能骗我们。"

"就算骗我，我也高兴。"周永利作为母亲，看问题的视角与父亲不一样。

吃过晚饭后，一家人抱着小孩儿在院内散步。院内人都知道侯沧海为了给母亲治病而从政府机关辞职，多数人都觉得侯沧海很孝顺，为家庭做出牺牲。也有极个别人心理阴暗，对侯家所受磨难是幸灾乐祸的态度。

第十二章　我只看业绩

晚上 9 点，侯沧海借口与老同事吃烧烤，离开世安厂。他坐公交车来到江州商场，取出越野车，直奔陈华所住小区。

晚 10 点钟，他开车来到小区门口，远远就见到了站在路边的陈华。

陈华以最快的速度上了车，拿给侯沧海一个门禁，道："以后不用把车停在路边，直接进停车场，坐电梯上楼。"

侯沧海道："这个门禁我能用多久？"

陈华道："直到我通知你作废为止。"

两人相视一笑，眼中别有意味。小车开进地下停车场，停在一个背靠墙、前面视线通透的角落。侯沧海搂住陈华，将其拉到怀里。陈华原本想让侯沧海上楼，可是根本无力抗拒那双手，顺势靠了过去，在车里热吻起来。这是两个尝过人间至味的年轻身体，相遇就擦出了熊熊大火。在即将进入关键环节时，陈华轻轻道："我想在床上，不喜欢这个憋屈的地方。"

下车，陈华整理好衣服，准备乘坐电梯。她走了几步，见侯沧海站在车旁不动，催促道："走啊。"侯沧海低声道："稍等，我这个样子，遇到外人尴尬。"陈华这才发现侯沧海起了反应，忍不住大笑起来，踮了踮脚，在侯沧海的脸上温柔地啄了一口，道："今晚，让我们好好享受。"

这是一个激情之夜，侯沧海和陈华暂时忘记人间种种不快。第三次洗浴之后，侯沧海和陈华坐在窗边沙发上心平气和地聊天。

"陈文军调到高州，你们见过面没有？"

"陈文军是新区主任助理，如今意气风发，应该很快能成为处级干部。"

"朝中有人提携，自然升得快。"

侯沧海喝了一口茶，问出了一直想问的话题："你最近和小梅有没有联系？她过得怎么样？"

月光从窗户透了过来，洒在陈华脸上。她微微笑道："我们刚刚亲热，然后谈论起各自前任，有点儿滑稽。"

侯沧海伸手摸了摸月光下的俏丽脸颊，道："一日夫妻百日恩，何况我们好了这么多年？我挺想知道她的消息。"

陈华用脸蹭了蹭侯沧海的手掌，道："我和李沫有联系。小梅最初到广州时，在李沫家里的服装店上班，后来去了一家服装技校学习。你现在的状况不错啊，可以去找她。"

"有时也想南下，每次临行前就犹豫。算了，换话题，你现在有没有合适的人？"

"我对男人很挑剔，又有戒心，始终没有看上眼的。"陈华这几天身体很饥渴，恰好侯沧海回来了，让她完全释放，此时身心处于非常舒服的状态。

经过了家庭重大变故后，侯沧海如今能够理解当初陈华的选择。他将椅子拖到陈华身边，并排而坐，看天上的弯月。

"侯子，你还有理想吗？"

"有啊，我想当山南首富。"

"别开玩笑，我是说真的。"

"我真没有开玩笑，现在算是解决了生存问题，就得想点儿高远的。你有什么想法吗？"

"我没有这么高远的理想，能成为一县主官就行了。"

"拜托，这个理想非常高了。当上县委书记基本上就能实现自己的意志了，很难。"

月光如水一般洒下，落在两人身上。侯沧海眼光随着月光移动，不一会儿，沉入梦乡，发出轻微的鼾声。陈华没有入睡，在鼾声中想着心事。那一张威严的面孔和相反的形象混合在一起，让她心烦意乱。想了一会儿，她伸手摸了摸侯沧海挺直的鼻梁，叹息一声。

与陈华相会之后，侯沧海又给杜灵蕴和周水平打去电话。两人都只有晚上有空，干脆就将两个人约在一起。

约好晚上饭局以后，侯沧海抽空前往大舅家。

从小到大，面条厂给侯沧海留下了无数美好印象。在物质还短缺的时代，面条厂伙食团的大肉包子简直是人间最美的美食，现在回想起来还要流口水。

来到了面条厂厂区，时间如停止一般。路面的破损水泥完整地记录下面条厂的繁荣和衰败。当江州城区还有许多泥水小肠道时，面条厂厂区用上了水泥路。此时江州城区有了许多白改黑路段，面条厂仍然是三十年前的水泥路，破损得不成样子。

侯沧海步行走进厂区，在厂区大门看到绰号老棋的守摊老头。

老棋与三十年前最大的变化是戴了一副眼镜，岁月让他的脸和烂掉的水泥路一样不堪入目。他认出侯沧海，道："侯子，来，走两手。"

听到这句话，侯沧海真有时光倒流之感。他无数次经过老棋的摊子，每次老棋都是用相同的方式打招呼，从来没有改变过。

地上仍然摆着七星局，这是十年前就有的棋局。老棋用手摸了摸干涩的胡须，道："这是大名鼎鼎的七星局，能不能破？"

侯沧海蹲在棋盘边，道："老棋，多少钱一局？"

老棋道："二十块钱。"

侯沧海道："五十块。"

老棋犹豫了一下，道："二十，老规矩。"

摆开棋局不久，一堆闲人围了上来观战。围观者比侯沧海还要激动，等到侯沧海走了一步臭棋后，抓耳挠腮扭动起来。侯沧海对旁观者视而不见，继续走棋。很快，他将自己陷入失败的境地。输棋后，他拿五十块钱给老棋，拍拍屁股走人。

望着侯沧海走向家属区的背影，有人嘲笑侯沧海，认为他是傻瓜。老棋悠然地道："这是老周家小子，以前你们都认得，长大了，变了模样。他下棋水平高，今天是故意输给老夫。你们什么眼神，这点儿都搞不清楚。"

"老棋，你就装吧，真把自己弄得仙风道骨了。几十年邻居，谁的屁股翘一翘，我就知道拉屎和尿尿。"一个大胖子平时最看不惯老棋神神道道的，说了一句。

老棋不理睬他，继续捻须而笑。

侯沧海最困难的时候，靠下象棋赢了不少钱，今天算是对象棋前辈的小小回馈。

大舅家里很清静，表妹周红蕾读大学以后，家里彻底变成了空巢家庭，往日的欢声笑语一下被冷冰冰的电视声音所代替。周永强见到侯沧海很高兴，又是泡茶，又是端瓜子。

"舅妈呢？"

"跳舞去了。"

"上午就跳？"

"她没事，每天跳两场，上午一场，晚上一场。"

侯沧海见到家里冷冷清清的模样，感慨地道："大舅，当初你就应该生两个。表妹读大学，你们就空巢了。"

中午，住在对面的金家悦老厂长过来吃饭。他早已经到了退休年龄，由于整个江州矿务局没有人来接面条厂这个烂摊子，仍然由老厂长维持。这些年，面条厂被原来骨干们建的小厂步步蚕食，就算以低工资维持运转都力不从心了。

喝了口小酒，金家悦叹道："如果不是为了上百号上有老下有小的老职工，我真不想做了。这些老职工从青壮年时就跟着我们，他们现在过得苦，是我们无能啊。我们思想老了，搞营销不行，应该换一批年轻人来做。"

周家强望着侯沧海，道："你做药生意，连药都卖得出去，卖面条肯定行。干脆你来把面条厂承包了，说不定还有机会。"

侯沧海知道面条厂半死不活好多年了，对于能坚持到现在倒有点好奇，道："大舅，你们厂的面条怎么卖？"

周家强道："以前有两个门市部，生产出来的面条交给门市部，江州面条厂是老牌子，质量很稳定，有一批老人至今只认这个牌子。怎么，你有兴趣？"

"我没有精力做面条厂。"侯沧海即将和张小兰一起做房地产，没有时间和精力做面条厂，而且，他想做更前沿的事，跟一帮子"老头老太太"混在一起做面条，真没有前途。

周家强只是随口一说，见侯沧海没有接手的想法，也就作罢了。

喝了酒，离开大舅家时，侯沧海给了大舅妈一个信封。在自己创业初期以及母亲生重病期间，大舅家用尽力量来支持自己家。如今他家经济条件逐步改善，帮助大舅家便是应有之责。

离开大舅家以后，侯沧海开着越野车来到黑河镇。黑河镇是他第一个工作单位，给他留下了许多美好和痛苦的回忆，今天他悄悄地回到这里，是为了纪念消耗在这里的青春时光。在黑河政府走了一圈，隔着车窗见到几个熟人，还远远地看到财政所所长冯诺。他心情很复杂，没有下车，直接开到青树村。以前詹军当书记时主持修建的公路收费站成了废墟，侯沧海继续开车前行约四公里才见到新修的收费站。

这个收费站不在青树村地盘上。也就是说，最终以詹军为代表的黑河镇政府没有说服青树村村民，被迫修改了原方案。

侯沧海想到詹军吃瘪的样子，很畅快。他又开车来到江州师范学院，站在曾经和熊小梅一起度过无数美好时光的大操场，心情阴郁得厉害。

从学校出来，侯沧海开车来到检察院，接到老友周水平。两人见面自然是互相捶打两拳，以示亲密。互相捶打之时，侯沧海想起渐行渐远的吴建军，心里有一丝阴影。

"还要接哪一位？"

"杜灵蕴，你和她没有来往吗？"

"打过两次羽毛球，后来她忙，我就没有再约。"

"你这人脸皮薄，既然还没有谈恋爱，又觉得她还行，就约啊。"

越野车很快来到市政府大楼，周水平向保安出示了检察院证件，顺利进入大院。等了十来分钟，身穿红色大风衣的杜灵蕴出来，走下楼梯，开始东张西望。

上车后，杜灵蕴先与周水平打招呼，然后对侯沧海道："侯主任，发展得不错啊，都开这车了。"

侯沧海道："侯主任早就被废在黑河，现在都叫我侯子。"

小车轻车熟路地来到白公馆。老板见到熟客，上来就散烟。周水平照例点了最喜欢吃的粉蒸肥肠，侯沧海要了最喜欢的凉拌毛肚，杜灵蕴为了节食，还是要豆花。

往事仿佛重现，所有细节都曾经发生过。

侯沧海道："小杜只要打了羽毛球，肯定不怕长胖。"

杜灵蕴道："有一段时间很忙，没有打羽毛球。后来很少去了。"

侯沧海帮着周水平试探道："是不是谈恋爱了，才没有时间打球？"

杜灵蕴摇头道："前一段时间迎接一个国家检查，大部分时间泡进去了，哪里有时间谈恋爱？"

周水平一直在仔细听两人谈话，得知杜灵蕴没有谈恋爱，一阵欣喜，主动道："QQ没变吧？改天我约你。可惜侯子在高州，要不然一起来。"

杜灵蕴惊讶地道："侯主任，你怎么到高州去了？"

侯沧海道："一言难尽，酒喝起，我慢慢道来。"

粉蒸肥肠、凉拌毛肚、蒸羊排和豆花陆续上桌，依然如此美味。侯沧海有意撮合周水平和杜灵蕴，努力将气氛搞得活跃。

小聚结束时，杜灵蕴和周水平重新接上头，聊得不错。这次回乡，有可能无意间真正促成这一对，侯沧海看在眼里，甚是欣喜。

电话铃声响起，是吴建军的电话。

"侯子，你什么时候回公司？"在电话里，吴建军态度热情。

吴建军最近被弄得焦头烂额，鸿宾医院、山南二院和杜青医院都几乎停掉了二七公司的四大主品。针对这个情况，苏松莉态度很明确，道："吴建军负责维护这几家医院，我只看业绩，至于你用什么方法，我不管。"

苏松莉考虑的是二七公司的全省业务，对于几家医院的得失并不在意，绝不会为了这几家医院的问题改变刚刚理顺的结构。如今全省一、二级结构已经搭建完毕，不出意外，今年业绩比杨伟在任时肯定会有明显提高。

对于吴建军来说，自己原来的获利盘由于做保健品被大伟哥剥夺，如今这几家医院是重要获利盘，突然间被医院暂停，真是要命。他到二七公司以来，将"一起扛过枪，一起同过窗……"奉为办业务的金科玉律，努力将有用的关系户变成四大铁之一。

吴建军当过兵，有一个同班战友如今在南州一院工作。这个战友的父母都是南州一院的医生，按照转业军人分配规则，转业后分配到南州一院设备科。设备科在医院是吃香部门，战友职务不高，活动能力挺强。

吴建军将这个战友视为秘密武器，从不轻易向其他同事透露这层关系，一直保持单线联系，通过这个战友认识了不少人。这是他来到二七公司能够不断进步的原因之一。到今天为止，这个战友都没有和二七公司其他任何人接触过，包括他的主管老邱、杨兵和侯沧海。

这是他关于"一起扛过枪"的运用。

在"一起同过窗"这一条上，吴建军有缺陷。他只有高中学历，其同学与医院没有任何关系。

吴建军用的更多的是其他不能明说的手段，而且运用得非常娴熟，取得了意想不到的效果。这也是他被二七公司认为"路子野"的重要原因。

吴建军之所以敢于在没有侯沧海的配合下就接下鸿宾医院和山南二院，是因为以前操作得太过顺利，凡是撕破口子的地方，跟进以后肯定能站稳脚跟，因此具有强大的自信心。这一次他的老方法在这两家医院以及杜青医院突然失效，无论找什么关系，包括战友出面，都没有任何进展。

他此时才意识到侯沧海肯定和自己一样有进入医院的特殊渠道。虽然他在不管部时间不短，可是长期游离在不管部之外，独立开展业务，对侯沧海的特殊渠道没有了解。他特意找到杨兵，询问侯沧海特殊渠道的具体情况。杨兵最初不肯明说，被问得急了，只道侯沧海的特殊渠道与在江州的见义勇为之事有关。

接到吴建军电话以后，侯沧海望了周水平一眼，道："我在江州，然后直接到高州，事情挺多，暂时不回南州公司。"

吴建军道："我要到高州来一趟，过来和兄弟们喝酒，哈哈哈。"

聊了几句，侯沧海放下电话。他将话题转向黑河镇委书记詹军，聊起收费站的事情。

"青树村大闹收费站，防暴队出动三次，打得不可开交。詹军是黑河镇委书记，控制不了局面。闹到最后，市政府被迫让步。区委无法向市委交代，弄得相当被动。"杜灵蕴从内心深处偏向侯沧海，对当初詹军的治理方式颇不以为然，如今到了市政府工作，俯视黑河，对以前的事有了更清醒的认识。

侯沧海道："青树村是黑河镇最特殊的村，老板多，黑恶势力也不少。包青天是必不可少的人物，是解决问题的牛鼻子，把他的工作做通了，事情成了一半。"

杜灵蕴道："包青天为了收费站的事情向詹军提了三个条件，詹军没有接受，两人关系搞得挺僵。包青天请了病假，到南方治病去了。发生大规模冲突的时候，包青天不在青树村。"

周水平插话道："为了处理此事，市委开了两次专题会，最后由一个副市长牵头出面协调解决，弄得江阳区委区政府丢了面子。詹军不行，成不了大器。"

听到周水平和杜灵蕴谈起官场上的事情，侯沧海产生了一种隔阂感，以前遇到这些事，他肯定会谈得津津有味，今天虽然是他最先提起话题，但是谈着谈着突然失去了兴致。

吃完饭，侯沧海开车先将杜灵蕴送回家。站在市委、市政府家属区门口，侯沧海道："还是在市政府工作有优势，你们都分到住房了。"

"我没有赶上集资建房那班船，这是租的里面房子，安全，离家近。"杜灵蕴朝着两人挥了挥手，提着包，进了家属区。进门时，她又转过身挥手。

周水平谈兴很浓："我这人在女人面前脸皮薄，怕被拒绝。吴建军不一样，贱货名副其实，根本不怕被拒绝，什么话都敢说，什么事情都敢做。现在的女人还真吃他那一套，我要向他学习这一点。我一直觉得小杜不错，约过她两次，她都说忙，没有赴约。害得我多了心，不敢再约她。"

说到这，正处在兴奋状态的周水平接到吴建军的电话，大声道："我和侯子在一起吃饭，还有以前见过的小杜。我要向你学习，发扬不怕被拒绝的精神，和小杜约会。"

吴建军没有料到侯沧海正和周水平在一起，愣了愣神，随即道："你们两人在一起，为什么不叫我？我可以马上回来啊。明天早上，我从南州回来，中午兄弟三人一起吃饭。"

周水平爽快地道："好啊，中午找个安静地方，我们兄弟三人好好吃一顿。"

侯沧海原本准备明天一大早回高州。二七高州分公司初建，有一大摊子事情，另外房地产公司办公场所已经选好了，也有许多烦人事。但是，在这种情况下，他只能推迟行程。

第十三章 不当好好先生

晚上回到家，父母和双胞胎都入睡了。侯水河在哥哥房间上网。她大学毕业后做过室内设计工作，工作期间买了一台配置挺高的电脑，回家生小孩儿将电脑带回了家。

见哥哥回来，侯水河来到客厅，与哥哥说话："今天到家里的那个张小兰，和你挺般配啊。"

"她是富二代，家里的钱用麻袋装，和我不是一路人，别把我们扯在一起。你一直没有和永卫联系？"

"整个世安厂没有谁和他联系得上。就算联系得上，又能怎样？"只要有人提起杨永卫，侯水河总会心伤。

侯沧海道："他不知道有一对双胞胎，如果知道肯定会改变态度。这两个小家伙还没有名字，你准备让她们姓杨还是姓侯？"

侯水河没有丝毫犹豫，道："这是我和永卫的孩子，肯定姓杨。我名字都想好了，老大叫杨小溪，二妹叫杨小河。"

侯沧海暗自发愁。按照当日杨永卫的态度，十有八九不会回来，妹妹不可能永远不嫁人，有了小溪和小河，嫁人的难度可想而知。

正在聊天，小溪、小河一起哭起来，如合唱一般。侯水河赶紧进屋照顾两个小家伙。

侯沧海没有睡意，进入清风棋苑网站。进入不久，居然见到久未谋面的无影宗。

"嘿，无影宗，好久没见。来，下一局。"侯沧海以快刀手的身份主动打了招呼。

张小兰本是无聊之下进入清风棋苑，准备随便找个人开虐，没有料到快刀手突然上线。她看到快刀手在网上发出的表情，想起这个人在自己面前大模大样地承认与情人约会，恨得直咬牙："这个人可恨，别人乱搞男女关系都是偷偷摸摸，他这人根本不遮掩，脸皮厚得像城墙。"

无影宗下棋以防御见长，今天藏了火气，准备偷袭快刀手。

快刀手对无影宗棋路相当熟悉，按照以前套路进行攻防，不料今天无影宗棋风突变，战至中局，突然不留余地地全线进攻。仓促之下，快刀手着了道，被突袭成功。

侯沧海意外地输了棋，好胜心升了起来，敲下一行字道："再来两局，决一胜负。"

无影宗仿佛透过电脑看到了侯沧海输棋的糗样，笑了好一会儿，然后敲下："棋力下降得很快啊，是不是拈花惹草去了？我睡觉了，败军之将，88。"她没有给侯沧海说话的机会，直接下线。侯沧海望着屏幕上变白的身影，咬牙切齿，又无可奈何。

第二天上午9点，张小兰给侯沧海打电话，道："中午有饭局，我爸要请高州建委主任吃饭，我们要参加。"

侯沧海拨通了吴建军的电话，道："贱货，我有事，要回高州，改天在南州见面吧。"

吴建军急了，道："我和朱颖从南州出发一个小时了。中午我们一起吃饭，你再回高州。"

吴建军这种以自己利益为出发点的行为让侯沧海左右为难。他必须在两顿饭之间做出选择，一方是对以后开发房地产相当重要的建委主任，建委主任是实权派，开发商绝对不能得罪。张跃武将建委主任请出来吃饭，实则是给新公司铺路，其重要性不言而喻。

另一方则是从小在一起长大的老友。吴建军带着女朋友从南州赶来，特意请客吃饭，这种情况下他离开江州，必将撕裂三人的友谊。

犹豫了一会儿，侯沧海决定留在江州吃午饭。他给张小兰打去电话，说明中午不能回高州的原因。

张小兰道："我在山岛咖啡见过吴建军。你们是老朋友，随时都可以见面，一顿饭不吃有什么大不了的？建委领导很忙，架子也大，特别是一把手，很难约出来。你能不能跟吴建军另约一个时间？"

张跃武打电话给女儿时，特别强调过中午这顿饭的重要性，让女儿和侯沧海准时参加，还要穿着稳重一些。张小兰得知侯沧海为了与二七公司同事吃饭而不参加这一顿重要午饭，不仅着急，也有些生气。

"这里有点儿特殊情况。"这是兄弟三人之间的事情，对外人来说是不值一提的小事，对侯沧海来说是涉及能否维持友谊的大事。他决定留在江州吃午饭，便将此事的来龙去脉给张小兰说了说。

张小兰仍然不能理解，道："难道你和吴建军这种开裆裤朋友，友谊脆弱得少吃一顿饭就要破裂？"

"你说得确实有道理，我完全明白。但是我们的工作来日方长，不是一顿饭就能解决问题。我今天确实有事来不了，对不起。"侯沧海已经打定了主意，轻轻挂断电话。

张小兰是张家公主，平时大家都顺着她，很少有这种毫不妥协的拒绝。她气得跺脚，却对侯沧海无可奈何，开着车独自前往高州。

侯沧海并不想与新老板张小兰发生冲突，但是拒绝张小兰也经过充分考虑，并非完全率性而为。在这种小事情上发生冲突也有好处，冲突之后应该可以获得一定独立性，一点不发生冲突，容易成为得不到尊重的提线傀儡。若是因为这种小事情就与张家破裂，那合作稳定性太差，这种合作关系不要也罢。

他留在家里陪家人，上午 11 点，开车到检察院去接周水平。

见面之后，周水平快活地道："我今天早上试着跟杜灵蕴约了约，中午她有时间出来吃饭。我知道一家餐馆，菜品有特色，距离市政府不远，中午我请客啊。"

"这就对了。烈女怕缠郎，何况你们这种门当户对的。"侯沧海夸了一句，又道，"贱货今天找我谈事情，我有可能不会答应他。"

周水平劝道："从小在一起的朋友，不要为了工作上的事情撕破脸皮。"

"这件事情是我和新老总的矛盾，新来的一把手撕毁了约定。吴建军原本不应该介入。"侯沧海有些话不太好明说。前一次他请老段喝酒时，老段悄悄说起苏松莉在小规模会议上说过的话，大意是："不管部确实是奇葩，我征求过不管部老员工吴建军的意见，他也认为不管部没有存在的必要，还扰乱市场。"

分析苏松莉说过的这一段话，再观察苏松莉对吴建军的安排，侯沧海认为吴建军不够意思。但是，他没有把这事对局外人周水平说得太透彻。

在市政府外面的大院等到下班，接上了杜灵蕴，三人有说有笑地直奔一家名为"江州新菜坊"的餐厅。

吴建军和朱颖已经来到餐厅，站在餐厅门口说话。见到从小车里下来的三人，吴建军惊奇地道："嘿，侯子，越野车很爽啊，从哪里搞来的？"周水平的车都是警车或是警用便车，这种地方牌照的车不可能是检察院的，因此吴建军判断这是侯沧海搞来的车。

侯沧海道："找一个朋友借的，从高州到江州，没有车真不方便。"

朱颖道："高州分公司招了七个人，兵强马壮啊。"

侯沧海道："三区四县，每个地方一个人，刚刚够用吧。"

刚刚走进餐厅，侯沧海眼光停留在坐在吧台后面的女子身上。那女子也望着侯沧海，两人眼对眼没有说话。侯沧海微微点了点头，继续朝里走。周水平问道："你认识老板娘？"侯沧海道："以前在一食堂工作过的，是我表弟媳妇。"周水平道："我记起了，大厨夫人。"

杜玉荣来到厨房，道："老公，刚才我见到侯沧海了。"

郭加林戴着高高的白帽子，道："既然在江州开店，遇到侯沧海很正常，他们几个人？"

杜玉荣道："五六个吧。"

陈东正在另一边做剁椒鱼头，闻言道："侯主任辞职了，现在做什么？"

郭加林道："在南州做药生意。"

杜玉荣呸了一声，道："恶人有恶报。侯沧海平时在厨房的时间少，都是熊小梅挑拨离间。现在他们两人分了手，熊小梅鸡飞蛋打，什么都没有捞着。"

金勇如今不再是墩子，跟着郭加林学厨艺，讨好杜玉荣道："等会儿给他们菜里吐口水。"

郭加林顺手拍了金勇后脑勺一个巴掌，道："你懂个屁，侯沧海在政法委工作过，在江州有各种各样的社会关系，不用才是傻瓜。我们做餐厅容易吗？时间不长就遇到各种各样的骚扰。在社会上混，多个朋友多条路，以前的事算个屁。等会儿，我们几个在一食堂工作过的都去敬杯酒。给了侯沧海面子，以后有什么难事，找到他，或许还能帮着解决。"

杜玉荣瘪着嘴，不高兴地道："当初是他们把我们赶走的，为什么热脸贴冷屁股？"

郭加林呵斥道："你真是头发长见识短，少鬼扯，到时跟我们一起去。"

郭加林离开一食堂后，一直没有找到合适的餐馆。后来周永利得病，侯沧海将一食堂转手给侯金玉。得知一个大桃子被侯金玉捡了，郭加林心疼得不行。经过反思，觉得自己当时操之过急，如果忍几天，一食堂必然手到擒来。

当时与侯沧海和熊小梅关系弄僵，有一多半的原因是自己的婆娘，为此，他骂了好多次"头发长见识短"。后来，他们在此开了一家新菜馆，将南方菜与本帮菜融合，生意不错。生意火了起来，郭加林反而战战兢兢，担心遇到惹不起的人，坏了自己的生意。

在小包间里，侯沧海对吴建军采取了"拖"字诀，道："贱货别急，我肯定要回去找一找关系人，问一下情况。但是，我们都是医药代表，不能决定医院做什么。"

吴建军道："当初你能成功开发山南二院，肯定有特别铁的关系，到时我陪你一起去见关系人。"

侯沧海道："我的关系人就是周瑛，你认识的。"

吴建军一副苦瓜相，道："我找过周瑛，连药剂科椅子都没有坐过。她是名不虚传的厉害人，眼光就和刀子一样。侯子还得帮一把，否则黄花菜都凉了。"

朱颖给侯沧海倒了一杯酒，微笑道："侯子哥，我敬你一杯。我们两人一块儿进入二七公司，你都做经理了，我还是一个小兵。侯子，你得拉我和建军一把。"

侯沧海满脸笑容地道："你们在省城，我在最偏僻的高州，古时候叫发配边关。来来来，我们大家喝一杯。"

周水平和杜灵蕴坐在一起，没有关注二七公司的事，兴致盎然地交谈起机关里的趣闻和秘闻。

郭加林、杜玉荣、陈东和金勇端着酒杯一起走了进来。郭加林道："表哥，我们来敬一杯酒。"

侯沧海有点诧异地看了郭加林一眼。俗话说，伸手不打笑脸人，更何况往日矛盾随着一食堂被转让已经成为陈年旧事。他与郭加林碰了杯，道："臭鳜鱼和剁椒鱼头味道正宗。你们的菜和本地菜明显不一样，又能适应本地口味，很不错。"

介绍郭加林等人时，侯沧海很是感慨。当初在一食堂闹得很不愉快，其实是利益所致，跳出了一食堂的封闭环境，才发现那点利益在更大空间范围内算不得什么。他知道自己不可能再与郭加林成为好朋友，但是能恢复正常的亲戚关系也不错。

郭加林带着诸人挨个儿给包间里的人敬酒。得知里面有一个是市政府干部，还有一个市检察院干部，他更是觉得自己来对了。在生意面前，以前的"意气"算个屁，他送了一些优惠券，将两个官员记在心里。

如果他还是厨师，有可能会恃技自傲。如今成为老板，全部钱都投到这个店里，绝对不能任性，得委曲求全，得八面玲珑，得为自己找依靠。

喝了一圈酒，郭加林退出房间前，对侯沧海道："馆子刚开业，忙得不可开交，等忙完了，我带我妈去看大姨。"

侯沧海离开了江州，没有做出解决问题的承诺，只是留下模棱两可的含糊话。

这让吴建军很不满意。他回到世安厂，整个下午都闷闷不乐。朱颖劝解几次没有效果，也就不再啰唆了，关门睡觉。她刚进入梦乡，就被一双有力的大手摇醒。

"我得到准确情报，那个在鸿宾医院的女人叫吴小璐，他爸爸叫吴培国，在体委工作。吴培国早年离婚，一直没有再婚，也就是说，吴小璐是在单亲家庭长大。"吴建军找了好几条线，终于摸到了吴小璐的情况，很兴奋。

朱颖把那只抓住自己要害部位的大手打掉，翻身坐起，道："找到吴培国能起什么作用？"

吴建军道："吴小璐是在单亲家庭长大的，肯定和父亲关系最好。找到吴培国，跟他建立关系，然后能通过吴培国联系吴小璐。一把钥匙开一把锁，打通吴小璐，几个医院就能全部打通。"

朱颖这才从睡梦中彻底清醒过来，抱着吴建军亲了一口，道："我老公最有才，侯沧海最不耿直。"

"晚上活动你就不要参加了，我请吴培国吃饭，认个大哥，然后想办法弄到歌厅耍一盘。只要他肯下水，事情就成了一半。"吴建军是说干就干的性格，通过朋友找到了吴培国，约定晚上一起吃饭。他这次准备花血本，擒贼先擒王，彻底搞定吴培国。

"请吴培国玩，是不是自己也想玩？"朱颖虽然知道请客喝酒找小妹是吴建军的惯用手法，忍不住还是开始吃醋。

吴建军举手发誓道："我绝对不会下水，把老吴安排好以后，我就在外面等。家里有个如花似玉的大美女，我才没有心情乱来。你要对你的魅力有自信。"

吴建军把女友搂在床上亲热了一番后，坐上前往城区的公交车。他在慢悠悠的公交车上想象侯沧海驾驶越野车，很不服气："侯子比我还晚到公司，凭什么他就能当经理，能用小车，我就得挤这个破公交？"

侯沧海知道自己的推托肯定会让吴建军心里不舒服，却也没有太在意，毕竟此事不是他挑起，而且他反击的对象也并非吴建军，只不过吴建军自己主动跳进了争斗的旋涡中。他不愿意主动伤害别人，也不想当好好先生。

越野车进入高州城区以后，没有回新区，来到长途汽车站旅馆。侯沧海上楼，找到前来投奔的陈杰。

"杰兄，实在对不住啊，我回江州办事，耽误了时间。"

"别客气。我不想在家里闲着，提前出来，没有催你回来的意思。"

两人开着车朝新区走。侯沧海在车上出了一道选择题，道："我在高州有两块生意，一块是你了解的二七公司，准确来说是二七公司高州分公司，你可以当医药代表；另一块是房地产，我如今被聘为一家小房地产公司的总经理，你当我的助手，你选择哪一块？"

陈杰毫不犹豫地道："房地产肯定要比做药赚钱，我选房地产。女怕嫁错郎，男怕入错行，我愿意在房地产行业，哪怕从小工做起。"

"我就知道你肯定会这样选。"

"为什么？"

"我和你有相似经历，我在做医药代表前是江州江阳区委政法委干部。你别吃惊，如果不出来，说不定几年后就是公检法某一家的副职领导。出来做医药代表是为了赚快钱，在做医药代表的过程中，我经历过很长一段时间的心理摧残。当机关干部尽管钱不多，但求别人的时候少，形成了比较优越的心理。走出机关，才发现优越心理是虚假伪装，是一个脆壳，这个伪装在保护你的同时，也让你变得脆弱。"

"我当过公安，还有职业自尊心，给医生赔小心赔笑脸，绝对头皮发麻。

既然给了我选择，我到房地产公司老老实实从头学起。"

　　侯沧海对陈杰的态度还是挺满意。最初让陈杰到公司来工作时，他有些担心做过公安的陈杰心气高，不能从最低级做起。如今陈杰愿意从学徒做起，说明此人有自尊、有志气，值得交往。

第十四章　江南地产公司成立

　　江南地产办公室正在装修，除了四个大字气派逼人以外，门店到处是杂物。

　　一个三十来岁的马脸汉子叉着腰，大声挑剔装修工人的安装质量。他见到两人进屋，道："你们找谁？"

　　侯沧海自我介绍道："我是侯沧海。"

　　马脸穿着西服，西服上戴着老式袖笼子。他听到来者自报一个不知道的名字，又问道："你找谁？"

　　侯沧海继续道："我是侯沧海。"

　　马脸汉子见来者衣着还行，却在这里夹杂不清，脸色冷了下来，道："我没有问你是谁，我请问的是你找谁，这里是装修场所，闲人莫进。"

　　侯沧海自嘲地笑道："看来这个名字不好使，说出去没效果。张小兰在不在？"

　　马脸汉子听说找张小兰，拍了拍袖笼子，道："她刚刚还在，估计到后院去了。后面有个门，可以进院子。"

　　侯沧海从马脸汉子的言谈举止、穿着打扮及其气质来判断，其应该是属于从张跃武以前公司调过来的实权派，最大的可能性是财务人员，便散了一支烟，道："你是江南地产财务负责人，财务科科长。"

　　马脸汉子惊讶地道："你怎么知道？"

　　侯沧海打燃火机，递到马脸汉子面前，笑道："我当然知道。"

猛然间，马脸汉子想起了张小兰在中午说起的"侯子"，道："你是侯总？哎呀，脑子笨，没有反应过来。我马上给张总打电话。"

"不用，我到后院找她。"穿过后门，走进小区后院。后院栽了不少树，都是没有长起来的小苗，稀稀拉拉的。院内设计了小溪，溪水流速缓慢，溪水里漂着不少白色垃圾。

侯沧海如今进入房地产行业，观看小区景观便有了不同感受。他正扫视整个小区时，张小兰跳进了瞳孔。

张小兰双手抱在胸前，独自在中庭亭子走来走去，如一个孤独的沉思者。

陈杰原本以为老板是一个大腹便便的中年人，未料到是一个如花似玉的妙龄少女，惊得眼珠都要掉下来了，道："怎么老板是个大学生？我有点儿面熟啊。"

侯沧海道："他爸是企业家，出资人。他爸给我说得很明确，这个房地产就是他女儿的，所以，张小兰是货真价实的老板。至于面熟的原因更简单，她也是山岛俱乐部的成员，你进入的时候，她来得少了。或者你们也遇到过，只是没有深入交流。"

侯沧海走到中庭，张小兰哼了一声，故意把头扭了过去。

侯沧海道："还在为中午的事情生气？你现在是老板，肚子里要学会撑船。"

张小兰白净的脸上略为绯红，气呼呼道："肚子里撑船，我有这么胖吗？你今天中午不来，害得我多喝了好几杯。"

张小兰的说话方式以及表情动作让曾经的警察很吃惊，陈杰暗道："莫非，我来到一家夫妻店？"

侯沧海正式介绍道："这是陈杰，准备入职江南地产。"

"欢迎你加入江南地产，这是一个草创期间的公司，希望各位鼎力支持。我也是山岛俱乐部的成员，以前听海哥谈起你在最危急时刻开枪，我们都挺佩服你的。"张小兰与陈杰谈话时雍容大度，没有小女儿态。

陈杰客气地道："我到山岛俱乐部的时间很短，去的次数也少，没有见过张总。还请张总多多关照。"

侯沧海笑道："大家都是一条船上的人、一根绳子上的蚂蚱，这么客气真的见外了。张总，搞装修的那个人应该是财务负责人吧。很明显啊，他从头到脚的气质已经凝结成财务科长四个字，是典型的财务科长气质。"

张小兰道："梁期罗一年四季都戴袖笼子，名字有点儿古怪，为人有时也古怪，死认财务制度，为了财务制度六亲不认，我妈最讨厌他，我爸挺认可他的，专门抽过来做财务科科长的。"

正说着话，梁期罗走了过来，手里捧着三个矿泉水。走过小溪时，矿泉水瓶子掉了一个，他趴在水沟边，弯腰捡起矿泉水。掉进溪沟的矿泉水外表有点脏，他就拿到附近水龙头冲洗。

冲洗完毕后，梁期罗将矿泉水瓶子依次给三人，张小兰和侯沧海是没有掉进小溪的干净矿泉水瓶子，掉进水沟里的那瓶矿泉水给了陈杰。梁期罗愤愤不平地道："这个小区管理得太差劲了，自来水随便用，浪费。"

三个拿着矿泉水的人一起看着梁期罗，都觉得张小兰父亲太有才了，给新成立的小公司派来了一个认死理儿的财务科长。

侯沧海心里非常清楚，江南地产本质上是一个家族企业，这人实际上就是张跃武留在江南地产的一只眼睛。他觉得有必要跟张小兰长谈一次，尽量少让张家亲戚进入公司，否则碍手碍脚，公司难以经营得好。

四人回到装修场所，讨论办公室装修。

晚上，四人在公司旁边的小饭馆吃饭。吃了一会儿，杨兵赶了过来。又吃了一会儿，江莉和任巧也加入。这一桌人以青年人居多，很快热闹起来，喝了不少啤酒。这又让梁期罗很是心疼。

饭后，梁期罗找到张小兰，道："今天二七公司来了四个人，加上陈杰就是五个，我们才两个，应该由二七公司结账。朋友归朋友，生意归生意。"

这个观点弄得张小兰哭笑不得。作为富二代，她哪里会在这些地方小家子气？道："江莉、任巧和杨兵都是我的老朋友。我和侯总请客，你付钱就行了。"

晚上9点半，侯沧海接到了吴小璐的电话："刚才我接到我爸的电话，给一个叫吴建军的当说客，说是一笔写不出两个吴字，能帮一点儿算一点儿。我记得吴建军是你的朋友吧，怎么回事？"

侯沧海听得莫名其妙，道："我没有听得太明白，你爸在给吴建军当说客？吴建军确实是我的朋友，以前也在不管部。新老板来了后，他调到其他部门，和我的部门没有关系。"

"今天晚上，吴建军在江州请我爸吃饭。我爸肯定喝多了，说话颠三倒四，要我去给我妈和老公说，让几个医院都继续用吴建军的药。这个吴建军未免太损了吧，我爸和医院毫不搭界，现在把他当枪使，不太好吧？"吴小璐想起父亲喷着酒气的样子，挺气愤的。

吴建军咬住青山不放松的精神倒很适合当医药代表，只是这样做弄得侯沧海很尴尬，急忙道歉。

吴小璐缓和了口气，道："我不是针对你啊，是对吴建军不满意，这种操作手法太过了。马忠刚刚给刘副院长重新讲了政策，现在我爸又提要求，弄得我不知道怎么开口。你的事，马忠办起来没有任何意见。这个吴建军不一样，他与我爸估计只有一面之交，马忠为人精明，未必肯再听我的。"

这事涉及吴培国，侯沧海比较谨慎，道："等你爸爸酒醒以后，再问问前因后果。打电话时有可能是在酒桌上，正喝在兴头上。吴建军办事糊涂，我代表他向你道歉。"

"你道什么歉？这事和你没有关系。我窝着口气，打电话说出来就舒服了。吴建军太功利了，这种人，我和你都得防着点。我爸头脑简单，吃人嘴软，自然要给吴建军说好话。"吴小璐长期跟着马忠，眼界提高得很快，一语道破天机。

侯沧海不愿意在吴小璐面前多批评吴建军，聊了两句其他闲话，挂断电话。

与张小兰等人分手以后，侯沧海将陈杰送到罗马皇宫宿舍，安顿下来。他和杨兵回到新区宿舍，聊起吴建军，大摇其头。

杨兵道："贱货真是贱货，这次居然绕过你，直接找吴小璐的父亲。他这样乱整，得罪了吴小璐，如今连回旋的余地都没有了。"

侯沧海道："这原本是我和苏松莉的事，与吴建军无关，他也是挺精明的人，为什么一头跳进旋涡里？"

杨兵道："很简单啊，为利益蒙住了眼睛。朱颖肯定也出了些烂点子。"

侯沧海道："前些天大伟哥给我打过电话，大伟哥说总部其实早就同意了那笔十五万元的开发奖金，交给苏松莉具体处理。苏松莉上嘴唇和下嘴唇这么轻轻一碰，就将以前大伟哥千方百计从总部争取到的开发奖金否掉了。所以我对苏松莉有意见。这次贱货乱来，有可能断掉进二院的路。算了，睡觉吧，我们管不了南州的事，把高州业务做好才是正经。"

天亮时分，一阵铃声将侯沧海吵醒。

吴小璐声音很急，道："不好了，我爸出事了。"

侯沧海安慰道："别急，慢慢说，到底出了什么事情？"

吴小璐道："昨天晚上，江州公安扫黄，在一家夜总会将我爸抓了，还有那个吴建军。江州早间新闻播放了扫黄镜头，我爸穿了一条短裤，用手遮脸。我马上要回江州，你能不能跟着过来一趟，帮我把人弄出来？我爸这么大一把年纪，关在拘留所里也不是那么一回事。我们交罚款，多交点都无所谓，关键不能把人关在拘留所。"

"你赶紧回江州吧，我跟着也回去。"侯沧海放下电话，到对面敲杨兵的门。

杨兵被敲醒后，道："侯子，拜托，你就不要学半夜鸡叫了，还没有到9点。"他得知了吴培国被关进了拘留所，顿时清醒过来，拉开门，道，"啊，贱货做的是什么烂事啊。"

安排了二七公司的事情，侯沧海想到昨天与张小兰约定上午去新区看现场，顿时一阵牙痛，他决定实话实说，这样以后交往起来更轻松。

"太早了吧？今天有雾，视线不好，10点半钟来接我，估计雾气会散。"张小兰慵懒地躺在床上，床边还丢着《笑傲江湖》第一部。

侯沧海道："今天上午没时间了，我得赶紧回江州一趟。你别吼，今天有特殊事，我有个姓吴的棋友昨天被扫黄了，我要回江州捞他。"

"吴培国？"

"你认识？"

"他是挺忠厚正统的一个人，怎么会嫖娼？肯定搞错了。"

"只要是男人，都有可能嫖娼，何况老吴还是单身。解决生理问题，这很正常。"

"你无耻，嫖娼还有理了。还有，你刚才说什么？我是声音大了一点儿，不是吼，会不会说话啊？"

与侯沧海打电话，张小兰又生了一肚子气，彻底清醒了，睡不成懒觉了。她在客厅意外地见到正在喝茶的父亲，发牢骚道："爸，你给公司请的什么人啊？不懂业务，杂事多得要命，脾气还不好。"

"你说谁？"

"还能说谁？就是那个上蹿下跳的侯子。明明说好今天去看现场，结果又要回江州捞人。你应该认识的，江州体委吴培国，昨夜嫖娼，被公安扫黄了。"

张跃武愣了愣，随即爆发出一阵大笑，笑得喘不过气来，道："我怎么不认识吴培国？江州围棋界和象棋界的大功臣，围棋水平比我高，象棋不如我。你妈总是把他当成好男人的榜样，结果他和大家差不多。话又说回来，他独自一人将女儿带大，没有再找女人，确实了不起。"

"这些臭男人，我爸也是。"张小兰见爸爸也是这个反应，气得够呛，转身回屋。

侯沧海关系网中有三个捞人的人选：一是周水平，他在检察院工作以后，关系网越来越宽，是捞人的第一人选；二是杨亮，杨亮虽然是基层民警，活动能量却远超普通民警，也可以捞人；如果这两人都失败了，还得去找一找老领导杨定和，杨定和在政法委任副书记也有一段时间了，与公安联系得挺多，应该有捞人的能力。

由于母亲生病，侯沧海和熊小梅买房计划落空，且黑河房子卖出，这导致侯沧海回到江州市里后，无处可去。他开车来到江州，将车停在拘留所外面，先给周水平打电话。

周水平此时远在千里之外出差，无法直接处理此事。他没有把此事看成什么了不得的大事，开玩笑道："吴小璐的事，你挺热心啊。"

"贱货联系你没有？"

"没有，这事和他有关？"

"就是吴建军惹的祸，他和吴培国一起被扫黄，具体来说，是贱货请吴培国吃喝玩乐惹出来的事情。"

周水平很清楚三人之间的纠葛，道："我给公安朋友打电话，然后你再去找人。"

侯沧海道："遥控指挥很麻烦。我先找另一个朋友，如果解决不了，再来找你。"

派出所民警杨亮接到电话后，道："昨天确实是有大行动，我也参加了。捞人很简单啊，交罚款就行了。这些事情我操作得很多。"

这一段时间，侯沧海进钱少，花钱多，钱包迅速瘪了下去。当他将吴培国和吴建军捞出来以后，荷包已经完全瘪了下去。

吴建军请吴培国到夜总会，原本以为彻底搞定了吴小璐的爸爸，没有料到会遇上大扫黄，让胜利从指尖滑走。他神情沮丧地道："我走了，朱颖绝对要找我麻烦。老吴，下次想玩，给我打电话。"

吴培国垂头丧气地道："玩了一次，弄出这么大一摊祸事，谁还敢玩啊？"

"这是天灾人祸，我也没法。我先走了，回家打架。"吴建军嘴里咕哝着，拦了一辆出租车，回世安厂。

吴培国在侯沧海面前一脸尴尬，道："谢谢你。你若不来，他们就要通知家里或者单位来交罚款。若真通知到单位上，我这张老脸怎么搁？不对啊，你怎么知道我的事？"

侯沧海道："小吴给我打了电话，她在电视看到了你的镜头。江州电视台录的，被省台采用了。"

"完了完了，让我怎么有脸见小璐？以后也没有脸到单位了。"吴培国捂着脸，难过得泪水直流。

侯沧海劝解道："这事在以前算是破事，现在根本不算事，如今男人有两种，一种是进过派出所的，另一种是没有进过派出所的，你别太在意。应该没有惊动单位，趁着大家不知道，悄悄回去，别声张。小吴坐车快要进城了，我们回你家等她。"

越野车直奔体委家属院，下车刚进院子就遇到一个精瘦家伙。精瘦家伙见到吴培国后，大笑道："没有料到老吴还好这一口儿啊，昨天电视上放了一个大卫星啊。"

吴培国紧张地道："大家都知道了。"

精瘦家伙笑嘻嘻地道："电视台刚刚抓了你一个镜头，是特写，省台转播了。院子里的人全知道了，都在议论。你别往心里去啊，这年头，笑贫不笑娼，何况玩一把？不好办的是单位知道这事，肯定要给你处分。"

往回走时，望着大妈大婶的异样眼光，吴培国恨不得找个地洞钻进去。回到家里，他躲进卫生间，用水冲刷身体。正在洗时，听到女儿进门的声音，便开始磨蹭起来，久久地不愿意走出卫生间。他将耳朵贴在卫生间的门上，想听女儿说些什么。这道门是用了很久的老门，不隔音。

侯沧海劝解吴小璐，道："是男人都有正常的生理需要。你爸是身体正常的中年男人，以前为了消耗多余能量，天天泡在象棋、围棋上。你要理解他的难处，别责怪他。"

吴小璐不停地擦眼睛，道："我太自私了，根本没有想到爸爸也有生理和心理需要。从小到大，他为了我，都在克制自己。"

侯沧海道："你爸才五十多岁，身体挺好的，应该重组家庭。你在南州成了家，他一个人在江州，难免空虚、寂寞。"

吴小璐接受了这个观点，抹掉眼泪，神情坚定地道："我爸面子观念强，肯定在江州待不住。我让马忠给他在医院安排一个岗位，搞搞工会活动，这是我爸老本行。我要在南州给我爸买一套房子，然后介绍一个伴儿，让我爸重新活一回，最好还能给我生个弟弟或者妹妹。"

侯沧海没有想到吴小璐说出这一番话，半天合不拢嘴。

躲在门后面的吴培国慢慢挺直了腰。他百感交集，用力抓扯自己的头发，感慨万千。自己倾尽所有养育了一个乖巧的女儿，如今获得了丰厚的回报，女儿的孝心足以抵挡以前的劳累。

他多年没有接触过女人，昨天克服了恐惧和慌乱后，抱着那个年轻妹儿时的感觉无法用言语来表达，在那一刹那，他明白这一次酒后行动打开了潘多拉盒子，从此，他再也回不到以前的生活。因为，他需要女人，需要弥补二十来年的寂寞人生。

吴培国在卫生间抓头发时，吴小璐拿出钱包，将五千元罚款交给侯沧海。此时，吴小璐从激动中完全平静了下来，道："我以为吴建军只是请我爸吃饭，没有料到会使用这么下作的方法，以后鸿宾医院和山南二院，绝对不进二七公司的药，除非你重回南州。"

她打开冰箱瞧了瞧，道："我去买菜，中午给你和我爸煮饭。"

侯沧海摇头道："中午，我要请帮忙的公安朋友吃饭。你不用参加，免得尴尬。"

吴小璐将侯沧海送到门口，叮嘱道："你做生意，如果手头紧张，记得开口啊，不要一个人硬撑。"

她倚在门口，看着侯沧海身影慢慢消失，连父亲从卫生间出来也没有觉察到。

第十五章　装修垃圾风波

为表谢意，侯沧海请杨亮夫妻吃饭，陈华作陪。

王桂梅和侯沧海关系不错。侯沧海当年做一食堂时，若是没有安装王桂梅提供的监控设备，很难过二食堂老板投毒的难关。正因为帮助过侯沧海，她看见侯沧海便透着亲热，道："皮肉生涯是古老职业，是无本生意，杨亮这些年扫过多少黄，从来没有扫绝过。"

侯沧海道："纯粹从生意角度来看问题，当然利润很高。从古到今，主流社会对娼这一行都持反对意见，应该还是有道理的。"

"这个是自然，将心比心，谁都不愿意自家人陷入这个火坑。在这个社会看某个行业是否是好行业，只用一个指标检验就行了，凡是愿意子女从事的行业，才是真正的好行业。良家人谁愿意女儿去当小姐？所以，凡是去里面玩的男人也不是好东西。"王桂梅思路很跳跃，将目光转向丈夫。

杨亮摊了摊手，无辜地道："你不要用这种眼光看我，我可是扫黄的。"

王桂梅的思路随即又跳到生意上，道："我们监控设备目前改进了很多，可以实时监控。我建议你开发的小区一定要用监控设备，这样才高档。"

"如果要用监控，没有其他特殊原因，我肯定要用你这家。"侯沧海举起酒杯，与杨亮和王桂梅夫妻分别碰了一杯。

陈华正在节食，挑了一点素菜和牛肉在碗里。她有些心不在焉，话也不多，偶尔才插一句。

"我说一句话，你们不准骂啊。侯总和陈华一个未娶一个未嫁，干脆组成一对。我觉得你们两人挺合适，郎才女貌，天生一对。"王桂梅不停地打量侯沧海和陈华，开玩笑道。

侯沧海和陈华对视一眼，没有接这个话茬儿。

吃罢午饭，侯沧海送陈华回家，等她上车，道："你情绪不佳啊，有心事？"

陈华道："情绪不太高，女人都有那么几天。"

"没有这么简单，以前你来大姨妈时，不是这种情绪。是不是冷小兵又来纠缠了？我现在离开体制，随时可以教训他。"

"和冷小兵没有关系，我知道他的短处，他不敢来纠缠。不知道怎么回事，身体真不舒服。"

侯沧海与陈华见面时，肾上腺一直在体内狂奔，早就心痒难耐，闻言有些失望，自嘲道："我养精蓄锐了好几天，只能下回来战。既然身体不舒服，干脆回家休息。"

"回小区，陪我一会儿。"陈华眼神透过车窗，望向车外。

回到小区，陈华一改在饭桌上的沉闷，比平时还有激情。温存之后，侯沧海扯了被子盖在自己和陈华身上。陈华推开被子，到卫生间漱口。

在卫生间洗漱之后，陈华钻进被子，伸手将闹钟摆在床头，笑道："现在心情好了。我两点半走，3点钟有会。"

侯沧海将她抱在怀里，安抚道："你今天情绪真不高，和大姨妈没有关系。刚进门时，你努力在调整情绪。到底遇到了什么事情？能和我讲吗？"

陈华望着天花板上或存在或不存在的纹路，翻身抱住侯沧海，咬着他的耳朵道："你别担心，我是经过大风大浪的，没有什么事情能难倒我。你在外面打拼不容易，不给你添堵了。"

两点半，侯沧海开车送陈华上班。

侯沧海将车停在距离单位还有三四百米的隐蔽地方，吻别之后，看着陈华提着包走进大院。

凭着对陈华的了解，他知道陈华一定遇到了难题，而且这个难题肯定会对其人生影响巨大，否则以她的心胸，不会如此放不下。在两人激情前，他询问过此事，陈华没有回答，只是用激烈的姿势来宣泄情绪。激情后，陈华对他的再次提问仍然采取回避方式。他坐在车里想了一会儿，情绪不知不觉受到影响，变得灰暗起来。

回到高州后，侯沧海将陈华遇到的问题抛在一边，开始另一个人生主战场的搏杀。他清楚地知道既然陈华不愿意讲遇到什么问题，肯定是这个问题自己无法解决。他不能怨天尤人，只能不断努力，让自己变得强大起来，才能保护自己的女人。

侯沧海作为二七公司高州分公司总经理，思考问题的层次与一般业务员不同。为了打开整个局面，他准备从卫生局一把手蒋局长入手，以华丽的姿态将二七分公司摆在所有医院面前，形成良性局面。而这个渠道，通过陈文军应该能打通。

侯沧海不愿意事事依赖陈文军，只是初到高州，人生地不熟。而要建立关系网，至少要花上一两年时间。他如今是带团队的人，绝不能因为自尊心和面子，拒绝一条现成的便利渠道。或许，这就是所谓的成熟。

陈文军办公室没有人，依然是那个女工作人员接待了侯沧海。这个女工作人员记忆力不错，知道来者与陈文军关系特殊，将侯沧海带到贵宾室，泡上好茶，送上当日报纸。

十来分钟后，那位女工作人员走过来，请侯沧海移步陈文军办公室。

走进办公室，侯沧海望着坐在老板椅上的陈文军，道："会真多，多得没有时间工作了。"

陈文军指了指办公桌前的椅子，让侯沧海坐下，道："你也是机关干部出身，知道开会是基本修养，也是信息传递的最佳渠道，还是统一思想的最佳武器，跟我抱怨开会，这是装大尾巴狼。新区管委会这种实战单位，会多也正常。侯子有什么大事，不肯在电话里说？"

侯沧海朝门口望了一眼，道："我想认识黄市长秘书。用来狐假虎威。"

陈文军道："小林？找他做什么？他说话还没有我好使。"

侯沧海道："你是重磅人物，得用在关键场合。我想用小林的渠道联系卫生局蒋局长，搞一场由全市主要医院关键人物参加的高规格学术论坛，医学专家由二七公司总部邀请，你放心，绝对是业内鼎鼎有名的真专家。"

"这是双赢的好事啊。二七公司推广产品，高州医生得到学习提高的机会。"陈文军知道是什么事情以后，联系了秘书小林。

从陈文军办公室出来以后，侯沧海来到江南地产，在装修场所见到张小兰。

侯沧海开玩笑道："董事长，你没有必要天天守在这里，这些事情由梁期罗负责，大可放心。以后外出不想开车的时候，可以给陈杰打电话。他是公安出身，可以做司机，也可以当保镖。"

梁期罗从里间钻了出来，满脸是灰。他用手在脸上抹了一把，灰尘没有弄掉，整个脸变成了京剧花脸。他灰扑扑的脸上没有表情，严肃地道："侯总今天也来了，我提个意见。装修是大事，很多事情我一个人定不下来，以后每天侯总还是要来一趟。"

侯沧海看了看装修现场，道："所有隐蔽工程全部完成，把场地弄出来以后，摆上家具就行了，我相信梁科长的水准。"

"侯总当甩手掌柜，那我就要丑话说在前头，装修出来后，如果你不满意，可怪不得我。"梁期罗丢下这句话后，又对正在弄窗框的工人叫道，"哎哎，我给你说过，要包边。"

工人硬邦邦地回答道："你给我们老板讲好没有？要包边得给老板打招呼，和我讲有屁用。"

"给我停下。"

"停下就停下。"

梁期罗如斗鸡一样，和弄窗框的工人争辩起来。

经过梁期罗的打岔，张小兰绷着的脸缓和下来，道："明天有时间吧，我们看现场。看现场这么简单的事情，弄得我都产生了心理负担。"

两人正在聊事，一辆货车停在门口，几个人跳下来，气势汹汹。一个人指着江南地产的牌子道："就是他们朝我们田里倒装修垃圾。不拿个几万块，绝对摆不平。"

侯沧海看了一眼财务梁期罗，道："装修垃圾怎么处理的？"

梁期罗大声道："承包给专门收垃圾的公司，签有合同。他们朝哪里倒，和我们没有半毛钱关系。"

来者手里拿着一块木板，用手指着用黑笔写的"江南地产"几个字，道："这是从我们田里找出来的，全城只有一家江南地产，你们还想抵赖，要么把田里的垃圾全部拉走，要么赔钱。"

梁期罗要解释，被侯沧海拉住。

侯沧海上前一步，道："你屁话多，找一块板子，随便写上'江南地产'几个字，就想在我们这里敲钱，是不是想钱想疯了，要飞起来吃人？"

他说这几句话之前，进行过快速分析：江南地产办公室正在装修，几乎没有带有江南地产标志的装修垃圾，这块板子上之所以写上了"江南地产"四个字，应该是进货或者发货时，为了标清楚买家才临时写上的。也就是说，除了这块板子以外，对方应该没有其他任何证据。

来者四人，皆是孔武有力的汉子，他们见对方不讲道理，围了上来，一人激动地道："被抓到现场，你们还要耍赖，是不是人啊？"

另一人吼道："走，跟我们到田里头去。"

还有一人道："不赔钱，将你们这个店砸了。"

张小兰没有经历过这些事情，一时之间慌了手脚。

侯沧海当过黑河镇干部，驻过村，对这些事很了解。他知道不管对方态度如何，此时绝对不能软，只要软下来，很有可能一个大黑锅就扣过来了。他双手抱在胸前，态度倨傲地道："你们吵到天上都没有屁用。真有本事，你们把倒垃圾的车扣下。冤有头债有主，跑到我们这里敲钱，门都没有。"

他没有选择讲道理，而是有意采取了蛮横的语气和态度，让对方知难而退，不再纠缠。

四个汉子都是亲戚。其中一人的田里近期被倒了好几车大垃圾，要想把这些建筑垃圾弄走，确实要花不少钱。他们没有抓住倒垃圾的车，就在建筑垃圾里东找西翻，终于找到一块写有"江南地产"的板子，于是如获至宝，跑到城里转了几个大圈，终于找到江南地产。他们没有料到眼前的人死不承认，鸭子死了嘴壳子还硬。

陈杰开着越野车回来，远远看见有人围在公司门口。他没有停车，将车绕到后门，下车后，找了根竹扫帚，去掉前端，弄出一根如哨棍式的竹棍。这种棍子不容易打出事，但是打在身上真痛，是对付群殴的利器。他提着竹棍来到公司门口时，侯沧海已经和四个汉子打了起来。

侯沧海从小就经常在厂区内外打架，还跟着工人师傅学过拳，大学时代练习过散打，身高力大，出拳迅猛。与他对战的汉子都是长期从事体力活儿的人，有一身蛮力气，却不擅长打架。两个汉子刚近身就吃了亏，一人嘴被打破，一人鼻血被打了出来。

侯沧海占了便宜后，没有恋战，迈开长腿开跑，跑了几步后猛地停下来，转身打出两记直拳。追上来的汉子被打得满眼金星，捂着脸停了下来。

开始打架的时候，张小兰吓得躲进屋里，拿手机打110。报警后，她走到门口，正好看见侯沧海打出两记直拳。

侯沧海打完这两记直拳后，并不停步，继续朝前跑。唯一没有中拳的汉子又追了上来，此时他没有了气势，脚步明显迟疑。侯沧海干脆停了下来，转身朝他做了一个继续追的手势。来人被刺激得又追了过去，伸手抓住这个无赖大个子的胸口。不知怎么回事，他突然间失去重心，重重地摔倒在地上。

陈杰拿着竹棍在一旁观战，看得十分开心。他多次听汪海夸奖侯沧海打架厉害，一直不以为然，今天见到他以一敌四，赢得轻松自在，这才相信汪海所言非虚。

最先中拳的两个汉子没有追赶逃跑的侯沧海，转身向江南地产办公室奔去。

梁期罗是搞财务出身，从没有参加过这种街头混战，见两人奔过来，吓得转身就钻进屋里。

陈杰守在门口，提着竹棍，道："这是私人场所，谁敢乱闯，老子不客气。"

江南地产的邻居们早就站在旁边围观，见到两条汉子如此勇猛，不禁大声叫好。侯沧海搞起了统一战线，向大家抱了抱拳，道："不知道从哪里跑来几个人，拿一块牌子，写个江南地产，就要找我们要几万块钱。你们帮我做个证，是他们来殴打我们，我们是正当防卫。"

这些邻居都曾经装修过门面，听到双方吵架便明白是怎么一回事，自然都站在侯沧海这一边。特别是一个餐厅老板，更是叫喊得厉害。凡是地产公司都会经常在外面请客，他帮着地产公司吼两声，结个缘分，以后好拉生意。

双方对峙起来。

侯沧海特别交代梁期罗，要给运装修垃圾的驾驶员打电话，说清楚这事。他又问："那四个字是谁写的？"梁期罗道："不是我写的，应该是送货单位写的。"

证实了自己的猜测，侯沧海心里更有底。

110到来以后，将打架双方带到派出所。

侯沧海态度非常从容，将前因后果一一道来。

对方四人脸上都挂了花，拿着木板的汉子既生气又委屈，向警察诉苦道："这块板子是我在田里翻出来的，肯定是江南地产的。那块田有五挑多谷子，堆满垃圾，根本无法用了。"

面对警察，侯沧海没有讲假话，解释道："我们是室内装修，垃圾量很少。

而且，我们所有装修垃圾都承包出去了，根本不是我们运的。他们找了块木板，写上"江南地产"几个字，就让我们出几万块钱，哪里有这个道理？"

那个汉子赌咒发誓，坚持这块板子是从田里建筑垃圾里面找出来的。

警察问清楚了打架原因，好奇地道："你们四个人打一个人，为什么你们的脸都被打成了熊猫，他脸上好好的，高州人打架什么时候这样孬？"

一句话，把四人说得十分羞愧。

一个鼻子被打破的汉子气愤地道："他耍赖，一边打，一边跑。"

侯沧海道："我更正一下，准确来说是你们寻衅滋事，我一个人被你们四个人追打。街坊们都看见的，可以找他们询问，做笔录。"

听到"寻衅滋事"和"笔录"这两个名词，那个警察眉毛挑了挑，道："你还是老手啊？不是第一次进派出所。"

侯沧海道："不管进几次，还是要以事实为依据，以法律为准绳。他们找几块木板，写几个字，就要几万块钱，走遍全省都说不通。我们是新区管委会招来的企业，如果处理不公，我们要向市委、市政府反映高州的经商环境。"

派出所民警对此事门清：江南地产的装修垃圾肯定混在建筑垃圾一起倒进了田土里，这个应该是真实的，社员没有作假。但是这几个社员没有当场将车辆逮住，事后凭着一块写着字的木板，确实难以让江南地产承认倒了垃圾。

江南地产的总经理是个难缠的人物，要是处理得不好，真被告到市委，自己这个小小民警还真是吃不了兜着走。

想清楚了这一条，派出所民警很谨慎，要求将运垃圾的司机叫来。

等了半个小时，承包垃圾的司机来到派出所。进了派出所，司机一口咬定没有将垃圾倒在田里，是倒进了新区统一的建筑垃圾场，还出示了建筑垃圾场的准入证。

事已至此，吃了亏的四个汉子只能干瞪眼。一人道："建筑垃圾场远得很，他肯定是图方便，四处乱倒。"司机瞪着眼睛，道："你这人讲话要有证据，没有证据就是诬告。"

在派出所民警的调解下，侯沧海赔了四百元医药费，此事暂时告一段落。

派出所门口，四个汉子上车前，威胁侯沧海，道："你们躲得了初一，躲不过十五，不出个几万块钱，下一次老子就要白刀子进红刀子出。"

开车的陈杰此时在手臂上贴了两个黑色文身，敞开上衣，从驾驶室跳出来，气势汹汹地走到四个汉子身边。他拉了拉衣服，露出一个乌黑枪柄，冷冷地道："你要白刀子进红刀子出，我的枪子儿不认人。"

文身加上手枪，将四条受委屈的汉子震住了。

陈杰将衣服拉紧，又威胁道："我是跑社会的，天天提起脑壳耍。刚才你们在派出所说了住在哪里，我老大记得很清楚。以后你们敢乱来，我就到你们家里摆摆龙门阵。看你的刀子凶，还是我的子弹快。"

货车远去，带起一路灰尘，连骂声都没有。

站在小车边上的张小兰再次被吓得脸青面黑，等到陈杰上了车，道："你有枪？"

陈杰哈哈大笑，道："昨天我散步，看到有一把玩具手枪挺精致的，就给侄儿买了一把。"

张小兰道："你以前没有文身，文身从哪里来的？"

陈杰道："贴贴纸，简单得很。上一次我听侯子谈起在餐厅遇到黑社会砍人的事情，就准备了些贴贴纸，准备冒充黑社会吓吓人，没有料到这么快就用上了。"

张小兰又问侯沧海，道："你觉得这些垃圾是不是我们店里的？如果真是我们店里的，我们这样做是不是欺负人？"

侯沧海解释道："我们的装修垃圾全部承包出去了，倒进田里，确实和我们无关。但是，当时只要承认这块带字的木板是我们店里的，绝对会惹上麻烦，那块田里的所有垃圾肯定要让我们负责，说不定其他地方的建筑垃圾也要算在我们头上。这不是一两千元的事情，他们下车时，喊的价格就是几万元，而且以后麻烦事情不断。"

陈杰赞同道："只要承认，那就是猫抓糍粑，脱不了爪。"

张小兰道："如果没有人承认，那几个社员就亏了。"

侯沧海道："这是没有法子的事情。这个社会上总有人要吃亏，不是他们就是我们。今天他们吃亏在于没有抓住倒建筑垃圾的车，如果有一辆车乱倒垃圾被他们抓住，肯定会被他们弄得苦不堪言，痛不欲生。这种事情在公路沿线比比皆是，所以你根本不需要自责。"

"这么严重？"

"我以前是黑河镇青树村的驻村干部，就是你去过的青树村。省道穿青树村而过，有一处弯道比较急，时不时有车冲进田里，那家人就靠这个发了财。一辆车从田里拖出来要三万元，清理掉落到田里的玻璃或汽油又要两万元，总之，一辆车摔进田里，不出个五六万元根本别想拖出来。"

张小兰很无语地道："这是一个什么逻辑！"

侯沧海道："不要太悲观，也不要太天真。我们的底线就是不主动伤害别人，在这个底线下，防守反击必须有。"

晚上要和陈文军夫妻以及黄市长秘书吃饭，小车回到驻地，大家各自要换衣服。

换衣服时，张小兰想起今天遇到的这场冲突，渐渐明白父亲为什么要弄一个不懂房地产的总经理。她脑里浮现出侯沧海一个打四个的潇洒画面，暗道："这个侯子真是个猴子，动作太快了。"

侯沧海和陈杰在楼下等张小兰。

侯沧海道："你那把玩具枪不是无意中买的吧？"

陈杰道："是我精挑细选的，关键时候吓唬人，防身。"

在前往餐厅的途中，张小兰仍在担心会不会受到那几个社员的报复。

侯沧海道："这件事情最大的后果是以后乱倒垃圾的货车要吃大亏，今天我和陈杰够狠，反而不会受到反扑。如果我们两人软弱，麻烦才会不断。今天这件事情以后，邻居们都知道我们是狠角色，不会轻易招惹我们。打一架，获得多年和平，坏事变成好事。为什么要让陈杰兼着物管，我就是想搞点有战斗力的保安队伍。陈杰当过公安，做这事正合适。如果陈杰还想做其他事，也可以兼着做。"

张小兰望着西装革履的侯沧海，道："依你这个性格，在政府机关过了这么多年，到底是怎么熬过来的？"

"往事不堪回首，不提也罢。"

开车的陈杰笑道："侯子，有点儿装啊。"

"偶尔装一装，大多数时候不装。现在享受了自由自在的生活，再让我回机关，打死都不回去。"侯沧海又道，"很多外资公司里，员工都有一个外文名字，我们公司应该推广第二个名字，也就是绰号，我叫侯子，陈杰有个绰号叫弹弓，张小兰应该有一个好听的第二个名字，否则我们天天叫董事长，你烦不烦啊？"

张小兰差点儿说出"无影宗"三个字，想了想，忍住了，道："你们不能乱给我起绰号，以后在私人场合就直呼其名。"

张小兰身份特殊，又是女孩子，不宜强行取绰号，侯沧海也就作罢。

餐厅里，江南地产三个人与陈文军夫妻、小林围坐在一起，除了陈杰以外，其他几人都来自江州，是名副其实的江州帮。

小林对侯沧海印象挺深。当初小林调到市委办之前在市政府工作，负责过市政府办公室信息工作，与当时陈文军的工作非常接近。侯沧海作为黑河党政办主任，前后有十来篇信息被市政府信息科采用，这在乡镇政府中非常少见。侯沧海因此成为市政府特约信息员。

小林与侯沧海见面之后，第一件事情就是提起此事。

侯沧海再次觉得往事距离现在很远了，远得记忆开始淡漠。他认真想了想，才记起写过哪些信息。

有了这一层关系，气氛很快融洽了。侯沧海提出要联系卫生局蒋局长时，小林道："侯哥，我可以打电话，打了电话，能不能成就说不清楚了。"

张小兰有点儿奇怪地问道："你到高州时间不长，那些局长知道你的身份？"

陈文军道："那是必须的，否则就不称职。"

果然，小林报了名字以后，蒋局长没有犹豫地就叫出了"林科长"的称呼。

小林在电话里很策略："蒋局长，不好意思，打扰了。有这样一件事，二七公司准备在我市召开一个高水平的学术研讨会，二七高州分公司的经理侯沧海想给你汇报工作。"

蒋局长道："这是好事啊，请他到我办公室。"

两三句话，事情谈定。然后就喝酒，大家主要讨论了江南地产在新区何处选地。

这是一个暂时还没能统一的问题，包括张小兰和侯沧海都心中无数。全力投入煤矿的张跃武非常粗暴地将江南地产交给女儿和侯沧海，没有给女儿留下准备时间。他凭着对房地产市场的理解，认为投资肯定能赚钱，只是赚多赚少的问题。女儿独自将这个项目操作完成以后，就可以独自应对社会上较为复杂的事情。

第十六章　菜鸟当家考察新区

吃过午饭，侯沧海、陈杰和张小兰到新区实地考察。

高州作为全省欠发达地区，其缺陷在新区中显露无遗，大片已征用的土地都长着茂盛的荒草。他们下车走进草地，居然惊起一只大斑鸠。大斑鸠扑腾着翅膀飞起，又惊起一群斑鸠。

张小兰对比新区规划图，道："这是体育馆，难怪有这么大一块地。按规定，建设用地两年不使用，就要无偿收回使用权，这块地看起来绝对有四五年了。"

侯沧海指了指远处的一个小工地道："那边在动工啊，就是规模比较小。"

在这块地的远处有一个小工地，修了一层楼，第二层楼正在施工中。

陈杰道："这块地的老板大大狡猾，他确实在开工，只是规模小，侯子说得没错。"

离开了这块地，三人又来到一处叫高州湖的城市水体公园。规划中的水体公园还是一片小水洼，和城市水体公园完全不搭界。

在新区走了一遍以后，张小兰有些泄气，道："地段、地段、地段，我记不清是谁说的，我们真要在荒无人烟的地方修房子，鬼都没有一个，谁来买？"

"这是李老头说过的话，成为房地产的金科玉律。但是，南方小岛和内地不完全一样，小岛没有这么大规模的开发区吧？开发区都是各地政府打造的样板，政府多数钱都要投到开发区，我们抢占开发区没有问题。到老区开发，拆迁是大难题，变数大，我们没有必要蹚浑水。我们可以拿出两三个备选方案，交给你爸最后拍板。"

这是侯沧海的习惯思路，经办者定下方案，交由领导或者领导集体决策。

张小兰摇头道："我爸不会拍板，他说过，除了派财务、技术等基本人手外，他不管江南地产的具体事务。以后拿到地，除了启动资金，我们要到银行贷款，不能再用集团的钱。"

侯沧海道："是不是这样理解，买哪一块地，多少钱拿地，你爸都不管？"

张小兰道："以后全归我管。我们不用给谁拿方案，觉得合适就可以下手。也就是说，这次投资，输赢的责任都在你我肩上。"

侯沧海笑道："你爸的心真大，钱也真多。"

张小兰道："他这样做，对我压力很大。我们在房地产上都是大菜鸟，不知道会犯多少错误。我还是觉得在新区建房子不靠谱，鬼影子都没有一个，卖给谁啊？"

侯沧海道："你不要轻易下结论，多研究市政府思路，特别是对政策性文件要绝对掌握，才能抢占先机。我个人不太想到老城区搞房地产，不可控因素太多。"

张小兰望着大片大片长满荒草的土地，满脸犹豫。

越野车开过新区，来到未征地的农村，沿着灰尘漫天的公路走了一阵，前方出现了一群人。

陈杰全神贯注地驾驶，注意到前方情况，放慢速度，道："糟糕，这是在公司门口打架的那伙人。"

这群人气势汹汹地聚在公路上，有的手里还拿着锄头、扁担。

张小兰脸色都吓得发白了，紧紧抓住前方椅背，道："赶紧掉头，他们还没有追过来。"

陈杰踩了刹车，让越野车停在路边，观察前方情况。

侯沧海瞅见一个货车车斗上装着建筑垃圾，明白发生了什么事情，道："我是乌鸦嘴，中午说过的话，下午就应验了。"

一个汉子被拖在地上，双手抱头，道："我是第一次来倒，以前没有倒过啊。我发誓，对天发誓。"

高州建筑垃圾场距离城区有七八公里，免费倒建筑垃圾。很多小货车图方便，出城就往田里乱倒。田里被倒了垃圾，村民们原本是有理一方，却在江南地产吃了亏，憋了一肚子火。从派出所出来后，他们找到退休老支书，讲诉了被欺负的经过。老支书看着大家乌眉皂眼的模样，大怒，聚集沿线村民，下定决心抓住乱倒垃圾的车辆。

老支书采用的办法非常简单，也很有效。他在靠近城口的一家茶馆处安插了人手。只要有垃圾车拐进小公路，眼线就打电话通风报信。汉子们两头一堵，绝对能将闯进来的垃圾车逮个正着。

中午安排了堵车计划，下午就逮住了一个胆大的家伙。

一群汉子围着驾驶员拳打脚踢，发泄心中怒火。

老支书是年过七十岁的人，脸上不少老年斑。他弯着腰，背着手，在旁边冷眼看了一会儿，道："好啦，出了气就行了，不要打出事。让他说清楚，倒了垃圾，是哪个公司让他来的。"

汉子们拉着鼻青脸肿的驾驶员来到老支书面前。

驾驶员可怜巴巴地道："我真是第一次来倒垃圾，骗人全家死绝。"

老支书摆了摆手，道："我不管这么多。哪家田里被倒了垃圾，让他们来问。你们给镇里打电话，说是我们抓到了一个乱倒垃圾的家伙，综治办和派出所如果不来，要出事。"

侯沧海、张小兰和陈杰远远地看着这一群人。驾驶员从地上被拉起来以后，侯沧海道："这个货车完了，恐怕回去时只有四个轮子了。"陈杰同意这个说法，道："他运气不好，不死也要脱层皮。"

张小兰十分郁闷，道："我怎么觉得高州无法无天，还讲不讲法律？"

侯沧海道："法律必须是某个地区的人达成共识才有效，否则很难被完全执行。高州这种地方，法律实施情况和南州没有办法比。"

张小兰道："你怎么知道这些事？"

侯沧海道："当过几年基层干部，自然就明白了。我为什么当时坚决不承认那些装修垃圾是江南地产的？是为了自保。"

张小兰刚刚当上江南地产老板，连办公室都没有装修好，就上了一场社会再认识的课程。今天，她对社会的认识一下子就发生了质的飞跃。

"他们人多势众，如果到办公室找麻烦，我们怎么办？"

"没事。他们肯定认为我们是黑社会，至少跟黑社会有牵连。人们聚在一起，敢去围攻政府，敢去打警察，可是真正遇到黑社会，他们就会被吓得屁滚尿流。"

"这是什么原因？"

陈杰回过头来，道："原因很简单，政府和警察不能轻易乱来，黑社会无法无天，没有任何规矩，谁不怕啊？"

越野车启动，经过人群。人群注意力全部集中在货车司机上，没有人注意到这辆小车里坐着江南地产的两个凶人。越野车将一群人扔在脑后，张小兰松了一口气，道："我们报警，否则那个驾驶员会被打惨的。"

远处开来了一辆警车，警灯闪烁，警笛脆响。

陈杰道："不用报警了，那些村民肯定已经报警了。"

"我读了这么多书，怎么看不懂现在的社会了？"在两个前政法系统人员面前，张小兰觉得自己挺傻。

回到家里，张小兰见到了难得回家吃饭的父亲，讲了今天的遭遇。

张跃武道："侯沧海和陈杰处理得不错。陈杰以前当过公安，能做事，干脆把他调到我这边来，当个保卫科长很合适。我其实应该把侯沧海也挖过来，有他们两个精干力量，我也省点儿心。"

张小兰给父亲泡了一杯茶，道："爸，我这边刚搭起架子，你就想来挖我的墙脚。"

"算了，还是将这两个人留在你那边。"

"爸，你那边遇到麻烦了吗？"

"都是些扯皮事，回家不说这些事情了。"

在张小兰回房间换衣服时，张跃武锁紧眉毛。

如今煤炭行情依然火爆，钱如流水一样来到面前。在财富不断积累的过程中，各种烂事也接踵而来。煤炭出厂有一条公路，占用了当地一户人家的地。按照当地规矩，所有占地补偿都赔到位了。最近这户人家的一个儿子从外地回来，说这条路赔少了，如果不多赔十万元，就要断路。

这事儿自然不能轻易答应，否则后患无穷。

今天这家儿子带着当地一群涉黑人员到煤矿谈判，涨成了二十万元，还扬言最后给两天考虑，否则断路。

煤矿前的公路是一条流着钱的路，绝对不能断。如果这家人的儿子讲道理，二十万元能解决问题，肯定就给了，如今最怕的就是给了二十万元，他又会想更多花样来要钱，没完没了，无穷无尽。而且，给钱解决麻烦会提供坏榜样，让周边人都有样学样。

听到侯沧海和陈杰处理这起纠纷时的表现，让张跃武产生了挖墙脚的心思。他随即想起女儿身边也要有得力之人，便将这个念头打消了。

思来想去，张跃武决定不妥协。如果那家人真要断路，矿上的人就来硬的，不就是打架吗？打就打，谁怕谁？

另一方面，他准备再向黄德勇市长汇报一次。有政府主要领导的支持，以后的工作才好开展。

过了一会儿，张小兰换上鲜艳的长裙出现在面前，道："老爸，我要出去吃饭。"

张跃武下意识地问："跟谁吃饭？别到乱七八糟的场所，高州不比其他地方。"

张小兰道："没事，黄英刚才打电话给我，约我吃火锅。"

"你把侯沧海叫上。"

"我们女孩私下活动，叫他做什么？"

"你给黄英他爸提两条翘壳，我特意找人在水库里弄的。这些小玩意儿，不值钱，是个心意。与人交往，要舍得长线投入，不能临时抱佛脚。"

张跃武带着女儿来到厨房，厨房里有一个新的大水缸，里面装着好几条大翘壳。

"我和黄英玩，用不着提条鱼。我和她是平等的，每次都送礼，显得我低人一等。"

"小兰啊，这种心态还不成熟，我们是生意人，生意人要注意团结所有能团结的人，这是我从统战工作中学来的绝招，把我们的人搞得多多的，肯定会有用处。你现在能随随便便提两条鱼送给黄市长，这说明关系好。几百万人口的市长，他的家门不是什么人都能随便进的。"张跃武疼爱女儿。自己拥有一个煤矿，会赚很多钱。若女儿不够强，钱太多，反而会害了女儿。

"好吧，我提鱼就是了。"张小兰的董事长生涯刚刚开始，便见识了社会的复杂性。她将鱼桶放到后备箱，开着新车去家属小区接黄英。

进了小区，她将小车停在路口，向保安打了招呼，来到位于角落的小院子。黄德勇独自站在院子里，欣赏院中花。

"黄叔，给你提了两条翘壳。"

"你钓的？这么年轻，多做点儿事，少钓鱼。"

"我爸钓的。"

"你爸在做啥？没有饭局，叫他到我这里来。"

接到女儿的电话后，张跃武赶紧出发，来到家属小区时，刚好看到女儿开车出来。

张小兰和黄英刚在美食街坐下，黄英手机就响了起来。

"文军原本要陪客人，客人临时有事走了，他准备过来吃烧烤，那你把侯子和小伟哥叫过来。"黄英放下电话，笑眯眯地望着张小兰。

张小兰道："你不要笑得这么神经兮兮。今天我们三人吃，不叫他们。上班时见面，下班不要弄在一起。"

黄英意味深长地道："你和侯子其实挺配的。"

"打住啊，他是花花公子，情人好几个，不是我的菜。"张小兰脑里浮现起侯沧海和姚琳在一起的画面，莫名其妙地泛起醋意。

黄英道："你还是打电话吧，文军带了图纸，准备给你们介绍一个好地块。"

涉及工作，张小兰赶紧给侯沧海打去电话。三分钟不到，侯沧海和杨兵来到烧烤摊。张小兰有些吃惊："来得这么快？"侯沧海道："就在附近用餐，和二七公司同事。"

等了十来分钟，陈文军提着包来到餐桌前，半开玩笑半认真地道："我们要看图纸，到楼上找个包间，免得影响不好。我们不会这么倒霉吧，还会遇到打架的？"

移步楼上后，陈文军打开一张规划图，用手指在一处红圈上，道："这是规划展览馆公开的一张图纸，我反复研究过，有一处土地最适合你们，这块土地是已经征用的国有土地，有二十多亩。"

红圈位置在水体公园旁边，右侧约五百米则是体育馆，一条小河将这块土地半包围，成为一处半岛。

"这一段时间我们一直在研究新区的各类配套，包括地下管网、环卫设施、菜市场、教育资源等，今天重点研究了学校。"陈文军在圆圈外又画了一个点，道，"这里是新区将要投巨资重点打造的小学，与这块地隔着一条河。正因为有这条河，割裂了人们的思维，认为这块地与小学没有关系，其实只要修一座跨度十来米的人行桥，这块地就和对面无缝联系在一起了。"

侯沧海仔细看了规划图，在脑海中形成一个画面，在水体公园、体育馆和小学中心位置有一个精致小区，绿树成荫，三三两两的行人在小河边散步。

张小兰道："公交车方便吗？"

陈文军道："这里有水体公园和体育馆，能不通公交？水体公园和体育馆外侧都是大块商业用地，体量太大，你们吃不下。"

张小兰此时是决策者，反而不敢贸然做决定，继续追问道："体育馆和水体公园什么时候能修好？"

陈文军道："这两项工程都写进市政府工作报告了，肯定要执行。如果不执行，无法向人大代表交代。今天我说的事都是报纸上公开的，没有秘密，只不过由于我从事这项工作，集中在研究规划，所以算是专家意见。目前这个片区没有完全启动，大家对这块地关注度不高。等到水体公园和体育馆真正动起来以后，这块地绝对会有人盯上，大家各显神通时，你们还真不一定能拿到。"

侯沧海在政府机关工作过，明白写进政府工作报告的事原则上都要实施，陈文军提供的情报很有应用价值。

晚餐后，在黄英建议之下，四人唱歌。杨兵没有唱歌，回到二七分公司那一桌。

唱歌时，小厅可以跳舞。侯沧海猛然间有了往事重来之感，男主人公仍然是侯沧海和陈文军，女主人公刚换成了黄英和张小兰。他有心病，对跳舞没有兴趣，出于礼貌分别请黄英和张小兰跳了舞。

黄英娇小玲珑，与侯沧海跳舞总是不太协调。跳舞之时，两人的话题主要集中在陈文军身上。从交谈中可以听得出来，黄英对丈夫非常满意。

侯沧海面对张小兰时心里有点儿硌硬。张小兰身高甚至体态都与熊小梅接近，在舞厅暧昧的灯光下，侯沧海屡次产生错觉，仿佛与自己跳舞的是熊小梅。这种感觉很不好，让他产生抗拒感。他首先打破沉默，道："你觉得那块地怎么样？"

张小兰道："你这人无趣，除了工作，不能聊点儿别的？"

侯沧海还真不知道与张小兰能聊点儿别的什么，沉默了几秒，又道："明天，我们去看看那块地。早点儿出发，争取10点钟回来。10点半，我要和杨兵见卫生局蒋局长。二七分公司的那一摊子事情，以后主要交给杨兵。有什么重要关系人，我都和他一起去。"

听到侯沧海不停地谈工作，张小兰恨不得踢他两脚。

唱完歌，跳了舞，张小兰郁闷地回到家。到家后，她做出一个决定："以后再也不跟侯沧海跳舞了，这人平时能言善辩，单独相处时，变成了榆木疙瘩。"

客厅，张跃武独自一人看电视。他脸上没有表情，注意力明显不在电视上。

"爸，这么早就回来了？没喝酒？"

"喝了二三两。你怎么这么晚？"

得知陈文军介绍了一块条件很符合预想的地块，张跃武脸上表情平淡，没有任何兴趣。

"让陈杰来给我开车，老戴扭伤了腿。"

回到高州森林的别墅，张跃武坐在客厅大沙发上，揉着肚子。近些年来，他的肚子慢慢鼓了起来，很影响形象。他没有时间锻炼，每天有空之时，便揉肚子。

张小兰道："爸，实在想要人，把陈杰调到你那边吧。"

"临时用一下，君子不夺人之美，我更不能抢女儿的助手，更何况，你那边可怜巴巴的就几个人手。你上午做什么？"

"看陈文军昨天介绍的地块，从图纸上看，这块地还真不错。"

"昨天我和黄市长聊了一次，情况很复杂啊。我准备将公司主体业务转移到高州。"

和父亲聊了一会儿，张小兰到卫生间刷牙。刷牙前，她先看了看自己的牙齿。她的牙齿非常美，如一粒粒大小均匀排列整齐的糯米。在大学寝室，神神道道的室长韦苇偶然间发现这一点，当众惊呼："小兰居然是糯米牙，这种牙齿的女人，下面长得挺漂亮。"

张小兰羞红了脸，提着枕头追打韦苇两层楼。

两人打累了，坐在阳台休息。

张小兰悄悄地问道："你刚才说的是真的？"

韦苇道："不信，我来看看，一目了然。"

张小兰道："女流氓，以后别在外人面前说，弄得和真的一样。"

张小兰莫名回想起大学往事，多愁善感起来。她给韦苇打电话："韦苇，做什么呢？"

韦苇接到电话后，如做贼一样将头埋进电脑里，道："兰花花，有事？"

张小兰道："没事，突然间想你了。"

韦苇的办公室有几十个人，分成一个个小格子，每个人如装在格子里的巧克力。她见主管不在，压低声音道："凭着我对你的了解，肯定是遇到让你动心的帅哥了，一腔柔情无处诉说才找到老娘。老娘命不好，得苦命挣钱，要是有个好爹，我就当公主了。"

"我现在变成工地女了，这几天都在钻荒草丛。真想你了，找时间来看你。"

"你一人来，我不接待，得找个让人流口水的帅哥。不讲了，主管来了。她在更年期，与我八字不合，得老实一点儿。"

与韦苇通完电话，张小兰来到客厅，见到父亲还坐在沙发上揉肚子，道："爸，你想吃什么？"

张跃武心思不在家里，随口道："等会儿出去吃碗面，或者整一碗豆花。"

冰箱里没有牛奶，只有几个鸡蛋。张小兰换了鞋，到外面搜索早餐食品。走到街上时，她突然想起自己如今是江南地产的董事长了，应该以权谋私，想办法照顾吃饭没有规律的爸爸。杨兵夸耀二七分公司能自己开伙，自己也应该弄一个能吃饭的地方，免得老爸偶尔还在家里吃方便面。

第十七章 筹备学术论坛

　　高州森林是别墅区，很幽静。张小兰开车去买了牛奶，到豆花店买了一份豆花。回到房间，再弄了一个外焦里嫩的煎蛋，放在桌上。张跃武很享受女儿的服务，吃了豆花，再将煎蛋吃得干净。

　　9点钟，侯沧海和陈杰一起过来。张小兰坐上越野车，张跃武坐上了陈杰驾驶的路虎。张跃武上车后，指了指驾驶室左首的一个大号金属扳手。"这个扳手用来打架，绝对是夺命利器。"陈杰点了点头，道："明白。"

　　张小兰坐在越野车副驾驶位置，问道："吃了没？"

　　"啥？"

　　"吃了没？"

　　"哦，吃了。今天变天了吗？你问起这么老土的问题。郑重地回答，吃过了，任巧在罗马皇宫包的包子，自己弄馅，皮薄肉香，我吃了五个。"

　　"吃了没刷牙，臭死了。"

　　张小兰打开窗子，吹了一会儿风。她忽然发现车内除了难闻的包子味道，以前那股难闻的怪味没有了。

　　"洗过车？"

　　"里里外外彻底洗了一遍，以后我规定，在越野车里不准吸烟，不准穿拖鞋。"

　　"为什么？"

　　"因为你要坐这辆车，那些粗人确实太粗，比如六指，经常把脏脚搁在车窗上。"

张小兰右手肘正放在车窗上，闻言赶紧抬起手肘，不停地拍。

来到陈文军所说的地块，侯沧海和张小兰站在荒草边缘朝里面张望。野生的灌木遮住了视线，除了草地中间的小坡，附近没有制高点，无法完全看清楚地块全貌。

侯沧海找了一根棍子，道："里面有个小坡，算制高点，我们进去瞧一瞧实际情况。你敢不敢钻灌木丛？"

"有蛇吗？"

"这个时节，蛇都进洞了，就算没有进洞，也不活跃。蛇是胆小的动物，只要不踩到或者直接碰到它们，它们都会先躲起来，这就是打草惊蛇的原因。我们这边有句俗语，蛇咬头，狗咬尾。蛇是很胆小的，听到声音就会躲起来，如果攻击，最大可能是攻击队伍中最前面的一个。狗就不一样了，大大狡猾，它总是在咆哮时仔细观察，避开最前面开路的，然后冷不丁地咬队伍的最后一个人。这些都是生活经验，有实用价值。如果来了一条大狗，你的男朋友走得比你快，就一定要赶紧甩了他。"

"我才不会找胆小如鼠的男朋友。"

两人一路折灌木、踩野草，在没有路的地方弄出一条路，经过一阵辛苦才来到制高点。虽然只有短短两三百来米的距离，还是让张小兰出了一身汗。在小山坡上，微风吹来，皮肤微凉，让她十分舒畅。

"那边是水体公园？"

"对。"

"那边是体育馆？"

"对。"

"对面是小学？"

"对。"

"你能不能说点儿其他的？感觉怎么样？"

"位置不错，我们要将它拿下。"

张小兰在小山坡上打量周边环境，不停地发问。侯沧海摊开图纸，将图上地标与实际情况相对照。两人如指挥千军万马的将军，在野草、灌木中研究进攻方向。一个小时后，两人沿着来路返回。张小兰小心翼翼地跟在侯沧海后面，猛然间踩到了一条绳状物，吓得跳了起来。落地时，脚陷入小坑。

"哎哟！"张小兰叫了一声，扑倒在地。

侯沧海不知道发生了什么事，见张小兰扑倒，上前一步，将其拦腰抱了起来。张小兰吓得双手搂紧侯沧海的脖子，道："快走，我踩到了一条蛇。"

"别怕，这个天气哪有蛇？"侯沧海低头看了看脚下，是一根烂绳子。

看清楚是绳子，张小兰很不好意思。她的脚刚触到地面，一阵钻心的疼痛袭来，站立不稳，赶紧扶住侯沧海的肩头。

踝关节以肉眼可见的速度红肿起来。

"能触地吗？既然不能，我背你出去吧。别忸怩了，你在我心中是董事长，不是美女。"

"滚，我不让你背。"

"我不背你，你又走不动，别犟了。"

侯沧海弯下腰，等张小兰将手搭在肩膀上时，他将手搭在她的腰窝。在缓慢撑起身体之时，他如穿越了黑洞一般，回到了那个风雨交加的夜晚：那天夜里，他背起了身体肥胖的党委书记杨定和，一步步走在风雨之中。人的命运被家人的一场疾病轻易打败，被迫离开了机关。俗话说"退一步海阔天空"，此语确实挺有道理。

"看清楚路，别走神。"

"哦，你注意挡一下上面的灌木枝，灌木枝有刺，划到脸上，破了相别怪我。"

"臭嘴。"

冲破如瑛姑桃花阵一般的灌木丛后，两人回到公路。张小兰坐在公路边上，低头观察扭伤的踝关节。踝关节上雪白的肌肤迅速肿了一片，红肿迅速扩散。

"伤得还比较重，先冷敷，再到医院。冷敷促进血管收缩，使出血症状得到减轻，每次冷敷十五分钟。我以前在学校是散打队员，经常出现扭伤，有处置经验。"侯沧海从后备箱提了桶，到河边查看河水，然后提了半桶水到岸上。

张小兰拒绝使用这个桶，道："这个桶脏死了，六指好几次吐在里面。"

侯沧海道："那我背你到河边，直接泡在河里。这条河在城市上游，没有被污染，水清见底。"

张小兰踝关节越发疼痛了，站起来费劲。

侯沧海道："你是伤员，我就不讲究了，抱你到河边。不要难为情了，在我眼里，你是董事长，我得对你好点儿。"

"你这人一张臭嘴，不会说话就别说。"张小兰嗔怒。

侯沧海抱起张小兰往河边走。一个人到河边，轻松愉快；抱着一个人下河岸，行动就受到阻碍了，得小心翼翼。张小兰最初双手交叉放在怀里，见侯沧海走得费劲，将一只手搭在他的肩膀上。一串汗水滑向眼角，让侯沧海不停眨眼。张小兰拿出纸巾，为其擦掉汗珠，免得流进眼睛里。

"谢谢啊。"

"哼，我只是怕你摔倒，把我弄伤。"

来到河边，张小兰在一处平坦地方坐下，将受伤的脚伸进流水，享受河水冲刷带来的清凉，脚上的伤痛分子被带进水里，顺流进入下游。侯沧海在岸边搬了块大卵石，放在张小兰脚边。这样一来，张小兰就可以将脚放在石块上，不至于一直费劲跷着。

"十五分钟，行了。隔六七个小时再冷敷。你记住，千万别按摩，如果乱按，损伤部位血液就会渗出，肿胀得更厉害，也别用红花油等药。二十四小时以后，才可以用红花油。"

侯沧海又抱着张小兰上岸。

爬上河岸时，张小兰嗅到浓重的男性气味，觉得这一段路太短。

越野车一路向前，很快开到高州第一人民医院，停在停车场。侯沧海拉开车门，望着张小兰，道："能走吗？"

张小兰道："脚碰着地就疼，我回去休养两天就行了，不必到医院吧。"

侯沧海道："拍个片子，看伤到骨头没有。伤到骨头就要住院治疗，没有伤到骨头，也要在家里住个十天半月。"

张小兰道："我怎么这么倒霉？这是不是出师未捷先扭伤？这块地真的太适合我们了，但是这块地似乎不欢迎我，第一次走进去就来了一个下马威。"

侯沧海抱着张小兰走到了门诊处，迎面就见到背着包的任巧。任巧将手里的材料放回包里，快步走过来，关心地问道："张总怎么了？"

张小兰道："扭伤了脚。"

任巧道："稍等一会儿，我去借轮椅。轮椅在旁边就借得到，很快。"

张小兰其实不想坐轮椅，很多病人坐过轮椅，细菌多。只是任巧十分殷勤，又是山岛俱乐部的老熟人，让她不好拒绝。坐上轮椅后，她觉得难受。后背靠着轮椅，轮椅的塑料触感有一种说不出来的不怀好意，扶手处的铁柄又冷冰冰的，没有任何感情。整个轮椅软处肮脏，硬处冰凉。

侯沧海推着轮椅，让任巧挂号。

任巧在挂号前，递了一张纸巾给侯沧海，让其擦汗。她很熟悉医院，挂号后，带着侯沧海和张小兰穿过复杂走道，上了二楼，左转，再右转，来到外科门诊处。她站在门口朝屋内看了一眼，确定是最近在一起吃过饭的医生，没有排队，推着张小兰进门。

插队行为惹得外面的人议论纷纷，骂声不断。

在众人异样、鄙视和不满的眼光下，张小兰被推了出来。张小兰相貌姣好，脾气温和，从小到大，面对的都是笑脸、鲜花和掌声，今天看病插队，节约了时间，却成为走道上病人及家属的敌人。如果这些人手中有臭鸡蛋，肯定会毫不迟疑地扔过来。

这种感觉不好，张小兰宁愿老老实实排队。拍片时，她明确提出："我不想插队了。"

任巧笑道："在这里想插队都不行，我不认识拍片的医生。"

听到里面叫名字，任巧将张小兰推进去。她蹲下身，细心地帮张小兰脱下鞋子，道："唉，伤得挺重，肿得厉害。但愿不要伤着骨头。"拍片医生说话总是有一股不耐烦的劲儿，此时见到两个美女，说话细声细气，彬彬有礼，尽显绅士风度。

任巧出来时，侯沧海问道："你怎么在跑一院？"

任巧甜甜一笑，道："杨经理昨天进行工作调整，江莉任务太重，跑不过来，我以后跑一院。"

"顺利吗？"

"学术会议召开后，我们做起来肯定更容易。那个抗生素，比二七公司的药效果还要好。"代理抗生素属于私活，在没有完全掌握新业务员时，暂时没有在高州全线铺开，原来只是由杨兵、江莉在市区医院推广。现在看起来，任巧也加入其中。

正聊着，里面的医生发出招呼声。任巧赶紧进屋，将张小兰推了出来。任巧跑上跑下，态度良好，帮助张小兰到窗口交费和取外用药，还主动要求下午帮着拿片子，再推着张小兰来到停车场。

有其他人在场，张小兰不想让侯沧海抱上车，由任巧搀扶着，挪进副驾驶位置。

越野车开走，任巧笑容渐渐消失，忧伤袭上心头。

小车开进车库，可坐电梯直接上楼。

侯沧海将张小兰背进电梯，道："我就一直背着你，免得换姿势麻烦。"说完这句话，他立刻醒悟有语病，"换姿势"是他以前和熊小梅在床第之间的玩笑话。张小兰自然不知道侯沧海和熊小梅的密语，没有反对。

电梯有轻微的机械声，总体安静。张小兰两手轻轻撑着侯沧海宽厚的肩膀，这样可以保证上身不至于全然贴在对方背上，保持必要的矜持。

"董事长，江南地产开发的小高层，是否安装电梯？"

"总经理，肯定要安装，我们要做最好的小高层。"

"董事长，你应该有一个绰号，否则我们这样称呼起来很别扭。"

"嗯，在公共场合不能叫我绰号，但是在私下里可以称呼为兰花。"

"兰花"这个绰号在嘴边进出两次，侯沧海终于笑了出来，道："这个绰号土味十足，与你的形象严重不符。"张小兰道："你的绰号是侯子，倒是符合得很。"

由于黄德勇市长秘书小林提前打过电话，蒋局长接待二七分公司侯沧海时挺客气。他认真听取了二七分公司关于学术论坛的思路，略作思考，在侯沧海递上的《高州市面向基层心血管危重症研讨会学术论坛工作方案》上批示：原则同意此方案，请科技教育处协助办理。

写下批示后，蒋局长拨通科技教育处负责人电话，特意作交代。他知道市长秘书这个位置的重要性，免得手下人没有眼力，怠慢来者，惹出不必要的麻烦。

整个过程不到半个小时，侯沧海告辞前给蒋局长送上二七公司的资料，以及印有二七公司标志的礼物钢笔。钢笔是公司统一定制的，精美又好用。由于是批量生产，折算成人民币不值几个钱，但是收到礼物的同志使用钢笔时总会看到二七公司的名字，是一份挺有心计的礼物。

侯沧海和杨兵趁热打铁，将蒋局长签字的文件复印十份，找到科技教育处的负责人。

给蒋局长汇报的是侯沧海，给科教处负责人汇报的是杨兵。汇报还没有结束就到了午饭时间，杨兵顺势邀请科教处负责人共进午餐。

杨兵当了两年医药代表，交际水平提高显著，再加上他本身就是自来熟性格，一顿简餐下来，与科教处四个同志都混成熟人。午饭结束，六人泡了一壶茶水，在餐馆里讨论起学术会议的具体实施细节。

下午两点钟，科教处诸人回办公室上班。侯沧海将杨兵送回罗马皇宫，然后拐到菜市场，买了一份豆花和米饭，又买了一块猪后腿肉和杂七杂八的作料。以前经营一食堂时，侯沧海当过一段时间采购，走进菜市场如鱼得水。

提着一包材料上了车，侯沧海突然意识到自己出了问题：这是继熊小梅之后，他再一次为年轻女人做饭。他随即自我安慰："这和当年为熊小梅做饭绝对不同。张小兰是工作伙伴，是重要搭档，还是老板，我为她炒回锅肉是朋友和工作伙伴之间的正常往来。"

侯沧海提着饭菜回到张家时，顺路在药店买了一柄铝合金拐杖。

回到张家，张小兰开门就叫苦道："总经理，你太不守时了，我的肚子饿瘪了。"

"我陪卫生局科教处的同志吃了饭，顺便买了点儿小东西。"侯沧海将购买的物品一件件摆开。

张小兰没有料到侯沧海这种糙男人居然很心细，心里悄然涌出一股暖流。

侯沧海挽起衣袖，到厨房做饭。张小兰试着使用拐杖，来到厨房，道："你还会做饭？"

"和以前女朋友开过伙食团，做菜是我的本能手艺。"侯沧海埋头工作，随口应答。

"吹牛吧。"张小兰很想问一问其女朋友的事情，又忍住没有问。

侯沧海在厨房里的动作颇为利索，一招一式极具章法：

将肥瘦相连带皮的猪肉洗干净；

锅里放开水，点大火，水翻滚时放入猪肉和葱、姜、花椒；

煮肉时，洗净蒜苗，切成八分长，切细豆瓣；

肉煮熟但不煮烂，将煮好的肉捞起，放入盘子，在还有余热时切成约一分厚的连皮肉片；

烧热铁锅，放油，油烧至五成热时下肉片，放少许盐，铲炒均匀，炒至肉片出油时，铲至锅边，放入郫县豆瓣、甜酱和豆豉在油中炒出香味，再与肉共同炒匀，最后放蒜苗合炒；

蒜苗炒熟但不能炒蔫，加入酱油炒匀，起锅即成。

侯沧海一边操作,一边介绍诀窍:"你要记住两个经典诀窍,第一是煮肉一定要滚水下锅,才能封住里面的水分,成菜吃起来才润泽;第二是煮肉前,在水里放生姜片、蒜片、葱段、花椒粒熬出香味,再把肉放入煮制,肉更有味。"

回锅肉香气浓郁,在屋里尽情舞蹈,迅速占领所有空间。张小兰早就饿了,哪里经得起如此诱惑?筷子如机关枪一样不停地伸缩,转眼之间,她一碗干饭下了肚。

房门打开,张跃武走了进来。他使劲嗅了嗅,道:"谁在炒回锅肉?真香。还有饭没有?给我弄一碗。"

结果,侯沧海为张小兰准备的晚饭被张跃武吃个干净。放下碗,张跃武抹了抹嘴巴,道:"侯沧海也在,我正好一起讲。你们在新区选的地块要放弃。"

第十八章　找上门的危房改造

　　"为什么？"侯沧海和张小兰异口同声地问道。

　　张跃武语调低沉，道："我接受了黄市长交代的任务，不能讲价钱。在老城区有一处锁厂家属区，原来职工住的是危房，必须改造。政府财政紧张，黄市长让我们出钱给职工修住房，然后我们在老锁厂那一块地盘上建几幢商品房，这样也不亏我们。去年秦阳垮塌过一处老房子，死了六个人，全省震动。今年必须完成老厂区危房改造，这是政治任务，完成了，以后在高州肯定好办事。"

　　说完之后，他望着江南地产的一男一女，强调道："锁厂地段不好，没有开发商愿意开发，你们要有啃硬骨头的准备。"

　　侯沧海和张小兰都很看好体育馆旁边的小型地块，觉得这个地块完全是遗落在新区的一颗明珠，高质量开发出来后，绝对能成为江南地产的一块招牌。谁知天算不如人算，张跃武一席话就将这个明珠废掉了。

　　张小兰心有不甘，道："爸，我们可以两边同时开发。"

　　张跃武不停摇头，道："相较于楼盘，煤矿这边才是大生意，黄市长支持我的收购计划，涉及好几亿资金。所以，这边楼盘必须要按照黄市长的要求来办。"

　　张小兰继续坚持，道："两个小区可以同时启动，这样不会违反黄市长的要求。"

　　"兰花花，这里面很微妙。危旧房改造往往很麻烦，进度极有可能被拖延。

如果两边楼盘同时启动，新区快，老区慢，会让黄市长产生误解，认为我们态度敷衍。小不忍则乱大谋，我们只能选择开发锁厂楼盘。"张跃武说到这里，才发现女儿的脚不对劲，道："你的脚怎么了？"

张小兰道："我和侯子看地时扭伤了。拍了片，还没有拿到结果。"

侯沧海一直在安静地听父女俩的对话，没有插嘴。他有基层工作经验，知道涉及老厂区的改造很麻烦，麻烦不在于建设，而在于人。

当张跃武征求侯沧海意见时，他直言道："危房改造涉及拆迁，群众工作应该是政府做，我们只管建设。"

张跃武道："前期工作肯定是南城区完成。项目有商业地产，但是主要任务是改造危房。所以我对你们的要求不高，这个工程能够不亏本就是圆满完成任务。"

张跃武的这个说法对于侯沧海来说相当于改变了当初的约定。在当初的约定中，除了年薪以外，还有百分之十的利润分成。如果这个项目基本不赚钱，这百分之十便打水漂了。

侯沧海直截了当地提出这个问题。如果自己还在政府机关工作，他出于面子，十有八九不会提出百分之十的问题，如今在商言商，他必须事先把话讲明白，免得以后打肚皮官司。

"啊，我没有想起这事。我们可以签一个补充合同，年薪增加二十万元，其他条件不变。"

侯沧海在心里迅速盘算了一番，这个项目应该是两三年才能完成，两三年时间，不算百分之十的收入，至少有一百多万元的收入，这在高州甚至整个山南的打工阶层是很高的了。他同意了这个提议。

对于张跃武来说，他满脑子想的是整合煤炭资源，玩一把大的。玩成了，以后收入应该是以亿甚至十亿为级别计算。为了完成黄德勇市长交办的事，为了锻炼女儿，花个高价请总经理完全值得。更何况，侯沧海是个命相特别好的人。

张小兰有点担心父亲的宏大计划，道："爸，你这一段时间都在搞并购，会花很多钱。如果风险太大，干脆别做了。"

"煤炭至少还有十年黄金时间，现在大投入正在其时，错过了这个村就没有这个店了。我专心做煤矿，你做房地产，算是两条腿走路，风险不大。"

由于有侯沧海在场，张跃武有些话没有讲透。

前些年煤炭行情不好，高州有一个中型国营煤矿由于经营不善，发生瓦斯爆炸，破产了。恢复生产、技术改造等预计要花四个亿，而且矿内爆炸过，有些情况无法预计。种种情况叠加在一起，尽管煤价一直上扬，也没有人敢轻易下手。

张跃武多次带着相关专家下井考察，反复推算后，认为这个煤矿拿下来也就四个亿，如果地方政府再让一让价，不到三个亿就可以恢复生产。经营十年，利润高得不可想象。

至于钱的问题，除了自有资金以外，银行可以贷款。

此事最大的问题在于技术改造资金是否预计得准确。但是就算多用出几千万元，也在可以接受的范围之内。

张跃武办企业多年，经历过无数风浪，信奉富贵险中求，也正是在这个理念下，闯出了今天的基业。如今天时地利人和都占全了，他很难控制住欲望，不可能眼睁睁地看着其他人将这个大煤矿拿去。

"既然已经决定了，我下午有时间，悄悄地看现场。"侯沧海很有分寸，一句都没有询问张跃武煤矿上的事情。

危房改造与煤矿收购联系在一起，重要性立刻凸现出来。张跃武不想因为危房改造而影响当前最重要的煤矿收购，于是道："我有个建议，你能不能辞掉二七公司的工作？"

侯沧海道："二七公司主要工作由杨兵在做，除了涉及全局的事，我基本上没有参加。但是杨兵不算是二七山南公司的正式中层干部，如果我辞职，很有可能二七公司会另外派人过来当经理。这个团队是我和杨兵一起拉起来的，为了保持团队稳定，彻底掌握渠道，我还得挂着这个经理的头衔。"

张跃武没有将二七公司这类企业看在眼里，随意地道："你那个团队不超过十人吧？可以全部转到我的公司，不仅是煤矿和房地产，还有路桥公司，你的团队都可以选择。"

侯沧海直接拒绝了这个提议，道："谢谢张总，二七高州分公司运作得不错，发展势头良好，暂时不用跳槽。"

张小兰道："爸，你的手伸得太长了。现在二七公司的事情都是杨兵在操作，他们做得挺好，日子滋润，没有必要过来。"

张跃武这才作罢。

商量妥当以后，侯沧海准备看锁厂危房。

面临着重大变化，张小兰在家里坐不住，拿起拐杖，也要跟着去。

两人坐电梯到底楼，没有说话。

上了车，张小兰道："不好意思啊，突然发生这个大变化，我确实也不知道。"

侯沧海道："没事，我们要服从大局。对我来说，不算是坏事啊，至少我多得了二十万元，二十万元啊，可以做多大的事情。"

侯沧海和父亲谈论年薪时，张小兰觉得挺不好意思，总觉得两个人当着自己的面讨价还价挺尴尬。听到侯沧海提起此事，她忍不住道："你还真财迷啊。"

"在商言商，我是有事说到明处、说在前面，先说断，后不乱，这样最好。"

"你是对的，我有点玻璃心了。"

越野车不到十分钟就来到南区，开过一条由铁路分割的区域，来到有大量厂区的南城区。二十年前，南城区聚集了高州主要市属和县属国有厂矿，锁厂、糖厂、家具厂、水瓶厂等企业都聚集于此，南城区的居民十有八九和这些企业有关联。在很长一段时间，高州有"要嫁就嫁南城"的说法。如今风水轮流转，南城区成也萧何败也萧何，市属县属国有工厂效益下滑，多数破产，南城成为整个高州最萧条的区域。

新区有宽阔的大道、整齐的绿化带、现代楼房，还有大片大片已经征用的土地。南城区有连片的陈旧房子，基础设施破烂。街道上有不少闲人，很多都穿着厂服。

越野车来到南城区边缘较为独立的一片厂区。

厂区正门是一个破烂拱形门。如果时光倒流，这道门还是颇为气派的，侯沧海甚至能想象众多工人形成一道人流进出工厂的情形。他随即更改了设想，锁厂里面有家属区，进出工厂的人不算太多，应该以自行车为主。下班铃声响起，一辆辆自行车飞驰而过，骑在车上的人穿着工厂制服，高昂着头。这幅画面如此生动，侯沧海仿佛曾经来过此地，看过此景。

"你的表情很奇怪，为什么会变得很迷茫？"

"我在国有企业长大，小时候经常在类似的大门下穿行。世事难料，没有想到堂堂国有大厂会破败成这个样子。你走路行吗？我想进去走一走。"

张小兰伸了伸胳膊，道："你得挽一下，我还不太适应拐杖。"

两人走进没有门卫的大门，走进荒草丛生的厂区。厂区没有被硬化的地方被分割成一小块一小块的，用竹条或者绳索分开。土地里种着时令蔬菜。蔬菜得到了很好的照顾，生机勃勃，与衰败的厂区形成鲜明对比。

侯沧海被熟悉的气息全面包围。世安厂一直还在生产，工厂管理层还在行使职责，与这个完全停产的工厂略有区别。锁厂与熊小梅父亲所在的铁江厂极为相似，厂房如一条条被打断脊柱的蛇，懒懒地散布在厂区公路沿线。

两人如今要改造这里的危房，与从来没有发生过联系的锁厂有了命运上的牵连。

"七十来亩，足够大。家属区在哪里？"

"跟我来，我能闻到家属区的味道。"

在侯沧海的带领下，两人很快来到家属区，看到了标有一、二、三幢数字的家属楼房。这些楼房都是灰色砖房，有着长长的外置楼道。

来到第一幢楼的门洞，不用上楼，就可以看见墙体上的裂缝，水泥楼梯上有小指头粗细的裂缝。张小兰看着裂缝就害怕，加上脚不好，没有往上走。

走了几幢都是类似情况，走到第三幢时，传来纷乱的议论声。二三十个中老年男女聚于楼下，一个老头激愤地讲："我天天看新闻，别他妈的想哄我。某些人肯定是看上了我们这块地，想搞商业开发，骗我们是危房改造。我们当牛做马几十年，一句破产就把我们几十年的工作抹消了，现在又想来抢我们的土地和房子，门儿都没有。"

"如果要拆迁，至少要一比二赔偿。"有人附和道。

老头马上否定道："我们都是小房子，大多是五六十平方米，一比二置换才一百平方米左右，全家住还是挤了。置换方案必须一比三，大家要意见一致，不能下软蛋。"

"不应该按照实际住的房子来赔房子，应该按照实际居住数，每个人至少得给三十平方米。"

"拆房子时，要给我们发租房费。"

小坝子里的人们你一言我一语，发表意见。

张小兰听了一会儿，实在忍不住了，低声对侯沧海道："这一片不是拆迁，是危房改造，他们说得完全驴唇不对马嘴。肯定是宣传不到位，才让他们产生误解。"

侯沧海道："我们只负责修建，其他工作是政府的事，不要把麻烦揽在自己身上。我现在最担心的是在这个地方修房子，能否卖得出去。如果卖不出去，不是赚钱的问题，而是要亏一大笔钱。"

锁厂片区地处郊区，周边基础设施极差，生活在此处的人们大都是下岗工人，没有消费能力，而有消费能力的人肯定不会在此买房。两人到了现场后，马上明白黄德勇为什么要将这个任务打包交给煤矿老板张跃武，因为摆明是吃力不讨好的事。

往回走时，张小兰想起一群情绪激动的中老年人，觉得肩上的担子重如山，压根儿承受不起，抱怨道："新区那块地没有纠纷，前景光明。想起锁厂这个环境，我就没有任何信心，是真没有信心，信心是假装不来的。"

侯沧海道："事情已经在黄市长那里接了下来，不可更改，所以我们要鼓足勇气迎上去。你不要担心，车到山前必有路。"

两人走出家属楼，远远地看到越野车周围站着几个人。这几个人在越野车周围转来转去，似乎把这辆越野车当成怪物。

当侯沧海和张小兰走到越野车前，一个中年人凶巴巴地质问道："这个车牌是江州的，你们来做什么？"

此时，江南地产和政府还没有正式签协议，侯沧海不愿意由自己透露政府意向，没有理睬询问之人，打开车门，礼貌地道："请让一让，她的脚不方便。"

中年男人拉住车门，道："新来的黄德勇是江州人，这个车是江州车牌，肯定是黄德勇的狗腿子，是不是来打锁厂主意的？我告诉你，开发锁厂也行，绝对不能出卖工人利益。"

提前沟通是政府的职责，并非企业应该和能够承担的职责，侯沧海不想在这个时间段与情绪不太对劲儿的工人们发生任何纠纷，避重就轻地道："我是二七高州分公司的。"

"二七公司是什么鸟公司？"

"我们是医药公司。这个片区没有医院吗？"

中年男人眼睛往外凸，脸色红热，有着很明显的高血压症状。他火气十足地道："以前厂里有卫生室，现在工厂垮了，卫生室也就没了。"

"这一片地盘不小，没有医院？"

"南城区有中心医院，距离这里挺远。你问这些做什么？"

"我是卖药的，当然要问这些事。刚才我进家属区看了一眼，里面的房屋都应该是20世纪80年代初建的吧？我家是江州世安厂的，这里的房子和世安厂家属区基本一样。"

"你家是世安厂的？"

"嗯，父母都在世安厂工作。"

"我到世安厂去过，接受培训。部属大企业比我们强。"中年人眼珠一转，道，"你家住在哪里？"

"一厂区那边，六号大院。"

"我知道那个院子，就在一厂区附近，我在那边培训和实习。当年世安厂是全省钳工的培训基地，承担培训任务，很多工人都去培训过。当年还有从世安厂调到锁厂的，现在看来亏死了。"

侯沧海出身于世安厂，具有与锁厂天然的血脉联系，言谈举止都有一种工厂子弟范儿，很快消除了中年人的戒心。

正在上车时，远处跑来几个人，有人吼道："谁的车，等一下。"

张小兰正在听着侯沧海与中年人聊天，紧张的心情慢慢放松了，忽然听到这声呼叫，心一下悬在半空。

一人跑了过来，道："老张夫妻都被墙上掉下来的砖头砸了，流了好多血，你帮忙跑一趟，将老张送到医院。"

"叫救护车没有？"

"救护车慢得很，这里有车，比救护车快。"

这对于侯沧海来说是接近工人的良机，毫不犹豫地道："最近的医院是南城中心医院吧，我送老张过去。"

张小兰有些害怕单独留在锁厂，道："我跟你一起去。"

侯沧海道："伤者有家属，得给他们留位置，你在这里等我。"

中年人指了指一百米外的一排平房，道："你到我家去坐，不要怕，这是锁厂，大家都认识，穷是穷点儿，安全。"

侯沧海驾驶越野车，转了方向，回到家属区。他接到血流满面的伤者以后，狠按喇叭，一路狂奔。

第十九章　初探国营锁厂

张小兰跟着中年人来到平房处，没有进屋，要了板凳，坐在平房外面等着侯沧海。她从小生活优越，几乎没有来过生活环境这么差的地方，坐在屋外，打量着即将由自己开发的厂区。

木门嘎地打开，从门内走出一个面容憔悴的妇女。张小兰见到这个妇女时，吓得站了起来。这个妇女脖子上长了一个很大的瘤子，这个黑黄色瘤子完全将脖子包围，让脑袋变大了一整圈。

妇女经常见到人们这种神态，不以为意地道："你不用怕，我这是良性瘤子，不传染。你来走亲戚？"

妇女笑起来更恐怖。张小兰随口支吾了两句，站起来，离开平房。那个妇女没有挽留张小兰，回屋里，提着一个罐子，到公共卫生间倒肮脏物。

张小兰用拐杖支撑，坚定地朝公路走去。来到锁厂家属区不过一个多小时，让她见识了什么是破败。这种感觉不好，如有毒的雾气一样侵蚀着内心。

她来到破旧的街心花园，坐在水泥台子上，眼巴巴地等着越野车。越野车犹如星际旅行一般，去了就久久不回。

不断有锁厂的人走过，都用异样的眼光瞧着闯入此地的陌生人。各种各样的眼光弄得张小兰心里发毛，暗恨道："这个侯子，把我一个人丢在这里。"

一个小时后，越野车扬起长长一道灰尘，出现在张小兰视线中。

"怎么去了这么久？"张小兰抱怨道。

侯沧海看了看手表，道："接近一个小时，比预计慢一些。中心医院不敢接手，我又将老张夫妻送到一院，直接送去急诊。车里流了不少血，有血腥味，怕你不适应，我开去做了车内清洗。你放心，这是老国企核心区域，外面看起来乱糟糟的，实则很安全。我从小生活在类似环境里，知道没事。"

上了车，张小兰说起在平房见到一个脖子上长着巨大肿瘤的中年妇女。

侯沧海脸色黯然。虽然没有见到这个脖子比脑袋还粗的中年妇女，可是在脑海里却形成格外清晰的画面。他以前在铁江厂遇到的跳楼老姜的灵魂似乎出现在此处，与锁厂环境无缝重合，弥漫着一股幽怨之气。

"你阴沉着脸做什么？我没有怪你，别这么小气。"

"看到锁厂这群工人，我突然觉得很心酸。小兰，我很想为他们做点儿实事，你能理解吗？我妈当年得尿毒症，家里卖了房子都凑不齐医药费。当年我从区委政法委辞职，就是因为家里缺钱。"

一直以来，侯沧海在如何称呼张小兰上颇费心思。直呼其名太生分，不妥当。叫董事长是在正式场合，或者私下戏称。今天侯沧海搭载受伤的老张和家人一起前往医院，听到他们在车上议论到底要花费多少钱，几个人既担心老张的伤势又为医药费焦灼，让侯沧海感同身受。与张小兰相遇时又听到了"中年妇女肿瘤与头一样大"的事，他陷入了莫名的忧伤情绪中，内心情绪激荡，脱口称呼了一声"小兰"。

"兰花"是父亲和闺蜜韦苇对自己的称呼，"小兰"则是亲戚对自己的称呼，在车上听到男人气概十足的侯沧海低声称呼自己为"小兰"，她心中荡了荡，泛出几丝柔情。

侯沧海意识到这一刻自己突然将脆弱的一面暴露在张小兰面前，随即调整情绪，将所有的忧伤强行压进心里。前方有几个小孩子在公路上玩耍，一会儿在路边，一会儿窜到公路上，极为危险。他猛然按了喇叭，对外面吼道："小兔崽子，不要在公路上玩。"

这是世安厂式的粗声大气，想必在锁厂区域也能适用。

几个顽皮孩子果然毫不在意被呵斥，甚至还跟着车跑了一阵子，喊着"司机，叔叔我搭个车"。这是侯沧海小时候就玩过的老把戏，小孩子们狡猾地通过节奏将"司机叔叔，我搭个车"变成了"司机，叔叔我搭个车"，通过这种方式，来占司机的口头便宜。

在侯沧海少年时代，司机是个很高大上的职业，孩子们用他们的狡黠方式来打倒权威。锁厂落后于时代，这里的少年仍然玩着侯沧海少年时代的游戏。

在侯沧海和张小兰探访锁厂两天后，江南地产作为承建方，参加了南城区建委关于锁厂危房改造的工作推进会。参会单位有三家：南城区建委、锁厂所在地的大河坝街道办事处以及江南地产。

南城区杨副区长主持了会议。他见到年轻的侯沧海和张小兰，皱了皱眉，拿起文件看了名字后面的职务，道："张董，挺年轻啊。"

张小兰微微一笑，招呼道："杨区长好。"

漂亮便是女孩子行走江湖的通行证，杨副区长回了一个笑脸，道："现在年轻人不得了，我在张董这么大的时候，还在挑泥巴。"

开会前，为了让自己老成一点儿，张小兰特意选了比较正式的黑色职业装，又配了眼镜，涂了口红。这身装扮仍然掩饰不住逼人的青春，这逼人的青春在多数时候是好的，但是在某些场合算不得好事，比如在此时的危房改造项目中，青春会让人觉得不可靠。

侯沧海特意有三天没有刮胡子，让嘴唇上留下一圈黑胡子，整个人神情显得冰冷和强硬。

会议开始以后，先由杨副区长谈整个项目的来龙去脉，特意强调黄德勇市长做出的"两年旧房换新颜"的要求，要求尽早将工人们从危房中搬出来，免得出安全事故。

然后就由大河坝街道办事处党工委书记介绍前期工作。

大河坝办事处主任与当年黑河纪委书记谈明晨的名字有几分相似，叫谈明德。谈明德是典型的基层干部，身材粗壮，肚子明显地凸了出来。他的口才不错，讲了锁厂的基本情况，然后大声地道："真是见了鬼，我们派了两个小组到锁厂发放宣传资料。锁厂那群老头老太太以为我们是来开发房地产的，把自己要倒塌的破屋当成金包卵，咬定要一比二赔偿。我亲自去找了以前的汪厂长，讲了这是原地危房改造。那个汪厂长怎么说？如果只在锁厂修工人住的房子，大家举手欢迎；如果还要在老锁厂的地盘开发房地产，那就得谈判。汪厂长的意思是不能低于一比二。"

杨副区长道："乱弹琴。锁厂早就走了破产程序，进行彻底清算，锁厂作为一个实体已不复存在。除了工人私人住房以外，其他土地都是国有土地，他们没有权力支配。谈书记，你一定要把这点讲透，不能含糊。"

建委左大刚主任道："一比二其实也做得到。张总和侯总好好设计一下，把工人住房修成一百平方米左右，区里可以在容积率上给你们一些优惠，再说土地也免费，盈利还是有保证的。"

建委左大刚和谈明德讲完之后，杨副区长道："张董，你有什么想法？"

侯沧海咳嗽两声，抢先发言："尊敬的杨区长和各位领导，江南地产很荣幸能参加锁厂的危旧房改造工程，这是市里和区里对江南地产的信任。能为老企业职工做点实事，我们觉得很荣幸。我和张董到锁厂看过，那边情况不容乐观。在商言商，所以要在这个交流情况的通气会上把我们的真实想法给各位领导报告一下。江南地产是免费改造房屋，市里给出的条件是在锁厂区域免费拿地，用来建商品房。但是锁厂区域太偏僻，没有区位优势，反而是占尽了区位劣势。那一片是老国有企业聚集区，基本没有消费能力，商品房销售成了大问题。"

这是大实话，三位领导心里清楚，没有回应。

侯沧海一字一顿地道："我个人意见是不接这个项目。"

杨副区长紧绷着脸，将眼镜取下来，在桌上重重一拍。

锁厂危房改造是市长黄德勇定下来的项目，牵涉到张跃武煤矿收购计划，不可更改。侯沧海深知此节，并非不接项目，讨价还价而已。他提出自己的意见后，仰起下巴，一副不好惹的模样。

张小兰随即接过了话头，但是转换了方向，道："侯总个人不想接这个项目是纯粹出于商业考虑。但是集团公司和高州市政府、南城区政府多年保持密切联系，关系良好，为政府分忧理所当然。我们说服了各位高管，准备克服一切困难，把危房改造项目做好。"

侯沧海又接了一句："要接这个项目也行，前期动员、搬迁、安置的工作，作为企业没有办法参加。等到前期工作完成，我们才能进场。"

建委左大刚将江南地产的企图看得很明白，坦率地道："项目前期工作很多，你们不能等，应该马上开始推进。一般情况下，从立项、申请项目用地开始，到与土地方签订合同，委托相关单位进行项目方案设计、初步设计和施工图设计，挑选合适的建设单位、监理单位，拿到国有土地使用许可证、建设用地规划许可证、建设工程规划许可证、施工许可证等相关许可，怎么也得花半年时间，如果完全等到大河街道把安置工作完成，时间拖得太长，不符合市政府工作纪要的要求。"

谈明德发了句牢骚，道："你们都吃肉，把骨头留给大河坝。"

"老谈，你怎么这样想问题？锁厂片区在大河坝，出了安全问题，直接责任人就是你，现在市、区都在帮你大河坝解决问题。"杨副区长又道，"江南地产是开发商，他们的工作和搬迁工作密切相关，要派人到安置小组，一起参加工作。"

谈明德仍然一脸苦相，嘴里不停地小声嘀咕。

散会以后，侯沧海和张小兰坐进越野车。

"侯子，你对今天的会怎么看？"

"没有特别看法，就是一个普通的会。政府上管天下管地，中间还要管空气，每天的会实在是多，这只是一个极为普通的会。我们要提防谈明德，这人是地头蛇，对杨区长并不是太尊重，不阴不阳的，小心他从中作梗。"

"为什么？不会吧？"

"杨区长不是常委，在人事上没有话语权。这些街道正职个个手眼通天，牛得很。我最担心他们完不成搬迁任务，最后倒打一耙，把责任推给我们。"

在父亲张跃武让菜鸟侯沧海过来担任总经理时，张小兰觉得两个菜鸟主持一家房地产公司很不靠谱。经过这一段时间的接触，她觉得父亲眼光确实比较毒，在看人和用人上比自己厉害。侯沧海虽然不懂房地产，但是懂得整个政府机构的运作方式，也对整个社会有自己独到的见解，由他来担任总经理，熟悉房地产开发业务以后会非常靠谱。

侯沧海驾车将张小兰送回家，让她继续休养。

来到小区门口，张小兰不想下车，道："我爸请了老家保姆，做饭难吃，比起你炒的回锅肉差得远。而且，我不喜欢她，话多，还不卫生。我爸准备隔两天就送她回去。"

"到罗马皇宫吃饭，任巧手艺不错。"

"算了吧，我随便在外面找个馆子。你不用陪我，回去吧。"

把用拐杖的张小兰一人丢下，侯沧海于心不忍，道："这样吧，我们回办公室那边，随便弄点儿吃的。下午把陈杰、老梁以及工程科几个人叫来开会。"

张小兰兴致勃勃地道："以后江南地产也要弄一个食堂，免得到处找饭吃。"

小车刚经过二七分公司办公室时，杨兵愁眉苦脸地站在门口。他看见越野车开过，不停招手。

侯沧海将车靠了过来，问道："有事？"

杨兵道："你怎么不接电话？事情麻烦了。张小兰也在啊，江莉和任巧在我房间包饺子，我们吃饺子。"

大约是同性相斥的原因吧，张小兰不太喜欢江莉和任巧，特别是任巧，望着自己的眼光总有些抗拒。她明白另一个女子望着自己的这种眼光是什么意思。虽然她觉得这种狭隘的竞争关系很可笑，也不屑于解释，心里还是不舒服。

任巧见到张小兰，招呼道："张总，进屋来一起包饺子，今天有萝卜馅和白菜馅两种。"

包饺子不是张小兰的强项，会包，水平一般。任巧有一双灵巧的手，动作简洁流畅，不一会儿一个个形状好看、大小均匀的饺子便在桌上立起来了。

在隔壁房间，杨兵大倒苦水："抗生素销得很不错，以前我们的货基本销完了，必须拿钱进货。"

侯沧海道："这是好事啊，愁什么？"

"你真是当起了甩手掌柜，一点也不管这边的事情。我们没钱了，不能给医生发临床费，也没有钱进货。等到断了货，其他产品就马上扑过来了，好不容易开拓出来的阵地必然要丢失。"杨兵指了指嘴上的水疱，道，"我一辈子都没有这么狼狈过，原来不准备找你，这样会显得我无能。实在撑不住了，必须找你。今天这顿水饺花光了我们所有的钱，从现在起，我们要饿肚子了。"

高州土政策，所有医院进药必须走高州市医药公司渠道。高州医药公司作风拖拉，还与各个进入高州市场的医药公司制定"不平等条约"，必须要三个月才能回款。二七分公司背靠大树，在钱款上没有太大问题。杨兵的抗生素业务则遇到了大问题。高州医药公司不能及时回款，又要不断进药，还得发临床费，几个因素聚合起来，形成了资金旋涡，将杨兵能找到的钱全部吸走，包括侯沧海留下来的与二七分公司有关的所有钱。无奈之下，他只能向侯沧海求援。

"你这个傻瓜，前几天怎么不说？"

"老子也有自尊心，你能当高州分公司经理，我也行，凭什么你就比我强？唉，离开了你，确实不行。"

"要多少钱才能运转？"

"两万元吧。"

客厅，三个女孩子仍然在包饺子。任巧全面占上风，包出的饺子比张小兰多了两排，饺子排列整齐，乖巧得很。张小兰包的饺子个头不整齐，有大有小，有几个饺子没有包紧，露出肉馅。

侯沧海走出来后，在张小兰身边耳语了一阵。张小兰指了指放在旁边的小包，道："我手上全是馅。你自己打开包，卡在钱包里，第一张。"

侯沧海从钱包里拿出第一张银行卡，对任巧道："你赶紧洗手，让杨兵开车，陪张总到银行取钱。"

"我不去了，把银行密码写给你。我几张卡的密码不一样，这张卡是平时消费的，里面钱不多。"张小兰拿了一张纸，写下密码递给侯沧海。

侯沧海看了密码，笑道："这是你生日？马上要过生日了，到时给你买蛋糕。"

任巧拿到卡和纸条，问道："取多少？"

侯沧海道："多备点儿，十万元。"

任巧坐在桌边，一字一句地写借条，心里充满委屈。她很痛恨又很羡慕张小兰这个富二代，仅仅是平时用于消费的卡，居然就能随便取出十万元。她包饺子占了上风，没有任何意义。

这个世界，太不公平。

第二十章　见招拆招，不背黑锅

　　锁厂危房改造是一个漫长的过程，周期至少两年，甚至更长。虽然黄德勇市长定下了危房改造时间表，能有效促进国土、规划和建设等部门的办事速度，但是锁厂危房改造涉及大量的下岗工人，变数仍然很大。

　　大河坝工作组已经多次进入锁厂，宣传政策，但是始终磕磕绊绊，进展不快。

　　二七高州分公司的工作开展得十分顺利。基层心血管危重症研讨会学术论坛得到两方面支持。一是得到高州市卫生局支持，科技教育处积极参加，发文件，召开通气会，挑选会议场所，制定会议议程，邀请相关专家。侯沧海当过多年办公室主任，又在政法委机关工作过，做这些事情是行家，与科技教育处配合得非常默契。二是总部负责教育培训的大伟哥亲自出面，邀请国内相关专业的数名重磅专家参加。高州医学界首次迎来如此众多专家，医生们参会热情很高。

　　杨兵充分显示了内管家能力，将会议服务工作搞得井井有条。

　　持续两天的基层心血管危重症研讨会学术论坛相当成功，会后，有数篇研讨文章在国内核心期刊发表。高州各医院的骨干医生们参加过国内很多学术讨论，但是在本地参加高水平讨论还是第一次。他们对组织会议的二七高州分公司刮目相看。个别水平高的医生开始联系杨兵，想通过二七公司的渠道在国内重要医学期刊发表文章。

　　二七高州分公司获得了非常良好的生存环境，会议之后销量猛增，这引起了二七公司高层的注意。2003年1月7日，二七公司高层在苏松莉的陪同下，视察了在默默无闻的小地方异军突起的二七高州分公司。视察后，二七公司高层对侯沧海和杨兵产生了浓厚兴趣，人事部门准备将两人录用为国有企业正式员工。

经过一番讨论，杨兵接受了二七公司伸出来的橄榄枝，愿意成为国有企业的正式员工，并正式担任二七高州分公司副经理。在地区级分公司中，原本没有设置副经理之职，此职是专为杨兵设置。

侯沧海婉拒成为正式员工后，人事部门同志劝道："侯经理，总部对你抱有很大期望，准备把你作为第三梯队培养。纳入第三梯队培养的骨干都应该是正式职工。否则，不会纳入。"

侯沧海很坦率地对人事部门的同志道："我以前在政府机关工作，之所以出来，有一个原因是受不了约束，所以我们还是签聘任合同。合同期间，我完成二七公司交给的任务。合同结束，还可以续聘吧？"

他辞职后成为医药代表，是为了解决生存问题。相较于房地产等行业，医药代表给人的职业自豪感相对差一些，发展空间也狭窄，至少侯沧海是如此认为的。而且，他从大伟哥口中得知二七公司高层内斗详情，倒了胃口，丝毫没有成为国有企业正式员工的兴趣。

人事部门负责人带着遗憾离开高州，车里装满杨兵赠送的高州特产。

望着远处的车尾，侯沧海道："祝贺小伟哥进入二七公司的战略梯队。"

杨兵竖了一个中指，道："我终于知道肉食者鄙是什么意思了，渠道是我们的，抗生素是我们的，用了他们的资源做了我们的事，他们还来大力赞扬，有毛病。如果我们团队脱离了二七公司，立刻就有其他公司来找我们团队。你说，这些高管是傻瓜吗？"

侯沧海道："他们不是傻瓜，而是二七公司整个体系患上了大企业病。大家只管自己的自留地，对其他事情充耳不闻、视而不见。有权力的决策者们管的事情太多，又往往听不到真话。多重因素聚合，让我们在空隙中成长。不管是国有还是私有，都是一个样子。我们这次高州分公司取得成功，会让总公司产生错觉，认为苏松莉的改革是一条正道，其实他们犯了战略错误，基层各个单位都有自己的渠道，有了自我生存能力，随时可以成为叛徒。目前二七公司还算不错，基层单位会留在公司，与公司一起成长，倘若二七公司出现了问题，基层单位立马可以改头换面。"

杨兵道："公司太大，也有难处，要让基层单位有活力，就得松绑。松到什么程度，真是说不清楚。这条线很微妙，靠苏松莉摆不平。总部也有高手，不断制定调整性措施。比如这次要给所有分公司派会计，其实就是加强对我们的监控。会计直接由高州公司付工资，这一招麻烦啊。"

侯沧海道："我拒绝成为正式职工，高层便明白我的心思不在二七公司，他们肯定会在一两年内调整我的职务，由你接替。到时你不要推辞，否则便宜了其他人。至于那个会计，你要想办法收服，不能收服，就让他变成聋子、哑巴。"

杨兵道："抗生素的量越来越大，我们还得另外建一套系统。我准备让孙艺欣当会计，仍然让任巧作为出纳。"

侯沧海道："分公司的事情，你全权处理。不过，我给你提个醒啊，堡垒往往都是从内部攻破的。江莉对你挺好，肯定有那个意思。你也明显对孙艺欣更有兴趣。男人做事，当断则断，否则自食其乱。说得具体些，你和孙艺欣好上了，江莉怎么办？"

"我和江莉顶了天就是暧昧，没有突破底线。"

"你是这样想，天知道江莉是什么想法。她知道所有底牌，真要捅出去，你在二七公司就没法做了。二七公司毕竟是有实力的大公司，还不到彻底分手的时候。"

越野车来到分公司办公室，一脸苦相的杨兵下了车。

孙艺欣刚好从办公室出来，朝着越野车上的侯沧海挥了挥手，又对杨兵道："小伟哥，祝贺你，成为二七公司正式员工，我们找地方喝一杯。"

杨兵与车中的侯沧海对视一眼，神情复杂，眼神慢慢坚定起来。

越野车开远以后，孙艺欣伸手挽住杨兵的胳膊，道："我知道一家新开的日料，环境很好。"

坐在出租车上，孙艺欣将头靠在杨兵的肩上，秀发轻轻碰着杨兵的脸颊。嗅到混杂着女性体香的淡淡香水味道，杨兵内心充满了幸福。自从在学校与前女友合同制关系结束后，他实际上一直没有缓过劲儿。从毕业到现在，发生过关系的女子不少，但是从来没有一个人走进其心中。直到孙艺欣出现在眼前，世界再次变得明亮起来。

目前有一个隐忧，那就是侯沧海多次提醒的事：堡垒往往都是从内部攻破的。

在南州时代，吴建军和朱颖、杨兵和江莉，被公司同事视为两对情侣。杨兵和江莉虽然没有上过床，不过有亲吻、拥抱、抚摸等行为。如今孙艺欣的出现，彻底让杨兵坠入情网。他下定决心，做出选择：全身心投入与孙艺欣谈一场恋爱，结束与江莉的任何亲密行为。就算天要塌下来，这场恋爱也得谈下去。

暴风雨要来，就来得痛快些吧。

侯沧海来到刚装修好的江南地产办公室，进门后，将所有门窗全部打开，让冷风吹掉甲醛残留。

张小兰站在办公室门口，紧了紧轻便羽绒服，道："别全部打开，再吹就成冰棍儿了。下午3点钟，我们参加南城区政府办公会。"

侯沧海哈了哈气，空中起了一团白雾："这个会恐怕有火药味。"

张小兰道："陈杰在协调组听到什么消息？"

侯沧海道："陈杰在协调组当摆设，带了一双耳朵，跟着小组到锁厂片区。如今核心问题是大河坝甚至南城区在锁厂工人心里失去了公信力，无论他们说什么话，工人们要么不信，要么拧着听，陷入了塔西佗陷阱。"

"什么是塔西佗陷阱？"

"塔西佗陷阱得名于古罗马时代历史学家塔西佗，指当公权力遭遇公信力危机时，无论发表什么言论、颁布什么政策，社会都会给其负面评价。在锁厂这种特殊地方，谈明德很有可能甩锅给我们。"

虽然陈杰在协调小组没有作为，但是人事关系处理得不错。有一次喝完大酒之后，一个抽出来搞协调的大河坝干部提醒道："谈明德这人初中文化，20世纪80年代初的招聘干部出身，没有正经本事，最擅长甩锅。好事是他办的，坏事全是别人弄的，江南地产得提防着点儿。"

侯沧海和张小兰听到这个风声以后，反复研究前一次会议记录，没有想明白这个锅怎么就能甩到江南地产身上。

既然想不透"这口锅"，他们时刻准备见招拆招。

为了顺利见招拆招，两人特意让江南地产新招来的厨师老刘弄了几个好菜，把副总经理陈杰、财务负责人梁期罗、办公室主任杨莉莉、工程科戴双瑞等骨干叫了回来，到楼上食堂边吃边开会。

办公室主任杨莉莉来自山岛俱乐部，是张小兰在南州的好友。

工程科戴双瑞则是从张跃武路桥公司抽过来的，是科班出身的技术好手。

由于侯沧海是个吃货，空闲时就和炊事员老刘聊天，切磋厨艺。因此江南地产的食堂水平还真不赖，能做出几道有模有样的家常菜。

张小兰抛出话题以后，大家围绕"甩锅"问题展开了大讨论，各种可能的"甩锅"措施都被细心的杨莉莉记了下来，复印两份，交给侯沧海和张小兰。

3点整，南城区工作会正式召开。张小兰对于其他领导的发言都不感兴趣，专心等着大河坝谈明德甩锅。谈明德汇报工作时，果然将一口黑锅扣向了江南地产。

他讲了具体工作后，谈到面临的具体困难，第一条就针对江南地产。

"两个协调组进厂入户，做了深入细致的宣传工作，成效显著，多数工人理解了政府的一片苦心。但是，由于江南地产一直没有拿出设计方案，工人们无法直观地看到改造过的锁厂片区是什么样子，因此心存疑虑，有部分工人迟迟不肯最后表态，这是搬迁工程遇阻的一个重要原因。当然，不是唯一的原因，可是这个原因很关键。协调小组工作人员没有看到设计方案，也不知道最后会改造成什么样子，心中无底，面对工人时变成了空口说白话。希望江南地产拿出社会责任心，加快进度，早日将设计方案拿出来。"

这是一个看似有道理、实则颠倒黑白的发言。如果遇到不熟悉情况的领导，恐怕这口锅就要被扣在江南地产头上了。

参加会议的除了分管领导杨副区长，还有南城区区长。区长没有参加前几次会议，听到这个说法，看着江南地产的眼光就有几分不快。

侯沧海看了一眼杨莉莉整理出来的"甩锅表"，第二项就是类似说法。

国土、规划和大河坝相继发言完毕以后，所有人都将目光集中到江南地产两个年轻人身上。

主持会议的杨副区长道："张总和侯总，你们谁发言？"

职能部门分管领导都没为江南地产辩解，江南地产只能靠自己澄清事实。

侯沧海迅速将思路理了一遍，目光坚定，声音清朗，道："各位领导，江南地产具体工作是由我来负责，由我来给大家汇报。距离上一次下发的《区政府工作纪要》已有两个多月的时间，我主要汇报这两个月江南地产做了什么工作。第一条是抽调了副总经理陈杰参加协调组的相关工作；第二条是积极向相关部门报建，具体报建手续办理情况，刚才各位负责人都讲得很清楚，我不多说。"

说到这里，他拱了拱手，道："感谢规划、建设、国土等相关部门支持，报建工作非常顺利，再次深深感谢，希望各部门继续支持江南地产。"

侯沧海准备犀利地反击大河坝谈明德，在反击前要搞好与各职能部门的关系，获得职能部门支持不仅仅能在本次会议上取得优势，还能够使以后工作顺利。

"报建的同时，江南地产组织有资质的勘察部门进行了地质勘查，这是房地产开发项目前期准备工作的重要一步，是规划设计和基础设施建设的重要依据和基础。"侯沧海又给规划部门拱了拱手，道，"感谢规划部门提供了近年来的详细地形图，给我们节约了时间。"

南城区规划局参会的康红琳副局长客气地道："这是我们的本职工作。"几句话之后，她对江南地产这位年轻的总经理产生了好感，同时对于不学无术的谈明德很鄙视。谈明德当过多年大河坝一把手，谁知在房地产开发上还是生瓜蛋子，实在让康红琳瞧不起。

侯沧海又道："工程勘察要查明建筑场地的土质、构造、地层和地基的承载能力及稳定性，这在危房改造项目上特别重要。地下水、地表水的勘探在锁厂项目同样重要，据初步判断，目前出现裂口的危房全部建设在一处地下水沟之上，非常不稳定，这个问题必须有准确的勘探报告。从勘察到出正式报告，有一个必要过程。出于对危房改造项目负责，在没有正式勘察报告前，很难完成项目设计。所以，谈主任提出的要求，我们做不到。不是不想做，而是违背科学规律。违反科学规律，有可能还没有解决好老问题，又出现新问题。"

面对侯沧海的犀利反击，谈明德神色不变，道："侯总理解错了。我的意思是不一定出正式设计，至少有个大体上的效果图吧，比如，安置房朝哪里摆、商品房在哪里，把效果图做漂亮一些，摆到锁厂，工人们心里就清清楚楚了。"

侯沧海道："请问谈主任，如果最终设计图与效果图不一致，工人们闹起来，谁来负责？反正我们负不起这个责任。"

建设部门好几位搞业务的副局长都为谈明德强词夺理感到脸红。

侯沧海发言完毕，张小兰又发言，主要内容是一定会配合南城区工作，高质量完成危房改造工程。

会议结束后，南城区政府纪要中有特别一条要求："江南地产要配合大河坝工作，提前介入，针对工人们的具体问题，尽快拿出项目规划设计方案，报区政府规划委员会。"

散会后，张小兰道："总体来说，今天我们阐明了观点，应该占了上风。"

侯沧海道："恰恰相反，麻烦事刚刚到来。不学无术者，办正事不行，搞坏事能力超强。"

散会不久，张小兰接到父亲的电话，与侯沧海一起来到家里。

两人在家里坐了一会儿，张跃武和六指才回到家里。两人脸颊、头发、鼻孔都沾有黑色煤灰，整个人显得灰扑扑的。

六指手臂上有夹板，夹板上也有煤灰。张小兰看见夹板就心慌，询问六指，六指笑呵呵地说没事，不肯多言。六指和张跃武在屋里说了一会儿话，然后六指神色匆匆地离开。

"爸，又下井了？"张小兰神情凝重。

"下井看了那个爆炸过的国营煤矿，里面设施全部完了，得投钱全部改过。除了设施设备外，这个矿开采困难，还得往下走。走多少，得测绘后才知道。"

张跃武聊了几句，就走进卫生间洗澡。

侯沧海到张家的次数不少，算得上常客，互相都不客气了。他以前在机关上班时，与各类老板时有交道，打交道要么是在办公室，要么是在酒桌上，因此老板们留给他很潇洒的印象。这一段时间与张跃武经常见面，才发现老板多数时间还是在忙着自己的正事，喝酒确实是为了应酬。不管是老板还是领导，没有谁愿意天天晚上陪人应酬。

张小兰端了咖啡放在侯沧海身前桌上，道："我爸知道开会的情况。估计他又接到指示，过来和我们谈心。"

"企业是企业，不应该做政府的事情。一些有政府背景的国企为了修路与地方村民发生纠纷，打群架，都收不了场，更何况我们这种房地产公司？"

侯沧海喝了一口张小兰现磨的咖啡，接着又喝了一口。他以前喝过小袋装的咖啡，里面有各种辅料。第一次喝张小兰自己磨的咖啡时，反而觉得不是咖啡。如今习惯了这种简单的味道，便不再喝那种甜甜的袋装咖啡。

张跃武洗完澡，回到客厅，扔了一支烟给侯沧海，道："你的说法不错，企业不能代替政府行事。在这件事上，我们还真得妥协。黄市长担心如果再来一次地震，震级稍高一些，锁厂房子就要垮，垮了房子就可能死人，这是黄市长不愿意看到的。虽然地勘报告还没有盖章，但是数据都出来了。哪些地方不能修房子，让设计院看一看，做出效果图来。正式设计方案可以缓一步，还得经规委会研究。黄市长明确要求我们提前介入，程序不合法，让各职能部门想办法，这是危房改造，特事特办。"

侯沧海在张小兰面前很少抽烟，拿着烟，如转笔一样在手中旋转。张小兰知道其习惯，凡是转笔，必然是闷在心中想事情。

"走吧，喝点酒，点一份毛血旺，清清肺，免得老了得矽肺。"张跃武拍着侯沧海的肩膀，带头迎着寒风出了门。

喝了两杯小酒，侯沧海沉吟着道："张总，我明白你的意思。我从明天起开始跑锁厂，到工人家实地调查，听听他们的真实想法。我是工厂子弟，与他们能谈到一块儿。上一次我们到锁厂，有一个中年人无意中提起，有世安厂的人调到锁厂，我妈到厂里问了问，找到了那人的住址。小时候，我们两家还有过接触。我准备就从这家入手，认认真真摸个底。"

张小兰道："摸底？有用吗？"

侯沧海道："我从另一个角度思考谈明德的话，方案确实对工人搬迁有影响，既然要让我们提前介入，我就要从工人角度出发，提出最优方案。"

张跃武道："侯子大胆做，这一次危房改造，只要不吃大亏，我们就算大赚。在山南做工程，不仅要算经济账，更要算政治账。算赢了政治账，经济上就不会亏。"

这顿饭以后，侯沧海正式以江南地产总经理的身份到锁厂拜访曾经在世安厂工作过的老职工曾阿姨。

曾阿姨住在平房，与脖子长着肿瘤的中年妇女仅隔三个房间。侯沧海为了不惹人嫌，将越野车停在厂外，提了一袋红富士苹果，如走亲戚一样找到曾阿姨。曾阿姨早年在世安厂工作，为了照顾夫妻关系，走了后门，才跨地区调动到高州市锁厂。由于丈夫是一线工人，曾阿姨是外来户，他们没有分到楼房，一直住在平房。

侯沧海找到曾家，敲门。

"找谁？"一个头发几乎全白的中年妇女拉开了门。如果不是知道面前女子的实际年龄也就五十岁出头，侯沧海可能会认为对方年龄在六十到七十岁之间。

"你是曾阿姨吗？你记得江州世安厂的周永利吗？她是我妈。"侯沧海主动自报家门。

曾阿姨想了一会儿，表情麻木的脸上才有了些笑容，道："哦，你是周永利的老大，我们都叫你侯子。小时候我还抱过你，眨眼工夫，你都长成大小伙子了。"

屋内，一个极为消瘦的男子坐在椅子上，双脚泡在盆子里。盆子装有药水，散发出浓浓的中药味道。

曾阿姨道："老肖，这是世安厂周永利的儿子。你和他爸还喝过酒，二十多年前的事情了。"

老肖眼神儿不太好，脸上泛起艰难的笑容，道："稀客，稀客。屋里龌龊，下不得脚。"

侯沧海蹲在老肖身边，道："肖叔，你这是糖尿病脚啊，最好不要用中药泡，免得感染。你得用胰岛素控制血糖，按时换药。"

曾阿姨眼睛一亮，道："侯子是医生啊？"

侯沧海道："我以前卖过药，听别人谈起过，略知一二。"

老肖道："厂里得这个病的，都是用中药泡脚。"

"肖叔得戒烟戒酒，控制饮食，还得用些消炎药。我明天抽时间给你带点儿抗生素治疗感染。"

"要你花钱，怎么要得？"

侯沧海坐下后，聊起母亲周永利的病情。

曾阿姨得知周永利因为尿毒症移植了肾脏，感叹地道："你妈有福，娃儿争气，我家娃儿在监狱蹲着，还要四年才出来。在外面和别人打架，捅了别人一刀，自己进去九年。"

侯沧海是工厂子弟，有着朴素的阶级感情，看着老工人的生存状况，鼻子酸了好几次。聊了一会儿，曾阿姨道："侯子啊，你是办什么事啊？"

上次遇到的中年男人过来串门，刚进门就认出了眼前的年轻人。

侯沧海直言不讳地道："我是这次危房改造的开发商，这次锁厂危房改造的工程由我们来做。"

曾阿姨和老肖没有说话。

门口的中年人道："黄鼠狼给鸡拜年，没安好心。"

侯沧海对于发生这种事情有足够的心理准备，很平静地道："进来坐啊，讲一讲为什么这样说。你凭什么说我是黄鼠狼？我安了什么坏心？"

"你们就是想占这块地皮，好搞商品房，赚大钱。"中年男人道。

"进来坐啊，别站在外面。"侯沧海没有畏惧，主动邀请中年人进来。

曾阿姨道："这是侯子，我世安厂同事的孩子，他小时候我就认识，还抱过。"

中年男子进了屋，站在侯沧海面前，满脸敌意。

"我是开发商，修房子肯定要赚钱，我不会亏本修这个房子。"侯沧海看见门外站着长着瘤子的中年妇女，道，"都进来坐，有什么问题可以直接问我。"

"屋里这么挤，你干脆到门外来，我想听一听你怎么讲？"长瘤子的中年妇女制止住想说话的中年人，道，"你都老大不小了，这么激动有用吗？"

这一排平房住了八家人，全部都有人在家，听说有开发商过来，很快就围了过来。

"我是世安厂子弟，对工厂有感情，更何况我们往日无冤近日无仇，难道过来修房子是为了害大家？没有这个道理嘛。刚才那个大哥说我搞商品房，为了赚大钱。我如果真想要赚大钱，何必跑到南城区这个角落？

"我为什么要来修楼？政府安排的。为什么我要听政府的？开发商哪个敢不听政府的？这个工程没有赚钱，或者少赚钱，但是与政府搞好了关系，以后我就好办事了。"

侯沧海准备单刀赴会之前，做过认真准备。他决定与锁厂的工人老大哥说真话，不说一句假话。假话一时爽，最终是要付出成本的。

"你说得这么好听，我不相信天下还有专门做好事的开发商。"有人讥讽道。

"这位大叔，那我问你，我来锁厂片区修房子，比起在新区修，到底哪边房子好卖？我来修房子，能占你们什么便宜？锁厂是破产企业，土地是国有土地，你们的财产是房产，现在用提高了抗震标准的新房子置换老房子，是让你们住得安全，哪一条损害了你们的利益？而且改造锁厂片区，必然要修基础设施，房子升值，对你们都有益。

"如果那十几幢家属楼不改，不需要地震，说不定久晴之后来一场大雨，房子就要出问题。危房改造工程，自然越快越好。"

侯沧海实事求是的一番话，让围观群众安静了下来。

第二十一章　黑恶势力袭击

　　一个长相精神的老同志挤了进来，非常尖锐地道："我在锁厂工作了三十来年，见证了锁厂从建厂到破产的整个过程。这块地原本是锁厂的，当年是划拨用地，我们辛苦了几十年建起一个厂，破产时土地凭什么就要收回国有？这不公平嘛！你们开发商过来修房子，缴纳的土地出让金应该分给我们这些工人，这才能体现我们曾经是工厂的主人。"

　　破产企业土地问题相当复杂，不同时间、不同地区，各有各的处理方法。侯沧海与工程科老戴反复分析过这个问题，知道企业绝对不能碰土地问题。

　　今天在现场，果然遇到了与土地有关的问题。侯沧海道："我是房地产开发商，是来修房子的。南城区把土地交给我，我按时按质把房子修出来。至于土地问题，那不是我们企业能答复和解决的。"

　　老同志背着手，道："土地问题不解决，你说的话就是放屁，来这里宣传没有任何作用。我这一辈子听过的口号比你多，你骗不了我。"

　　侯沧海道："我来这里只是想征求危房改造的设计方案，听一听大家有什么需求，难道这样做有错吗？"

　　老同志昂着头，道："你来征求方案，能做得了主吗？"

　　老同志讲话的时候，其他工人都没有讲话，而且曾阿姨还提了一把椅子，让老同志坐下。从这一点判断，老同志应该是以前的厂领导。侯沧海内心对这个老同志是鄙视的，当厂领导时，把工厂领导到破产，还牛个什么牛？不当厂领导了，还带头拖延危房改造工作。这是典型的小事聪明万分、大事糊涂千倍，这样的人做领导，犹如盲人骑瞎马，工人不倒霉才怪。

虽然心里鄙视老同志，侯沧海还是在众人面前抬头挺胸，道："设计方案由我们公司拿出来，然后由规委会审定。我是公司总经理，说话当然算数。这一次我就是想充分了解大家对危房改造的设计方案有什么意见，以便我吸纳到设计方案之中。"

"土地问题怎么说？你不要避重就轻。"

"我们负责危房改造工程，土地问题不归我们管。"

"既然土地问题不归你们管，那么我问一个与设计有关的问题，这次赔偿是一比二还是一比三？"

"具体搬迁方案也不归我们管。我们只负责修建，对片区进行总体设计。"

老同志提高声音，猛吼一声："这不管，那不管，你过来放屁吗？"

当老同志第二次说粗话时，侯沧海怒了，道："请你说话文明一些。冤有头，债有主，你有问题，该找谁找谁。我是来为你们服务的，冲我说粗话，有眼不识好人。"

老同志被气得够呛，用手指着侯沧海。

侯沧海不再搭理老同志，道："危房改造后，你们想要住在哪一个区域，需要周边有什么配套，对容积率有没有要求，对房屋结构有什么要求，这些都可以提前告诉我，我将尽可能将你们的想法融入我们的设计中去。这些是实实在在的事情，别跟我提那些没用的。"

"土地问题没有解决，搬迁标准没有谈妥，你说这些话都是空话。"老同志站了起来，指着侯沧海道，"这是锁厂的土地，除了给我们修房子以外，别想在上面修商品房。"

这一条要求非常蛮横，南城区政府绝对不会接受，江南地产也不会无偿修房子。

等到老同志气冲冲地走了以后，大家谈了些具体问题，包括周边没有小学校，希望新住房尽量在老厂区东侧，也就是原来厂房的位置，不要修在现在地基不稳的那一边。这些问题很实在，正是侯沧海想要的。

说了两个小时，侯沧海记了十几条有价值的意见，正要离开厂区，几个壮汉气势汹汹地追了过来，将其围在中间。

一个汉子拿着双节棍，二话不说，朝侯沧海小腿抽了过去。

侯沧海打小就是天不怕地不怕的人。从小到大，最拘束自己的时间是在政府工作这几年。如今离开体制，野性在身体里勃然而发。他压根儿不想忍辱负重，又判断刚才那八家人不会任由自己被欺负。于是，二话不说就还击。

他没有后退，迎着双节棍向前一步，几乎与壮汉脸对脸、鼻对鼻。两人身体靠得太近，双节棍没有发挥应有的威力，抽在侯沧海腿上，有点疼，没有造成损伤。

穿着旧工装的壮汉身体猛然间失去平衡，腾空而起，后背重重地摔在地上。这一摔来得突然，壮汉被摔得七荤八素，眼前闪烁星星，人也晕了过去。

另外几个汉子有些发蒙。一个满脸红疙瘩的汉子最先清醒过来，抡起拳头打过来。见到这个汉子出拳姿势，侯沧海知道此人不是打架好手，再次靠近，一个过肩摔，直接将这个汉子扔了出去。

这两下交手极快，与侯沧海有过接触的八家人都没有来得及阻止。

当其他人都开始掏刀子的时候，曾阿姨率先赶了过来，护住侯沧海，道："刘赖子，你们要做啥？"

曾阿姨的儿子在锁厂是有名的刺儿头，大哥级人物，前些年捅人被判刑，虽然人在牢里，但是在锁厂仍然有威信。因此，曾阿姨面对刘赖子等人很有底气。

刘赖子拿着一把自制匕首，指着侯沧海，道："我们锁厂混得够惨了，这些人还想来骗钱，把我们的房子骗走。以后凡是进厂当说客的，我们见一个打一个。"

曾阿姨道："这个不能打，侯子和肖勇从小就认识。"

长着肿瘤的中年妇女道："刘赖子，你是癞蛤蟆打哈欠，好大的口气。你们见一个打一个，以后没有人敢进厂修房子，那些危房怎么办？侯总说得还是有道理的，房子真要塌了，那就是天大的事情，不知要死多少人。你们不要听汪厂长的挑拨，当初就是在他手里把工厂弄得破产了。他的话，我从来不听。"

侯沧海适时地站在这八家人里面，免得受人突袭，道："我回去就开会，将你们刚才提出的想法融合到设计中去，一定会尽量让各位叔叔阿姨和大哥大姐在新家住得舒服。至于以前的纠纷，和我没有任何关系。"

"这个房地产公司的人说话比协调小组要中听，不说大话，也不骗我们。你们刀子收起来，耍狠斗勇的是狗熊。"长着肿瘤的中年妇女虽然十分丑陋，还有些吓人，但是挺有头脑，举止落落大方。

几条壮汉都是厂里的人，面对曾阿姨等人的劝说，将刀子收了起来。

最先被摔在地上的人爬了起来，道："小团姐，外面的人坏得很。我们锁厂如今一穷二白，就靠这块地了。"

长着肿瘤的中年妇女以前是锁厂团委书记，年轻时能歌善舞，活泼大方，组织厂里年轻人搞了不少活动，是锁厂任职时间最长的团委书记，得了绰号叫作"小团姐"，在青年人中很有人缘。后来小团姐嫁给了厂里新分来的唯一大学生，让很多青工失望透顶。如今大学生和他们一样落魄，还长出酒糟鼻子，成为典型的"愤中"，青工们这才心理平衡了。

小团姐恨恨地道："锁厂这块地还是我们的吗？这事你们还真的要去问一问汪厂长，当时破产谈判时，我们都认为出让土地和划拨土地是一样的性质，土地应该拍卖，拍卖所得按清偿程序进行处置。汪厂长不知喝了什么迷魂汤，最后让政府白白地把土地收了回去。现在这个时候，水过三秋，他这时再来提土地的事情，还有什么意义？"

酒糟鼻子哼了一声，道："提起以前的事情我就冒火，你们以后听汪屁股的话要反着听，他说东，你们走西就对了。"

酒糟鼻子对汪厂长一直深怀不满，按照他自己和小团姐的资历，原本应该能分到楼房。由于自己在外面接了私活，老婆又支持了当时的党委蒲书记，所以自己一家人被打入另册，居然以中干身份没有分到楼房，一直住在老旧平房里。谁知人算不如天算，十幢楼房全部出了质量问题，开了许多口子。锁厂大部分工人经济条件不好，明知有危险，亦无力搬走。平房虽然没有室内卫生间，没有厨房，但是不用担心随时会塌掉，睡得踏实。

侯沧海进入锁厂不到三个小时，与锁厂工人进行了面对面的接触，收集到很多有用信息。坐进越野车时，他想起了以前政府经常提出的"深入基层"这句话。这句话在政府机关里面已经被用烂了，成为套话，大家读到这句话往往熟视无睹。但是换一个思路，重新理解"深入基层"的意义，往往会发现这些套话实则蕴含了真知灼见，按照这些套话去办，真有大作用。

发动越野车。侯沧海在后视镜里看见小团姐、曾阿姨等人越来越远，锁厂显得更加灰暗陈旧。

开出厂区约三四百米，在一处狭窄路段，一辆小车从前面开过来，速度极快，毫不客气，将道路死死堵住。侯沧海急忙刹车，越野车发出刺耳而狂躁的刹车声，差一点就与前面的小车撞在了一起。

一个年轻男子下车，骂道："你会不会开车？退出去。"

这是常见的路怒症，侯沧海没有太在意，回头看了一眼后视镜，准备后退。年轻男子不依不饶，上前猛拍引擎盖，踢车门。

侯沧海知道高州民风强悍，可是这种行为超出了强悍的范畴。他熄火，下车，准备讲一讲道理。刚下车，他突然意识到不对，公路前后出现了拿着棍棒和砍刀的年轻人，气势汹汹地围了过来。

最初下车的年轻男子抽了砍刀，迎头劈过来。

侯沧海在锁厂里面敢于战斗，是因为有曾阿姨等工人保护，不会出大事。这一群人明显不是工人，而是社会青年。他知道今天单刀赴会肯定是捅到了马蜂窝，至于捅到了什么马蜂窝不得而知，但是肯定挡了某些人的道。

侯沧海没有时间重新上车，闪过年轻男子的砍刀后，他用拳头猛击年轻男子的脸部。这是用力极狠的一记直拳，打到对方鼻梁上。被打者鼻梁断裂，鲜血横飞。

在锁厂里，他一直控制着打斗力度，多用摔法。用摔法能解决问题，又不会弄出重伤、结下深仇。在街头面对危局时，他必须全力出击，否则就是宋襄公。

打倒年轻男子以后，侯沧海用眼角余光看到后面的砍刀和棍棒。他未加思索，后退一步，助跑两步，跳上小车，踩过引擎盖，从另外一侧跳了出来。

从小车下来四个人，后面追上来五六个，他们原本以为能将这个老板堵住、砍翻。没有料到这个老板很狡猾，居然踩在汽车顶上逃掉了。

他们发出一声喊叫，追了过去。

侯沧海不熟悉路况，朝左拐，跑进一条支线公路。

跑了几百米，侯沧海突然发现自己犯了大错，这条支线公路是一条断头路，路的尽头，是一个关着门的大院子，院子里有狗叫声。

侯沧海跑到大院子门口时，无处可去。后面一群拿刀青年，杀气腾腾。

大门紧闭，推不开。

事至绝境，侯沧海镇静下来，准备反击。他脱下外套，左手握着，向对手们冲了过去。这群年轻人没有料到眼前人如此强悍，没有跪地求饶，还冲过来反击。

最前面的年轻人稍有愣神之际，侯沧海已经冲到面前。

离侯沧海最近的年轻人抡起砍刀劈过去，却被对方的外套缠住。他正要抽刀回来时，一个硕大的拳头打了过来，他随即下身一阵剧痛，被对手凶狠地一脚踢中要害。

打鼻梁加上撩阴腿，是侯沧海从世安厂青工中学来的绝招。这招阴狠，非在拼命时不能用，中招者，必进医院。

来者没有还手之力，惨叫着捂住下身满地乱滚，手中的刀丢在一边。

侯沧海用最快的速度捡刀。尽管他的速度极快，仍然被追过来的刀锋掠过。刀锋划破毛衣和内衣，在皮肤上发出"吱"的一声响。皮肤绽开，鲜血从被砍破的肌肤中没有一秒钟犹豫，争先恐后地挤了出来。鲜血顺着后背往下流，被皮带挡住，一部分透过衣服涌出，一部分顺着大腿继续往下流。

侯沧海顾不得伤势，挥刀乱舞，挡住了大部分乱刀。俗话说，武功再高，也怕菜刀。若论单打独斗，侯沧海不怕在场的任何人。如今群狼环伺、乱刀横飞，侯沧海这只老虎也只有被砍的份儿。

手臂又中一刀后，侯沧海眼露凶光，放弃最后一丝犹豫，准备以命相搏。越是到了关键时刻，他越是冷静，在公路上快速跑动，不停地用凶狠的劈砍将跟到面前的人逼退。

一个络腮胡子追了上来，劈砍时用力过猛，身体失去重心。侯沧海顺势猛地将其踹倒，高举砍刀，向着络腮胡子的脖子砍了下去。

一直紧闭的大门被猛然推开，最先出来的年轻人举着一杆猎枪，砰地朝天放了一枪。随后有人喊道："都给我住手。"

枪声响起时，砍刀已经落下。侯沧海非常凶狠，也非常冷静，在最后关头收住劲儿，冰冷的刀锋划破了络腮胡子的脖子，有一股血流了出来。

大门完全打开，一人坐着轮椅出现在大门口。这人脸上有一道伤疤，恶脸恶相。他指着侯沧海，道："他是我的朋友。"

提刀年轻人瞪着这个疤脸中年人，看着年轻人手里的猎枪，过了半晌，一人道："杨哥发了话，今天就算了。"

伤疤中年人道："那你们退后几步，别逼到面前。我退出江湖好多年，又被人砍了几刀，说话不灵了。"

这群年轻人后退好几步。

伤疤中年人又对侯沧海道："你把刀拿开。这事不要报警，江湖事江湖了。"

侯沧海道："我不是江湖人。"

伤疤中年人道："从今天起，你就是。"

侯沧海将砍刀从络腮胡子的脖子上移开。络腮胡子从地上爬起来，脚印有些水渍，还有屎臭的味道传出来。走了几步，络腮胡子双腿发软，又坐在地上。当同伙来拉他时，络腮胡子喃喃自语，畏惧地道："刚才他要杀我。"

"你脖子没事，皮外伤，很浅。"

"他刚才真要杀我，如果不是杨哥的人开枪，肯定要杀我，我知道。"

"你今天丢丑了，吓尿了。"

"丢丑就丢丑，捡条命。"

这一伙年轻人走了，侯沧海提刀走进院子。当院门关闭时，他将砍刀扔到了一边，对伤疤中年人拱手道："大恩不言谢，杨哥。"伤疤中年人打量侯沧海几眼，道："很能打啊。我们出来晚一点儿，你是不是真要砍下去？"侯沧海道："你死我活，肯定要砍。这些是什么人？"

伤疤中年人道："你是什么人？"

侯沧海道："我是江南地产总经理，锁厂危房改造工程由我来做。"

"这就对了。这一群人是南城区地头蛇，年青一代的社会人，下手狠毒。他们和你没有仇，肯定是有人嫌你抢了锁厂危房改造工程，出钱给这伙人，让他们办事。按照南城规矩，你肯定要被断手或者断腿。只是他们没有料到，遇到一个硬碴儿。"伤疤中年人又道，"上一次在大排档，你救了我一命。这一次，我还人情。"

侯沧海一直在纳闷杨哥为什么会出手，听到此语，才知道杨哥就是那个在二楼大排档被砍杀的中年人。此时，他的血越流越多，脑袋开始眩晕了。

第二十二章　挡了别人财路

杨哥道："你能拿到锁厂危房改造工程，肯定是有背景的人。刚才福四娃给了我面子，你也得给我一个面子，按江湖规矩，这件事情到此为止，不要报警，也不要去找你的后台。若是动用官方力量，危房改造工程绝对做不动。就算动起来，绝对要被烦死。"

侯沧海脸色苍白，道："杨哥，我答应你。赶紧送我去医院。血都流了半盆，用开水烫一烫，可以做毛血旺了。"

杨哥道："你有什么信得过的人？让他到一院等着。我马上送你过去。"

侯沧海拨通张小兰的电话，道："我受了点儿小伤，在一院。你把陈杰和杨兵都叫过来，在医院会合。"

张小兰惊叫道："受了什么伤？严不严重？"

侯沧海道："与人发生了小摩擦，你把陈杰和杨兵悄悄叫过来，暂时不要声张。"

张小兰还在问话，侯沧海脑子越来越昏，身体发冷，不知何时结束了通话。他坐小车前往一院时，做了一个长梦。梦中，他和熊小梅刚刚大学毕业，正坐长途客车前往秦阳。那一次秦阳之行的所有细节，几乎都在迷糊中得到再现。

到达一院时，传来张小兰焦急的呼喊声。侯沧海努力地睁开眼睛，道："流血多了一些，没有什么大不了的。你别报警，不要让黄市长知道，我答应了杨哥。"

杨哥没有坐轮椅，拄着拐杖站在身边，听到黄市长三个字，耳朵动了动。

任巧奔了过来，扑在侯沧海身上大哭。侯沧海眯着眼，咧嘴道："轻点儿，你压着我了。"

随后是医生和护士的身影。进手术室之前，侯沧海再次叮嘱道："不要给我家里打电话。"

手术出来，病房里围了一圈人，除了二七分公司和江南地产的人以外，陈文军和黄英也在场。陈文军对趴在床上的侯沧海道："我已经跟市局同志说了，你是我们招商引资来的企业家，肯定得重点保护。对于黑恶势力，一定重拳出击。"

侯沧海答应过杨哥不报警，用力抬起头，道："我答应过不报警的。"

陈文军惊讶地道："为什么不报警？里面有隐情？侯子，你不要和黑社会有任何牵连啊。"

"我没有和黑社会有牵连，有点个人隐秘在里面。"侯沧海以前和陈文军走的一条路，如今两人一个从政，一个经商，行为模式和思维方式渐行渐远。

"你受这么重的伤，差点儿把命都丢了，为什么不报警？送你来的那个疤脸是谁？"张小兰想起侯沧海浑身浴血的样子，眼泪在眼眶里打转。

"我受了伤，倒在他家门口，是他送我过来的。"侯沧海手臂和后背受了伤，在病床上不能平躺，这个姿势实在难受。他撑起身体，想要坐在床上。撑起身体这个平时简单的动作，在今天做起来却龇牙咧嘴。

张小兰道："你进手术室以后，他就走了。这人一副凶相，做什么的？"

侯沧海总觉得报了警，有点对不起杨哥。他没有杨哥的手机，就对陈杰道："我要上卫生间，你扶我一下。"

在卫生间里，侯沧海原原本本地讲了发生的事情，让陈杰赶紧找杨哥，免得公安查过来，折了江湖道义。陈杰笑了起来，道："你真把自己当江湖中人了？"

侯沧海道："若不是杨哥出来，我那一刀肯定砍下去了，后果比现在严重百倍。我要讲信用，说过不报警。现在报了警，总得给杨哥说一声，否则就是恩将仇报。"

陈杰离开不久，市刑警大队来了人，询问细节。

侯沧海一直记得杨哥的那句话："刚才福四娃给了我面子，你也得给我一个面子，按江湖规矩，这件事情到此为止，不要报警，也不要去找你的后台。"

按照对救命恩人杨哥的承诺，他面对警方只讲了前面部分：从锁厂出来，被人堵住，逃跑，在大院门口被砍伤。

后面部分，他就推说受伤头昏，记不清楚了。

陈杰开了一辆跑工地的两用车直奔锁厂，那条支线公路和大院子的地标很明显，陈杰很快就找到杨哥所住的大院子。他将车停在院外，敲门。

院子里修了一幢小洋楼，小洋楼有三层，杨哥坐在二楼平台上，听到外面响起汽车的声音，拿起手边的望远镜，打量来者。他拿起对讲机，道："有人来了，带他到楼上。"

院子里有三条大狼狗，被关在铁栏杆后面，直立起来时足有一人高，脑袋硕大，吼声低沉，舌头伸出来，锋利的牙齿令人胆寒。

陈杰目不斜视地跟着年轻人往屋里走，来到二楼，见到杨哥。

"我是侯沧海的朋友，江南地产副总经理。刚才在医院见过杨哥。"

"找我有什么事？"

"侯子做手术的时候，我们那边不知道内情，报了案。侯子只说被砍倒的事，至于谁砍的，他不知道。杨哥看见他受伤，做好事，送他到医院。"

"明白了。你是警察？或者，以前是？"

"嗯，以前是警察，辞职后跟着侯子。你怎么知道我是警察？"

"皮鞋，你穿的是警用皮鞋。"

"这鞋好穿，我喜欢。回去换掉。"

几句谈完，陈杰抱拳离开。

杨哥还是坐在楼上，望远镜放在旁边，望着陈杰离开。他在医院听到"黄市长"三个字，便基本能推测将要发生什么事。作为曾经的江湖大哥、如今的煤矿老板，杨哥既不能完全脱离江湖，又不能远离官场，如高空走钢丝一样，小心翼翼地寻求平衡。这几年都有惊无险地走了过来，没有料到今年阴沟里翻了船，被一群青屁股娃儿当街砍翻。至于青屁股娃儿是谁叫来的，他知道，但不说。

这事在高州江湖上引起了一阵涟漪，当然，也就是一阵涟漪而已。江山代有人才出，各领风骚三五年。如今的高州发展变化太快，快得连杨哥这种老江湖都觉得陌生。他趁机脱离曾经的血雨腥风，专心做生意。

刑警队离开后，张跃武闻讯来到医院。他脸色严峻地站在床边，道："惹到谁了？做这种政府工程也要遇到鬼，我没有想到啊。"

张小兰抱怨道："爸，我们当初不想提前介入，主要是怕沾上麻烦。明明是政府的事，为什么让我们做？侯子刚刚走访一次住户就遇到这种事情。如果真要开工，还不要人命？"

侯沧海道："多数工人还是想住新家，少部分人心怀鬼胎。肯定是有人想做危房改造工程，嫌我们挡路，才下狠手。"

危房改造工程最初的方案并非以地换房，而是按照常规方式，由政府发包工程，然后由房地产公司承建。锁厂七百多户人家，在高州算得上大工程了，自然吸引了不少老板。

老方案在高州市规划委员会被黄市长当场否决，理由很简单：财政太紧张，得用经营城市的理念转变思路，具体模式就是引入开发商，免费修建职工新房，允许开发商在锁厂位置建商品房，由南城区具体实施。锁厂位置实在偏僻，开发商品房不一定能赚钱，甚至有可能砸在自己手里，高州房地产开发商都不愿意接这个活。在这种情况下，黄德勇市长才将危房改造工程交给了江南地产。

张跃武清楚此事的前因后果，明白侯沧海被砍的原因，肯定是地方利益团体想推翻黄德勇提出的以地换房新方案，回到最初方案——政府出钱，开发商修房。在后一种模式下，市政府要支付一大笔钱才能完成危房改造。承建者会有大笔收入，不冒风险，稳赢。

砍人者，必然就是当初要承接危房改造的房地产商。

锁厂个别职工提出当初破产清算时对于土地的处置方式问题，肯定也与当初要承接危房改造的房地产商有关系。

张跃武道："事情出了，我们不怕。我要向黄市长汇报清楚事情的复杂性。"

侯沧海道："纯粹依靠官方力量恐怕一时半会儿解决不了问题，得把锁厂工人动员起来。多数锁厂工人还是想赶紧改造危房，这涉及他们的个人利益。"

正在交流时，外面走进来十几个人，领头的是长着肿瘤的小团姐、酒糟鼻、曾阿姨等人。侯沧海见到这几人，眼前一亮，高兴地道："曾阿姨、小团姐，快来坐啊，你们怎么知道我在这里？"

屋里所有人都被小团姐脖子上的肿瘤吓住，静静地看着来人。

小团姐对这种异样眼光习以为常，道："锁厂就是屁股那么大的一块地方，消息传得比风还要快。他们砍你，说明你和他们不是一路人，我们工人支持你，把危房改造工程做好。"

"支持危房改造的工人多不多？跟着那个老同志走的人有多少？"侯沧海长在工厂，知道工人们真要团结起来，绝对势不可当。

小团姐用手托了托下坠的肿瘤，道："前一段时间，汪厂长四处宣传，锁厂这块地是属于锁厂的。他这样算账，如果按照市场价格来说，锁厂这一块地每亩至少值二十万元，总共价值一千五百万元。每家都分得到两万元。他说不把这事弄清楚，任何施工队都不准进来。"

侯沧海问道："以前有这种说法没有？"

"汪厂长的说法只能骗不了解情况的人，骗不了我。当初工厂破产的时候，蒲书记坚持不管是出让土地还是划拨土地，尽管取得方式有所不同，但是没有性质上的差异。他认为政府对国有企业因划拨取得的土地使用权的用途和转让附加的一些特别限制，不能否定国有企业对划拨土地使用权所享有的处分权能。我当时记过会议记录，多次和别人辩论时引用了蒲书记的观点，所以这么拗口的话都记得很清楚。当时，汪厂长对这事态度含糊，最后土地被政府无偿收回去了。蒲书记气得心脏病发作，后来也死在心脏病上面。蒲家三个子女，有一个留在厂里，下岗失业；有两个考上大学，离开了高州。汪厂长一儿一女，儿子进了公安局，女儿进了税务局，都是好单位。"

小团姐当过多年团委书记，又当过厂办主任，很有政策水平，说起话来有理有据。她说话时，大家听得很专心，忘记了其脖子上吓人的肿瘤。

"我是外来户，看得最清楚，感受最强烈。锁厂前些年由蒲书记做主时，风气最正，效益不错。后来汪厂长做主，风气一点一点变坏，效益一步一步下滑，最终破产。锁厂是高州破产的最大国有企业，三千多名工人，说没有饭碗就没有了饭碗。"曾阿姨想起老伴儿患上糖尿病的惨状，泪水涟涟。

酒糟鼻道："侯总走了以后，我们大家聚在一起商量，觉得你是外来开发商，与当地没有拉拉扯扯的关系，没有理由坑我们。南城区几家房地产商的根根底底我们都知道，坑蒙拐骗、跑冒滴漏、偷工减料，让他们修房子，隔不了多久又是危房。"

大家议论了一会儿，小团姐道："我们走了，侯总受了伤，好好休息。"

侯沧海望着这一群衣着朴素、身体皆不太好的老工人，道："你们能留一个联系方式吗？我们拿到地勘数据以后，还要讨论设计方案。你们可以找三四个懂行的参加讨论。房子将来是你们住，你们要有发言权。"

几个工人议论了一会儿，给出了一个小卖部的电话号码。只要打这个号码，找小团姐、曾阿姨都可以。

张跃武坐在另一个空病床上旁观，身边坐着女儿张小兰。张小兰尽管在视觉上适应了肿瘤中年妇女，但仍然不敢靠近。

侯沧海站在门口，送这一群工人离开。

张跃武看着侯沧海裹满纱布的后背，再次肯定自己没有看走眼，眼前的年轻男子以后绝对要成大器。对此，他深有信心。

"侯子，危房改造比我想的要复杂，连累你受伤了。"

"高州民风确实强悍，或者称为野蛮。不过失之东隅，收之桑榆，得到锁厂工人的支持，工程应该能够顺利完成。"

"你没有灰心？"

"没有。我是工厂子弟，看到这些工人，就如同看到了从小生活在一起的叔叔阿姨们，肩上有了责任感。"

"不是大话？"

"真心话。我曾经与女朋友熊小梅到过秦阳铁江厂，在家属院亲眼看到隔壁康叔因为无钱治病跳楼自杀。我觉得在力所能及的情况下，有责任帮助他们。感谢张总给了我这个机会，我决定把这个项目做成江南地产的第一个精品项目。不仅项目质量好，也要从第一幢楼开始，让经济利益和社会效益良好结合。这或许是我以后经商办企业的理念。"

这一席话太具正能量，张跃武和张小兰并排而坐，半张着嘴，仰望被包裹成小半个木乃伊还侃侃而谈的侯沧海。

侯沧海说完这一段，摸了摸脸，道："你们为什么用这种眼光看着我？"

张小兰用手指着眉心，道："刚才你说话的时候，额头有一道红线，和包公那条差不多，只是颜色稍红。难道你是包公转世？"

张跃武取出随身带的相机，照了一张，道："以前没有注意到你的额头有道红印，我照下来了。相信我的摄影水平，我是江州摄影家协会的成员。"

任巧提着不锈钢饭盒走进病房。饭盒里是炖得雪白的鱼汤，散发着特有的香味。侯沧海闹腾了大半天，确实饿了，端过饭盒，准备动手。

"等会儿，烫。"任巧将三层饭盒摆开，道，"先喝鲫鱼汤。受了伤就要喝鲫鱼汤，能帮助伤口愈合。其他菜都没有放酱油、辣椒，免得刺激伤口。"

侯沧海狼吞虎咽，张小兰看着心里有气，脸色不佳。

张跃武站了起来，道："晚上我要到黄市长家里去，等会儿侯子是住医院还是回家？回家以后晚上别再出来了，注意防备啊，小心驶得万年船。"

张小兰原本想跟父亲一起走，站起来，又坐回到病床上。

"这些工人在一天时间就站在你那边，与他们接触，你有什么收获？"张小兰不再纠结于任巧提来的鱼汤，直接询问更能让侯沧海关心的问题。

"我一直在思考这个问题，如何才能吸引周边的潜力消费者来购买我们的商品房？这次与工人们面谈，让我有了一个新观点，工人们最了解锁厂片区，他们想解决的问题，同样是商品房潜在住户想解决的问题。换句话说，工人们是在帮助我们完善设计方案，提出最优方案。"

"对啊，确实是这样。换个角度看问题，效果就不一样了。"张小兰故意谈得兴高采烈。不过，这也是她的真心话。

两人讨论房屋设计方案时，张跃武回到家，将相片传给老道。

老道既是绰号，也是职业。他留着罕见的道髻，道髻上插着木条，仙风道骨。老道熟练地打开电脑，上了QQ。

他随即在QQ上留言："这个年轻人面相不错。你说的额头上的伤，那不是伤，是天柱纹，从天中直至印堂，没错的。天柱纹，大贵之命。"

张跃武打字速度慢得多，道："真没有破相？"

老道打字如飞，道："我们是老同学了，你难道信不过我的专业水准？肯定是大贵之相。这次收费一千元。"

"这么贵？我们可是老同学。"

"我们是老同学，才便宜这么多。这种大富大贵之命，至少得收一万元。"

老道到里屋，将一个更老的老道推出来，道："爸，这个相片我有点看不准。以我们家的相法来看，此子必是大贵，可是我又觉得有点凶相。"

老老道看了一眼相片，道："确实是大贵之相，但不是凶相。有句格言你听过吧！天将降大任于斯人也，必先苦其心志……后面还有几句，我记不起来了。你啊，学艺还是不精，继续读传家宝。"

翻看由草纸装订成的传家宝，老道嘀咕道："天将降大任于斯人也，这不是格言，是孟子说的。我这老爸，屁话胜过文化。"

QQ上又出现一行字："抽个时间，帮我看一个煤矿。"

老道直截了当地道："多少钱？"

第二十三章　危房改造初步方案

在 QQ 上交谈完毕以后，张跃武盘腿坐在沙发上。最初他想了一会儿锁厂的事情，很快，思路又转到收购国有煤矿上。与煤矿相比，锁厂危房改造工程就是小意思了。

最大收获应该是锻炼了女儿，她完整地经过锁厂危房改造工程，应该能够独立自主。

"兰花，回家没有？"

"没有，我还在病房和侯子讨论设计方案。他这人走火入魔了，居然想在锁厂附近引进一家私人医院。南州有一家鸿宾医院，私立的，院长马忠和他关系不错。他想让马忠投资建一家私人医院。"

"这不叫走火入魔，思路挺不错。"

"爸，你听我说完。他生在工厂长在工厂，对工厂有偏执。以前没有暴露，进入锁厂以后，这个偏执就被释放出来了。他除了医院以外，还想在附近配一所小学，说是要办南城小学分校。"

"没错，这是做房地产的思路，而且是比较高级的思路。"

"办医院、办学校我都可以理解，他还想在危房所在位置挖一条河，说是以前这里地下水丰富，把填土挖开后，可以和锁厂外围一条改过道的小溪连接起来。他想要制造一个景观带。"

"哟，这个工程量有点大了。"

"我也是这个说法。他说不造水泥河岸，弄成纯粹的土质原生态河岸，挖掘开，有水就成。"

"兰花，按他的方案做，商品房还真有可能卖个好价格。你是董事长，注意控制成本，别让他捅一个大窟窿出来。"

"哼，他走火入魔了，说是肯定能赚钱。"

张小兰最痛恨的并非侯沧海脑子里的中魔想法，而是任巧那副忙来忙去的女主人模样。任巧给侯沧海带来换洗衣服，包括内裤都给带来了，还有毛巾、牙刷等生活用品。最可气的是任巧居然给自己也带来一瓶罐装饮料。看着红色罐装饮料，她禁不住生气。

"我要回家了，你准备在这里住几天？"张小兰没有动那瓶红罐饮料。

侯沧海没心没肺，一点儿没有注意张小兰的情绪，道："我本来今天就要出院，结果医生觉得伤口深，让我继续留院观察，明天换药后再走。董事长，我刚才的设想真有操作性，在电话里我和鸿宾医院的马院长约好了，等行动方便以后，我们去一趟南州，进一步沟通。"

"总经理，八字没有一撇的事情，你在异想天开。"

"董事长，总得试一试。与马院长见面之前，我们还得先见见黄市长，透彻汇报锁厂危房总体设计思路。如果他支持，市卫生局、市教育局的工作就容易，否则难于上青天。"

任巧拿了护士发的药粒和白开水，走到侯沧海身边，温柔地道："该吃药了。"

张小兰最看不惯任巧一副贤惠和低眉顺眼的样子，终于忍无可忍，离开医院。刚下楼，她遇到了杨兵。杨兵一脸晦气，头发乱成一团，脸上还有两条血印子。

张小兰的思维陷入惯性，吃惊地道："你也受伤了！谁下的手？"

杨兵捂着受伤的脸，尴尬地道："猫抓的。"

"真是猫抓的？不会吧，应该是江莉下的手。"张小兰见到杨兵倒霉的样子，笑了起来，将病房里受的腌臜气释放了一小部分。

"你也知道江莉的事了？这个侯子原来是个大嘴巴，出卖朋友。"杨兵很气愤。

"与侯沧海没有关系。你和新来的那个美女眉来眼去，太明显了，江莉肯定会吃醋。"

杨兵叫苦不迭，道："我和江莉是同事关系，从来没有确定男女朋友关系，她是单方面宣布主权。我是单身汉，有权利寻找自己的幸福。"

张小兰瞪了杨兵一眼，道："你和侯沧海都是花花公子，活该受伤。"

"侯子这人对我们公司如花似玉的女同事从来都是公事公办，拒人于千里之外，花花公子套在他头上，不适用吧。"杨兵望着张小兰挺直的背影，急忙为侯子解释。

"哼，侯沧海是花心大萝卜，你们两人是一丘之貉。"张小兰内心怒火翻腾，加快脚步，继续释放怨气。

"我也许真是花心大萝卜，见了孙艺欣，无论如何看不惯江莉了。"杨兵与江莉摊牌后，江莉失去了理智，整个人发了疯，扑上来就是一阵乱抓。若不是杨兵动作灵活，脸上肯定会被抓成烂鸡窝。他望着张小兰的背影，总觉得她的话中有什么不对的地方。想了想，他知道原因了，平常张小兰都是亲切地称呼"侯子"，今天三次称呼"侯沧海"，这一点不寻常。

病房里，侯沧海将地形图铺在桌上，如大决战的将军一样专心看图，不时地拿纸笔做标注。任巧在卫生间洗碗，水流落在碗上，发出哗哗之声，灵动欢快。

杨兵为情所困，特别敏感，见到厨房里的任巧，顿时理解了张小兰的异常情绪，心道："不管是富家千金，还是小家碧玉，都一样会吃醋。吃醋，真不是好习惯。"

侯沧海朝杨兵挥了挥手，仍然盯着地形图，不转头。杨兵道："这次你是被砍在背上，脑袋没有坏吧，见到客人都不打招呼。"

侯沧海又看了一会儿，才将地形图卷起来。他看见了杨兵脸上的伤口，冷笑两声，没有言语。

杨兵道："你冷笑是什么意思？"

侯沧海道："等会儿跟你谈。"

任巧回罗马皇宫熬鱼汤时，侯沧海道："江莉今天到病房，精神状态不好。你必须有个果断选择，不能再拖。当初我将孙艺欣的简历扔了出去，你非得捡回来，这是逆天改命。你改了命，所以才有今天这事。从另一个角度来说，孙艺欣的简历被你捡起来，也是天意。"

"天啊，我变成了陈世美。现在是 21 世纪，不是旧时代了。不过，你说当断不断自食其乱，确实有道理。摊了牌，被她抓伤一次，以后我就可以和艺欣大大方方地谈恋爱了。在女人方面，你和我都不如贱货。他纵横花丛，从不受伤，令人神往啊。"杨兵仰头，不停地拍额头。

两人聊了一会儿，手机响起，传来了任巧惊慌的声音："江莉自己用刀割了手腕，流了好多血。"

"赶紧打120，用纱布包伤口。"侯沧海猛地站了起来。

杨兵得知江莉割腕，面如土色，愣了几秒钟，冲下楼去。

在罗马皇宫宿舍里，任巧打了120以后，手忙脚乱地给江莉包扎。江莉坐在地上，眼角没有泪水，双眼失神，喃喃自语道："我以为在和小伟哥谈恋爱，小伟哥不承认我们在谈恋爱。男人真的靠不住，没有一个是好人。我真傻，还相信爱情。我当过小姐，小伟哥知道。我真傻，还以为他不在意。"

任巧泪水簌簌往下落，一句劝解之语都说不出来。

救护车很快就开进小区，将江莉送往医院。侯沧海赶到时，江莉已经在治疗。侯沧海踢了魂不守舍的杨兵一脚，将其赶出医院。

治疗结束以后，江莉住进病房。侯沧海将病床前的帘布拉拢，形成一个封闭的回字形。他面对江莉，严厉地道："江莉，抬起头，看着我。"

江莉脸色苍白，楚楚可怜。

侯沧海扬手给了她一个耳光，道："这一耳光，是我帮你父母打的，他们生你养你，你还没有回报，没有资格自杀。你自杀后，家人怎么办？"

江莉被打得呆住了，任巧也被惊得呆住了。

侯沧海又抽了一个耳光，道："这一耳光，是我要打你。一个人要有自尊心，自杀算是什么屌事？出院后，你先到江南地产工作，努力工作，以后自己当老板赚大钱，好好为自己活一次。"

江莉苍白的脸上出现了两个手掌印，红通通的，如两记如来神掌的掌印。

过了半晌，她的泪水终于流了出来，哽咽着道："侯子，你打得我好痛。"

高州市长黄德勇得知江南地产总经理侯沧海到锁厂片区走访后被砍伤，震怒，将公安局长叫到办公室，拍了桌子，严肃地提出"务必抓到凶手，给企业家一个交代"的要求。

此案在市委常委会上通报后，久被治安问题所困扰的常委们提出了相当尖锐的意见，弄得市委常委、政法委书记面红耳赤。会后，市政法委员会召集了由全体政法委员参加的政法委员工作会，传达市委精神，布置近期针对黑恶势力的集中打击活动。

警方集中精兵强将，重点扫荡南城地下世界。此次行动成效显著，打掉了三个黑恶团伙，捉住两名网上有名的逃犯，破了五起影响恶劣的积案。砍杀企业家的犯罪嫌疑人福四娃被锁定，遗憾的是他已经外逃，没有抓到人。有几个参加行动的马仔被警方抓获，而马仔们只负责砍人，对砍谁、为什么砍人一概不知。

在警方集中行动的同时，市政府办公会再次专题研究了原锁厂片区危房改造项目，提出：一、原方案不变，继续推进；二、南城区政府尽快完成拆迁任务，将净地交给开发企业；三、南城区要做好维护稳定相关工作。

江南地产按照政府要求，协调小组继续进厂做拆迁动员工作的同时，开始启动房地产开发项目报建工作。由于这是危房改造工程，更是黄德勇市长亲自抓的工程，各职能部门相当配合，凡是公司上报的材料，基本上在规定工作日内审核完毕，按时发出了建设用地规划许可证、《选址意见书》《规划设计要点通知书》等文件。

锁厂危房改造项目以协议出让的方式获取土地以后，张小兰和梁期罗便开始与高州建设银行房地产信贷部主任方天东接触。江南地产握有土地，而且背后老板张跃武是煤矿主，实力雄厚，自然不愁贷款。

"张总，我们两人见方主任就行了，侯总事情多，不用叫上他。"张小兰正要给侯沧海打电话时，梁期罗罕见地提出了反对她的观点。

张小兰有点惊奇，道："侯子今天没有事，在家里看书，把他叫上，与银行的人多接触，好办事。"

梁期罗总觉得张家这个大小姐脑袋里少了一根弦，明明是董事长，却把自己当成了副总经理，大事小事都让侯沧海做主，继续这样下去，"国将不国"，张家企业就要变成侯家企业了。他作为张跃武麾下的老员工，着实心疼。

梁期罗提醒过多次，大小姐还是执迷不悟，让他焦急得脚板心都抓紧了。今天公司要与银行方面接洽，他准备把话彻底挑明。

"侯总很能干，做事也认真。但是，他毕竟不是张家的人，如果事事都让他做主，小心以后反客为主，尾大不掉，以前在江州，发生过类似事情。董事长派我过来当财务科长，是让我监督整个企业财务运行。张总，人心难测，你得为企业留一手。这样说可能要得罪侯总，但是我必须说，不能辜负董事长对我的信任。我建议以后凡是大笔资金，还是得由你来决定。你不用给侯总解释，毕竟他是打工者，你才是老板。"

梁期罗说这一番话时，态度很真诚，眼神很坚定，就如古代向昏君谏言的忠臣一样做好了挨板子的准备。

张小兰有时会对侯沧海不满，但是从来没有怀疑其人品，更没有"留一手"的打算。她皱着眉头道："梁科长多虑了。你不能在其他任何地方说起刚才那一番话，这会引起内部矛盾。"

梁期罗道："这些话我肯定只对你说。在江南地产，你、我和老戴才是真正可靠的老人，绝对信得过；其他人没有经过考验，我信不过。"

门外传来脚步声，然后是敲门声。

江莉穿了公司新定制的薄羽绒服，头发剪成短发，人瘦，脖子长，特别精神。她将一份规划部门传过来的文件送到张小兰手里，退了出去。

"侯总还在办公室吗？"张小兰问。

"他刚刚到南城区教委，昨天约好谈南城分校的事。"江莉道。

既然侯沧海不在，张小兰卸下了心理包袱，与梁期罗一起前往南州建设银行。

2月18日，江南地产邀请十个原锁厂老工人参加讨论《危房改造规划设计初步方案》。

小团姐见到初步方案的具体内容后根本不敢相信，这个方案居然还有医院、小学和景观带，远远超出了她的想象，反而让她不敢相信这是真实的。特别是对私立鸿宾医院到锁厂片区建立分院，更是不敢相信，怀疑开发商使诈。

侯沧海道："市区两级政府都很关心危房改造项目，大力支持我们引进医院到锁厂片区，具体位置是原南城机械厂停止使用的厂医院，距离锁厂片区只有三百米。市卫生局一把手亲自带着我和鸿宾医院投资方进行洽谈，提出优厚条件，这才打动了鸿宾医院投资方。现在我们以热烈的掌声欢迎鸿宾医院院方代表马忠先生给大家讲话。"

马忠讲了鸿宾医院的基本情况后，还邀请工人代表参观省城鸿宾医院。

随后南城区教育局的同志谈了修建南城小学分校的实施方案。

有院方代表和南城区代表为设计方案背书，工人代表这才相信了方案的真实性。他们在细节上提出修改意见后，高高兴兴地回锁厂，准备向亲朋好友宣传。

工人们回到锁厂，站在真实的土地上，看着没有丝毫动静的厂区，心里阴沉下来。

按照《高州市锁厂片区危房改造搬迁补偿安置实施方案》规定：南城区政府完成房屋征收、地上建筑物和附属物拆迁，将净地依法依规交给开发企业。

具体实施过程中，由于市政府对危房改造时间要求得紧，江南地产在南城区政府没有完成拆迁的情况下，实际上已经开始走房屋开发流程。江南地产流程走得很顺利，但是南城区拆迁工作却受到了极大阻力。

大部分工人签了拆迁安置协议后，以原厂长汪洪峰为代表的部分职工，向高州市中级人民法院提起行政诉讼，要求撤销高州市人民政府做出的无偿收回锁厂土地的行政决定，要求在行政诉讼未结束之前，暂停开发锁厂片区。

另有一批工人在省两会期间，突然出现在两会会场附近，打出"还我土地，我们要生存""高州黄德勇市长停止违法行为"等标语，引起了极为强烈的社会反响。

南城区危房改造协调小组的三名工作人员在厂区外围被殴打，受伤住院。

这一系列事件爆发得密集而突然，南城区锁厂片区拆迁工作受阻。

对于江南地产来说，由于没有进场，工作未受到影响，前期各项工作仍然稳步推进。

第二十四章　人算不如天算

锁厂部分群众在全省两会期间上访，标语中专门有"高州黄德勇市长"七个字，七个字如七把匕首，刀刀扎在黄德勇心上。这一招极狠，每一刀都带着血洞。

黄德勇来到高州前，有关系不错的上级领导特意提醒：高州政治生态不好，每届领导班子都内讧、扯皮、下绊子、划分势力范围。你千万谨慎，别一脚踏到地雷。

黄德勇当过多年市领导，工作经验丰富，临行前信心十足。来到高州以后，他越来越觉得高州整个社会从上到下如一张烂网，只要做实事，必然会受到各方牵制。危房改造工程闹出了最大的幺蛾子，成为爆炸的地雷。

除了在两会期间上访，给黄德勇造成政治影响之外，关于土地的行政诉讼给工程制造了极大障碍。

立案后，按照行政诉讼期限，一审和二审走完，接近一年时间。这一年时间内如果危房出现问题，虽然说黄德勇有推托之词，可是一届政府放任危险降临而不采取措施，这让人难以接受。而且，若是黄德勇亲手抓的危房改造工程被迫搁浅，其威信难免会受损。

黄德勇暗自认为南城区主要领导同志负有相当大的责任。

南城区委区政府主要领导同志是高州重要干部，区委书记海强还是市委常委，区长是市委委员，作为初来之市长，难以轻易调动其岗位。

为了解决锁厂片区危房改造工程，市委再次研究，决定重新召开协调会，彻底做通工人们的思想工作，确保危房片区改造工程顺利进行。

在协调会上，有部分职工代表提出了解决方案：比照市政府给江南地产的条件，原锁厂工人组成危房改造建设小组，开展生产自救活动，自行引进房屋开发公司改造危房。

这个方案提出来以后，市委有领导支持此方案。在小范围的会议上，该领导说：他们要折腾就由着他们折腾，政府不要靠太近，免得猫抓糍粑脱不了爪。危房改造涉及他们自身，他们肯定比其他人更在意工程质量。只要职能部门好好履职，把好关，没有什么大不了的。

反复折腾之后，黄德勇此时已经心如明镜。他做出妥协，以伤害自己威信为代价，接受此方案，换来危房改造工程尽快动工。在妥协时，他画了一条底线：为了确保工程质量，严格按工程建设程序走，不能走捷径。

得知此消息后，为锁厂项目操心数月的侯沧海最为丧气。最近一段时间，他一直在和小团姐等工人代表密切接触，听取工人们提出的各项意见，除了医院、小学以外，还增加了锁厂片区小型菜市场、公厕等。至此，锁厂片区整个规划设计得到了众多工人的认可。谁知人算不如天算，前期工作全部白费。

张跃武为此专门请侯沧海以及江南地产全体员工喝大酒，以示鼓励。

从张跃武的角度来看，他已经顺利地完成了黄德勇交代的任务，现在任务变化，责任在政府，和江南地产没有任何关系。市长黄德勇欠了张跃武一个人情。

除了得到黄德勇的人情外，还有一个收获是新组建的江南地产运转顺利。有了新公司，做不成这一单生意，可以做下一单。在这个时代，生意机会一大把，关键在于你有没有把握住机会的能力。有了团队，有了资金，有了人脉，何必再操心锁厂这个垃圾桶？

对于侯沧海来说，锁厂危房改造半途而废，非常遗憾。他从政法委辞职以后，有过一个从灰心丧气、没有职业荣誉感，到激情投入、拥有职业荣誉感的过程。

做医药代表时，他很快就感到理想中的医药代表和实际的医药代表的差异。

理想的医药代表是连接医生、医院和药厂的重要纽带。医药代表把药厂最新研发动态带入医院，再把医生用药的临床状况反映给药厂，例如药物的不良反应信息和治疗范围的变化等。在国外，临床医生的新药知识有很高比例来源于医药厂家，来源于医药代表。因此，医药代表具有职业荣誉感。

山南的医药代表制度由外资药企引入中国，一般认为最早引进者是西安杨森。这些大型国际制药企业的多数药物都是自己研发的，并有严格的专利保护。原研药在进入临床之前，要经过药理学研究和临床试验。当这些药物进入临床后，医药公司有两个市场需求：第一，向医生群体介绍药物的功效、使用方法，以及及时反馈不良反应；第二，出于竞争性考虑，希望医生更多地使用自己公司生产的药物。

在医药代表初进国内时，山南最大的三甲医院，药品也只有四百多个品种，治疗手段单一。20世纪90年代初，大量外国药企登陆中国，成立合资企业，国内医生受惠于医药代表制度给自己带来的知识和技术的更新。

比较出名的例子是拜唐苹。

拜唐苹由德国拜耳公司生产，其功效主要是控制餐后血糖。拜唐苹刚刚进入山南时，山南内分泌医生不知道餐后血糖在控制糖尿病中的重要性。拜耳公司医药代表用了差不多五六年的时间，通过文献、教育、资助中国的糖尿病研究等，使医生认识到餐后血糖的重要性，奠定了使用产品的学术基础。

这个时候的医药代表很高端，具有相当高的职业荣誉感。等到侯沧海进入时，医药代表行业变成灰色的了，失去了职业荣誉感。锁厂工人对江南地产寄予厚望，这让侯沧海重新产生了职业的神圣感。

张跃武道："你们赶紧从锁厂脱身，主动与各部门联系，前期文件该退就退、该废就废，尽快把这个烫手山芋抛出去。你们以前在新区看上一块地，现在可以下手了。"

侯沧海摇头道："我觉得事情还会有变化。汪洪峰当了多年厂长，有一些人是其受益者，跟着他闹事。但是绝大部分工人冷眼旁观，并不信任汪厂长。如果我的判断没有错，锁厂工人肯定会闹起来，我们不一定能走得了。"

张跃武道："那是他们工人内部的事情，不管马打死牛，还是牛打死马，和我们企业再也没有关系。"

侯沧海道："我经常和工人接触，对他们的思想状态有所掌握。以前的党委书记姓蒲，他有个儿子蒲小兵在厂里当过车间主任，后来被汪洪峰撤职了。最近有很多工人在联络蒲小兵，希望他能带头，不能让汪洪峰那伙人再来主宰工人的命运。以前工人们是一盘散沙，命运不能自己掌握，如果蒲小兵带起头来，把这一群生活没有希望的工人组织起来，局面又要发生变化。工人闹起来就是大事，只怕我们难以脱身。"

张跃武惊讶地道："政府怎么不知道这些情况？南城区有两个协调小组经常到厂区，他们怎么一点儿都不知道？！锁厂真是一锅糨糊，我们更不能掺和在里面，趁着黄市长还不知道这些事，赶紧撤退。"

侯沧海道："只怕不容易撤退，到时还得让我们收拾残局。据我了解，百分之八十的锁厂工人支持我们的设计方案。"

张跃武此时感到侯沧海真是一个做大事的人，也是一个不易控制的人。他警告道："你不能参加工人内部的事，这是大忌。"

侯沧海道："我没有对他们内部的事说一个字。工人的愤怒情绪早就存在，非常普遍，江南地产的设计方案就是点燃工人希望的火柴，也是点燃他们愤怒的火柴。其实，我很乐意看到工人们反抗。"

不管做不做锁厂危房改造工程，江南地产作为房地产公司，必须和国土、规划和建设等相关职能部门接触，无法回避。

上午，陈杰揉着醉眼，找到出纳小王，将一张借条递了过去。借条上有张小兰的签字，主要用于协调房地产交易中心。

协调有两方面内容，一方面是汇报相关工作，另一方面是吃饭。房地产交易中心要面对数量众多的房地产公司，选择和谁出来吃饭，也是有考虑的。

陈杰约过两次，今天对方终于答应一起吃饭。吃饭之后，极有可能去唱歌，所以，他打算借一万元，宽备窄用。

出纳小王毕业于江州财贸中专学校，是一个本分的年轻女孩。她见到借条上的数目后，脸带歉意地道："陈总，超过了一万元，你得跟梁科长说。"

陈杰昨天与锁厂片区派出所喝了一顿大酒，整个脑袋昏沉沉的，道："张总签了字，难道不算数？"

小王抱歉地道："当然算数。只是，梁科长说这个月要安排的资金多，得统筹把握。"

出纳如此说，陈杰只能压住火气，去找梁期罗。

"陈总，这个月钱严重超支，账上没有钱了。"梁期罗拍了拍袖笼子，面无表情。

陈杰道："今天请房地产交易中心的领导们吃饭，约了好久，今天终于把一把手约上了。"

梁期罗道："哪些人参加？"

陈杰有些不耐烦了，道："我们吃喝玩乐，享受得很，你来参加吧。"

梁期罗道："公司没有项目，实质上停摆了，还花钱如流水，怎么得了？你等会儿，我去找张总。"

陈杰在前方为了江南地产打拼，委曲求全，回到公司后，还要受同事的气。他火气上来，把借条啪地拍在桌上，大声道："条子放在这里了，爱给不给。得罪了交易中心，以后事情不好办，到时别怪我。"

梁期罗不阴不阳地道："大家都是为公司办事，冒啥子火？我是按照财务制度办事。"

侯沧海听到隔壁吵闹声，走到门口，见陈杰气呼呼地往外走，将其叫住。

梁期罗拿着条子来到张小兰办公室，叹气道："小张总，公司资本再雄厚，也禁不起这样花。前天请客吃饭，用了一万多元，今天又要借一万元。这是坐吃山空，金山也要被花光的。"

张小兰解释道："这顿饭挺重要的，以后很多事情要和交易中心发生关系。"

梁期罗道："晚上你去不去？你不去，让陈杰另外改时间。我担心他们花了公司的钱，建立自己的关系网。"

张小兰对这个财务科长很是头疼。

梁期罗把张小兰、他本人和工程科戴双瑞划成真正属于公司的人，把侯沧海、陈杰和江莉划成外来人。凡是老公司过来的人要用钱，他基本不打折扣，见到张小兰的签字就付款。对于外来人用钱，则像葛朗台一样，非得寻根究底不可。

侯沧海是特殊人物，梁期罗不敢明目张胆地刁难。由于陈杰负责与各部门对接，用钱最多，与张家父女关系又稍远一些，便成为梁期罗重点盯防的对象。

"这顿饭是我安排的，很重要的客人。"

"能不能改时间？这些人脉小张总要亲自掌握。"

"好不容易才把交易中心领导请出来，怎么能乱改？"

"小张总，公司没有项目，少用点钱，否则大张总问起来，我不好交代。小张总，你的手要紧一些，成本控制很重要。"

"锁厂项目不管做还是不做，我们都得与各种部门打交道，否则关门算了。凡是我签了字的，都是我同意的。你以后有什么想法直接找我，但是签了字的要及时付钱。"

梁期罗见张小兰如此"执迷不悟"，唉声叹气地出了门。

陈杰坐在侯沧海办公室里，发了一通火。侯沧海一点儿都不生气，等到陈杰在烟缸里按熄了一个烟头，又递了一支烟过去。

小王敲了敲门，手里拿了一万元现金，满脸微笑。

安抚好陈杰以后，侯沧海来到张小兰办公室，道："董事长，财务部门是保障公司运行的，业务工作不需要向财务部门请示吧。"

张小兰安慰道："梁期罗以前在公司就是以执拗著称，我爸派他过来，估计也有点看着我的意思。你别和梁期罗生气，有个拗人在公司也好，随时可以提醒我们。"

"执拗倒是不怕，怕的是不明理。我在想另一件事，以后公司肯定会越做越大，他的财务能力能不能够支撑？这一段时间稍有空闲，我在思考企业需要什么样的财务总监，比如企业内控、风险管理、税务筹划、融资手段、企业估值等，不是梁科长所能支撑的。虽然我们现在是小企业，但是不把问题想深一些，企业肯定就做不大。"侯沧海谈起未来的事业，双眼炯炯有神。

张小兰挺喜欢侯沧海谈理想的状态，道："我没有想这么远，首先想的是找项目，免得企业空转。"

锁厂项目遇阻后，江南地产原本想将最初看中的体育馆附近的地块吃下来。谁知，年初国土资源部出台《紧急调控土地市场的通知》和《进一步治理整顿土地市场秩序工作方案》，各类园区必须控制土地供应总量。

山南省率先提出推出土地市场"招、拍、挂"试点。在这种情况下，原先可以轻易拿到的地块必须参加"招、拍、挂"，对江南地产这种小地产商来说是一个严峻的考验。

侯沧海在研究新政策的同时，一直关注锁厂片区危房改造。凭着他对锁厂片区工人情绪的了解，新进入的房地产企业稍有不慎，就有可能引爆众多工人的愤怒情绪。真要引爆了情绪，事情有可能不可收拾。到时候，还得让江南地产上场。

隐约传来南方"非典"疫情之时，锁厂片区掀起一场风暴。

按照《高州市锁厂片区危房改造搬迁补偿安置实施方案》规定：南城区政府完成房屋征收、地上建筑物和附属物拆迁，将净地依法依规交给开发企业。

当以大河坝街道为主体的拆迁工作组按照程序准备动员搬迁时，以蒲小兵为带头人的工人以其人之道还治其人之身，要求新进入的南城建筑公司公布规划设计方案，否则不搬家。

新进入的房地产公司公布了经过精心修饰的效果图，至于真实的规划设计方案则不敢也不愿意示人。

小团姐、曾阿姨、老肖看到摆在厂区门口的新效果图，彻底失望。危房改造工程有十五幢楼房，每幢八层，每层十户。效果图画上了蓝天白云，还有绿草和运动场，但是掩盖不了没有其他附属设施的本质。

蒲小兵、小团姐等人前往南城建筑公司。在南城建筑公司没有找到负责人谈明才，却意外见到了在里面"帮忙"的汪洪峰。

"这是标准的危房改造工程，政府投资，南城建筑公司承建，绝对可靠。这种做法，锁厂的地保住了，没有乱七八糟的开发商进来占用我们的地。"汪洪峰下巴刮得很干净，穿上了以前工作时的西服，又恢复了几分厂长模样。

蒲小兵客气地道："汪厂长，整个锁厂片区有七十来亩地，修十五幢房子，其他地有什么用途？"

汪洪峰笑眯眯地道："十五幢房子，间距宽，其实没有剩多少地了。其他土地平整出来，可以做运动场，大家平时锻炼身体，还可以搞绿化，以后大家生活在公园里。"

小团姐忍不住道："上一家开发商承诺修一家医院、一所小学和一个菜市场，新方案中完全没有啊。"

汪洪峰和蔼地道："医院、小学都要投钱，哪个开发商愿意拿出白花花的银子？他们是骗你们的，别傻了。"

在小团姐心目中，汪洪峰早就不是代表工人利益的汪厂长，对他的话根本不信。她托了托往下坠的肿瘤，道："汪厂长说得对，现在我们得擦亮眼睛，不看广告看疗效。按照以前的方案，开发商得按照《高州市锁厂片区危房改造搬迁补偿安置实施方案》给我们修住房。也就是说，不管是南城建筑公司，还是江南地产，我们都有一套标准住房，这是少不了的。至于是谁付钱，我们不关心。我们工人实在，谁的方案好，我们就接受谁的方案。前一套方案，在锁厂片区要配置医院、小学和菜市场，还有一条景观带，南城建筑公司的方案只有楼房，其他什么都没有，凭什么我们要接受南城建筑公司的方案？"

汪洪峰神色不变，狡辩道："医院不能凭空变出来，开发商得投钱，天底下没有这么好的开发商会白白投钱。他们画一个大饼，然后侵占锁厂的地，主要目的是修商品房赚钱。"

看着汪洪峰这张不知羞耻的脸，蒲小兵恨不得用拳头在他的脸上砸一个窟窿，他强忍着多年来积累的愤恨，道："开发商要赚钱，和我们没有任何关系。我们只知道一点，江南地产的方案对我们有利。如果不是看到江南地产的设计方案对我们有利，当初我们也不会签拆迁协议。等我们签了协议，你们又跑去围攻两会，造成极坏的政治影响，把江南地产逼走。汪洪峰，你是锁厂的人，以前当厂长时的烂事我们不追究，现在还要帮着外人出卖锁厂全体工人的利益，你从头到尾都坏透了，每个细胞都流着毒，带着工人们的血汗。"

汪洪峰被骂得脸色发黑，嘴巴仍然强硬，道："我是全心全意为工人办事，问心无愧。当年工厂破产，那是没有办法的事，全省破产了多少家企业？不止我们一家。"

"呸！"小团姐吐了汪洪峰一脸口水。

临走前，蒲小兵挥着拳头，威胁道："你别想再出卖工人的利益，否则等着瞧。"

蒲小兵、小团姐离开后，汪洪峰打了个电话，坐上小车前往南城建筑公司老板谈明才的别墅。等了一会儿，谈明德也出现在别墅里。

汪洪峰谈起了自己的顾虑。

南城建筑公司老板谈明才是谈明德的远房兄弟。

谈明才道："你别听那些工人瞎说，吓唬人的。锁厂早就破产了，那些人一盘散沙，没有人敢闹事。再说，他们每个人都签了拆迁安置协议，现在想反悔，晚了点。到时他们不搬出去，明德兄可以申请法院强制执行，我手下那帮兄弟也不是吃素的。"

汪洪峰想起工人们愤激的面孔，暗自后悔上了谈家兄弟的贼船，上船容易下船难，到时只要拿了钱，就彻底离开锁厂，不和这些底层的低素质工人打交道。

第二十五章　锁厂工人怒抓内鬼

事情完全偏离了预想轨道。

一般情况下，被拆迁者是守方，拆迁者是攻方，绝大多数争执、打斗都发生在拆迁区域。这一次锁厂片区的拆迁工作稍有不同，拆迁者刚刚开始进攻，被拆迁者便发动了反击。

3月10日，大河坝街道工作人员来到锁厂，要求按协议进行搬迁，并开始在楼房墙上刷上"拆"字。工人们很快聚集起来，围住大河坝工作人员，双方发生肢体冲突。几名工作人员挨了揍。

3月11日，几名不愿搬迁的工人在菜市场买菜时，被不明身份人员殴打，有一人大腿中刀，其他几人被打得鼻青脸肿。

3月12日，锁厂工人开始重新穿上老工厂的制服，占据了工厂，非锁厂人员，一律不能进厂。锁厂工人内部也发生了小规模冲突，有十几人挨了打。这些挨打者皆是在省两会期间上访的积极分子，在锁厂没有倒闭前，多数都有一官半职。另外还有部分参加上访的锁厂员工住在厂区外，侥幸逃脱了工人们的拳脚。

这些冲突发生在大河坝辖区，是整个城市的边缘地带，相关信息进入公安局，没有上报到市委市政府。

3月15日，南方"非典"形势严峻起来，世界卫生组织将此疾改称为"重症急性呼吸综合征（SARS）"。此时，山南省还没有"非典"，整个气氛外松内紧，虽然没有大规模动员，但是各地都将注意力转向"非典"。

上午10点，从各条街道涌出了不少穿着锁厂老工作制服的老工人。他们不吵不闹，从不同街道朝着市委市政府大楼聚集。

市委前面是面积不小的市民广场，10点钟开始出现工人，10点10分就聚集了好几百名老工人，10点20分，广场聚集了上千名工人。

这些工人没有任何破坏公共秩序的行为，安静地坐在广场上。

市委小会议室正在传达省委关于处置"非典"的相关会议精神，市委办公室副主任走到市委书记身边，低头说了几句话。市委书记立刻站了起来，走向阳台。站在阳台上，他清楚地看到大楼前面市民广场有大片灰色。

市委书记脸色异常严峻，道："怎么回事？"

市委办副主任道："是锁厂工人，人数至少上千名，他们要求与市委市政府对话。"

市委书记吩咐道："请所有领导都来看一看。"

所有市委领导都来到阳台，看到市民广场黑压压的人群，吓了一跳。

市委书记用威严的眼光扫视高州最核心的领导们，道："水能载舟，亦能覆舟，你们要永远记得这句话，要永远敬畏人民的力量。"

黄德勇市长取下眼镜，暗自叹气。

接下来整个市委放下手中的工作，紧急行动起来。一是通知南城区相关领导立刻到市委；二是公安机关做好备勤，随时准备前往市委；三是请以前锁厂领导来到广场，做劝解工作；四是请工人代表到市政府办公室，市委市政府听取他们的诉求。

经过锁厂工人现场推荐，蒲小兵、小团姐等五位代表走进市政府办公室。今天来到广场的工人都是蒲小兵等人组织起来的，以前最活跃的、代表锁厂的那些人迫于压力，闭门不出，不敢来广场露面。

自从工人们开始与大河坝政府发生冲突以后，汪洪峰就意识到大事不好。从锁厂破产到现在，七八年时间，工人们由一个有组织的集体变成了一盘散沙，为了生活，各人顾各人。这一次危房改造成了一根导火索，点燃了工人的情绪，让一盘散沙的工人重新聚了起来。

汪洪峰看到全厂工人穿上老制服，不是觉得工厂重新崛起，而是感觉害怕。

12日那天，基层的工人来到以前的中干楼，将老厂长汪洪峰的几个铁杆兄弟叫出来问话，个别人还挨了拳脚。汪洪峰在南城建筑公司上班，没有与工人相遇。他不敢回厂区，躲到儿子汪波涛家里。他原本准备到南州亲戚家避一避风头，没有料到南州那边正在开展防治"非典"工作。南州亲戚讲明了情况：这个时候凡是外人进入社区，肯定要被隔离。明确希望他不要来。

汪洪峰便让儿子送自己回老家隔房兄弟家里避风头。

汪波涛到单位点了卯，以给父亲看病为理由，请了半天假。他正准备离开时，又被一件推托不了的杂事缠住了脚，到了10点半，这才开车回家，准备送父亲到农村老家。

车刚开出家门不久，公路被一群人堵住。这群人背对着车辆，围成一圈。汪波涛不耐烦地按了几下喇叭。这几声喇叭提醒了行人，有人过来敲窗，道："前面有人打架。"

汪波涛从单位出来，穿警服，开警车，没有办法旁观。他下了车，分开人群，吼道："干什么呢？都住手。"

挨打的是锁厂以前的陈副厂长。锁厂破产以后，这个陈副厂长便在外面做生意，平时基本不和锁厂的人接触。他生意做得挺不错，日子滋润，早将锁厂丢在脑后，警惕心不免下降。今天看到了许多穿锁厂制服的工人走在街上，陈副厂长不免好奇，凑了上来。这个副厂长在职期间，便是工人口传的"贪官"，今天鬼使神差地凑到工人队伍前，几句话不对，便挨了愤怒的拳头。

工人们见到警察，停了手，闪在一边。

这个副厂长认识汪波涛，捂着脸，来到警车前，希望熟人帮其讨个公道。汪波涛哪里敢在这个节骨眼上捅马蜂窝？敷衍道："陈厂长，你先回家。现场人太多了，改天处理。"他拉开车门，准备上车。

副厂长眼尖，在汪波涛拉开车门时，瞧见了坐在车里的汪洪峰，大声道："汪厂长，你眼睁睁地看着我挨打都不下车？"

陈副厂长在工厂破产后，从不在厂区出现，已经被工人淡忘了。但是汪洪峰是厂长，住在厂里，在危房改造工程中扮演了不光彩的角色，成为工人眼中的敌人。

听到"汪厂长"三个字，群情激愤的工人便围了过来。无数人吼道："汪洪峰，你龟儿子出来，说清楚。"

有性急的工人打开车门，拉扯汪洪峰。

汪波涛是老公安了，脾气不小，道："干什么？你们干什么？退一边去。"他见一个头发花白的老工人正在拉父亲的衣领，便抓住老工人手腕，用力反扭。

这是标准的擒拿动作，老工人手关节被反扭，只得将汪洪峰放掉。汪波涛推了一把这个老工人，道："回家待着，别来扰乱治安。"

老工人被壮汉推得连退几步，坐在地上。他本身有高血压，被推倒在地上后，血压更高，头脑昏沉，倒地不起。

这本是一个意外，汪波涛没有想把老工人推倒，其目的是让老工人放开自己的父亲。可是愤怒的工人聚在一起，人多力量大，也容易失去理性。几十名穿着制服的工人将警车围住，后面还有数百名有男有女、有老年有中年的工人，相继发出怒吼。

汪波涛为了维护父亲，结果父子俩都挨了拳脚。

曾阿姨的老公老肖也在队伍中。他平时行走不便，很少外出。今天他特别兴奋，坚持要参加活动。为了参加活动，他用几层纱布将脚裹住，穿上了以前的劳保皮鞋，又带上了拐杖，这才勉强跟上队伍。

现场越闹越大，除了工人外，还有许多闲人围观。很多人抱膀子不怕事大，大声喝打，甚至还呼起口号。现场气氛反过来刺激了工人，让他们血脉偾张。自从进入 20 世纪 90 年代，锁厂工人便一点一点丧失了国有企业工人的优越感，这种丧失是全方位的，不仅是经济上、社会地位上，还从心理上全面丧失优越感。

这口气窝了很多年，今天终于发泄出来了。

一个工人与汪波涛抓扯，迅速演变成一群人围打汪波涛。

老厂长汪洪峰被拉下了车，被一群女人怒骂。

大队警察过来之时，警车已经被推翻，四轮朝天。汪波涛警衣被撕破，脸上有血迹。当警察列队准备将汪洪峰带走时，一根拐杖敲了过来，打在汪洪峰后背。

汪洪峰年龄也不小了，被以前手下的工人在大街上围攻，身体和精神受到双重打击。这根拐杖敲在背上时，汪洪峰哇地吐了一口血，软倒在地。

事情发展到此，不可收拾。

为了让局面平静下来，警察没有抓捕打汪洪峰的老工人。人群中的便衣用摄像机录下了整个过程。

事态随即又发生了意想不到的变化，汪洪峰在前往医院的途中，突发心肌梗死，没有到达医院就去世了。

消息以最快的速度传到了市委。市委做出四项决定：第一，这是刑事案件，走法律渠道，谁的责任，谁将为此负法律责任；第二，锁厂工人的正当权利要得到保障，只要不违背法律和政策，尽量满足工人的要求，绝对不能在"非典"期间再出群体性事件；第三，南城区要为这起群体事件负责，如果有行贿受贿行为，严惩。

市委做出的决定，让工人代表与政府的座谈会相当顺利，达成了一项简单协议：继续按照《高州市锁厂片区危房改造搬迁补偿安置实施方案》的规定实行，南城区政府完成房屋征收、地上建筑物和附属物拆迁，将净地依法依规交给开发企业。开发企业为江南地产。

看罢达成的协议，市委书记拍了桌子，摔坏杯子，在协议副本上批示："工人们的要求一点都不高，合情合理。但是，就是这种合情合理的要求，硬是被某些别有用心的人逼出了一件惊动省委的群体性事件。市纪委牵头，严查，绝不能姑息破坏高州建设和安定团结局面的犯罪分子。"

当天夜里，两辆警车悄悄地来到锁厂，敲开曾阿姨的家门。

"谁是肖家强？"

"我是。"

"今天是你用拐杖打人的？"

"行不更名，坐不改姓。是我打的。"

"请你配合公安调查。"

曾阿姨老泪纵横，对带队警察道："我家老头是严重的糖尿病，眼睛几乎看不见了，脚也坏掉了。"

带队警察没有意识到糖尿病并发症的严重性，道："脚不好，我相信。眼睛看不见了，还用拐杖打人？"

肖家强平静地道："当时汪洪峰从我面前走过，我见到一个模糊的影子。他当了多年厂长，我不会认错。顺手敲了他一下，没有想到他这么不禁敲。一命抵一命，我打了人，赔一条命给老厂长就行，反正活着也受罪。"

由于锁厂刚闹出群体性事件，过来执行抓捕任务的警察非常谨慎。他们不愿意长时间停留，将肖家强带上警车。曾阿姨追了过来，道："他有糖尿病，要吃药，否则会出人命的。"

一个年轻警察接过一个小袋子，上车后，顺手放到一边。肖家强两眼更昏花，伸手看不到五指，而且双腿恶化得很快，身体极度难受。他自知活不了多久了，异常平静。下车时，他提醒道："我感觉身体很难受，如果死在你们那里，你们有没有责任？如果有责任，把我送回家吧，我这个样子，跑不脱，我也不会跑。"

年轻警察刚刚从警官大学培训归来，进入刑警队不久，对肖家强的话没有足够的警惕性。另一位老警察觉察到肖家强状态不对，准备暂时将其留置在刑警支队过一夜，等到明天请示领导，再做安排。他们为了避免肖家强真的出现问题，特意开了一间条件比较好的值班室，让肖家强休息。

凌晨两点，肖家强出现不适。年轻刑警赶紧到车上找药袋，找回来时，肖家强已经不行了，送至医院后去世。经诊断，肖家强是糖尿病心脑血管并发症，引起脑部大量出血，医院回天乏力。

这是涉及锁厂稳定的大问题，市公安局不敢耽误，立刻分别上报了市委、市政府值班室。

凌晨2点30分，相关市领导回到会议室，研究应对方案。公安局局长在会上被领导痛骂："明明是如此严重的糖尿病，眼睛看不见，行走困难，收集证据就行了，为什么要带回支队？真是猪脑子。"

这注定是一个许多人的难眠之夜。

当锁厂工人得知肖家强死亡的消息时，工人们刚刚平复的情绪又炸了起来。

第二十六章　关系户找上门

早上 8 点，从山顶翻过来的北风呼啸着穿过街道，吹得街道尘土飞扬。侯沧海和张小兰站在锁厂片区入口处，看着来来往往穿着灰色工作服的老工人。看了一会儿，侯沧海请张小兰吃面。这是一家很破旧的小面馆，张小兰迟疑了一下，见侯沧海毫不犹豫地进去，也跟了进去。小面馆专门设了一个锅，里面煮的是筷子。桌面陈旧，抹得挺干净。

"小面，还是杂酱？"

"小面没肉，不过瘾。杂酱信不过，我吃肉丝面。"

挑面的老太婆麻利地调佐料，嘴里念道："我家杂酱都是自己做的，开了几十年，锁厂的人没有谁被毒死。碗是从消毒柜拿出来的。现在做生意难啊，小本生意，防疫部门非得让我们买消毒柜。开水煮筷子，什么细菌都煮死。以前我当护士的时候，针头、手术刀都用开水煮。"

老太婆嘴虽然碎，手上的功夫却是极好，两碗肉丝面味道可口，香、麻、辣皆到位。一碗面下去，身体舒服了。侯沧海和张小兰吃完后站在路边，似乎因为这碗面而融入锁厂环境之中，不再显得异样。

按照市政府决定，江南地产将继续做危房改造项目。

此刻，侯沧海和张小兰站在街道边看着锁厂工人，感受与其他市民完全不一样。

"前期工作基本完成，外部障碍基本扫除，你为什么一脸沉重？"张小兰总觉得眼前的男子颇为神奇，很早就预言南城建筑公司无法进场，如今事情发展果然验证了他的说法。

"锁厂三千多人，都将改变环境的希望寄托在我们身上，这个压力太大了。如果不能做好，我们既不能向市政府交代，更不能向锁厂工人交代。我们只能把锁厂工程做好，做到尽善尽美。"侯沧海神情沉郁，脸上没有笑容。

张小兰知道事情的所有细节，感受到沉重的压力，紧张起来。

侯沧海道："江南地产的第一个项目一定要按照精品的思路去做，这样才能树立品牌，对得起锁厂工人的信任。要做成精品，内部管理一定要科学。这一点，我们要形成共识。"

张小兰道："具体一些。你说得太虚了，在我面前不要话中有话，我有可能听不懂，你就白说了。"

侯沧海道："那我直说了。从本质上来说，江南地产是张家的家族企业，说得好听一些，我是职业经理人；说得不好听，我是打工仔。在这种情况下，来自张家的各种利益相关人会通过各种关系找过来，建筑商、材料商等，绝对络绎不绝。我们一定不能随随便便开口子，让资质不符、实力不行的企业进场。"

张小兰道："这事我跟我爸谈过。他可以推荐公司，但是用不用完全由我们做主。你放心吧。我这人还是有大小姐脾气的，真要翻了脸，除了我爸，谁都奈何不了我。"

10点钟，侯沧海接到电话，得知南城区工作组找到了曾阿姨，通过协商，达成赔偿协议以及与其儿子有关的条款，具体数额和情况不详。当天上午，肖家强的遗体被送到殡仪馆火化。一场风波刚刚吹起，就迅速消散了。

11点，江南地产两位主要负责人被叫到市政府，到会的还有所有与危房改造有关联的职能部门。黄德勇亲自参会，谈了锁厂发生的群体事件，要求南城区、各职能部门以及开发商要全力以赴，高质量地完成危房改造工程。谈话结束的时候，黄德勇道："哪一个环节出了问题，那个环节的相关负责人就要拿话来说。江南地产如果辜负了大家的希望，将成为不受高州欢迎的企业。"

从会场出来，侯沧海和张小兰直接来到锁厂片区。在小团姐的家里，他们与蒲小兵见了面。

蒲小兵四十来岁，头发花白，额头有深深的皱纹，皮肤粗糙、暗黑。如果没有介绍，侯沧海第一眼会认为此人超过六十岁，是锁厂退休的普通老工人。经过了锁厂事件，侯沧海对眼前沧桑的中年人不敢有任何轻视。此人能组织起这样一场群体事件，尽管有特殊背景，其组织能力仍然不能让人小觑。

"你们真准备按照规划设计来搞？"

"方案过了规委会，必须按此执行。"

"这个方案，你们要多花钱。"

"恰恰相反，完成规划设计的内容，我们的商品房才有价值。如果商品房卖不出去，我们就亏大了。"

侯沧海见到蒲小兵以后，便决定与他谈真话，不方便谈的事情可以无可奉告，但是绝不能谈任何假话。假话就是地雷，有可能伤了自己。

蒲小兵沉默了一会儿，道："在商言商，我能够理解。如果你说大话，我不放心。既然在商言商，我就代表锁厂和江南地产谈一笔生意，我想承包房屋拆迁以及前期平场工程。"

侯沧海道："以谁的名义承包？"

"我们准备成立一个公司，凡是愿意入股的锁厂工人家庭都能以户为单位入股。公司成立以后，我们要购买挖土机、推土机等设备。我们是以市场价承包，不会亏你们。锁厂有很多四十来岁、五十出头的产业工人，各种人才都有。闲着也是闲着，找点事情做，他们的心劲才会重新捡起来。"蒲小兵说话时，眉头皱纹时而放开、时而收紧。他两只手放在桌上，手指上有明显的老茧，又厚又硬。

按照高州市的实施方案，需要由政府净场后，才能交给江南地产。由于出现了一连串变故，南城区将拆迁工程按市场价交给了江南地产。拆迁加上平场，以及景观带挖掘，工程量不小。蒲小兵应该知道内情，所以想将这一块吃进去。

张小兰悄悄碰了碰侯沧海。侯沧海对着张小兰点了点头，然后对蒲小兵道："稍等一会，我和张董商量几分钟。"

张小兰原本想悄悄地与侯沧海商量，没有料到侯沧海直接把这个意思说了出来。进了屋，她责怪道："你也太坦白了，什么都和蒲小兵说。"

侯沧海道："说真话，他这种聪明人才相信。"

张小兰道："这人能量大，如果让他来搞拆迁和平场，要价太高，我们怎么办？我们不答应，他又搞一次群众游行，那就惨了。"

侯沧海道："我们现在只能选择相信他，与他合作的最大好处是少麻烦，由工人自组队伍拆迁，应该比我们更容易吧。"

张小兰道："我觉得他就是个大麻烦。"

侯沧海下定了决心，道："既然大麻烦已经来了，我们只能迎头而上，没有办法退却。赌一把，赌这些国企工人做事有底线有良心。"

张小兰道："赌输了怎么办？"

侯沧海道："愿赌服输。但是，凭我对工人的了解，我选择相信他。若是赌对了，江南地产第一个工程就成功了一半。"

两人商量之后，同意蒲小兵提出的要求，约定明天谈细节，签合同。

谈完正事，蒲小兵脸上总算有了一丝笑意，道："两位若不嫌弃，就留在家里吃个便餐。昨天我到小溪钓了鱼，小是小点，却是正宗野生鱼。江南地产里面有高人，居然想到把小溪与景观带连接，了不起。这个工程其实花费不算高，接通以后，整个片区的档次就上来了。当年我爸坚决反对填沟修房，结果被批评成老顽固。他若能看到新的景观带，肯定会很欣慰。"

留住客人后，蒲小兵开始剖鱼，用姜、葱为主要调料，还加了一把小须须草。很快，一盆鲜鱼汤就热气腾腾地出现在了大家面前。

侯沧海喝着鲜美鱼汤，暗自盘算："如果蒲小兵讲规矩，能把工程做好，那就要想办法将其收到麾下。这是可以独当一面的家伙。"

工程启动后，事情多如牛毛。

陈杰继续与各职能部门联络，喝酒无数。好几次，他在侯沧海办公室甩门钥匙，道："胃不行了，天天陪吃陪喝，就差陪睡了。回到单位，还得看梁期罗的脸色。"每当这个时候，侯沧海就将钥匙扔回去，只说两个字"矫情"。

陈杰在侯沧海的办公室抽了一支烟，胡扯一通，走出办公室，变得心平气和。

与蒲小兵谈细节是麻烦事，谈判主力是工程科戴双瑞，侯沧海坐在一边基本不说话。当双方争执不下时，他才出面将双方各往后拉一步，让谈判继续。从上午谈到下午两点，双方意见终于达成一致。

蒲小兵道："我们已经购买了挖土机，人员也基本准备妥当。新公司成立，锁厂老工人不怕苦不怕累，就怕没事做。听说有事做，大家积极得很，想到新公司工作。为了避免出事故，所有到新公司工作的人必须在六十岁以下。为了这个决定，我还被骂过几回。"

上一次是蒲小兵请吃鱼，这一次由侯沧海请客。

来到楼上食堂，侯沧海亲自炒了一大份回锅肉，配了点厨师亲自磨的豆花，再来两瓶高州特曲。蒲小兵放开喝了一回酒，喝了七八两，然后由戴双瑞开车送回锁厂。在车上，喝了酒的蒲小兵比平常兴奋，与谈判对手老戴聊得甚为投机。

老戴道："蒲总，你以前在锁厂工作，不是建筑这一行。今天我们两人抠字眼儿，你对土建不陌生啊。"

蒲小兵将两只手翻过来，展示手上的老茧，道："锁厂破产，我们全家还得吃饭。我凭着一身蛮力，先到一家做土建的公司，从小工做起，离开时，我是他们的业务副总。"

"这个工程好好做，张总是厚道人，不会亏待你。"戴双瑞和梁期罗一样，都是从老公司抽调过来的，很注意从小细节上维护张小兰的权威。

蒲小兵略有愣神，道："我一定会做好。"

送走蒲小兵，侯沧海酒意上涌，准备睡一觉。关上门后，他喝了一口茶，一时又不想躺下去，于是坐在办公桌前，打开了久未开启的电脑。电脑打开后，他直接上了清风棋苑，很遗憾，没有发现无影宗。

正要下线，张小兰在外面敲门。

侯沧海开了门，道："喝了酒，准备休息一会儿。"

"在办公室休息太不舒服了，你的寝室又不远，不如回家睡觉。晚上我爸约我们两人去喝酒。"张小兰说话时，转头看到电脑上清风棋苑的界面，脸上有隐约的笑意。

"现在我最怕有人请喝酒，十有八九是来揽生意。"

"是我爸叫吃饭。"

"你爸也有各种人际关系，也会介绍生意。"

"没有人介绍生意，让我们自己去寻找建筑商、材料供应商，那才真是累死你。这是相互需要。"

"董事长，这次你说得对。"

"总经理，我对的时候也挺多的。"

张小兰不想多说，急急忙忙地离开侯沧海办公室。在门前，她回头笑道："你就睡办公室吧，下午我有事找你。"她回到办公室，赶紧把门关上，用最快速度上了清风棋苑，给披着长发如武松一样的头像发了一条信息："快刀手，好久不见，战一局。"

侯沧海看到无影宗头像闪亮起来，道："刚才还在呼你，看来我们有缘啊，同时上线。"

张小兰有点高兴，又有些生气，调侃道："你应该很久没有下棋了，棋力下降。"

"废话少说，直接开战。"侯沧海打下这一句话，开始布局。

两人都熟悉对方的棋路，前十步非常快，布局完成以后，速度慢了下来。

无影宗道："我们认识这么久了，一直没有问你，你在现实中是从事什么行业？"侯沧海发了一个哭脸，道："一言难尽。"

无影宗继续道："还保密哟！有女朋友吗？听你说话的口气，应该是结婚男人吧？"侯沧海立刻回了一句："今天这么八婆，中午喝酒了？我拒绝回答任何问题，保持神秘感，或许，与你聊天的就是来自海外的王子，也许，是一条狗。"

无影宗聊天的兴趣胜过下棋，结果，被暗藏杀机的侯沧海偷袭成功。

"看吧，这就是多嘴的下场。"侯沧海发出了五个笑脸。

无影宗发出几个哭脸，再次挑战。

这时，隔壁传来敲门声，随后传来陈杰的声音。侯沧海说了一句话："有事，改天战。"然后直接下线。

侯沧海喝了一口浓茶，推门而出。他来到走道上，见到坐轮椅的杨哥。

"稀客啊，杨哥。有什么事情，直接给我打电话呀。"

"有求于人必低于人，所以我得主动些。"

"说的是什么话啊？有事吩咐。"

进入总经理室，杨哥开门见山地道："我想介绍一个兄弟做危房改造的工程。他做正规生意，从来不管江湖事。"

侯沧海从见到杨哥那一刻起，便明白肯定事涉工程，道："想做什么事？"

杨哥道："我那兄弟不贪心，做点粗活儿，搞搞前期土建。"

侯沧海道："杨哥来晚了一步，土建和拆迁全部打包给了蒲小兵。锁厂下岗工人自己搞了一个公司，这个必须给他们，否则很难。希望杨哥理解。"

"我来之前给兄弟说了大话，说侯子和我是生死之交，揽点活儿没有问题。他是二级资质，修楼房没有问题。侯子，能不能分两幢给我的兄弟？"杨哥早就知道蒲小兵拿到土建工程，今天用的是欲擒故纵之计，先让侯沧海拒绝一次，然后再提下一个要求。以侯沧海的性格和为人，不可能拒绝自己两次。

杨哥对自己有救命之恩，侯沧海没有拒绝，也没有贸然答应，道："既然有二级资质，参加危房改造完全没有问题。杨哥，你那兄弟如果有时间，能不能来一趟，找工程科老戴？"

杨哥道："今天得不到准话？"

侯沧海递了一支烟给杨哥，很诚恳地道："锁厂工人闹了这么一场，我是坐在火山口上。稍不留意，就要被火山冲上天，炸得粉身碎骨。既然是杨哥兄弟，我们肯定会在同等条件下优先考虑，这不是推托，是真心话。"

杨哥脸上的伤口轻微扯动，道："什么是同等条件？"

侯沧海道："凡是想要做危房改造项目的，我们一要验资质，二要查看他们以前做的工程，确保工程质量，然后综合考虑。"

"你们要几个建筑商？一个，两个，还是三个？"

"我们有七十五亩地，准备把工程分为三大块，由三个建筑商做。"

"有这句话，我不会让兄弟为难。这句话我记得很清楚，同等条件下，得有我兄弟一口汤喝。"

送走杨哥，侯沧海来到张小兰房间，道："刚才杨哥介绍了一个二级资质的建筑商。虽然杨哥对我有救命之恩，但是一码归一码，他介绍的建筑公司还是必须符合我们的基本条件。如果条件相差不大，可以考虑优先用他推荐的人。我顶住了这个关系户，晚上应该由你来顶了。你爸介绍的关系很难顶，要有思想准备。"

"我听说一句话，状诸葛之多智而近妖。如果我爸今天来当说客，你未卜先知，就真是妖怪。"

"我们只用三个建筑商，目前各种关系推到我们面前的已经有七个建筑商了，以后肯定更多。不管如何取舍都要得罪人，最简单的做法是压根儿不考虑关系因素，只看建筑商的硬条件和历史作品。"

张小兰将清风棋苑的小图标悄悄关掉，给侯沧海倒了一杯咖啡。她看着坐在沙发上浓眉大眼的汉子，产生了一种奇怪的感觉，仿佛两人的这种见面方式似曾相识，在很多年前就经历过。但这显然是不可能的，从江南地产成立到现在，他们合作也不到一年时间。

第二十七章　不要大权旁落

　　"请问，你找谁？"江莉在第一间办公室，见一个挎着小包的中年妇女出现在门口，赶紧走出办公室招呼道。

　　中年妇女矜持地打量办公环境。她仿佛没有听见江莉的说话声，对身后跟着的一个女子道："新办的公司，办公环境差了点。"

　　身后的女子夸张地道："小兰才从大学毕业不久，能弄出这么大的场面，很能干了。龙生龙，凤生凤，老鼠生儿打地洞，不服不行。"

　　张小兰听到对话声，夸张地吐了吐舌头，道："老妈驾到。"

　　侯沧海喝了一口咖啡，道："又一个说客。"

　　"我得端一端架子。"张小兰装模作样地拿起一份文件，还架上平时不怎么戴的平光眼镜。

　　江莉带着中年妇女来到门前。

　　中年妇女笑眯眯地道："兰花，老妈来了。"

　　张小兰取下眼镜，先招呼跟在身后的女子，然后道："妈，你怎么突然就来了，也不打个招呼？"

　　"当妈的看女儿，难道还要预约？"中年妇女用挑剔的眼光看着依然坐在沙发上喝咖啡的年轻人。

　　侯沧海惊讶地看着来人，来人是张小兰的妈妈，还是江州市机关管理局的杨副局长。他在江阳区委政法委工作之时，曾经在一次现场交流会上见过杨副局长。当时她紧跟在江州市长身边，热情洋溢地汇报工作。他知道张小兰的母亲是机关干部，原本以为是市政府里面一位普通机关干部，万万没有想到居然是江州机关的风云人物。

从侯沧海认识张跃武以来，从来没有听到张跃武谈妻子。

张小兰在侯沧海面前多次说起："我妈虽然在政府工作，但她的工作没有一点儿意思，就是一个服务员。我早就劝她辞职，她还不肯，真是死脑筋。"

梁期罗数次谈起张小兰的母亲，没有称呼职务，而是用"杨姐"代替。至于老戴，则根本不谈别人的家长里短。

陈文军倒是数次用挺亲密的语气提起杨副局长，当时还让侯沧海纳闷了几次，不知陈文军为何要提起杨副局长。

阴错阳差之下，加上侯沧海素来不喜八卦，导致他一直误以为张小兰的母亲是默默无闻的机关干部。现在得知张小兰母亲的身份，他一下就将很多事情结合了起来：机关事务局为领导服务，长期跟在领导身边。张跃武在江州政界关系至少有一部分得益于夫人这座桥梁。

侯沧海把咖啡喝完，站起来，微微欠身，道："杨局长好。"

中年妇女修长的眉毛微微上挑，道："你认识我？"

张小兰介绍道："这是江南地产的总经理侯沧海，也是江州人。"

中年妇女听丈夫说过找了一个年轻人在江南地产当总经理，其他情况并不清楚。她认真地看了一眼年轻英俊的侯沧海，道："江州人也不一定认识我啊，你以前在哪个部门？"

这一句话过后，侯沧海知道张跃武总是留在高州不回家的原因。杨副局长徐娘半老、风韵犹存，和张小兰站在一起如姐妹不似母女。若仅从相貌来看，张跃武肯定是要回家的。但是几句对话后，一个精明又强势的女领导形象便在侯沧海脑中鲜活起来。

"我以前在江阳区委政法委工作。"

"蒋强华的兵。为什么辞职？"

张小兰知道侯沧海不喜欢提及家里的"惨事"，打断道："妈，别查户口了。"

杨副局长后面跟着一位穿戴甚为富贵的女子，侯沧海根本不用交流便知道这又是一个关系户。他朝张小兰眨了眨眼睛，道："董事长，你们慢慢聊。"

在杨副局长的心目中，眼前这位总经理就是自家聘请的打工仔。她想为麻将桌上的好友介绍工程，但是只想对丈夫和女儿说，不容外人插手。

张小兰冰雪聪明，道："侯总别走啊，等会儿我爸要来，说好了一起吃饭。我爸有事要和你商量。"

听到女儿如此用词，杨副局长又打量了侯沧海两眼，这一次打量更加挑剔。

侯沧海走到门口时，听到杨副局长道："兰花啊，陈阿姨家里有个建筑队，你弄几幢房子，让陈阿姨的建筑队来帮你修。"

侯沧海加快脚步，回到自己的办公室。

张小兰立刻体会到刚才杨哥过来揽工程给侯沧海带来的压力。她面带微笑地道："我把侯总请过来，他具体负责选择建筑承包商。"

杨副局长道："这么重要的事，怎么能由他说了算？你这是大权旁落。"

张小兰太了解母亲的性格了，道："妈，不要把官场生存法则套在江南地产上。"

杨副局长道："兰花还是幼稚了，太容易相信别人，会上当受骗的。"

张小兰还是顶住母亲的亲情压力，出门，将侯沧海"拽"了回来。

在门口，张小兰低声道："这个陈阿姨开了一个山庄，生意比铁梅山庄还要好，赚了不少钱。她是很能干的生意人，但是没有做过建筑，我不想让她来接锁厂危房改造的工程。她平常对我挺好，你要替我顶住。"

"没事，我来吧，得罪人是我的本职工作。"

回到董事长办公室，侯沧海收敛笑容，将危房改造工程所需要的资质条件摆了出来，特别强调要考察近两年完成的房地产项目。

陈阿姨这几年做餐饮赚钱不少，见房地产热了起来，生出赚快钱的心思。在打麻将时无意中听杨敏提起高州危房改造项目，便想弄几幢楼房操作。她手里没有建筑公司，但是认识不少建筑商，准备先将工程揽下来，转手交给其他建筑商，收一笔转手费。她久经商场，听到侯沧海介绍后，嫣然一笑，道："没有问题，欢迎侯总回江州考察。"

杨副局长对侯沧海的态度非常不满，只是见女儿与这个小伙子关系不一般，暂时隐忍，没有当场发作。她坐在张小兰的位置上，优雅地跷起二郎腿，给张跃武打电话："我和陈萍萍在高州，晚上别安排其他事情，一起吃饭。"

"你不上班，跑到高州做什么，也不提前打电话？"张跃武接到夫人的电话，心情变得糟糕起来。

"今天请了假，特意过来。高州市委小招挺有特色，我订了位置，准时过来啊。迟到了要受罚的。今天晚上住小招，条件不错。"杨敏来之前，给高州机关事务管理局的朋友打过电话。杨敏在全省机关事务管理局系统是个活跃人物，大家挺给面子。听说杨敏来到高州，预订了两个套间。

离开江南地产时，杨敏安排道："兰花，我和陈阿姨在小招附近做美容，你开车带路。"

张小兰叫苦道："手里事情一大堆，我让老戴开车带你们过去。"

"老戴不错，忠厚人。"杨敏挺着腰，带着陈萍萍离开江南地产。

侯沧海坐在沙发上喝咖啡，没有起身相送。

张小兰送走突然驾到的老妈，回到办公室，道："你这人确实是个乌鸦嘴，居然我爸妈真有人来走后门。我妈这人自负得很，不了解锁厂的一堆烂事，瞎指挥。晚上吃饭之时，你看在我的面子，别跟她生气。"

侯沧海道："你妈根本没有让我去吃晚饭的打算。她走的时候，我本来要起身相送，结果她连正眼都没有瞧我，我就不去热脸贴冷屁股了。"

张小兰与侯沧海共事时间不短了，深知其性格中有非常强硬的一面，是一头不服输的犟驴子。她不再勉强侯沧海，道："不管怎么样，我妈那边由你挡炮弹，反正你和她不对眼。"

侯沧海道："你爸是不是耙耳朵？"

张小兰道："我爸小事让着我妈，大事精明，基本上将我妈挡在公司之外，不让她插手公司业务。"

侯沧海笑道："这样说来，我可以随便得罪她。"

张小兰瞪了他一眼，道："她是我妈，是长辈，你得有起码的尊重。"

在高州一处幽静别墅，张跃武颇为心烦意乱。屋内温暖如春，一个身材娇小的女子剥好橘子，用小盘子盛好，放到桌上。

"谁的电话？接了电话，你就挺烦的。"

"工作上的事情。晚上我要出去，不回来。"

"少喝酒，身体是自己的。"

叫吕思涵的女子欲言又止。她是性格内敛的女子，每次回想起与张跃武交往的经过，都觉得如在梦中，不可思议。

张跃武将与女儿年龄差不多的女子抱在怀里，道："你今天有心事？"

吕思涵搂着张跃武的脖子，抚摸他的脸，道："这个月例假没来，今天我用验孕棒试了，有了。"

这是一道惊雷，从天而降，劈在张跃武的脑门心子。他稳住心神，道："确定？"

"嗯。"吕思涵一脸忧伤，道，"我不知道怎么跟你说，也不知道是好事还是坏事。跃武哥，我爱你，想将孩子生下来。如果你不想要，我去做人流。"说到"人流"两个字，她声音发颤，楚楚可怜。

"不流产，我要这个孩子。"张跃武没有犹豫便下定了决心。他的声音很大，态度坚决。如果煤矿收购成功，他的财富将爆炸式增长，家里只有一个孩子未免美中不足，他有足够的信心让两个孩子都过上人上人的生活。

"真的？"

"真的。"

张跃武是在高州认识吕思涵的。他原本以为自己是老江湖，经历了无数风险，已经修炼得百毒不侵。最初只是和小吕逢场作戏，谁知老房子着火烧起来，不可收拾。与控制欲太强的杨敏相比，吕思涵温柔贤淑，这让张跃武感到了久违的温柔。

是否生下这个孩子，吕思涵很犹豫，做好了两手准备。此时听到张跃武的决定，幸福感油然而生。她热情万分地跨坐在张跃武的大腿上，道："晚上我等你。"

"今晚不行，我有重要事情。明天过来。"张跃武弯下腰，吻了吻吕思涵的肚子，道，"抽时间提一辆车，五六十万元的，最好不要奔驰和宝马，打眼。"

从别墅开车往回走，一路上，张跃武都在琢磨吕思涵肚子里到底是儿子还是女儿。人到中年又将当爸爸，这种感受很奇妙。

市委小招待所，杨敏在做美容前，抽时间单独和张小兰在房间里聊天。

"妈，在政府工作没有意思。你干脆搞病退，或者辞职，到高州来，我们一家三口团聚。"

"傻孩子，你妈过得潇洒自在，为什么要辞职？你一向认为女人要有自己的事业，为什么劝你妈辞职？莫非你爸不老实了？"

"倒不是这个原因。不过，爸如今这么有钱，长得也不差，不知有多少女人盯着他。"

"我们是老夫老妻了，没有什么大不了的事，也就是那些屁事。我问你，那个侯沧海是怎么回事？我怎么感觉他在江南地产当家？你说老实话，是不是和他有点意思？"

说到这个问题，张小兰忸怩起来，道："我们是搭档，没有其他关系。"

杨敏道："如果你们仅仅是搭档，他这个打工的为什么这样嚣张？世界上没有这个道理。"

在张小兰的心中，从来没有将侯沧海当成打工者，打工者三个字特别刺耳。她认真地道："妈，你要给予侯沧海必要的尊重。他这人有本事，是不可多得的人才，自尊心也强。"

不管女儿是否承认，凭着这一席话，杨敏试探到女儿的心思了。

张跃武来到时，母女俩已经结束了短暂的谈话。杨敏做美容，张小兰无聊地看电视。

"你妈呢？她来做啥？"

"她和陈萍萍阿姨一起来的，陈阿姨想到锁厂修楼房。"

"乱弹琴，陈萍萍做餐饮就行了，没有必要什么钱都想赚。你妈是聪明人，应该不会做糊涂事，肯定另有想法。"

今天张跃武准备约侯沧海吃饭，原本想替吕思涵要一点装修工程，没有料到吕思涵有了身孕，这就让所有的计划完全改变。从现在起，他得从长计议。

晚餐，黄德勇也来到餐厅，他没有跟其他人打招呼，直接来了一句："侯沧海没来？"

张小兰道："今天他要到锁厂一家姓张的工人家里吃饭。我和他第一次到锁厂看地形，恰好遇到这个姓张的工人受伤，侯总开车送受伤工人到南城医院。"

黄德勇道："江南地产在锁厂片区人望很高，这是有利因素，但是，如果你们做得不好，工人们的反弹将更加强烈，若是惹了事，我饶不了你们。小兰啊，你要把我这话转给侯沧海。他有什么困难，我尽量在原则范围内帮他解决。"

这一番话让杨敏知道了侯沧海这个打工者为什么这么牛，这小子是挟锁厂工人的支持而自重，不把老板夫人放在眼里。从另一个角度来看，能得到锁厂工人的支持，说明此人真有本事。也难怪兰花花对此人态度暧昧不清。

黄德勇和杨敏、陈萍萍都很熟悉，谈了侯沧海的事情，便与两个江州客人开起了玩笑。

高州机关事务管理局的领导们暗自庆幸高规格接待了杨副局长，如果怠慢了，被奏上一本，真是吃不了兜着走。

晚上11点，饭局才结束，各回各家。

张跃武和杨敏夫妻住在小招。小招条件不错，至少可与四星级酒店相媲美。不奢华，但是品质上乘。

杨敏洗澡之后，换上自带睡袍。室内温暖如春，睡袍里面不着一物。她收拾妥当之后，发现丈夫还坐在沙发上盯着电视发呆，道："女人真是悲哀，在丈夫面前变成了透明人。"

张跃武这才回过神来，道："你在说什么？"

杨敏站在张跃武面前，道："你一直魂不守舍，在想什么？"

张跃武望着妻子半遮半掩的身体，道："我在想煤矿的事。"

杨敏坐在丈夫对面，道："购买国有煤矿就是赌博，你要学会见好就收。"

"据业内行家判断，煤矿至少还有十年好行情。政府里面有黄市长支持，资金又很雄厚，我实在想不到失败的理由。"张跃武将手伸进妻子睡袍，摸了一把。

杨敏顺势坐在张跃武怀里，敞开衣襟，道："侯沧海拿我们家的钱办事，居然在我面前蹬鼻子上脸。你的根基在江州，江州的关系还得维护。陈萍萍就是拿两三幢楼，有什么大不了的？"

"锁厂的事复杂。"

"复杂个屁！手别闲着，摸我。"

夫妻俩亲热了一阵，张跃武道："在矿里走了半天，先洗个澡。"

享受丈夫抚摸时，杨敏仔细地摸了摸张跃武的下巴。她脸上有一种捉摸不定的笑容，稍稍收拢衣襟，俯身拿起电视遥控器。

在卫生间里，张跃武仰头迎接着从喷头里落下的大股热水。这一段时间，与吕思涵亲密的时候很多，老夫聊发少年狂，耗费大量精力。今天与至少两个月没有见面的妻子前戏时，居然没有明显反应，力不从心。

客观来说，杨敏这个年龄仍然身材苗条，皮肤光滑细嫩，很不容易了。但是，时间是把杀猪刀，无论多美丽的明星在青春逝去后，对男人的吸引力都很难与青春洋溢的普通女孩子相比。再加上久为夫妻后失去新鲜感，手牵手时，更像左手牵右手。到了这个阶段，爱情存续的关键在于是否有共同的价值观和奋斗目标。

杨敏摸着脸颊，从第六感判断丈夫确实有问题，理由很简单：张跃武习惯早上起来用剃须刀刮胡子，刮得非常干净。到了晚上这个时候，下巴会冲出来一些细小的胡楂子。刺到自己脸上，会有轻微刺痛感。而今天蹭在一起的时候，脸上没有出现轻微刺痛感。她仔细用手摸了摸丈夫的下巴，下巴非常光滑，应该是在下午才用剃须刀刮过胡子。

为什么下午刮胡子？这不符合他的生活习惯，必然有鬼。

杨敏性格坚强，没有将疑惑摆在脸上。等到张跃武出来之时，她脱掉睡袍，躺在床上。

事毕，杨敏讽刺道："这一段时间你是真累了，状态太差。干工作得悠着点，这么大一把年龄，别把身体弄垮了。"

杨敏平时在家里总是飞扬跋扈，今天态度温柔，让张跃武心里直打鼓，心虚地道："等完成收购，我就会轻松下来。"

杨敏道："我要开一家高档的美容院，打五百万元过来。"

张跃武道："这么多？"

杨敏道："高档的美容院讲究装修，装修太花钱了。我接触了不少富家太太，她们在美容上花钱如流水。你别打岔，我的经营头脑不比你差，自己能够赚钱自己花。自己有了店，美容就不用去别人的破地方。到了这个年龄，肚子松了，屁股瘪了，成了黄脸婆。我再过两年也得从岗位上退下来，退下来以后，总得找点事做。"

"美容院要花这么多钱？"

"张跃武，我不是找你要钱。你的企业有我多少心血，难道你忘记了？我是拿我自己的钱。"

"不是这个意思，春节你才拿了一百万元，如今我收购煤矿，资金打紧。"

"别废话，这两天打给我。你再缺钱，也不缺我要的五百万元。"

杨敏原本准备与丈夫谈一谈侯沧海的事，此时被"光滑的下巴"弄得很生气，也不想谈侯沧海了。相对于丈夫的胡子，侯沧海算个屁。

"张跃武，陈萍萍也开了口，你总得想办法给她弄点工程，这个面子必须给。"

"我找侯沧海商量，看能弄个什么项目。"

"张跃武，我警告你，别在我面前提那个侯沧海，他算什么东西？"

张跃武闷了半天，道："侯沧海是什么东西，这句话只能在我面前说一说，不要在兰花花面前提起。"

"我看得出来，兰花花对那人有意思。那人到底是怎么回事？一副自以为是的样子，没有打工者的自觉。"因为光滑的下巴，杨敏对丈夫产生了猜疑，但是在涉及女儿婚姻大事时，她暂时放下愤怒，恢复理智。

张跃武讲了侯沧海辞职出来的原因，又道："侯沧海除了在江南地产工作以外，还是二七高州分公司经理，手底下有好几个女职员，都对他有那么点意思。"

"真是气死我了。侯沧海没有工作，家庭困难，靠着我们家吃饭，但是反过来还要挑剔兰花花，又和其他女人勾搭。你们父女俩真是笨死了，气死我了。你也是老江湖了，这事笨到让人不可思议，你以前追我时的机灵劲儿跑哪里去了？"说到最后一句话，触到了杨敏的伤心处，她焦躁起来，骂道，"男人没有一个好东西。我的兰花花，找个平庸男人算了。"

这一次的高州之行，杨敏摸到了丈夫光滑的下巴，发现老实了二十多年的丈夫在赚了大钱以后，还是泯然众人矣。其职业让她周旋于非富即贵的人群中间，对权力和财富的魔力认识得很深刻。她离开高州之前，一直没有谈及这个光滑的下巴，只有在与女儿分手时，悄悄讲了几句真心话。

"兰花花，别怪你妈啰唆，有一句还是要说。你不要被侯沧海牵着鼻子走，妈承认他挺有男人魅力——你别打岔，让妈说完——男人魅力专门祸害女人。妈是过来人，给你一个忠告，男人没有一个好东西，你可以利用，但是不要相信他们的人品。如果相信他们，受伤的一定是你。"杨敏平时总是意气风发，今天在女儿面前显示出灰暗的一面。

张小兰挽着母亲，道："妈，你这是怎么回事？我们没有当场答应陈阿姨的事，你也不用这样伤心。男人嘛，还是有好的，比如我爸。"

"该说的我都说了，防备那个侯沧海，这人有毒。"

"妈，别说得这么难听。他这人挺好的，就是有点傲慢。"

第二十八章　三家公司杀出重围

送走母亲，张小兰回到办公室，经过侯沧海办公室前，停下脚步，仔细看了一眼正在与杨哥介绍的建筑商谈生意的侯沧海，心道："我妈为什么说他有毒？"

送走杨哥介绍的建筑商以后，侯沧海拿着几张纸来到张小兰办公室，道："有五家二级公司、三家一级公司，二级以下的被我全部砍掉了。"

"太粗暴了，如果只论资质，我们其实一点儿资质都没有。按你的做法，新企业没活路。"

"我们是开发商，在商言商，必须讲利益。"

"我妈介绍的企业，你根本没有考虑。"

"我们只和公司老板谈，不接待代理人。那位陈总只想吃差价，这在锁厂危房改造项目中行不通。从今天开始，我和工程科的人一起查验这些公司以前修的房子，采用最简单的方法，直接和住户交流。你别忘了，我是医药代表，擅长与陌生人打交道。"

张小兰与侯沧海说话时，脑子里一直想着母亲的那句"有毒"的话，又从这句话联想到侯沧海与姚琳搂抱在一起的样子，暗怒。

侯沧海已经发现张小兰精神不太集中，知道肯定和杨敏之行有关。他没有细究小女子心思，从包里取出一个口罩，递给张小兰，道："南方有'非典'，不少医生护士都被感染了，闹得挺厉害。以后你到公共场合，记得戴口罩。"

"有这个必要吗？"

"死了不少人了，小心无大错。杨兵跟医生们接触得多，消息灵，卫生系统已经高度紧张了。"

张小兰随手拿起口罩，发现手感与平常戴的口罩不一样，道："这是什么口罩？"

侯沧海道："这是杨兵专门从厂家进的 N95 型口罩样品。他最近一直在盯南方消息，发现很多南方人和首都那边的人都戴口罩，觉得'非典'肯定要波及山南省，准备进一批 N95 型口罩，算是为高州防'非典'做贡献，也能赚一笔。"

张小兰戴上口罩，试了一会儿，道："太憋了，我不戴这玩意儿。侯子，这事有点冒险啊，如果'非典'没有波及高州，你们就亏了。"

"杨兵从本质上来说是谨慎的人，他敢于冒险，说明有把握。用人不疑，疑人不用，我肯定全力支持他，就算亏了也得支持。"

"刚才你还说不把感情放在工作中，你对待杨兵其实是感情用事。"

"这不一样，支持杨兵是公事。我明天还要参加分公司一个例会。好久没有参加了，我也得出出面。参加完会议之后，我就带队去看几个建筑商以前修的房子。"

N95 型口罩的预防功能较一般手术用口罩为佳，孔洞较小，纤维密度大，平常在五金铺有售。N95 型口罩虽然能阻隔病毒，但老人、哮喘病人及呼吸不顺畅人士不宜佩戴。如果戴过厚的口罩，会感觉憋闷，特别是长时间戴，会使鼻黏膜变得脆弱，失去鼻腔的原有生理功能，反而可能会引发其他疾病。

是否进 N95 型口罩，二七高州分公司几个员工有不同意见，特别是南州公司派来的会计坚决反对。第一个意见是这款口罩并不适宜大规模推广，"非典"这种传染病，来得快去得快，还没有传到高州肯定就结束了，到时候这批口罩就砸在了分公司；第二个意见是强烈反对随意调整公司主营业务。

杨兵一时拿不定主意，将侯沧海约回分公司办公室，参加办公例会。

侯沧海很久都不参加二七高州分公司的办公例会了，说说笑笑的员工们进门，见到这位在其位不谋其政的经理，都愣了愣。他们迅速找到各自位置，坐了下来。

杨兵先谈例行工作，公布了每人的业绩，逐一点评。侯沧海在危房改造项目中，不管是与银行还是建筑承包商，谈的都是上千万元生意，此时听到二七公司每个人的业绩，数量级别差得太远，顿觉索然无味。

当杨兵再次谈及购买口罩计划时，二七公司驻高州会计没有犹豫，提出反对意见。

侯沧海不等杨兵说话，接过话头，道："楚会计，你的职责是会计，这一点你要记清楚。分公司经理和副经理决定的事，你按职责执行就是了，明白吗？"

最后一句话，他稍稍提高了语气。

杨兵和楚会计谈论此事时，更注重分析"非典"暴发的可能性。这个可能性比较难以判断，所以两人都无法说服对方。此时侯沧海来到分公司，压根儿不想谈可能性，作风简单粗暴。

楚会计用自己都难以听清的声音小声说了两句，然后就蔫了。他曾经多次到南州公司向苏总反映侯沧海几乎不到公司上班。苏总每次都很重视，却没有下文。

二七公司虽然有大企业毛病，但毕竟要靠市场业绩说话。自从高州召开了质量颇佳的学术讨论会以后，二七高州分公司的业绩一下就蹿升起来，从最后一名直接跃升至全省中等水平，达到第一也极有可能。

大伟哥将这事弄成简报，编成公司最新案例，二七总公司每个老总都知道在山南省偏僻之地有一个高州分公司，在新经理侯沧海的带领之下，废柴变先进。侯沧海正是苏松莉改革方略下走出来的英雄人物，她不能自己打自己的嘴巴，虽有不满，也要忍着这个飞扬跋扈的部下。

2003 年 4 月，危房改造工程在全民抗"非典"中继续进行，一手抗"非典"，一手搞建设。

危房拆除顺利完成，没有发生纠纷。

当最后一幢楼房被敲掉了钢筋结构后，熟悉的住房、厂房变成废墟，往日场景烟消云散，只存在于人们的记忆和旧相片中。围观锁厂的工人黯然离场，尽管他们知道必须先拆掉旧楼，才能建设一个新家园，可是，凝聚着他们青春的厂房被摧毁时，他们仍然觉得痛到骨头里。

老幼离开后，锁厂青壮年留在了锁厂，开始清场工作。

暮气沉沉的锁厂危房被拆除以后，焕发出难得一见的生命力。这种四处扬灰的生命力，迅速取代了现场工人对老锁厂的怀念。

锁厂危房改造工程顺利实施的同时，针对群体性事件背后黑手的调查一直没有松懈。检察机关根据掌握到的线索，一直派人盯着谈明德，取得过硬证据后，立刻对其采取措施。依法搜查其住房时，检察官在其家中的暗室查出现金七百多万元，很多现金连银行的封条都没有拆掉。

搜查结果传到市委，几人欢喜几人忧。

南城建筑老板谈明才被带到检察院后，没有费多少周折，很痛快地交代了锁厂事件的前因后果，把包括福四娃追砍侯沧海等诸多事统统推到死去的汪洪峰身上。

谈明德同样如此，将一口黑锅扣到了汪洪峰身上。

此案办理得十分迅速。

谈明才以行贿罪被起诉，因有检举立功情节，一审判决结果很快就出来了：谈明才被判处一年有期徒刑，缓期一年执行。

谈明才不上诉。

谈明德因受贿罪和巨额财产来源不明罪被起诉。审判后，一直没有判决。

对于侯沧海来说，谈明德和谈明才已经成为往事，包括外逃的福四娃也变成无关轻重的人物。这几个人都没有在其脑中过多停留。

侯沧海如今满脑子都是危房改造工程。

锁厂片区危房改造现场，三家建筑公司负责人跟在侯沧海和张小兰身后，实地查看现场。张小兰是江南地产实际老板，同时也是才从大学毕业的新老板。她面对久经商海、年龄在五十岁左右的建筑商时，明显自信心不足。由于自信心不够足，她便把架子端起来，用冷傲做掩饰。

侯沧海作为总经理，由他来与三个建筑商谈合作具体规则。

一般情况下，建筑商与开发商都是单对单见面，不会将几家建筑商凑在一起。侯沧海经过深思熟虑，决定按照统一标准要求建筑商，先说断，后不乱，不给建筑商乱来的机会。

八家建筑公司有五家来自江州，三家来自高州。经过综合比较，江南地产选了两家江州建筑公司和一家高州建筑公司。

侯沧海处事硬气，在挑选建筑商时设置了相当严格的入场线，也实实在在地按照自己设定的规则办事，将一批关系户拦在入场线之外。在最后环节，侯沧海和张小兰就没有办法硬气了，关门商量很久，考虑到方方面面的关系，最终入选的三家企业都各有背景。

高州的建筑公司正是杨哥推荐的那家企业。

杨哥不仅救过侯沧海一命，还是当地有影响力的地头蛇，强龙不压地头蛇，在同等条件下，杨哥的面子必须给。而且，如果三家建筑商里面没有一家高州企业，难免落人口实，引起高州建设系统的反感，惹出不必要麻烦。

来自江州的建筑公司有两家，一家是黄德勇的关系；另一家企业是张跃武的关系户，有深厚的银行背景。

开发商为了确保投资项目顺利进行，必须融资。开发商融资的实质是充分发挥房地产的财产功能，以达到尽快开发、提高投资效益的目的。房地产投资项目通过融资，投资者可将固定在土地上的资产变成流动资金。用一句简单的话来说，开发商有了启动资金，拿到了地，用地抵押就可以得到银行资金。搞好和银行的关系很重要，甚至可以说性命攸关。

最终选定的这三家企业，平衡了各方面关系，相当不容易。这不是势利，而是在现实中生存所必须做出的选择。

结果出来以后，几家欢喜几家愁，张小兰很快就感受到来自家庭的压力。

"兰花花，真是翅膀长硬了，不认你妈了。"陈萍萍被刷掉，让杨敏很不开心，打来电话问罪。

"萍萍阿姨确实不符合要求，锁厂危房改造项目曾经引起过群体性事件，相当麻烦。黄市长还将这个项目与我爸收购煤矿联系起来。所以，我必须谨慎。"

"你爸有一个煤矿就行了，何必赚这么多钱？贪心不足蛇吞象。女人最悲哀的是被人卖了还给别人数钱。"

"妈，这话是什么意思？"

"提醒你，别上当。对了，除了修楼以外，景观设计、土建、强电、弱电，你们总得承包出来。这次是你妈来承包，当然有代理人。别和你爸说，他这人就想把我排除在生意之外。"

母亲话说到这个份儿上，张小兰道："好吧，好吧，我争取找个项目给陈阿姨。"

"错了，是给我。"

"妈别来插手，我很难办。"

"放心，妈很聪明，不会让你为难。再和你说一句话，别太相信侯沧海。这人太强，你控制不住。"

杨敏电话打来以后，家里做建材的三个亲戚又找了过来，张小兰费了九牛二虎之力才应付过去。

送走最后一个亲戚，张小兰提起安全帽，到工地躲起来。

侯沧海和承包了拆迁和土建工程的蒲小兵正在工地观看施工。

危房改造项目有七十五亩，现场组织得井井有条。十几辆大货车在清理、运输废弃的砖石和门框窗框，挖土机将水泥块、砖块和各种家具碎块装进货车车厢，整个工地灰尘高扬、噪声横行。由于锁厂地处偏远，周围几乎没有住户，防尘措施粗陋，接近于无。

有三幢楼房已经完全清理干净。按照设计方案，一台挖土机开始往下挖掘，挖到四米左右时，地下水冒了出来，水量充沛。围观的锁厂工人看到如此多的地下水，吓出一身冷汗，都觉得在这种地基上，几幢楼房经历了地震，只是有裂缝而没有倒塌，真是运气。

侯沧海对于打造景观带的信心更足。山南讲究有水则灵，环绕整个住宅小区的这条小溪将极大地提高小区品质。他有信心打造出超过江州市江南水岸小区的高品质小区，而不仅仅满足于危房改造。

一个工人凑了过来，发了一支烟给侯沧海，又依次发给几个建筑商。这是一支廉价烟，三元钱一包，抽起来呛人。侯沧海并不想抽这支孬烟，但为了照顾工人的自尊心，接过烟，神态自若地抽了起来。三个建筑商见侯沧海接了烟，便也接过烟，点燃。

离开挖沟现场，三个建筑商悄悄地将香烟掐灭，扔掉。三个老板争着请客。侯沧海道："现在'非典'期间，不要搞那么多花架子，到江南地产伙食团吃饭。"

杨哥介绍的建筑商朱永波留着小胡子，看上去很彪悍，很江湖地道："侯总，今天无论如何要由兄弟请客。我是高州人，今天我是地主，你们都别跟我争。"

建筑商和开发商是一条绳上的蚂蚱，是产业链的上下游关系，合则双赢，分则两输，既是兄弟，又是冤家。谁也离不开谁，又各有利益。小胡子朱永波混建筑行业时间很长，对此深有体会。

杨哥出面揽活儿时，朱永波一直在暗中窥视侯沧海。这个年轻人背景够厚，又敢和福四娃动手，下手够狠。如果只有这两点，朱永波会敬而远之。但他观察到侯沧海对锁厂工人很仁义，这才下定决心揽下这个工程。这个工程是一个跳板，他想通过这个工程结识侯沧海，为以后合作打下良好基础。

侯沧海一语定乾坤："第一顿饭必须由江南地产做东，以后你们请吃饭的机会多得很。"

一辆越野车和三辆豪车来到江南地产办公室门前。高州经济不发达，但是豪车挺多，三辆豪车停在门口，并不引人注目。

到了食堂，侯沧海套上围腰，道："今天是江南地产和诸位的第一次合作，为了显示诚意，我亲自炒一份回锅肉，不是自夸，味道还不错。"

这个举动让三个建筑商受宠若惊。

苏希望是一个满身肥肉的大胖子，由于肥肉太多，整个五官都严重变形了。他搓着手，道："我本来在减肥，但是侯总亲自上灶，这个礼遇太高了，就算血压马上升高，我今天也得痛快地吃一顿。这一段时间减肥，嘴巴淡出个鸟。"

欧阳国文是三人中最文静的，脸皮白净，话不多。他从车里提了一箱茅台，道："这是茅台酒厂出来的正宗货，今天我至少喝一瓶。"

侯沧海炒了回锅肉，端上桌。

张小兰坐在主位，倒了半杯红酒。

侯沧海道："我受董事长委托，有几句话要说。"

这是今天最关键的话，事关以后操作。三个建筑商聚精会神，不敢稍有分心。

侯沧海道："为了确保工程质量，除了监理以外，原锁厂职工将成立一个十人质量跟踪小组，随时到工地进行巡视，希望三位配合。"

三人互相看了一眼，欧阳国文咳嗽两声，站了起来。

第二十九章　与建筑商博弈

　　欧阳国文原本要提意见，随即想起枪打出头鸟的道理，站起，拿水杯，到开水处接了开水，又坐回去。

　　工程科老戴拿了烟给在场的建筑老板。

　　苏希望面有猪相，心头明亮，故意说起粗话，道："锁厂职工都是与铁疙瘩打交道，根本不懂建筑，看都看不懂，巡视个什么玩意儿？"

　　"我担心另外一点，锁厂职工真要到工地，会在无关紧要的细节上纠缠不休，若是遇上脑袋执拗的人，会影响工期，说不定会造成大麻烦。"朱永波与锁厂职工多有接触，了解工人们的状况。工人中既有讲理的人，也有胡搅蛮缠的人。由于锁厂工人数量多，讲道理的人和胡搅蛮缠的人都有相当数量。

　　侯沧海坚持自己的意见，道："质量跟踪小组对接江南地产工程科，发现问题后不和你们接触，直接报告工程科。有一点请你们不要掉以轻心，房子对工人们来说太重要，所以，他们肯定会监督得很仔细，你们必须有过硬的建筑质量，否则，会被工人围攻。凡是因为建筑质量被工人围攻，只有两个字——出局。先请董事长讲两句，然后我来具体讲。"

　　高州建筑市场，开发商占有市场上最主要的资源——建筑用地，控制销售环节，建筑商只能依附开发商才能生存。再加上竞争者众多，建筑商对于开发商提出的合作条件往往会无条件答应。当然，硬币有正也有反，很多建筑商在开工后，慢慢使出各种手段与开发商较劲，争夺利润。

　　侯沧海将三位建筑商邀请到此，是用自己的想法来确定江南地产和建筑商的关系。他和张小兰形成共识，要通过这次合作，寻找能够长期合作的建筑商。

侯沧海出言威胁，三个老板保持沉默。

"我们要将锁厂危房改造工程做成江南地产样板工程，建筑质量必须放在第一位。等一会儿侯总代表江南地产要和大家谈几条约定，约定不仅仅约束你们三位，同样也约束江南地产。我希望通过这一个工程，江南地产与各位建立良好的合作关系。开发商和建筑商就如男女关系一样，男人要找漂亮又善良的女人很不容易，如大海捞针；女人要找一个能干又可靠的男人也不容易，如沙漠里捡米。我们现在既然坐在一起，就是缘分，我希望结成战略合作伙伴，能够长期合作。"

张小兰努力想讲得接近房地产商的说话方式，但是对于三位建筑商来说，还是太文。为了配合张小兰，朱永波、苏希望和欧阳国文都笑了起来。苏希望更是夸张地哈哈大笑，道："开发商就是男人，建筑商就是女人，吃亏的总是女人。"

侯沧海把一杯酒倒进肚子，开始谈五个约定：

"第一个约定，我们不签黑白合同。既然江南地产有心和各位建立战略合作关系，在扯'结婚证'的时候，我们就老老实实把该说的说清楚。最近有件事，不知大家听说没有，有人结婚时为了图方便，随口报身份证号码，结果给自己惹来很多麻烦。办理房产登记时，结婚证上的身份证号码与真实身份证号码不一样，至少增加十倍工作量。"

所谓黑白合同是指地产商和建筑商就同一建设工程签订的两份或是两份以上实质性内容相异的合同，备案合同称为白合同，实际履行的补充协议称为黑合同。这在高州建筑市场很普遍。

建筑市场僧多粥少，施工单位为拿到工程往往被迫签黑白合同，屡屡哑巴吃黄连——有苦说不出。不签黑白合同，总体来说对建筑商有利。

"江南地产对你们调查得很详细，掌握了很多信息，而且我们并不想逃避行政主管部门监管，更不想逃避备案费等各种费用，所以，江南地产没有签黑白合同的动力。对于你们来说，这种黑白合同往往吃亏，所以，你们应该也不希望签黑白合同。"

江南地产自废一项武功，三人自然举双手赞成。

欧阳国文道："签黑白合同，最终吃亏的是我们，谁让我们是处于女方位置？"

苏希望竖起大拇指，道："侯总耿直。"

朱永波道："董事长和侯总值得交往。"

"第二个约定，江南地产不会要求你们出具施工单位同意无条件放弃优先受偿权的书面承诺。"

在高州，建设单位进行开发建设时往往缺乏足够资金，为了获得贷款，需要将土地使用权及其在建的工程抵押给银行。银行为了保障贷款资金的安全，往往会凭借放贷人的优势地位，要求建设单位出具施工单位同意无条件放弃优先受偿权的书面承诺。建筑商处于下游地位，往往被迫签下这个书面承诺。

这是江南地产废掉的第二项武功，弄得三个建筑商既高兴，又担忧。

"第三个约定，江南地产选择诸位，就是看中了诸位的实力，我们不允许非法分包、转包和挂靠。"

前两个约定算是自废武功，这个约定算是废掉建筑商的武功。

非法分包、转包和挂靠是法律明文禁止的行为，但是在高州建筑市场禁而不止。一方面是由于建筑市场严格市场准入，大量无执照、无资质、有关系、有资金的包工头希望进入施工市场分一杯羹；另一方面正规的施工企业管理成本高，在利润空间压缩的情况下，也乐意出借资质、出让工程给下家，不劳而获。

很多房地产商为了各种关系，甚至还授意施工方违法分包、转包或出借资质。

第三个约定对双方都有效。

三个建筑商都是明白人，对于这条没有异议。

"第四个约定，建筑质量大于天，也是我们要成立业主监督小组的原因。我们会给监理打招呼，绝不和你们拉拉扯扯。我们会让质监站每一步都盯紧你们。原因很简单，这是江南地产的第一个产品，我们不想坏了自己的名声。而且，我和董事长都不是科班出身，必须依靠外力进行监督。

"第五个约定，你们还是需要按照高州规矩垫资，我不想彻底改变高州建筑市场的规矩。但是，江南地产会根据进度拨款。实话和你们说，江南地产资金雄厚，自有资金和银行资金充足，简称不差钱。我在这里代表董事长承诺，不会有意拖延你们的辛苦钱。"

三人用力拍手，这次是真心的。

随后，由三个建筑商提建议。

朱永波首先提议："希望能对江南地产提供的图纸会审，会审后，要有图纸会审纪要。如果图纸有明显瑕疵，图纸会审纪要要体现。"

这一条与建筑质量有关，张小兰和侯沧海都同意。

欧阳国文提出与结算有关的建议："希望做好工程签证。工程签证影响到工程量变化和工程款增减，签证必须及时，而且要详细具体。在签证过程中，希望业主方代表以及监理方尽量不要拖延。"

这一条也是合理建议，张小兰和侯沧海同意。

苏希望则提出合法分包和内部项目承包管理的问题，最后还开玩笑地提出不要用房子来抵扣建筑款。

这个问题由参加饭局的工程科老戴进行回答。

这一次会谈，将江南地产和三个建筑商的合作方式规定得十分清楚。

对于三个建筑商来说，这是与开发商合作历史上最为透明和公平的一次协商，也是对双方都有利的协商。大家有了信心，也各有盘算。

锁厂有一幢老办公楼在大门附近，离住房和厂区都较远。江南地产将此办公楼整理出来，作为江南地产在工地的落脚点。一般情况下，开发商都不会在工地找落脚点，侯沧海和张小兰没有建筑行业的从业经验，决定靠前指挥，从头到尾全过程参加楼房从地基到出售的全过程。

有了这个完整经历，他们才算真正进入房地产行业。

江南地产与三个建筑商签完合同不久，"非典"形势渐紧，建筑商暂时没有进场，依然由蒲小兵带着锁厂人马完成基础工作。

财务负责人梁期罗对"建筑商少垫资的决定"深恶痛绝，劝说张小兰没有效果以后，直接跑到张跃武办公室，痛斥侯沧海是崽卖爷田不心疼。

"不管是江州还是高州，建筑商垫资都是惯例。侯沧海屁都不懂，处处大手大脚。大笔资金存在银行，一年利息都是钱啊，更别说高息借出赚到的钱。更重要的是让建筑商垫了钱，他们就是菜板上的肉，随意由我们拿捏。现在按期付了款，小心这些建筑商翻脸不认人。张总，你不能放任侯沧海乱搞，得出面管一管。小张总如今完全受了蒙骗，对侯沧海言听计从。"梁期罗在张跃武面前是绝对的忠臣，说到后来，几乎声泪俱下。

张跃武如今被刚刚完成收购的国营煤矿弄得焦头烂额，对婆婆妈妈的梁期罗有些心烦，敷衍几句后，将其丢在办公室，又带着技术人员下井了。

梁期罗郁闷地回到办公室，忍不住又到张小兰面前啰唆此事。

张小兰站在侯沧海这一边，对梁期罗好言相劝，但是明确表示与建筑商的协议不可更改。

梁期罗见张小兰执迷不悟，对侯沧海很是愤怒。恰好这时陈杰来报账，顿时成为梁期罗的出气筒。

陈杰气得又拍了桌子。

侯沧海从江莉处知道事情的经过，将梁期罗叫到办公室，给出两个选择：要么一切行动听指挥，要么滚蛋。这是侯沧海第一次在梁期罗面前露出獠牙。梁期罗想到大、小张总的暧昧态度，心凉了半截，最终说了软话。

梁期罗离开办公室不久，侯沧海接到来自江州的电话。

"侯总，我是杨亮，有事找你。你修了这么一个高档小区，肯定要用监控吧。"打电话的是陈华的老乡杨亮，他的夫人王桂梅开了一家经营监控器材的公司。熊小梅经营电科院一食堂时，如果没有监控设备，一食堂极有可能惹上大麻烦。正因为这件事情，侯沧海对王桂梅和杨亮心存感激。

"你怎么知道我在做危房改造工程？"

"陈华和我说的。我现在和陈华在一起，等会儿我们三人一起过去。我们有新款的监控系统，效果比以前的好得多。"

"正在闹'非典'，你们也敢来？"

"没事，我们开私家车，从山路直接过去。让陈华和你说两句？"

陈华无意中说起侯沧海正在高州做危房改造工程。说者无意，听者有心，杨亮和王桂梅夫妻立刻意识到巨大商机。他们一天也不想耽误，立刻拉着陈华前往高州。

陈华接过杨亮递过来的电话，道："我们快去快回，来回顶多三个小时，不和其他人接触，应该没有问题。"

"你们直接到高州锁厂，我在那里有办公室，平时主要在那边办公。"之所以要让陈华直接到锁厂，原因很简单，侯沧海不愿意让张小兰与陈华面对面。女人往往有惊人直觉，特别在涉及男女关系时更加敏感。张小兰是对自己有暧昧情愫的女人，十有八九会觉察到自己和陈华的微妙关系。

侯沧海以前与姚琳有过关系，并不回避张小兰。但是陈华是江州市委宣传部干部，侯沧海要保护其隐私。

放下电话后，侯沧海前往锁厂工地的办公室。来到锁厂办公室后，他在底楼找到李前宏，安排中午的伙食。

李前宏以前是江州面条厂厨师，后来到电科院一食堂当大厨。侯沧海将一食堂转手以后，他失去工作。近期他通过侯沧海大舅舅的关系，又找到侯沧海。江南地产已经有了厨师，侯沧海便将李前宏安排到工地。这样一来，不管在哪个办公地点，侯沧海都能吃到可口饭菜。开食堂的经历给侯沧海留下了深刻印迹，让他对不可口的饭菜深恶痛绝。

李前宏乐呵呵地道："还有两条水库鱼，弄水煮鱼。江州客人，谁啊？"

侯沧海道："以前给一食堂安监控的那家。"

"杨公安啊，那次多亏了有监控。"李前宏由监控再次想起熊小梅，想着两人分手的原因，暗自惋惜。

在充满消毒水味道的办公室里坐了一会儿，侯沧海换上雨鞋，去查看景观带基础工程的进展情况。整个工地写了不少诸如"一手防'非典'，一手抓建设"的标语。工地外面还有十几面红旗，迎风招展，猎猎作响。

蒲小兵看到侯沧海，迎了过来，道："工地围墙马上完工，加上一个门，就可以做到全封闭施工。现在施工的都是锁厂老工人，不是流动人口，'非典'绝对进不了这道大门。"

侯沧海不敢放松，指着远处工棚道："蒲总，马虎不得，按照南城区防'非'要求，要建立人员进出档案，不能有空缺。"

蒲小兵自豪地道："锁厂是老国营厂矿，这点自觉性和组织能力还是有的。目前小团姐专门登记，凡是有人进出都有名册，具体到每一天哪一个时间段出门、哪一个时间段进门，都一清二楚。小团姐被她那个病毁了，要不然，她会是我们新公司的骨干力量。"

挖土机在以前家属院位置弄出一条约百米长的水沟，水沟与环绕在锁厂外的小溪接通后将变成天然河道的一部分。站在工地边上，侯沧海能够想象河边长满芦花的小河美景。而且，这个美景接近自然景观，极具生命力和观赏性。

正在憧憬未来美景时，一辆小车开进工地。

工地守卫者熟悉这辆小车，没有阻拦，放行。

张小兰拿着一卷图纸，走向景观带。她经常跑工地，喜欢穿宽松工装。宽松工装仍然遮掩不住青春女子的窈窕身材，在工人群中卓尔不群。

陈华陪着杨亮夫妻来到高州，要在工地停留大约一个小时，所以，侯沧海让三人直接到锁厂工地。谁知，张小兰在这个时候来到工地，这就意味着张小兰必然要和陈华碰面。

"商品房这一块有地下车库。我担心地下水太丰富，处理得不好，会对车库造成影响。"张小兰站在沟边发愁。

侯沧海道："专业的事交给专业的人处理。我给设计单位打过电话，他们已经和地勘工程师一起在做专题研究。如果有必要，由他们出补充设计。"

聊完地下水，张小兰和侯沧海到办公室商量给居委会留房间之事。

设计方案中没有居委会办公用房。

昨天张小兰接到南城区杨副区长电话，杨副区长在电话里提出要给居委会留办公用房，强调这是省政府的最新要求。给居委会留办公用房，实际上将占用商品房面积或者说是门面的面积，从经济角度看不是一笔小数，这让张小兰有些发愁。

侯沧海从另一个角度理解此事，道："我觉得这是好事。民间有一句俗话，叫作客走旺家门，菜市场、医院、小学、居委会，这些服务机构都能增加我们商品房的卖点。"

"你这人倒是看得开。"

"我是从全局考虑问题，高质量修好房子，然后全部卖出去，实现盈利，这是我们的最终目标，所有行为都要围绕这个最终目标推进。梁期罗在私下说我崽卖爷田不心疼，主要原因是他局限于业务，没有考虑全局问题。"

回到办公室，两人摆开图纸，准备找一块既能向政府交差，又不占用黄金位置的区域作为居委会办公用房。两人在图纸前反复推敲，最后决定将第七幢商品房的底楼第五号门面房作为居委会办公用房。

他们准备采取增加铁栅栏等措施，将居委会和小区进行物理隔离。

两人专心致志地研究居委会办公用房，不知不觉中到了午饭时间。

外面响起小车声音。楼底传来李前宏的招呼声："杨公安，你过来了？"

听到说话声，侯沧海知道陈华必然要和张小兰在此地见面。他对张小兰道："我有一个熟人在做监控器材，想来揽生意。我做电科院一食堂时，用过他们的系统，质量不错。后来整个电科院都采用了他们的监控器材。"

"既然质量可以，可以纳入采购备选名单，到时统一考核。"每个人都有自己的社交圈子，其间必然夹杂利益互换。张小兰如今对这事挺理解的。她大学室友韦苇近期也要过来，准备推销一款防盗门。

杨亮、王桂梅和陈华上了二楼，走进办公室。

陈华得知眼前的女子是江南地产董事长以后，迅速在脑中将眼前一男一女排在一起。

张小兰得知陈华在市委宣传部工作，脱口而出："陈文军以前在市委工作，现在调到高州新区，你们应该认识。"

陈华微微一笑，道："陈文军是我的前男友，后来分手了。"

张小兰愣了愣，道："对不起啊。"

陈华道："没事，都是陈谷子烂芝麻的往事。"

寒暄之后，王桂梅开始介绍公司的监控系统。王桂梅拿下电科院全校的监控系统后，又做了另一个学校的业务，这两个大单让公司实力一下提升起来。她打开笔记本电脑，放映由生产厂家提供的宣传片。宣传片还没有播完，外面传来连续不断的汽车刹车声。紧接着，蒲小兵一阵小跑来到楼上。

"侯总、张总，我接到南城区电话。因为我是锁厂搞土建的负责人，又是锁厂工人，他们先找到我。据他们所说，高州出现一例'非典'病例。经过政府排查后，发现我们锁厂有一个叫李帮友的工人和那个'非典'病人坐过同一辆长途客车。李帮友下车后，直接步行回到工地。他虽然没有发烧，但是需要紧急隔离。"蒲小兵平时挺稳重，此时说起话来显得非常紧张。

侯沧海道："南城区来人没有？"

蒲小兵道："南城区、大河坝街道以及市公安局、卫生局的同志已经在外面。按照南城区要求，我把李帮友从工地上叫了出来，坐救护车悄悄转移到隔离点。李帮友工作积极，回来后连家都没有回，直接来工地。他平时住在工棚，工棚有几十号人。所以整个锁厂片区马上要全部封闭，观察十五天以后，才能准许人们进出。"

"你有多少人在工地？"

"连工人带驾驶员，七十七个。"

"全部在工地上？"

"这两天恰好有突击任务，全部在工地上，一个不少。"

侯沧海和张小兰的电话几乎同时响了起来。

第三十章 "非典"来袭

给侯沧海打电话的居然是市长黄德勇。

黄德勇讲了事情经过，又询问侯沧海当前位置。当得知侯沧海正在锁厂工地时，黄德勇声调高了几分，道："锁厂工地从现在起要紧急隔离十五天，隔离以后，将有专门通道提供食物和药品，你作为江南地产的开发商要配合政府，组织好隔离区的工作。"

侯沧海接电话时，一直与打电话的张小兰对视。他声音平稳地问道："黄市长，在工地有多大的危险性？"

黄德勇直言道："谁都没有遇到过'非典'，所以只能采取最严措施。十五天时间，你就当成一次休假，希望你能配合政府工作。这件事情顺利结束以后，你就是高州的有功之臣，高州人民和政府将有更重要的工作交给你做。现在，我们将放置一套隔离方案在大门口，你赶紧去取，然后与蒲小兵一道向工人讲明白。我们现在就实施隔离措施。"

当杨亮、王桂梅和陈华得知要被隔离时，大惊失色。

陈华站在门口瞧见了警车和救护车，郁闷到极点。她在单位请了半天假，如今陷在高州，如何给单位解释是极为麻烦的事情。

侯沧海想的是另外一件事情：若是锁厂那位工人真被传染了"非典"，又和大家生活在一起，很有可能不少工人都会受到感染，自己和工人们困在一起，说不定难逃此劫。

他有需要养病的妈妈，还有养育双胞胎的妹妹，他是家中的顶梁柱。如果逃不脱此劫，家庭将受到致命一击。想到此处，恐慌的情绪油然而生，让侯沧海在这一瞬间产生了逃出锁厂工地的念头。凭着他对工地的熟悉程度，从薄弱环节逃出去应该能办到。但是，逃出去以后，他在高州所有的工作将全部清零，还将背负懦夫之名，甚至面临牢狱之灾。

正在内心交战时，蒲小兵过来，道："现在怎么办？"

侯沧海立刻压制了软弱情绪，语气平淡地道："遇到这种倒霉事情，还能怎么办？只能见招拆招。当务之急要把工人稳住，不能乱跑。若是几个或者几十个带着传染病毒的工人往外跑，高州就完蛋了，甚至山南也完蛋了。所以，我们必须守在这里。"最初侯沧海的口气还有些犹豫，说到后来，细思逃跑的后果，他真正冷静下来。

"锁厂工人沉沦了十年，终于重新找回做人的尊严，没有料到遇到这事，老天爷不长眼。"蒲小兵沧桑的脸上涌出悲哀之情，猛击铁栏杆，发出沉闷响声。

"侯氏家族流传过这样一句话，人死卵朝天，不死万万年。这句话用到这里挺适合。董事长是年轻女人，不适合在这种事情上出面，所以这个工地将以我们两人为主。我们要把软弱情绪收起来，就算死，也要死得像条汉子，死得有意义。而且，我们不一定会死。刚才我和黄市长通了电话，他直言没有遇到过'非典'，全无经验，所以按照最严方法来做，虚惊一场的可能性很大。我们把工人组织好，就是给市委市政府解决大问题，以后我们在高州就多了倚仗。我们兄弟俩赌一把。"

蒲小兵道："赌一把就赌一把，赌赢了，我带着锁厂老工人从头再来。赌输了，人死卵朝天，不死万万年。我喜欢这句话。"

统一思想以后，侯沧海和蒲小兵一起朝着大门走去。

特警在门口拉起警戒线，防疫部门穿戴整齐，反复消毒。空气中充满医院特有的消毒水味道，让人心悸。

市委常委、南城区区委书记海强正在门口紧张地看着来人，担心两人控制不了工地局面。

预案和宣传资料放在警戒线前面，厚厚一堆。预案里面还夹着防治"非典"的知识手册，以及宣传提纲。侯沧海从容不迫地捡起一份预案，站在路边仔细阅读。

海强直接拨通侯沧海的电话："侯总，我是南城区委书记海强，里面情况怎么样？"

侯沧海道："在工地作业的全是锁厂老工人，他们出自国有企业，觉悟高，情绪还算正常，至少暂时如此。我和蒲总准备拿到预案后就开会。你们要保障工人们的生活，吃好点，多配些预防药，就算没有作用，也有心理安慰。"

海强满口答应："你们有什么需要，尽管提出来，我们绝对满足。"

蒲小兵主动要过电话，大声道："海书记，你们要做通家属工作，有家属配合，里面的人才不会乱，这一点非常重要，一定要记住。送两台电视机过来，还要找些碟片，工人们需要娱乐。"

与海强沟通以后，侯沧海和蒲小兵前往工棚。

张小兰、陈华、杨亮、王桂梅以及李前宏都站在老办公楼门前，看着两人慢慢朝工棚走去。

张小兰此刻心揪紧了，喘不过气。作为公司董事长，她应该站出来，可是想着工棚里面的工人有可能患上烈性传染病，她双腿发软，根本不敢跟着侯沧海前往工棚。她恼怒自己的软弱，用手紧紧抓住铁栏杆。

即将走到工棚时，侯沧海回过头，朝老办公楼招了招手，然后挺直腰，进了工棚。

办公楼的陈华和张小兰都看见了侯沧海招手。

陈华暗道："侯子应该是在向我招手。"

张小兰天天跟侯沧海在一起，对他的习惯很熟悉，心道："他看起来潇洒，实则还是充满担忧。我是董事长，难道真不过去？"

走进工棚，侯沧海眼睛有些不适应里面稍暗的环境。当适应室内环境时，他还是被封闭环境中集中起来的一大片花白头发震住了。蒲小兵在破产的锁厂里挑选了一百多名自愿来做土石方的老工人，这些人年龄在五十岁左右。

老工人们离开组织多年，重新回到新公司，找到了集体，燃起了生活的热情。他们干活比在锁厂时积极主动得多，一来工作量和工资挂钩，干得多，拿钱多；二来大家都经历过漫长的无所事事的时间，无所事事对于男人来说具有致命杀伤力，让男人们失去自尊心、失去荣誉感。今天他们终于有了正事做，格外珍惜。

只有失去才知道珍惜，道理平常，实则深刻。更诡异的是要理解这句话，必须失去某些不能失去的东西时，方才能够真正理解。

所有工人都用冷静的态度看着侯沧海和蒲小兵，没有人说话，没有人喧闹。

侯沧海握着厚厚的预案和宣传资料，原本准备照本宣科。此时站在几十个白发工人面前，这些宣传资料没有什么用处。他对蒲小兵道："我先讲两句吧，然后你来具体组织。"

侯沧海在关键时刻没有逃跑，很镇定，获得蒲小兵的尊重。蒲小兵道："侯总要相信我们，我们不会在关键时刻丢脸。"

侯沧海接过蒲小兵平用来指挥生产的小喇叭，道："我是江南地产总经理侯沧海。我今天不想说大话，先介绍自己的情况。我目前还没有结婚，爸爸妈妈在世安厂工作，我妈得了尿毒症，做完肾移植手术不久。妹妹生了双胞胎，双胞胎的爸爸跑到国外去了。我们家很需要我，没有我，家里日子难过。但是，既然被困在这里，我认命，就算真被传染了，也得像个爷们儿那样过好每一天。我们不能走出围墙，不仅仅是为了我们自己，也是为了我们的家人。刚才我和老蒲聊到一句话，希望和所有工友分享，人死卵朝天，不死万万年，祝我们好运。"

侯沧海讲得很真诚，没有半句假话，赢得了掌声。

蒲小兵在工人中深有威信，谈完南城区政府的具体安排后，又道："我坚信一点，我们经受过这么多磨难，一定不会在最后关头被打垮。吃过午饭后，下午大家继续工作。侯总把现金准备得很充足，就看我们能不能拿到。我等会儿拟定隔离十五天的工作任务表，我们要按照任务表完成十五天的所有工作。大家能不能做到？"

工人们表情凝重、内心焦虑，但是没有人当逃兵，"能做到"的应答声由小到大、此起彼伏。

做完动员工作，侯沧海离开工棚。站在工棚门口，他开始犹豫是不是回办公楼。办公楼主要是江南地产员工在使用，工人们很少过去。也就是说，就算工人们真被传染，在办公楼的人也有极大可能性没有被传染。

如今自己在工棚走了一圈，或许还真有可能染上无孔不入的病毒。侯沧海在距离办公楼约五十米的地方，停下脚步。

在锁厂办公楼的陈华和杨亮诸人都没有与工人近距离接触过，被传染的概率不大。张小兰与工人虽然有接触，但是每次接触都保持着一定距离，被传染的概率也不高。

为了保护办公室这群人，侯沧海停在距离办公楼五十米的地方。他拨通张小兰的电话，道："我刚才到了工棚，增加了染病的可能性，所以，我不上楼了。"

张小兰气急败坏地道："谁叫你逞能？谁叫你逞能！这不是你的职责，你偏偏要逞能。"

侯沧海道："锁厂老工人是为江南地产干活，我有责任做好组织工作。'非典'是烈性传染病，没有控制好，全社会都倒霉。我不想成为历史罪人。"

"你不怕死？"

"最开始挺怕的，真正到了现场，反而不怕了。人死卵朝天，不死万万年。"侯沧海打电话时，四处张望，他发现在老办公楼对面有一个废弃多年的门卫室，他走到门卫室，观察一番，又道，"我找到暂时落脚的地方了。你们平时别下楼，外面把盒饭送进来以后，依次过来取。"

"那屋没有窗，没有门，什么都没有，怎么住啊？"张小兰焦急地道。

"我是粗人，没事。"

"那间房子不行，你可以住工棚。"

"工棚臭烘烘的，住起来不舒服。而且，我还有侥幸之心，希望进去讲话后没有被传染。最后一条，你千万别跟其他人说啊，说了以后，他们会对我丧失信心。"

"侯子，为什么要强出头？你真是傻瓜。"挂断电话后，张小兰站在走道上，泪眼婆娑地看着侯沧海一个人在门卫室进进出出地忙碌着。她很想前往门卫室陪着心爱的男人，由于对传染病有强烈的畏惧，内心交战良久，还是没有迈出这一步。

手机再次猛然响起。

"你是董事长，到工地做什么？你爸这人有毛病，让你做房地产。如果你出事，我要跟他拼命。"母亲杨敏在电话里声音极大，语气十分凶悍。随后声音渐渐小了起来，变成了哭声。

张小兰反而劝解母亲，道："我们这幢办公楼距离工棚挺远的，平时工人不到我们办公室来。我估计没有什么问题，只是因为在围墙内，被一起隔离了。"

杨敏情绪失控，哭道："你是董事长，用不着到工地。侯沧海让你到工地，是他的失职。马上开除他，一分钱都不给。"

张小兰被闹得有些心烦，道："你少说两句，现在说这些有什么用？这怎么能怪侯沧海？明明是我们聘请的他，他才到锁厂工作。"

与母亲通话后，张小兰心情变得糟糕透顶。她再次给爸爸打电话，谈了妈妈的状态，又想起自己被困锁厂工地，如果染病，后果不堪设想，在电话里哭了起来。

张跃武从矿井出来，接到女儿第一个电话后，吓得双腿发软。他叫上车直奔锁厂工地，在车上给杨敏打了电话。杨敏在电话里发疯一般大吵大闹，一点没有副局长的风度。

张跃武在接到女儿打第一个电话时情绪尚正常，与妻子通话后，他觉得心口一阵气闷，猛拍车门，骂道："这个傻婆娘，老子和她离婚。"

开车的六指知道张跃武心情恶劣，闭紧嘴巴，专心开车。张跃武平时从来不坐快车，今天心烦意乱，不停催促提高车速。小车在蜿蜒的山路上高速前行，扬起灰尘，如一条恶龙。

张小兰正在哭泣之时，陈华递了一张纸巾，又拍了拍她的后背。等到张小兰稍稍平静之时，陈华道："从底楼到二楼中间有一道铁门，我找到一把旧挂锁，平时我们可以把门锁上，实行自我隔离。"

张小兰擦着眼泪，点了点头。

陈华看着在门卫室忙碌的侯沧海，叹息一声："我们锁门，其实影响不太好。为了活命，也顾不得这些。只是我们这样做，把侯子彻底关在外面了。这也是他做出的选择，是对我们的保护，他应该能够理解。"

陈华一直是以独立女性的姿态在社会上求生存。她走到现在这个位置，每一步都带着泪珠。也正因为此，她在面对困局时显得比张小兰更加冷静。

张小兰听到陈华的口气，莫名觉得诧异。女人的直觉极为敏锐，她从陈华眼神和语调中发现了一丝不仅仅属于同学间的柔情。

陈华将二楼锁上后，与守在门口的杨亮一起上楼。

张小兰仍然站在走道上，望着从门卫室不停地往外扔垃圾的侯沧海。侯沧海是果断之人，决定住在门卫室以后，便立刻清理垃圾。他清理一会儿，汗水钻了出来，从额头往下滴。他见张小兰站在走道上，又挥了挥手。

区委书记海强一直在隔离区靠前指挥。他从临时办公室出来，在警戒线外面见到侯沧海独自一人在门卫室忙碌，打电话过去，问道："侯总，你做什么呢？"

侯沧海讲了工棚里的情况，又道："我把这个门卫室弄出来，当成值班室，外面有什么事好找我，里面有什么事也好联系我。"

海强是南城区委书记，承担了极大压力，满脑子都是如何控制局面。他对侯沧海敢于担当的行为极为赞赏，道："好好好，侯总有什么需要，尽管提。"

挂断电话，海强招手将身边人叫了过来，指着门卫室，道："看到那间值班室没有？里面什么都没有。从现在开始，侯总要单独住在里面。你们赶紧去买生活用品，不要问我需要什么，自己动脑子。"

这间门卫室是一间破烂空房，什么东西都没有。侯沧海也就不客气，要了行军床、枕头、被子、牙膏、牙刷等必备生活物品。

南城区委工作人员行动极快，不到一个小时就将所需要的生活用品全部买来。物品质量上乘、极为齐全，包括内裤、袜子、指甲刀、折叠椅子等，一样不缺，远超侯沧海想象。

蒲小兵做完工作计划，到工棚又进行具体安排。他再次走出工棚时，看见侯沧海一个人搬家具，便走到门卫室，不解地道："你怎么住这里？"

侯沧海道："这里离大门最近，方便与各方联系。"

蒲小兵挽起衣袖，帮助侯沧海收拾门卫室。两人动作麻利，很快就将值班室大体上布置出来。他们拿出折叠椅，坐在门口抽烟。

工棚内传来一阵喧哗。一个工人大吼大叫地冲出工棚："你们别拦我，我要回家。"

"非典"是对全社会的一次考验，也是对社会凝聚力、基层组织能力和卫生体系的一次大考验。经过了考验，将凶残的传染病消灭，社会才能稳定下来；如果过不了这个考验，传染病恶性扩张，社会必然会动荡。侯沧海在度过头脑发蒙阶段后，很快地认识到这一点。

一个头发全白的工人甩开阻拦的人，朝大门跑了过来。

警戒线外的警察和医生听到闹声，都站了起来，紧张地注视着。按照预案，遇到强行走出警戒线的人，肯定要强制隔离。阻止闯隔离线的工作人员，也得隔离。

侯沧海和蒲小兵对视一眼，同时扔掉香烟，站了起来，堵在警戒线内侧。

叫老秦的工人狂叫："我要回去，让开，不关你们的事。"

侯沧海紧紧盯着老秦身体，当老秦伸手推自己时，猛然抓住其手，一个漂亮的抱摔，将老秦摔在地上，死死压住。

老秦挣扎了一会儿，耗尽了全身力气，也无法摆脱侯沧海，无力地停了下来，大口喘气。

警戒线外的警察和医生屏气凝神，等到侯沧海压制住冲出来的老工人时，才稍稍松了口气，将手里的警棍等器械放了下来。

蒲小兵蹲在老秦身边，道："老秦，你要冷静，你出去想做什么？"

老秦眼里有泪，道："我要回家。"

蒲小兵道："你肯定回不了家，出去也要被强制隔离。就算你偷跑出去，若是你真有病毒，难道想要害死家里的人？你的小孙子才几个月，是你老秦家的独苗。"

蒲小兵最了解每个老工人的情况，劝解直抵要害。老秦情绪慢慢稳定下来，道："我不跑了。喂，侯总，你刚才把我骨头压断了。"

侯沧海道："你真不跑？"

老秦道："我打了电话，听到孙子的哭声，一时激动，做了傻事。蒲小兵说得对，我回去有可能把全家人都害了。"

这句话说得真诚，侯沧海放开老秦，伸出一只手，拉他起来。蒲小兵也伸出手，拉住老秦。

三人慢慢走回工棚。

工棚内站了一群工人，神情复杂地望着夺路而逃的老秦。侯沧海站在工人面前，宣布道："隔离期间，每个人额外有一百元的补助。我是江南地产总经理，说话算话。"

老工人们听说有补助，没有欢呼，也没有反对，默默地在工棚附近坐了下来。

侯沧海拍掉衣服上的泥尘，走回门卫室，拿起不断尖叫的手机，道："海书记，有一个工人情绪失控，想回家，被我们劝回去了。为了稳定工人，我事先没给你汇报，擅自答应每个工人每天有一百元补助，由南城区政府出。"

海强在警戒线外看到侯沧海摔倒工人的全过程，对局面的复杂性、严峻性和困难性有了更加充分的认识，毫不犹豫地道："里面也就八十来人，每人一百元，补助十五天，区政府承认这事。侯总，工人中有不少党员，我建议你们成立临时支部。"

"我们马上成立临时支部，由蒲小兵任支部书记。海书记，你们要跟所有工人亲属做好思想工作，这样才能稳住工人们。"

"每家人都有一个工作组，全部到位，放心。"放下电话后，海强书记又把身边的人招呼过来，道，"你们没有给侯总买外套。他摔了一身泥，不可能穿十五天不换吧？"

身边人赶紧又去给侯沧海买外套。

站在老办公室走道上的张小兰终于拨通了侯沧海的电话，温柔地道："你摔伤没有？小心点嘛，别把自己弄伤了。你一人在门卫室，没人管。我有一件事情想给你说，其实我是……"她原本想说出自己就是他认识多年的无影宗，谁知说到这里，张跃武出现在警戒线外，朝里面大喊："兰花花，兰花花。"

两个警察用力将大喊大叫的张跃武拉住。

海强急忙招呼道："张总，你过来了，好好好，我们一起做好安抚工作。你别急，事情没有你想象的那么严重，这只是预防措施，你千万要理解。"

女儿是张跃武的心肝宝贝。为了女儿能得到真正的幸福，他想得很深远，谁知人算不如天算，万万没有料到，女儿会遇到千年一遇的烂事。

"你的手怎么了？"海强注意到张跃武手臂一直在流血。

张跃武道："没事，小车开得快，翻了。"

海强赶紧将张跃武带到救护车。医生们剪开衣服有些傻眼，张跃武手臂有一条七八厘米的伤口，皮开肉绽，鲜血直流，吓人得很。

江南地产陈杰、江莉和老戴出现在警戒线外，旁边站着二七高州分公司的杨兵和任巧。他们分别跟侯沧海和张小兰通电话，以示安慰。

轮到任巧打电话时，她未开口眼先红，道："侯子，等会儿我给你送饭过来。"

侯沧海道："不用，南城区统一送盒饭。区委区政府送的盒饭，营养价值肯定高。"

"盒饭太难吃了，你喜欢美食。吃十五天盒饭，肯定淡出鸟。"最后一句话是侯沧海开玩笑时常说的话，任巧故意说出来，想把气氛弄得轻松一些。

下午6点，晚餐准时送了过来。每个工人两个盒饭，有菜有肉有汤。等到盒饭依次分完之后，任巧提了饭盒，悄悄放在指定位置。她打电话给侯沧海："区委海书记特批，让我给你送饭。我送饭的时间晚点儿，你记得取。"

第三十一章　被隔离的日子

高州市防疫形势异常严峻。

4月1日，市卫生局成立防治"非典"工作领导小组，下设办公室，全面启动《高州市防治"非典"工作预案》。

下午5点，高州市召开防治"非典"工作紧急会议，传达贯彻省委、省政府主要领导关于做好防治"非典"工作的重要讲话精神，进一步对全市防治"非典"工作做出部署。市政府确定高州第三医院为高州市防治"非典"工作唯一的检测医院，医院成立防治"非典"领导小组和专家组，设立发热门诊和隔离病房，制定隔离和消毒措施，配备专车运送被感染病人。市防治"非典"工作领导小组办公室公布了疫情咨询电话和举报热线电话。

3日，新增"非典"疑似病例两例、密接人员十一人，隔离一百二十一人。

市委书记看望了锁厂片区隔离点，用高音喇叭做了"万众一心，共渡难关"的演讲，赢得了工人们长时间的掌声。随后，市委书记和侯沧海通了电话。

6日，高州市召开防治"非典"工作领导小组第二次会议，会议传达了山南省关于开展社会性预防消毒工作的会议精神，要求各成员单位按照"条块结合，各负其责"的原则，认真落实各项防治措施和工作任务。

即日起，在全市建立疫情日报及零报告制度，各单位每日下午5时前向市政府进行报告。

市卫生局召开紧急会议，传达市政府会议精神并部署以下工作：迅速建立区、街、居三级网络，落实区、街、居和楼门院四级管理；加强对流动人口的管理；做好居民体温晨检和发热人员跟踪汇报工作，印制下发"居民健康状况普查表"。

同时，启动社会性预防消毒工作。各区卫生局监督所对辖区内八百五十七个相关部门，特别对公共场所、重点部位消毒情况和食品行业、超市从业人员落实行业规定戴口罩、手套售货情况进行专项检查，并将督查情况进行通报。

8日上午，锁厂工地门卫室方向传来"砰、砰"的打击声。

门卫室外面挂了一个拳馆用的拳击沙袋，侯沧海身穿运动短裤，在沙袋前挥汗如雨。直拳、摆拳、勾拳、边腿、正蹬腿，他反复练习大学时期学过的散打，最初手还生，如今打得颇为流畅。

被隔离期间吃得好，休息得好，又有大把闲暇时间，不做运动肯定长胖。侯沧海此时心态摆得极正，全力为解除隔离做准备。每当想起有可能出现的最坏结局时，他就骂一句：人死卵朝天，不死万万年。

这属于侯氏家族的口头禅，以前他不喜欢用，此时此景，唯有这句口头禅最有激励性。

办公楼走道上，张小兰坐在左侧角落，陈华坐在右侧角落。她们各坐一角，沉默地观看侯沧海打拳。

隔离初期，楼上人天天聚在一起议论突如其来的疫情。几天之后，恐惧慢慢过去，他们开始打双扣来消磨闲散时间。

打双扣时，张小兰和陈华组队对战杨亮和王桂梅夫妻。张小兰是象棋高手，打牌水平也高，算牌极准。陈华稍弱，水平也还行。相较之下，另一对选手水准就差得太多，长期被蹂躏。

今天还是如此局面。连输两局后，杨亮有些急眼，指责王桂梅出错了牌。如果在寻常时间，出错了牌，互相说两句，算是打牌乐趣。但自从被隔离以后，王桂梅情绪一直不稳定，时好时坏。今天她很勉强地陪着大家打牌，被丈夫指责出错牌以后，心情猛然变得极坏，怒火不可抑制，将扑克牌重重地扔在桌上，开始数落杨亮结婚以来做过的种种错事，边数落边哭。

在外人面前被揭短，杨亮极为尴尬，准备将王桂梅拉回寝室。两人在走道上撕打起来，陈华和张小兰赶紧上前劝架。

杨亮用尽全身力气将王桂梅拖回寝室。

陈华和张小兰在寝室门口听了一会儿，最初王桂梅还是骂人，有撕打声。后来，屋里居然传来呻吟声。陈华是过来人，极短时间就听明白这是什么声音，转身走到走道右侧，看侯沧海打拳。

张小兰虽然没有经验，可是在寝室里和韦苇偷偷看过三级片，大致明白这个声音是什么。她面红耳赤地走向左侧角落，也拉了一张椅子坐下。她看侯沧海打拳时，心脏还在狂跳。

临近午饭，一辆越野车来到警戒线附近，警察们都熟悉这辆车，没有阻拦。陈杰和杨兵下车，朝侯沧海挥手。

任巧没有下车，坐在小车后排，提着中午为侯子煮的饭菜。她要等到工人们取走盒饭以后，才能悄悄地给侯子送饭。

杨兵站在警戒线边上拨通电话，喜气洋洋地道："侯子，给你讲一个好消息。口罩全部脱手，利润超高。可惜当初胆子太小，只进了十万元的货。"

"十万元的货，利润多少？"

"除去成本，净赚五万元。我本来还想卖高价，你胆子小，不准。"

"在这非常时期，适当赚钱是多赢。真要贪得无厌，会被工商和公安收拾。这个界限很重要，你要理解政府的行为逻辑。"

"我理解，当初就是胆子小了，少进了货，被楚朗台影响了。"

二七高州分公司的楚会计目前有了一个响亮绰号——楚朗台。绰号来源于葛朗台，结合了楚会计本身的职务，变成楚朗台。侯沧海性格强，说一不二，将楚会计压制得死死的。杨兵的处事方法与侯沧海略有差异，为了笼络楚朗台，经常给其小恩小惠。通过这种简单手法，杨兵有效地将楚会计变成了双面间谍。

工棚区，蒲小兵充分发挥了领头羊的作用，将工棚管理得井井有条。

蒲小兵将工人分成三个组，选出三个组长，由组长每天组织工人量体温并做记录。

在隔离期间，有两个工人先后发烧，惹得工棚的工人差点儿情绪失控。侯沧海和蒲小兵带着新成立的临时党支部，费尽九牛二虎之力才将工人成功安抚。比较幸运的是两个工人都只是感冒发烧，吃过退烧药以后，温度很快降了下去。高州三院已经做好接收感染者的准备工作。工人退烧以后，所有医务人员这才松了一口气。以高州三院的设施设备，如果"非典"病人突然增加，还真没有办法应对。

临时党支部成员制作了一些简单的宣传图画，张贴在工棚四周。宣传图画来自宣传册，党支部成员采取了漫画的方式进行简易创作。漫画是工人们喜闻乐见的方式，在特殊情况下传播知识最快。

午饭后，工人们选出的消毒组按照规矩开始定时定点消毒，并由班组长进行消毒登记和消毒质量评估监督。蒲小兵监督消毒组完成当天工作后，来到门卫室。他看到堆放整齐的厚厚碗筷，一本正经地道："那个小姑娘真有心，天天坚持给你送饭菜，娶进家门，绝对是贤妻良母。"

侯沧海摇摇头，没有回答这个问题。

任巧坐在陈杰驾驶的越野车里，听杨兵和陈杰天南海北在胡聊。眼见着隔离时间一天天过去，紧张和压抑渐渐消失，她有一种为侯子做事的甜蜜感。

小车进城，任巧在罗马皇宫下车，到超市采购新鲜食材，准备明天给侯沧海换个花样。

杨兵回寝室，用钥匙开门。房屋又从里面反锁，无法打开。屋内传来脚步声和孙艺欣的声音："外面有消毒液，你先消毒。"杨兵依言在消毒液里洗了手。由于每天在消毒液里洗手的次数超过十次，两手起皱，如被水泡过多时。

"喷衣服。"

"我没有进警戒线，就在警戒线外面。"

"病毒会通过空气和水传染。你去一次就行了，没有必要三天两头去锁厂。"

"我这是明知山有虎，偏向虎山行。"

"不要嬉皮笑脸，谁跟你开玩笑？你如果得了传染病，我怎么办？你心里只有哥们儿，没有老婆。"

这一次侯沧海被困锁厂，江南地产和二七高州分公司绝大部分员工都到过警戒线，多数去过一次，杨兵、陈杰去过多次，任巧天天去。江南地产和二七高州分公司的业务骨干各有一个人从来没有到过锁厂警戒线，江南地产是梁期罗，二七高州分公司是孙艺欣。

杨兵完成了所有进屋准备工作，又去敲门。进入后，孙艺欣站在卧室门边，道："你先洗澡，衣服扔到洗衣机。"

杨兵将外套脱了，塞进洗衣机。

"内裤，一起脱。赶紧去淋浴。"

淋浴完毕，孙艺欣这才走到客厅，道："侯子这个经理当得太舒服了，什么事情不做，工资比我们都要高。这次卖口罩完全是你出的主意，经手的也是你，他凭什么分钱？"

杨兵在卫生间答道："你不要老是盯着侯子，他是分公司经理，大事都要靠他。"

孙艺欣不满地道："我最看不惯你这熊样，明明可以自己当头，为什么事事都要看别人的脸色？我的男人不能这样窝囊。"

这是孙艺欣多次提起的话题了，弄得杨兵很烦。他开玩笑道："女人头发长见识短，不要掺和男人的事。"

孙艺欣拉开门，怒气冲冲地道："天天跑去拜见侯沧海，一点儿都不顾及我的感受。我才二十一岁，如果染了病，那才冤枉。你想当侯沧海的跟屁虫，我不想当。我是分公司员工，不是卖身的奴隶。"

说到愤怒处，她将杨兵的衣服丢进卫生间。

"非典"开始以后，孙艺欣变得特别神经质，杨兵忍了她好些日子了。扔在卫生间的衣服成了导火索，他光着身子冲出来，抓住孙艺欣，道："把衣服给我捡起来。"

"我才不捡。"

两人在客厅里拉扯起来，最后，杨兵将孙艺欣压在沙发上。孙艺欣停止了反抗，哇地哭了出来。听到哭声，杨兵慌了神，急忙投降，拿出"床头打架床尾和"的绝招，开始全方位进攻。孙艺欣一动不动，任由杨兵宽衣解带。最后一道程序时，杨兵停下动作，挺直了腰。他明白了孙艺欣情绪激动的原因，例假来了。

他温柔地俯下身，亲吻女友嘴唇，道："对不起，没发现你来例假了。"

"你眼里只有兄弟，没有老婆。"孙艺欣梨花带泪，楚楚可怜。

女人例假期间往往情绪不佳，主要原因是体内激素水平变化，导致身体受到影响。不同的女人身体状况不同，例假期间的反应也不一样。

孙艺欣在例假期间必然会情绪反常，一句话甚至一个表情不对，都会生气。本月例假恰逢"非典"期间，情绪变化更加强烈。

杨兵手忙脚乱地弄了一碗苹果银耳汤，劝孙艺欣喝了。平常例假期间，孙艺欣都是自己做苹果银耳汤。这次情绪太坏，只想着发火，没有为自己做准备工作。

费了九牛二虎之力，杨兵终于让孙艺欣高兴起来。

有人曾经说过，美人是花瓶，外表漂亮，抱在怀里却是冷的。杨兵现在实实在在地体会到了这句话的意义。他与前女友和江莉交往时，偶尔会觉得女人经期会不方便。但是，与孙艺欣交往以后，他开始畏惧女人的经期。

杨兵独坐于客厅，想起独身的侯沧海，很羡慕。

侯沧海此时与大厨李前宏在一起聊天。

李前宏平时住在底楼，很少到二楼。二楼被锁掉以后，开始挺不高兴，觉得自己受到嫌弃。好在侯沧海更惨，只能住在门卫室，比自己还不如，李前宏这才心理平衡了。最初几天，李前宏将自己关在房间里，除了吃饭，根本不出门。隔离一个星期以后，他胆子大了，经常到门卫室和侯沧海聊天。

李前宏最喜欢聊的话题是曾经工作过的面条厂。他无数次感慨，希望面条厂出一个蒲小兵式的人物。蒲小兵式的人物可遇不可求，每个厂的情况也不相同，他只能想想而已。

李前宏聊了一会儿江州面条厂，回寝室睡觉。侯沧海在门卫室胡思乱想了一会儿，拨通了陈华电话。

陈华和张小兰各自在角落里坐了很久，相当无聊，又聚在一起聊天。正在聊天时，陈华接到侯沧海的电话。

"南方'非典'更厉害，死了不少人。"

"侯子，你想说什么？"

"能不能打听到熊小梅的消息？我不是想和她通话，就是想知道她是否安全。"

"你还是忘不了她？"

"特殊时期，问问她的情况。"

"好吧，我帮你问一问。"

张小兰听到"侯子"两个字，心里便不痛快。"侯子"是侯沧海的绰号，很多人都在喊。其他人这样称呼，张小兰觉得正常。每次陈华很亲密地低声称呼"侯子"时，张小兰就会不高兴。这时，她特别不想理睬侯沧海。她假装没有听见陈华和侯沧海的对话，低头摆弄手指。

陈华挂断电话后，叹息一声："侯子打电话，想打听熊小梅在广东的情况。

一日夫妻百日恩，他这人重情重义。"

张小兰低头，继续摆弄手指。

陈华打通李沫的电话，聊了一通近况以后，询问熊小梅的近况。"非典"暴发以后，熊小梅住在城外农庄，准备等着这一场风波结束后，才回城。

陈华与熊小梅对话之时，张小兰神情变化数次，终于不再摆弄手指，回寝室休息。她原本想重重摔门，又强忍着不佳情绪，轻轻关门。她躺在床上，脑袋里全是侯沧海围着沙袋跳来跳去的猴样子，恨恨地道："这个侯子，花心大萝卜，花花公子。"

门卫室，侯沧海将一串号码写在了笔记本上。他盯着这一串普通号码看了很久，终于将号码放进抽屉里。既然得知熊小梅平安，便已心安，没有必要去打扰。

他在锁厂工地走来走去，转了几圈后来到挖开的水沟边。水沟挖了三米多深，形成一条向外流淌的小溪。为了防止病毒随着溪水外流，临时支部严禁工人们身体接触水体。此时的水体几乎没有受污染，纯净如玉带。

隔离初期，侯沧海和吴小璐通过一次电话。如今隔离时间过半，两人没有再通电话。当时吴小璐曾经说过，马忠极有可能去抢救"非典"病人。侯沧海站在水边给吴小璐打去电话，问一问那边的情况。

铃响多声，吴小璐才接电话。

"马忠参加了省卫生厅组织的专家救治小组，我很担心他。"吴小璐情绪不高，忧心忡忡。

"马院是专家，懂得保护自己。"虽然知道劝解是无力的，侯沧海还是用苍白的语言来安慰吴小璐。

"我也是医生，知道风险性。我真的很怕。"

正在聊天时，门铃响起。吴小璐有身孕，在"非典"暴发以后便回家休息了。这一段时间，家里门铃极少响起。听到门铃响起，吴小璐禁不住心惊肉跳，没有与侯沧海打招呼，直接挂断电话。

打开门，听到来者表明身份后，吴小璐用手扶着墙。对方嘴巴不停地张合，说了许多话，多数话语都在半空中自行解体，没有进入吴小璐耳中。吴小璐只记得一句话："马忠医生被感染。"这一句话如原子弹，在脑中轰然爆炸，冲击波将脑神经冲得七零八落，处处断裂。

"我要去看他。"

"暂时不行，省领导指示，要不惜一切代价抢救，我们正在全力抢救。"

"全力抢救？已经很危险了吗？不要骗我，我是山南医科大学毕业的医生。"

来者如何解释，吴小璐已经完全记不清了。从门铃响起，到来者谈完情况，直到自己昏倒，醒来时已在医院病床上。这个过程完全没有记忆，是一片空白。不管如何回想，吴小璐都无法回想起当时是怎么一回事。

她醒来后读到长篇新闻报道，才知道丈夫最后的时光。

这篇报道完整记录了自己的丈夫、孩子未见面的父亲的最后时光。报道节选如下：

年仅41岁的马忠医生因抢救"非典"病人而被感染后，病情突然恶化，抢救无效，永远离开了他热爱的岗位，离开了共同战斗的同事和战友，离开了一起生活的妻子和未曾谋面的孩子。

马忠同志毕业于山南医科大学，留校任教，后到南州胸科医院工作，再到鸿宾医院……马忠医生为了让自己能够全身心投入抗击"非典"的战斗，对怀孕的妻子说："我是搞呼吸道传染病的，技术在全省一流，救治非典型肺炎病人是我的职责，否则就是失职！"

他以专家身份主动加入急救小组，站在最危险的岗位上。

从收治第一例病人起，到4月4日增至10例，4月8日增至23例……

4月5日，一内科收治了一名27岁男性非典型肺炎患者。他曾患有恶性淋巴瘤，体质差，入院当天深夜就生命垂危，肺部病灶迅速增加，血氧饱和度和血压降到最低，呼吸一度骤停。马医生接到通知后马上赶到病房，与当值医护人员共同抢救。为了把病人从死亡线上抢救过来，马忠医生给病人上呼吸机，当时病人出现抗拒和挣扎，自主呼吸与呼吸机不同步。他当机立断，果断切断病人微弱的自主呼吸，完全运用机械通气。第二天凌晨4点多，病人的病情终于稳定下来了。经过马医生和全体医务人员一周的精心治疗和共同努力，这位濒临死亡的病人病情得到稳定，痊愈出院。

马忠医生为病人上呼吸机，做纤支镜时，几乎嘴对嘴、鼻对鼻的"零距离"接触，有时被病人痰液、血液喷了一身，他不顾个人安危始终奋战在第一线。当病人转危为安时，马忠医生脸上虽显疲倦，却露出欣慰笑容。

就在即将看到胜利曙光的时候，马忠医生病倒了，病情急转直下，虽然医院不惜一切代价全力抢救，终因病情恶化，抢救无效，心脏停止了跳动……永远离开了父母、妻子和未曾谋面的孩子。

让马忠精神永存！让生命之光永恒！

第三十二章　识时务者为俊杰

锁厂隔离即将结束之时，侯沧海看到了这篇报道。

侯沧海无法用语言形容得知马忠牺牲时自己的心情。他的心脏如有无数只蚂蚁在啃噬，每一口都很轻微，却疼得极真切，无法化解。

侯沧海和马忠认识的时间不长，关系处得相当不错。他的医药代表生涯在短时间取得成功，得益于马忠。这次引进鸿宾医院到高州，也多亏马忠大力帮忙，高州卫生局才能顺利与鸿宾医院资方签下合作协议。

斯人逝去，对怀有身孕的吴小璐是致命打击。

想到这一点，侯沧海便长吁短叹。

还有一天就要解除隔离，工人们已经开始工作，隔离区传来机器响声以及扬起阵阵灰尘。

办公楼诸人开始庆祝胜利。陈华和张小兰想要打开一楼二楼之间的铁门，遭到王桂梅的反对。四人经过商量，决定明天解除隔离后才打开铁门，奔向自由世界。

半夜，陈华在房间里翻来覆去，难以入睡。凌晨，已经到了能够解除隔离的时间，她拿出挂锁的另一把钥匙，悄悄出门。当初找到挂锁时，锁上带有两把钥匙，陈华留了个心眼儿，单独掌握了一把，另一把钥匙就由神经兮兮的王桂梅掌握。

尽管陈华动作够轻，打开铁门时，锈迹斑斑的铁门还是发出了"嘎吱"一声响。她迅速躲到阴影里，观察是否惊动其他人。等了几分钟，她锁上铁门，绕过警戒线后方射出来的灯光，走了一个大圈，从黑暗处来到门卫室。

自从下定决心晚上与情郎相会以后，陈华便认真规划了行进路线。按照规划路线，果然避开了警戒线灯光，神不知鬼不觉地到达门卫室。

站在走道角落的阴影里，张小兰的目光一直跟踪着陈华。这一次在锁厂见到陈华以后，她立刻意识到陈华和侯沧海的关系不简单，每次陈华称呼"侯子"似乎都是向自己示威。

夜深人静时，张小兰听到铁门发出吱的一声响，便轻手轻脚起来，隐在黑暗角落观察，她见到陈华离开大楼，鬼鬼祟祟地前往门卫室。

张小兰努力控制自己，没有做出失态之举。她对侯沧海极为失望，失望如小刀，切割着她骄傲的自尊心。

此时此刻，陈华的感受和张小兰是冰火两重天，张小兰坠入冰窟，陈华则是进入了热烈的夏季海洋。

"你怎么过来了？"

"我早就策划和你在最后一天相会。"

"没穿内衣和小裤？"

"嗯，这样方便。"

门卫室一直没有门，不远处就是日夜有人守卫的警戒线，随时有工人可能过来，种种因素让陈华感到前所未有的刺激。

"等会儿，我声音如果有些大，你要及时捂住我的嘴巴，我怕控制不了自己。"

"没有问题，愿意效劳。"

这十来天，侯沧海打沙袋、四处巡查，表面上非常镇静，实则经历过深深的恐惧。明天解除隔离，他心情放松，十分享受男欢女爱。

正在兴头上，放在一边的电话响了起来。海强书记和侯沧海有过约定，在隔离期间，两人二十四小时开机，必须在第一时间接听对方的电话。因此，侯沧海从来没有关过手机。此时三更半夜，手机突然响起，屏幕发出明亮的光。

张小兰站在走道上打电话。她眼尖，似乎看见了门卫室的身影。她用很冷静的声音道："侯子啊，我睡不着，能不能陪我聊聊天，谈谈工程也好。"

接电话时，侯沧海停止了动作，道："太晚了，明天解除隔离，大吃一顿，找地方玩个痛快。"

陈华与张小兰一样冰雪聪明，见电话响起，知道肯定是自己出门时惊到了张小兰。侯沧海打电话时，她不仅没有停止运动，反而故意让身体如弹簧一般摇动，她渐渐达到难以抑制的兴奋，扯了毛巾，用嘴巴咬住。

在一阵又一阵让人迷醉的幸福潮流中，她脑里闪现出一具不堪入目的身体。这个身影如此不真实又如此不合时宜，如来自地狱的丑陋小鬼。她闭着眼，紧紧咬住毛巾，泪如雨下。

电话结束，放在一边。

终于，她和侯沧海同时停了下来。她变成八爪鱼，将这具充满活力的健壮身体搂住。在这一刻，她觉得自己是真正女人，有了女人真正的情感，能感受到阴阳交会的美妙。而更多时间，她不是女人，只是道具和傀儡。

陈华喃喃低语："那丫头对你情愫暗种，你难道不明白？"

侯沧海叹息一声："她是好女孩，但是，我不是好男人。"

陈华摸索着穿上衣服，低声道："你这不是真话，主要原因还是熊小梅。她离开你，伤了你的心，伤口还没有愈合。"

侯沧海沉默了一会儿，道："如果不是'非典'，我不会再寻找她的消息。"

陈华道："既然放不下，我给她打电话，你们见个面。当面谈清楚，免得你牵肠挂肚。"

侯沧海很敏感地问道："听你的意思，她有人了？"

"你还真是傻男人，她有没有人，我真不知道。不过，我可以问到准确消息。"

"不必去问，不要让我知道真实情况。"侯沧海突然觉得奇怪，道，"我们如此亲密了，难道你没有考虑过我？"

"我们是一对伤心人，这种状态最好。"陈华情绪变得低沉起来，充满沮丧。

天亮时，市委常委、南城区区委书记海强亲自到场，向解除隔离的工人表示祝贺。张跃武挤过人群，看到女儿，夸张地道："兰花花，你把我吓死了。"

杨敏抱着女儿流眼泪，道："兰花花，你的脸色真差，跟妈回江州，不来这个破地方了。"

"我跟妈回江州。"说完这句话，张小兰迅速看了一眼侯沧海。

即将开车，张跃武忽然觉得不对，道："兰花花，你回江州，没有给侯沧海说一声？"

杨敏笑道："兰花花大学才毕业，你就让她挑这么重的担子，亏你当初想得出来。回家休息几天，有什么了不起？难道还要看侯沧海的脸色？"

张跃武见女儿脸色苍白、神情抑郁，还认为是隔离综合征，便同意让女儿回家休息一段时间。小车启动时，他看了一眼正在和海强书记交谈的侯沧海，道："这次被隔离是天灾，你别怪在侯沧海身上。"

女儿无恙归来，杨敏心花怒放，她没有和丈夫争论，坐在车后排，挽着女儿，道："别在车上谈生意，女儿没事，比什么都强。"

张跃武朝窗外看了一眼。锁厂工地的净地工程进展得很不错，一般工地常常遇到的拆迁难题在这里几乎不存在。以目前情况来看，三个建筑老板最多一个月就要进场。这一个月的相对空闲期，有侯沧海这个能力超强的总经理顶着，女儿可以好好散散心。

侯沧海将市委常委、南城区区委书记海强送到车边。

这十五天来，为了做好隔离期工作，侯沧海天天和海强通话数次。如今顺利结束隔离，两人成了朋友。

海强来到车边，年轻秘书赶紧拉开车门，护住海强的头部。年轻秘书做这件事情时，神情专注，仿佛这是世界上最重要的事情。他眼里只有海强书记，其他人和事都变成浮云，甚至整个宇宙都不存在。

此情此景，让侯沧海产生了强烈的荒谬感。

在母亲生病之前，每当自己和区委政法委书记蒋强华一起出行时，也有差不多类似的行为。尽管程度有所不同，本质是一样的。局中的人没有觉得此行为可笑。曾经的局中人回头再看此行为，便觉得没有实效却充满仪式感的行为太过可笑。

海强书记上了车，似乎又想起什么。他又下车，将侯沧海招到身边，道："你以前在政府机关工作过，现在想不想回来？如果想回来，我可以把你弄到国企，然后想办法调回机关。"

侯沧海觉得海强书记这个想法不可思议，拱手抱拳，道："谢谢海书记，既然出来了，就没有必要回去，不管在哪个岗位都是为人民服务，这边的岗位更适合我。"

隔离区的十五天，让海强书记生出爱才之心。他预料到侯沧海不会离开现在的总经理岗位，道："不来也罢。锁厂危房改造只是万里长征走了第一步，你不要掉以轻心，锁厂工人都盯着这个项目。只要进展不顺，必然引起风波，切记，切记。"

再三叮嘱后，海强书记坐车离去。

侯沧海环顾四周，总发现少了个人。他目光寻找一圈，没有看见张小兰，也没有看见张跃武和杨敏夫妻。

隔离解除，侯沧海原本想和张小兰沟通危房改造的下一步工作。他没有料到，张小兰会不辞而别。此时刚刚解除隔离，还有不少人要应付，侯沧海暂时没有给张小兰打电话。

楼上，杨亮夫妻收拾好房间，正在和陈华聊天。王桂梅的情绪在解除隔离后立刻就由阴转晴，干净利索，绝不拖泥带水。她见到侯沧海后又变成落落大方的生意人，讲起在隔离期间的各种糗事，笑声清脆响亮。她并不讳言在初被隔离时的绝望，以及天天赖在床上不起来的脆弱。

杨亮心情也不错。经过这一次意外被困，监控器材生意稳稳当当地落在自己手里。这是一笔能赚钱的大生意，更关键的是与张小兰和侯沧海加深了友谊，以后江南地产的所有监控器材应该都能拿到手里。祸福相依，总在不经意间转化，古人的阴阳学说确实充满了朴素辩证法。

陈华脸色红润、肌肤光洁，如一朵刚被春雨浇过的小蘑菇。解除隔离时，她一直站在走道上观察大门处高高兴兴的人群。渡过了一道难关，所有人的高兴都发自内心。她在所有人最高兴的时候，涌出一丝落寞。

"张小兰走了，一家三口团聚，似乎没有和你打招呼。"

"这家人不打招呼就走，害得我找了半天。"侯沧海悄悄地摸了摸陈华的手。

"你是装傻，还是真傻？小姑娘对你真有意思。昨天她应该看见我来找你，早上起来脸色差得不行。"

侯沧海也猜到此处，没有回答这个问题，反问道："昨晚最兴奋的时候，你为什么要流泪？以前不是这样的。"

陈华给了侯沧海一个大白眼，道："大白天，不要讨论这么隐秘的问题。你不愿意回答我刚才的问题，说明你对张小兰有好感，准确来说是上了心，是不是？"

侯沧海原本想说"张小兰太纯真，我不愿意伤害她"，话到喉咙处，觉得这样说对陈华不尊重，便不讨论这个话题。

聊了一会儿家常后，陈华坐上杨亮的小车，离开锁厂。

快乐的人群逐渐散去，侯沧海脸上笑容完全敛去。马忠牺牲之事时不时地涌上心头，让他压抑。

侯沧海将所有情绪放在心底，在卫生间里独处半个小时。出来后，他坐上陈杰开的越野车，回新区。

出租房被打扫得一尘不染，房间鲜花散发阵阵清香。任巧熬了一锅鸡汤，鸡汤清香，上面漂着几粒油珠。

洗完澡，换上自己的干净衣服，侯沧海觉得浑身都透着舒服。他喝着茶，让思绪平静下来，这才给张小兰打电话。电话打通，无人接听。打第三个电话时，手机关机。

马忠英勇牺牲后，侯沧海心中始终堵着一块石头，情绪低落。他不想去管小姑娘的心思，将手机丢在一边，将杨兵、孙艺欣叫了过来。

四人一起吃午饭，谈了二七高州分公司的业务。孙艺欣一直以来都不满侯沧海挂个名字拿钱，在背后经常向杨兵抱怨。当侯沧海坐在面前时，她感受到对方强大的气场，所有想法全部被堵在肚子里，不敢当面说出来。

敢于当面跟侯沧海叫板的是梁期罗。

在办公会上，梁期罗态度强硬，道："凭什么要给每个工人每天一百元补助？十五天就是一千五百元，七十多个人啊。大张总经常讲要控制成本，这笔钱就不应该开支。"

侯沧海耐着性子，道："这笔钱由南城区政府支付，只是由我们垫付。海强书记亲自安排的。"

梁期罗道："这笔钱只怕是肉包子打狗，一去不回。"

这一次隔离期间，梁期罗有意无意地多次讲起由于侯沧海坚持靠前指挥，这才导致张小兰陷在隔离区。心急如焚的杨敏自然十分恼怒，多次在不同场合痛骂侯沧海。杨敏这个态度，让梁期罗觉得腰杆硬了。

在江南地产这种家族企业里，用财务人员来作为牵制和监控棋子是常见之举，梁期罗就是张跃武放在江南地产的棋子。有的棋子聪明，上下关系抹得平；有的棋子没有摆正位置，处处以资方代表自居，和所处企业弄得很僵。

梁期罗就是那颗没有摆正位置的棋子。

侯沧海很厌恶地看了梁期罗一眼，道："你再说一遍？"

梁期罗感受到来自侯沧海的压力，略为退缩，还在自言自语道："这样搞，金山银山，也要被用光。"

侯沧海放下手中的笔，心平气和地道："梁科长，你的劳动关系在江南地产，是江南地产的员工。如果我作为总经理的决定得不到有效执行，那么，我们两人之间会有一人卷铺盖滚蛋。你仔细考虑一下，滚蛋的是你还是我。恕我直言，你的水平就是账房先生水平，距离一个合格的财务科长还有很大差距。你当务之急是多学习，提高本事，而不是处处和一个没有任何财务问题的总经理死磕。识时务者为俊杰，否则你只有卷铺盖走人这一条路。我今天把话说得很直接了吧？听懂了吗？"

如果语言可以化成匕首，这几句心平气静的话就已经是白刀子进红刀子出了。

梁期罗脸上红一阵青一阵，刚要开口讲话，又被侯沧海打断。

侯沧海道："这十万元解决的是整个锁厂隔离区的稳定问题，事涉全局，不仅是江南地产的危房改造工程，还有大张总的煤矿建设，不容讨论。在今天之内，你要将钱备好，交给蒲小兵，我不想看到任何乱子。"

坐在梁期罗身边的老戴用力踢了梁期罗一脚。这一脚踢得很重，梁期罗疼得抬了膝盖，撞在桌上，发出咚的一声响。

梁期罗明白老戴的意思，被迫屈服，道："那让蒲小兵来办手续。"

侯沧海道："今天之内必须把钱给蒲小兵。我不管银行是不是准备了现金，这是你的事，不是我的事。几天前我就给你打了电话，你早应该和银行联系。"

谈了这笔钱后，会议话题转到进度计划。

江南地产采用的是传统水平进度计划，也就是横道图法。每项内容后面是年度和月份，用纯黑表示进度计划，用灰色表示实际进度。

第一项内容是项目评估，因为已经完成，全是黑色。

第二项是土地，已经完成，用纯黑色。

第三项是资金筹措，黑色进度下面是灰色进度，筹措情况一目了然。

依此类推，将房地产开发项目的二十一个内容用一张大表格完全展示出来。

其缺点是从图中看不出各项工作之间的相互依赖和相互制约关系，看不出一项工作的提前或落后对整个工期的影响程度，看不出哪些工序是关键工作。为了解决这些问题，侯沧海将政府机关的管理模式移植到了江南地产：通过定期召开工作例会，各部门汇报情况并提出问题，然后统一安排。

"非典"隔离，打乱了整个安排。今天是解除隔离的第一天，尽管张小兰不辞而别，侯沧海还是立刻全面恢复危房改造工作，履行起总经理职责。

会议结束以后，工程科老戴开始给三个建筑商打电话，交代会议情况。

等到侯沧海开车离开后，老戴将梁期罗叫到自己办公室。梁期罗犹在生气，气得浑身发抖，道："侯沧海是崽卖爷田不心疼，拿着公司的钱收买人心。我要回江州，把这些事情原原本本地向大张总和杨局长反映。"

老戴慢条斯理地道："老梁，我们都是老同事了，有几句话我想劝你。别跟侯总找别扭。大张总派他来当总经理，肯定经过多方考虑。如今，侯沧海和海强书记关系不一般，又和蒲小兵结成同盟。只要他不贪污，没有做祸害大张总的事，他的地位稳如泰山。你如果继续和侯总闹，你自己坦白地说，大张总是动他，还是动你？侯总今天把话说得难听，实际上挺实在，你要三思而后行。"

梁期罗唉声叹气地道："大张总让我来，就是让我把钱看住。有些事情我看在眼里、急在心里，不说出来，对不起大张总。特别是杨局长三番五次地打招呼，要我随时给她汇报。我现在是老鼠钻风箱，两头受气。"

老戴道："我们都是打工仔，做好手中的事就行了，手别伸得太长。"

梁期罗愤愤地道："侯沧海挂着总经理的名字，实际上也是打工仔。"

老戴道："老梁啊，你的情商太低。你仔细想想小张总和侯总的关系，说不定他们就搞成了一家人，你是咸吃萝卜淡操心。"

梁期罗情商不高，回想侯沧海和张小兰在一起的情景，仍然一头雾水，不明所以。

侯沧海作为总经理，没有用人权，面对这个水平不高情商更低的刺儿头只能发出威胁，心里也不痛快。他决定等张小兰回来，好好和她谈一次，争取增设财务总监。

担任总经理职务后，他一直在思考需要什么样的财务总监。

在其心目中，梁期罗就是账房先生式的财务人员，工作范围扩张的极限就是编制报表、制定制度、会计核算、资产管理、税务管理和内部控制。而且这个梁期罗屁股坐歪了，不以大局为重，一心只想讨好张家。

另一种是总会计师式的财务人员，除了以上职责外，还有财务预算、融资活动、资金管理、产品定价和成本控制。

一个大型企业真正需要的财务人员是懂得财务战略、资本运营、绩效考核、企业及财务风险管控，以及企业价值的人。

这三个模式是他参考了一些书，结合自己的经验，对未来企业所需要的财务总监大体进行的设想，虽然还是空中楼阁，很粗陋，但是若有机会发展起来，财务上的设想大体如此。他准备劝说张小兰引进一位总会计师式的财务人员，地位在梁期罗之上。这样一来，梁期罗就会淡出决策层，成为纯粹的执行人员。

第三十三章　有钱心里才不慌

越野车一路穿山越岭，从江州市远郊区进入高速路，下午 5 点来到南州。

小车来到山南二院家属院，周鑫接到电话后，下楼等侯沧海。两人见面也不客套，直接进入主题。

"小吴状态怎么样？"

"我这个外甥女没有福气，刚过几天好日子就遇到这事。"

"小吴什么情况？"

"她状态不好。为了照顾她，我们千说万劝，才把她弄到我姐家里。现在她发呆，不说话，也不哭。

"他爸来了没有？"

"来了，没用。"

侯沧海跟着周鑫进入周瑛家。周瑛比上一次见面至少老了五岁，愁眉不展，精神焦虑。她见到侯沧海，叹息一声，坐到一边不说话。

侯沧海进屋不到两分钟，屋内传来吴小璐号啕大哭声。

周瑛立刻站起来，紧张地道："小璐哭了？"

周鑫点头，道："哭了。哭出来就好了，比憋在心里强。她再不哭出来，我们就要哭了。"

侯沧海没有想到吴小璐会突然间号啕大哭，哭得眼泪和鼻涕全部糊在脸上。她紧紧地抱住侯沧海，不停地大哭。

哭声引得周瑛和周鑫姐弟都站在门口。两人都是医生，最担心遇到这类事情后情绪得不到释放，引出大麻烦。周瑛和周鑫没有料到这个年轻人出现后，吴小璐马上就哭了出来。

周瑛抹掉泪珠，将周鑫拉到一边，低声问道："侯沧海和小璐到底是什么关系？"

周鑫道："他们都在黑河工作过。侯沧海在公共汽车上见义勇为，救的就是小璐，后来还从闹事的患者家属手里救出小璐。他们关系不一般，但是没有男女关系。"

"现在他们可以有男女关系了。侯沧海是医药代表，有了我们家的关系，肯定会做得很好，他愿意吗？"周瑛是经历过苦难的人，看问题很现实。

"马忠才走。我们说了都不算，暂时别提这事，让他们自然发展。"周鑫小心翼翼地给姐姐提建议。

在屋里，侯沧海的胸口被完全打湿了。等到吴小璐哭够以后，他走到屋外要了毛巾。

侯沧海进屋，拿起毛巾，在吴小璐脸上胡乱抹了几把。

"现在好点了吗？"

"我很难受。"

"事情发生了，你必须承受。人这一辈子总得倒霉几次。比如我们家过得好好的，食堂也赚钱，我正准备结婚，谁知老妈一场病，我们全家直接掉到地狱，现在总算熬过来了。"

"我不管睁眼还是闭眼，脑里都是马忠，他最爱肚子里的孩子，结果没有看到孩子出生。"

"勇敢点，别伤心了。我们要拿出最现实的态度，伤心解决不了任何问题。"

"我知道，就是控制不住。"

"那就慢慢控制，人生都得有道坎儿。"

两人慢慢地聊。最初窗边还是亮的，后来慢慢变成火烧云那种红色，最后天空完全坠入黑暗之中。晚上9点时，侯沧海走到客厅，道："家里有回锅肉的材料吗？我给小吴炒回锅肉。"

这几天大家都忙着处理马忠后事，又为吴小璐身体担心，家里没有开伙，直接到医院食堂吃饭，家里没有备料。

周鑫道："小璐要吃饭，我开车去买。"

侯沧海叮嘱道："除了后腿肉，还要蒜苗、郫县豆瓣、豆豉、料酒、白糖。"

弟弟买肉时，周瑛用电饭煲煮了米饭。她平时很少做家务，为了电饭煲加多少水，还特意给丈夫打过电话。

二十几分钟以后，周鑫提着猪后腿二刀肉进屋。周瑛埋怨道："这么久？"周鑫抬起手腕指了指表，道："我跑了两家大超市，才买到这个二刀肉。"

侯沧海要来围腰，在厨房忙碌。

很快，厨房有了烟火气，热锅油爆豆瓣的香味十分浓烈，随后便是二刀肉在热锅里与各类调料发生化学和物理反应后散发出来的奇香。自从马忠牺牲以后，吴小璐吃得很少，每天以牛奶为主。经过几天时间，她的情绪慢慢缓了过来，侯沧海的到来是极好契机，将其从困境中拉了出来。

看着女儿开始吃回锅肉，周瑛觉得无比幸福。只要肯吃饭，人的精神就不会崩溃；只要精神不崩溃，年轻的身体便没有太大问题。

吃完饭，吴小璐苍白的脸上有了些许血色，问道："我爸呢？"

"他在你舅家。乔叔最近忙着抗'非典'，在办公室住了好些天。"周瑛见女儿开始询问其他人的情况，顿时觉得人生太幸福了。

女儿洗澡之时，周瑛、周鑫和侯沧海在一起聊天。周瑛主动问道："听说你在工地被隔离了？"

"今天刚解除隔离。"

"你是医药代表，到工地做什么？"

"我还兼职在一家房地产公司工作。"

谈到这里，周瑛觉得这个侯沧海各方面条件都不错，就是家庭条件差了些。若是女儿真和他好了，条件肯定不如马忠。经历过马忠的事，她的心理承受能力大大加强了，心道："我们一家都在卫生系统工作，真要扶侯沧海一把，他这个医药代表也能赚钱。"

想到这里，她眼神变得柔和，轻声道："你别做两份工作了，专心把医药代表做好。你想办法调回南州，不仅可以做药，还可以做器材。如果二七公司不行，还可以跳槽到更好的公司。我、周鑫还有老乔都认识一些有实力的药企，打个招呼，你就能进去。"

听到这言语，侯沧海知道周瑛肯定把自己想成了吴小璐的未来男友。他假装没有听懂，道："房地产公司效益不错，我是负责人。估计再等一段时间，我会辞去二七公司的工作，专心做房地产。"

择机辞去二七公司的职务，是侯沧海在被隔离期间决定的事情。如今杨兵羽翼渐丰，就算自己真辞职，苏松莉也不会再派其他人到高州任经理。

医药代表只是侯沧海人生一站。如今他有了更好的选择，人生的一页就此翻了过去。

听说侯沧海选择做房地产，周瑛很失望。如果侯沧海继续当医药代表，凭着周家在卫生系统的人脉，他能获得很多帮助。既然获得了很多帮助，自然会对女儿很好。如果他进入房地产这个资金聚集地，则未来变得不明朗。

侯沧海到南州的主要目的是看望吴小璐。

至于鸿宾医院在高州开分院之事，则需要与高州市卫生局长再次协商。马忠是牵线人，不是投资者，他的离去对合作有一定影响，但并非决定性影响。尽快进行第二轮会谈，将有助于院方尽快入场。

从周家出来后，侯沧海开车来到山岛俱乐部。由于"非典"，俱乐部棋苑和酒吧大门紧闭，没有营业。侯沧海不愿意在"非典"期间惹人烦，没有与汪海等老友联系，连夜开车回江州。

江州世安厂灯火通明，凡是进出皆需要登记。登记人员都是老工人，认识侯沧海，打过招呼后，按照规矩量体温，体温正常，他们才放侯沧海进厂。

侯沧海将小车开到六号大院，正要下车，忽然想起家中还有两个小婴儿，自己这一天跑了不少地方，若是把病毒带回来，后果不堪设想。他将车停在六号大院门口，没有下车，在车中打电话。

接电话的是妹妹侯水河。她的状态不错，说了些双胞胎趣事，还让两个不会说话的双胞胎叫舅舅。

随后母亲周永利接了电话，叮嘱侯沧海不要乱跑。谈起自身病情时，周永利信心较之以往明显增强。相较厂里其他得了尿毒症的同事，她最幸运，及时做了肾移植手术，排斥反应也不太强烈。

周永利又问侯沧海有没有女朋友，如果没有，等"非典"风波过去，可以回家相亲。六号大院的邻居们都挺热心，一直帮着侯沧海张罗介绍女朋友，有几个女孩子各方面条件都不错。她特意强调道："虽然你钱赚得多一些，但是你现在不是国家干部了，找女朋友时要把条件降低一些。只要人勤快，心眼儿实在，就可以交往。"

侯沧海对母亲这个说法哭笑不得，道："事业未成，我不谈恋爱。"

周永利道："男大当婚，女大当嫁，不结婚的想法要不得。我还等着抱孙子呢。现在只抱了外孙，不过瘾。"

侯沧海坐在黑暗处看着家中窗户，道："晚上有山风，妈要把窗帘拉上，小心千万别感冒。"

父亲侯援朝给儿子打电话时永远只有干巴巴几句，诸如"好好工作、注意安全"等，然后就挂了电话。

给家里人通了电话后，侯沧海涌出少有的幸福感。他在外面辛勤工作，最大收获是让父母、妹妹以及两个小宝贝能安静地生活在世安厂。有了幸福感，就不怕工作中遇到的危险和困难。他没有立刻开车，随手打开收音机，一首熟悉的歌声在车内响起。

这是那首著名的《后来》：

后来我总算学会了如何去爱，
可惜你早已远去，
消失在人海。
后来终于在眼泪中明白，
有些人一旦错过就不再。
……

女歌手唱得忧伤又很优雅。

黑暗中孤独的歌声将侯沧海猛然拽到从前。熊小梅唱歌时的音容笑貌历历在目。女友离开了许久，有时又恍若从来没有离开。今天偶然间再次听到这首歌，侯沧海惊讶地发现歌词居然很能契合自己心境。

熊小梅喜欢唱这首歌，或许一语成谶。

母亲身影出现在窗边。她站在窗前向外看了一会儿，将窗帘拉上，转身离去。几分钟后，客厅灯光熄灭。

侯沧海驾驶越野车离开世安厂，钻进群山。

江州和高州隔着一座大山，双方经济和人员交往都不频繁。夜间，公路上车辆稀少，但是不时会遇到大货车。大货车横行霸道，威风凛凛，气吞万里如虎。大货车浑身是钢铁，遇上擦挂无所谓。小车若与大货车相撞，轻则伤，重则死。每次遇到这种大货车，侯沧海都会小心翼翼，避免吃亏。从山中穿行出来，他先后遇到了六辆大货车，产生了六次从死亡边缘逃脱的奇怪感觉。

凌晨两点钟，回到高州。高州同样严阵以待，各个关键路口都有人守卡。在高州新区过了两个关口，量了两次体温，侯沧海这才回到家里。

侯沧海家里亮着灯，屋里人是任巧。她睡在沙发上，身体蜷缩，双腿靠在腹部。

隔离期间，任巧从杨兵处要了侯沧海家里的钥匙，这样就可以用厨房设备做饭。

侯沧海轻手轻脚地进屋，取了一床薄被盖在任巧身上。他有些口渴，拿起桌上的茶杯。茶杯泡了茶，从茶水颜色来看，应该是新泡的茶。喝过茶，侯沧海到卫生间洗澡。今天跑了不少地方，不洗澡难受，这是长期与熊小梅生活在一起形成的良好卫生习惯。

卫生间水响起以后，任巧睁开眼睛。

开门声响起时，任巧便被惊醒。她选择了装睡。若自己是清醒的，就没有理由待在这个房间。侯沧海温柔地为自己盖上被子，任巧很幸福。她的幸福非常简单，就是能得到侯沧海的重视和关爱。

第一次见到侯沧海是在山岛酒吧。当时她衣冠楚楚地混迹于各个酒吧，推销清涟产品。她从学校毕业后，辗转了两个小单位，工资不高，看不到前途。她怀着成为白领阶层的梦想加盟清涟公司，购买了公司产品，开始了清涟事业。

她曾经拒绝承认自己在销售清涟产品，认为是与大家分享清涟产品。

她曾经以为自己是清涟产品的合作方，不是打工仔。

可是，打工仔有五险一金。合作方是拿钱购买产品，销售出去以后，按照清涟产品薪酬规则算钱。她不是清涟公司的员工，没有保险，没有休假，什么都没有，只有一个合作方的好听名义。

她曾经在出租房里积压了大量产品，上级还在不停地催促买货。按照公司理论，只有不停地买货，才能自增压力。后来，听到电话铃声，她就害怕，怕听到那个极具鼓动性的声音。再具有鼓动性的话语，都抵不过产品积压在家里的事实。

她曾经把所有财产都穿在身上、装进钱包，以白领姿态行走在各种场合，脸上是装出来的自信心。在酒吧周旋时，她内心滴血。回家，穷得只能吃泡面或者馒头。

走投无路之时，任巧遇到侯沧海，这才从"灾难"中清醒过来。她成了二七高州分公司员工，不再需要购买清涟产品，每月按时拿钱，中午在伙食团有一顿工作餐。

任巧曾经有过一次短暂恋爱。她和男友经济条件都不好，在一起看不到任何希望，不到半年时间便黯然分手。分手后，她并不悲伤，对于生活在城市底层的女孩子来说，生存更重要，爱情是奢侈品。

她来到二七高州分公司后，不可救药地爱上了侯沧海。爱情来得迅速，没有理由，是年轻女子对优秀异性天然的爱。

任巧清楚地意识到这或许是她人生中最美的一次恋爱。就算不成功，也是最美的。她用最质朴的方式表达爱情，默默地为所爱的人付出，比如煮饭、洗衣等。

今天，侯沧海轻轻为自己盖上被子，幸福如阳光从云层射出，笼罩在任巧身上。幸福的任巧在沙发上躺了很久才真正睡着，醒来时天已大亮。最让任巧觉得难为情的是自己居然睡了懒觉，太阳进屋晒屁股，雄鸡打鸣震耳朵，都没有让她醒来。

任巧前天在冰箱里备了些自制腺子和农家蔬菜，还有一斤高州水面。她不知道侯沧海何时回来，先给自己下了一碗面。

正在吃面时，侯沧海满头大汗地跑步回来。他将牛奶放在桌上，道："你先喝牛奶，再节食就成柴火妹了。等会儿帮我下碗面。你煮面的手艺还不错。"

侯沧海神情自然，没有一句废话，让任巧感觉很舒服。她放下筷子，给侯沧海煮面。侯沧海洗漱出来后，直接坐在桌上。两人相对而坐，专心吃面。

吃了两口，侯沧海到厨房拿了几瓣大蒜，道："吃面不吃蒜，味道少一半。"

任巧脸微红，道："吃了口臭。"

"刷牙就行。"侯沧海近距离看着任巧，任巧脸颊两侧有些少女的细细茸毛，皮肤闪现着年轻女孩特有的光泽。

"我们做同事的时间不短了，一直没有了解你的家庭。当年你为什么到七流大学读书？"

"我也想读好大学。高考没有考好，没有条件复读，所以到了电科院。"

"爸妈是做什么的？"

"爸妈以前在县里饮食服务公司工作，后来公司垮了。"

"难怪你做饭还行，有家传。"

"我爸痛恨这一行，不让我学。我还有一个超生的弟弟，读高一。爸妈的全部精力都在弟弟身上，准备让他去读重点大学。他成绩优秀，是我们家的希望。"

"我的家庭和你差不多，父母都是工人。你要努力，多赚钱。这是一个现实的世界，有钱心里才不慌。我把你当成妹妹，希望你能过得好。"

"嗯。"任巧进入高州分公司是由杨兵引荐的，她倒真把杨兵当成大哥哥，没有另外的心思。此时侯沧海主动当她的大哥哥，让她失望，但又不是特别失望。因为从小到大，好东西从来不属于她，都是别人的。

"清涟产品还有很多存货吧，我让江南地产买一些，作为公司福利。"

"很贵的。"

"洗涤等家居产品还可以，营养品太贵。公司多少可以消耗一些，不要矫情啊。"

任巧洗了面碗以后，到寝室与侯沧海告别。侯沧海坐在电脑前，电脑界面是一个大棋盘。

"侯子哥，中午想吃什么？"

"你别管这些事，多跑药店和医院。我希望大家都能发财，成为大富翁。"

任巧离开了侯沧海的家，漫步在新区没有多少人的街头。她想起几个业务员常开的玩笑：男人都很花心，只要亲热起来，什么事情都能答应。

"昨夜如果我勇敢一些，走到寝室去，不知现在是什么情况。"任巧脑子里进出这个大胆想法，渐渐地，变得面红耳赤。

第三十四章　双面游戏

清风棋苑，无影宗居然在里面活动。侯沧海打招呼，道："好久没有见你了。平时在忙什么？"

无影宗一直没有回话，隔了一会儿，出现一句对话："遇到一个负心汉，天天和我在一起，还在和其他女人勾搭。"

"你长得很丑吗？"

"本姑娘即使说不上貌若天仙，也是五官端正、气质出众，那人瞎了眼。"

"他很有钱，或者很帅吗？"

"人挺能干，长得还不丑，钱不算多。"

"那你犹豫什么？让他滚蛋。世界这么大，不要为了一棵树丢失一片森林。"

张小兰看见侯沧海打出的这一段话，很解气，道："他一而再，再而三地和其他女人搅到一起，就在我眼皮底下乱来。"

"叔可忍，婶不可忍，我若是你，让他有多远滚多远。"

"我对他挺好，这人没有良心。"

"我看过一句话，对良心有过解释，发给你看看。良心是心里一个三角形的东西。我没有做坏事，它便静静不动；如果干了坏事，它便转动起来，每个角都把人刺痛；如果一直干坏事，每一个角都磨平了，也就不觉得痛了。你的那个男人属于最后一种，坏事干得太多了。"

侯沧海在江南地产工作期间，严肃的时候居多，聊天时以工作为主，很少废话，与网上快刀手的啰唆完全是两个样。张小兰回到家里一直对镜自怜，想起陈华暗自摸进门卫室这件事情就痛不欲生，一点儿都不想搭理侯沧海。今天为了打发无聊时光，习惯性地打开清风棋苑，没有料到那个可恨的家伙居然在上面活动，而且油嘴滑舌，充满正义感。

在快刀手再三邀请下，无影宗终于同意下一局。

刚刚进入中场，快刀手道："我有事，要到单位去，改天再战。"打完这一行字，快刀手的头像变灰了。

无影宗望着灰灰的头像，想了一会儿，在自己的头像上加了一句话："瞎了眼的人，有多远滚多远。"增添了这一行字后，她感觉稍稍舒服了一些。这时，手机在桌上摇摆起来，屏幕上显出侯沧海三个严肃的字，与快刀手的嘻嘻哈哈顿时形成鲜明对比。张小兰如今喜欢快刀手，很讨厌侯沧海。

手机顽强地第三次响起，张小兰被搔首弄姿的手机折磨得心烦意乱，最后还是接了电话，用最冷冰的语气道："什么事？"

侯沧海隔着上百公里，都能听到手机里传出的寒意。他没有计较张小兰的态度，道："市政部门催交渣土处理费，每吨八元，按他们核算的，我们要交四十来万元。"

张小兰惊讶地道："锁厂项目是危房改造项目，市政府有纪要，这些费用应该全部免掉。"

"具体情况我不太清楚。陈杰正在应付市政部门，我跟着回办公室。"侯沧海又道，"三个建筑老板马上进场，事情千头万绪，我们随时要碰头，否则事情不好办。你什么时间回高州？"

张小兰在清风棋苑上留下了发泄情绪的签名，这是典型的小女孩行为。侯沧海的电话将她带回董事长角色。她知道工地真正开工以后，事情必繁杂，自己若是耍脾气不回去，侯沧海确实难办。

"我身体不舒服，休息两天就回去。"张小兰决定回工地，又不想马上回去，马上回去意味着屈服。

侯沧海道："刚刚解除隔离，你就走了，招呼都不打一个。到底得了什么病？我抽时间去看你。"

得知侯沧海要来，张小兰吓了一跳，道："没有什么大病，休整两天就好了。"

结束通话后，张小兰非常痛恨自己，明明要让那个瞎了眼的人有多远滚多远，可是接到电话后又答应到工地去。

张小兰为什么不高兴？侯沧海其实也明白，只是假装不知道。他现在的身份是职业经理人，不希望受到工作以外的杂事影响。做完这个工程，他肯定要自立门户。但是在自立门户之前，必须把工作做好，这是职业道德，也是江湖道义，还是行业规则。

人非草木，孰能无情？更何况张小兰各方面条件都优秀，要相貌有相貌，要身材有身材，要头脑有头脑，性格不错，家世良好。从世俗角度来说，她配侯沧海这个高级打工者绰绰有余。

侯沧海与张小兰保持距离的主要原因是不让自己再次陷入爱情之中。与熊小梅分手一年多时间，伤口依旧在心灵深处，他想用一层软壳将自己紧紧包围。

也正是相同原因，他与任巧保持更远的距离。当然，任巧与张小兰不同。他对任巧完全是经理对职员、大哥哥对小妹妹的情感。他对张小兰则复杂得多，不仅仅是搭档，其实也包含男女之情，他本人一直抗拒后一种感情，不愿意承认。

也正是相同原因，他与姚琳、陈华交往没有太多心理负担。他们之间也有感情，但更多的是为了排解寂寞而已。

侯沧海驱车来到办公室，与正在陈杰办公室喝茶的高州市环卫处正、副处长见面。

侯沧海客气地散了烟，道："我们这是危房改造项目，市政府同意我们减免相关税费，包括土地出让金都免了，渣土处理费也该在免除之列。"

姜处长道："我知道锁厂项目是危房改造工程，所以蒲小兵来拿渣土准运证，我们没有按规矩先交钱再拿证，已经充分考虑项目的特殊性。但是，市政府会议纪要没有明确渣土处理费在免除之列，我们如果不收，审计追究此事，我们就是渎职。你们要想不出钱，必须给环卫处不出钱的理由。"

侯沧海拿起市政府会议纪要逐字研究。文件明确提到了免除土地使用权出让金、城市建设配套费等费用，这是费用中的大块。正如姜处长所言，文件中确实没有提到渣土处理费。他和张小兰以前没有从事过建筑行业，虽然有老戴等专业人员辅助，毕竟不熟悉整个流程，漏掉了渣土处理费，在开会时没有将这笔费用列进去。若是当时想到这一条，顺手写入，也就没有今天这事了。

如今会议纪要中没有提到免除渣土处理费，不交，则违法。四十多万元在整个盘子里不算大，可是若不堵住这些出血点，要想维持收支平衡，很难。

包副处长又道:"除了渣土费用以外,你们清洗设施不到位,从工地出来的大货车走一路,污染一路,弄得满城是灰。我们接到好多投诉电话。"

锁厂工地前期有大量渣土运出,轮胎不可避免地沾上泥土。解除隔离后,为了尽快清理场地,大货车三班轮换,确实把锁厂区域弄成了一片灰城。

侯沧海对环卫处的两个领导印象挺不错,叫上老戴和陈杰,陪着两个领导来到工地大门口。包副处长在现场提出"建双水池,配备冲洗水管和冲洗人员"的工作方案。看罢现场,接近中午,五人在附近找了一家小羊肉馆,开了一瓶酒,边喝边聊。

环卫处两位领导同意可以暂时不收渣土处理费,但是要尽快拿到市政府相关批文,否则还是要收缴。

下午,侯沧海让办公室写了一份请求免去渣土处理费的文件。

江莉文字功底不行,写不出这类文件。办公室主任杨莉莉能写点小文章,还在报纸上发表过豆腐干,却不擅长公文。侯沧海拿到了杨莉莉的文件后,几乎重新写了一遍。

杨莉莉拿到重新写好的文件,吐了吐舌头,道:"侯总,不好意思,我一直写不好公文。"

侯沧海自嘲地笑道:"我以前在机关当过办公室主任,形成了臭毛病,看见文章就想改。这是毛病,实际上公文只要把意思表达清楚就行了。公文不难写,你去买一本公文写作的书,对照格式,很快就能掌握。"说到这里,他又轻描淡写地道,"张总解除隔离后,身体一直不太舒服。你跑一趟江州,代表公司看望张总,替我送一束花。"

在江南地产里面,杨莉莉是张小兰嫡系,也是其好友。听侯沧海提起这事,杨莉莉用意味深长的神情瞧着侯沧海,道:"侯总和小兰一起被隔离,这是生死之交。我以个人身份提一个建议,最好你和我们一起去江州,给小兰一个惊喜。"

"工地事情多,脱不开身。"侯沧海推托。

"工程上有老戴,协调有陈杰,你走半天没事。"杨莉莉抿嘴而笑。

"你代表我们去吧,送一个花篮,大一点儿的。"

杨莉莉回到办公室,打通张小兰的电话,低声道:"侯子安排我到江州去看你,还送一个大花篮,我想请他和我一起去。"

"我不想要他来。"张小兰道。

杨莉莉是旁观者清，将张小兰的心思看得很清楚，低声劝解几句。

"你不用劝我。我已经在回去的路上了，何必要他来？好，不说了，我在开车。"张小兰挂断电话，想起快刀手在清风棋苑的油嘴滑舌，脸上渐渐有了笑意。她随即想起黑夜中的门卫室，笑容又隐去。

回到锁厂后，张小兰变成不苟言笑的董事长。

侯沧海很配合张小兰的转变，有事谈事，绝不啰唆。

时间过得很快，山南省"抗非"工作成效显著，6月14日，世界卫生组织对山南省解除旅游警告。6月24日，全省最后一名"非典"患者康复出院，至此，山南已连续30天无新发"非典"病例，防治"非典"取得了阶段性重大胜利。

锁厂危房改造工程进展顺利，蒲小兵完成工作以后，撤离场地。

朱永波负责修建十幢锁厂居民楼。

苏希望负责修建三幢二十层的电梯楼。

欧阳国文也负责修建三幢二十层的电梯楼。

居民楼皆是八层建筑，没有电梯，也没有考虑地下车库。最初设计之时，侯沧海、张小兰与蒲小兵、小团姐等锁厂代表多次磋商，锁厂老工人几乎都持相同观点：

讨论是否修车库时，他们认为老工人家庭绝无可能买得起小车，完全没有必要修车库。

讨论是否修电梯楼时，他们认为电梯以后维修要产生费用，费用不低，所以他们不住电梯房，要求修传统的八层楼。

侯沧海劝道："许多老工厂家属区都是这种八层楼房。年轻时没事，人老了以后，身体不好，腿上没劲，没有电梯，上下楼困难。"

小团姐不以为然地道："我们工人没有这么娇气。爬八楼累一点，可以多歇气。大家经济都不宽裕，能为将来节约一点就节约一点。"

讨论户型时，设计方提供的都是两个卫生间，也被老工人否定了，他们宁愿多要一个房间，也不想要两个卫生间。

侯沧海充分尊重了老工人的意见，基本按照大家的想法进行设计。按照他对商品房的理解，车库、电梯和双卫是必需品，若是缺少这三个硬件，以后会极不方便。因此，他要求设计时预留外置电梯的位置，如果以后经济条件好了，也可以增加电梯。同时，每层楼之间要设计一个地面小型停车场，至少可以停二十辆车。

朱永波进场施工时，特意给侯沧海打电话，请他参加。

放下电话，侯沧海来到张小兰办公室，站在桌前道："今天朱永波要进场开挖，邀请我们两人参加开工仪式。"

张小兰望着窗外，道："要下雨。"

天空阴沉，空气潮湿，身上总觉得有一层油汗，不爽快。侯沧海穿了一件灰色短袖T恤衫，手臂处晒得黑黑的。他眼光扫了一眼桌上日历，道："今天是老朱定下的日子，下雨也要干。"

建筑商大多迷信，信风水，信黄道吉日，凡是选定了进场的日子，一般不会轻易改动。张小兰跟着父亲见识过无数迷信场面，已经受了些影响，决定和侯沧海一起到工地。

以前她挺喜欢坐侯沧海开的越野车，如今她从爸爸那边要了一辆越野车，自己开车，与侯沧海保持距离。

各自上车时，侯沧海道："李前宏从外面河沟弄了些鲫鱼。黄焖鲫鱼是李师傅的拿手菜。"

"我今天吃素。"张小兰干净利落地拒绝。她上了车，想起黄焖鲫鱼的美味，不禁狠狠地按响喇叭。

自从隔离结束，张小兰就开始闹别扭。侯沧海认真地履行总经理职责，对董事长的反常情绪视若无睹。

来到靠近大门的工地，远远瞧见朱永波在工地前转来转去。门卫室已经被推掉，变成用来加工和堆放钢筋的场所。三种规格的钢筋堆在工地一侧，钢筋摆放整齐，钢筋之间有些杂物。一台橘红色挖土机停在一旁。

10点，朱永波象征性地挖了土。挖土时，鞭炮声大作。随后，施工人员开始用水准仪抄平，瓦工配合清理浮土。酝酿许久的雨水终于飘了起来，朱永波兴致挺高，道："两位老总，工地乱得很，走，找地方喝酒去。"

侯沧海道："稍等，小团姐刚才给我打了电话，也要来看。"

提起质量监督小组，朱永波发了句牢骚，道："两位老总，我欢迎监督。不管是哪种方式的监督，其实对我们都有好处。我最怕有些工人不了解现在的技术，胡乱发言，影响施工。"

张小兰正想解释。侯沧海用一句话将朱永波堵了回去："发生过这样的事情没有？既然没有，你的说法没有什么意义。"

朱永波道："做工程久了，最怕工地周围的刁民，形成条件反射了。"

几分钟后，小团姐来到工地，她拿了一台老式相机，如果不是脖子上有吓人的肿瘤，小团姐绝对是精明干练的人。她拍完堆放整齐的钢筋以后，道："朱老板，你是给我们锁厂修房子，我们监督小组会经常到你这里来，我会拍些相片，你不介意吧？"

朱永波无奈地笑道："我是高州人，祖祖辈辈都在这里。房子修得不好，我也走不掉。张总和侯总让我来修你们的房子，就是考虑到我是本地人。如今建筑质量终身制，我不会砸自己的牌子。"

小团姐道："我有一个问题想问朱总，问得不专业，你别见怪。一、二号工地我都去看了，他们那边也堆了不少钢材，比你这边要粗。"

朱永波用无辜的眼神瞧了瞧侯沧海，解释道："用什么型号的钢筋是按照设计来的，我们不能乱用。修房子，安全是必要的，但是过于保守的设计不见得好。他们修二十层楼，我们八层楼，能用一样材料吗？"

看罢工地现场，朱永波强烈要求所有人一起吃午饭。

张小兰原本想拒绝，随后想到这两三年都要和这些施工方打交道，用对待侯沧海的态度对待施工方不妥当，于是答应一起吃午饭。

锁厂餐馆为朱永波准备了大盆红烧兔。锁厂人爱吃兔，无兔不成席，锁厂传统美食就取名为锁厂兔，麻辣鲜香，味道劲霸。餐馆老板是极少数在市场经济中生存下来的锁厂工人。虽然赚了钱，开有分店，他还是守在破烂老店，不愿意挪窝。

施工方来了四个中层领导当陪客。他们皆为工地汉子，几杯酒下肚，各种带荤味的笑话就满屋乱飞。

张小兰没有喝酒。她和工人接触次数多了，不再如大学生那般脸嫩，做不到同流合污，但也不会明显害羞。

侯沧海和朱永波等人碰了不少杯。喝酒、聊天，气氛不错。

这时苏希望带着手下团队赶到餐馆。苏希望提着两瓶茅台酒，大声道："侯总、张总，手心手背都是肉啊，喝了朱总的酒，不喝我的，那我回去得哭。"他长着一张胖脸，说话时眼睛眯成一条缝，很像笑和尚。

"喝就喝，大不了下午睡觉。"侯沧海很豪气。

中午，侯沧海喝了不少酒。

滴酒未沾的张小兰不能让侯沧海酒后开车。她开越野车，侯沧海坐在副驾驶位置。两人在车内不咸不淡地说工地上的事，气氛渐渐变得怪异起来，极似小夫妻闹别扭后的状况。

张小兰打开音响，《后来》的歌声响起。这是当年流传大江南北的歌，她随着音乐轻轻哼道："……后来我总算学会了如何去爱。可是你早已远去，消失在人海。后来终于在眼泪中明白，有些人一旦错过就不在……"

听到张小兰唱起这首歌，侯沧海皮肤以最快速度起了整整一层鸡皮疙瘩。他悄悄地睁开眼睛，正好看见张小兰的侧脸。

侧脸轮廓极美！

侯沧海伸手，果断地将音响关掉，阻止张小兰继续哼唱这首歌。张小兰又打开音乐。侯沧海睁开眼睛，望着极美的侧脸，道："我头昏，再听要吐了。"张小兰迟疑了一下，关掉音响。

行至新区，她将车停在侯沧海宿舍楼前，道："能走吗？不能走，我叫人扶你上楼。"

"我能行。"侯沧海仰天打了一个酒嗝，又道，"明天老朱工地要在基坑里装木方，去不去看？我肯定要去，这是一个观摩从地基到封顶全过程的好机会。"

明明喝醉了酒，偏偏还这么一本正经，张小兰小脾气上来了，道："不去。"发动汽车，直接回家。

回到寝室，侯沧海蹲在卫生间吐了一会儿，将酒、肉混合物全部吐进蹲坑。他在床上躺了一会儿，很快进入梦境。在梦境里，总有人在哼唱："……后来我总算学会了如何去爱，可是你……"

这个声音如影随形，又如附骨之疽，不管侯沧海如何在床上变换睡姿，耳中似乎都在回响这个歌声。他在床上挣扎了一个多小时，爬起来，泡浓茶。

走到冰箱前取牛奶时，他见到冰箱上面有一张纸条，纸条写着："少喝酒，冰箱里有牛奶。"

看到任巧的字迹，侯沧海一阵牙疼。

喝过牛奶和浓茶，侯沧海仍然感觉酒精在身体里循环奔走。酒精分子如一个个妖娆的女子，挑逗着身体里饥饿的细胞。

侯沧海打开电脑，进入清风棋苑界面。他原本没有想过遇到无影宗，只准备随便找人大战几局，谁知刚刚进入清风棋苑，居然遇到了无影宗。

"嘿，你不上班，在这里玩啊？小心被老板捉住，扣工资。"侯沧海如往常一样打招呼。

"今天不上班。你怎么也在上班时间下棋？不怕被老板捉住？"对着电脑屏幕，张小兰化身为无影宗，心情平和许多。

"喝醉了，睡不着，郁闷啊。"

"为什么郁闷？"

"开战，边下边聊。"

下到中局，无影宗追问："为什么郁闷啊？讲一讲嘛。"

"唉，一言难尽。我的前女友最喜欢唱《后来》，有事无事唱这首歌，硬是把我们好好的婚姻唱得脱了线。今天我喝了酒，在车上睡觉，又听到有人在车上哼唱《后来》。听到歌词，我起了一身鸡皮疙瘩。"

"车上的她是谁啊？"

"霸道女总裁。"

"哪有这么多霸道女总裁？做白日梦吧。"

"真不骗你，骗你是小狗。"

张小兰在上班时见到侯沧海严肃办公的样子就想生气，因为这个样子总让她想起门卫室。化身无影宗后，她觉得和快刀手聊天蛮愉快的。侯沧海化身为快刀手以后，顿时变成了一个油嘴滑舌的家伙，比平时有趣十倍都不止。

"霸道女总裁漂亮吗？"她端着咖啡，喝得很香，迅速打字。

"还行吧。"

张小兰正要发出抗议，又看到一句话："霸道女总裁侧脸轮廓极美，立体感强。"这句顿时让她消了气。她取了镜子，观察自己的侧脸轮廓。

"既然霸道女总裁这么漂亮，你应该忘掉前女友，追求新的幸福。"打这句话时，无影宗手心有汗。

"理论上应该如此，可是我犯贱。"

"为什么这样说？"

"分手后的思念不叫思念，叫犯贱。我现在就是在犯贱。"

无影宗想了一会儿，道："找时间送你一个马桶。"

"这句话怎么讲？"

"按一下开关，所有不该有的东西就冲走了。"

"哎！你聊天就聊天，为什么要偷袭我？"

快刀手长于进攻，无影宗最擅长防守。今天快刀手喝了酒，思维不集中，又急于将胸中的郁闷倾诉出来，中了无影宗的双马盘槽。

快刀手打了一串流泪表情，认输，要求重新再战。重燃战火后，两人继续一边下棋一边聊天。

"你为什么介意霸道女总裁唱《后来》？应该是不想重蹈覆辙。说明你潜意识对霸道女总裁有感情，怕又一次失去。我说得对吗？"打完这句话，无影宗紧张地看着对方回复。

快刀手耍起无赖，道："别光聊我。你结婚了吗？"

"别说结婚，男朋友都没有，惨无人道啊。"见快刀手不肯回答刚才的问题，无影宗有点失望。

"连男友都没有，确实比我还要惨。条件别太高，将就一下得了。"

"我曾经遇到一个骑白马的，原本以为是白马王子，哼，谁知是唐僧。"

"你肯定要求太高。我作为一个过来人，给你提几句忠告：又帅又有车的，那是我们下的象棋；有钱又有房的，那是银行；有责任心又有正义感的，那是奥特曼；长得帅还有车有钱有房又有责任心与正义感的，那是在银行里下象棋的奥特曼。"

无影宗没有忍住，将一口咖啡吐在桌子上。她很喜欢醉酒状态聊天的快刀手，比起一本正经的侯沧海可爱一百倍、一千倍。

"还有其他忠告吗？"无影宗擦掉桌上的咖啡，继续聊天。她现在如开了外挂打游戏，作弊的感受畅快得紧。

"有啊。女人的奋斗目标就是让以前的男人遗憾，让现在的男人流汗，让未来的男人稀罕。"

"定个规则啊，聊天不能带黄色，本姑娘不是霸道女总裁，清纯得如一朵马尾巴花。"快刀手发的这句话有点隐秘黄色，无影宗看懂了，脸红如天边夕阳。

"哎！你这个规则限制我的才思。我们这代人哪，包括你和我就是活得太明白了，所以什么都得不到。我们父母那一代人，什么都糊里糊涂的，该结婚结婚，该工作工作，现在什么都有了。"

"嗯。我问一个私人问题，既然你还想着前女友，为什么不去找她？现在交通方便、通信方便，找她并不难啊。"无影宗已经打出了"你车上音响里放着那首歌，说明你很想她"这一句话，随即发现这句话打出来肯定要暴露身份，赶紧删除。

隔了许久，快刀手才回答："我讲一个故事。我家住在某个厂的六号大院，我有一个朋友在二十岁出头时辞职，为了音乐理想，和朋友组建了乐队，四处奔波，却反响平平。三十岁时，父亲得病要很多钱。他准备唱完这场就放弃，将歌唱生涯定格于此。他要放弃之时，一个女观众递上纸条，写着我喜欢你的歌，要坚持梦想。于是，我那朋友把纸条攥紧，坚持梦想。三十四岁那年，他欠了十几万元的债，父亲也病逝了。"

"我没有听懂这个故事。"

"我就是想起这个故事。"

张小兰迷上了身份的双面游戏。

她与侯沧海在一起的时候，就是霸道女总裁。当他们在清风棋苑相遇时，她便成了无影宗。通过几天的双面游戏，她发现侯沧海尽管是个花花公子，但是有一个优点，遇到不愿意说的事，便糊弄过去，不会编织谎话。

这说明侯沧海基本可信，不是两面三刀的人。

第三十五章　深陷高利贷陷阱

　　近些天，天空阴雨不断，夏日高温迟迟不至。侯沧海放下电话，来到张小兰办公室，道："到不到工地看看？老朱工地遇到一处淤泥质土，要彻底挖除。监理和老戴马上要去。"

　　"他们挖掉就行了，有必要去看吗？"

　　"挖掉淤泥，这是设计中无法预料的情况，最终是要算钱的。我们两人是外行，大事小事都去看一眼，没有坏处。"

　　"好吧，我去。"

　　现实生活中的侯沧海说话简洁，讲逻辑和事实，和清风棋苑里的快刀手完全是两个不同的人。张小兰跟在侯沧海后面，看着他挺得笔直的后背，想着其在清风棋苑讲的"在银行里下象棋的奥特曼"段子，不知不觉笑容浮现在脸上。

　　两辆车一前一后来到了锁厂工地。

　　监理和老戴已经在现场。监理是胖胖的中年人，手里拿着相机，对准基坑内一处挖土机挖出的四方孔拍照。拍完之后，胖监理又在基坑里走来走去，查看淤泥质土范围。

　　挖土机清理这些淤泥质土时，老朱拿了几张报纸，让侯沧海和张小兰坐在板凳上看施工。侯沧海接过报纸，没有坐，继续站在一边看动作灵敏的挖土机师傅摆弄这台铁疙瘩。

　　挖基坑遇到这种情况是常事，老戴从基坑上来后，给两位外行老总讲解。

虽然侯沧海和张小兰是外行，但是来到现场后，立刻就明白是怎么一回事，毕竟这不是高科技。若是长期不到现场，真有可能变成糊涂老总。

在工地上忙了半天，中午在李前宏厨房吃午饭。老戴见左右无人，向两位老总道："我觉得苏希望工地不太对劲。他的人员、设备不足，明显比欧阳的工地要少。我担心他的资金有问题。"

施工企业资金出现问题，这不是好玩儿的事情，侯沧海道："先莫声张，暗中调查。"

有了急需处理的大事，张小兰忘记了双面游戏，态度坚决地与侯沧海站在一起。

三人到苏希望施工现场看过以后，没有发现明显问题。

老戴道："我在工地混了二十多年，鼻子和狗一样灵。我总觉得苏希望有点不对劲儿，工程进展比欧阳的工地慢，设备老化，数量不够，还有一批钢筋型号不对，被监理发现。"

"钢筋型号不对？我怎么没有听说此事？"侯沧海瞪着眼睛。

"监理给我说过，我也去核对了。苏希望解释是弄错了。当天就把这批钢筋拉走，送来合格钢筋。所以，没有给你们讲这事。"

老戴还有一件事情没有说，苏希望曾经数次送钱打点。这虽然是常事，可是苏希望打点的钱明显比行规要多。他是老江湖，知道哪些钱能拿、哪些钱不能拿，知道以他的身份能拿多少。苏希望打点的钱太多，让他警惕起来，意识到阴谋和危险。

侯沧海天天泡在工地上，对材料价格有切身体会，道："从年初到现在，钢材每吨涨了接近一千元，涨得实在太凶。我估计是苏希望被涨得肉痛了，想鱼目混珠，混得过去就混，混不过去就装傻充愣，你别小瞧了他，他心里特别明白。从今天起，我们都要把《工程质量监督方案》背得烂熟，不能让他们钻空子。"

张小兰想起那句"面有猪相，心头明亮"的评语，觉得这个评语用得真是恰如其分，道："他这个工地全是旧设备，确实可疑。"

"老苏关系人是省银行领导，他这些年做过不少工程，应该不会出现资金问题。"在选择苏希望作为建筑商时，侯沧海考虑到其背后深厚的银行关系，不太相信苏希望的资金会出问题。

"理论上不会，但是我就是觉得不对味。资金链断裂，在我们这一行是常事。"老戴跟着张跃武混了很多年，此时很真诚地提醒两位没有太多经验的老总。

侯沧海想了一会儿，做出决断，道："让苏希望下午来办公室，我们当面问清楚。这是大事，不能藏着掖着。"

下午，苏希望来到江南地产办公室，与侯沧海、张小兰和老戴在小会议室会面。

苏希望听到侯沧海的问题后，头摇得如拨浪鼓。由于他脸上肥肉多，摇头之时，眼睛几乎淹没在脸上的肥肉里面。侯沧海原本想观察他的神情，结果对方肥肉太多，完全看不透他的表情。

"张总和侯总是厚道人，说话算话，按进度拨款。虽然叫我们垫了些钱，毕竟不是全额垫资，算是良心人了。"苏希望竖起大拇指，夸了一句，随后拍着胸膛响亮地道，"我是严格按照施工计划在进展，没有拖后腿。欧阳他妈的吃了春药，修这么快。对于施工来说，速度太快并不见得是好事。你们几位放心，苏希望在高州还是有点小面子的，绝不会拖后腿。"

明人不用指点，响鼓不用重槌，话说到这个地步，侯沧海觉得达到了目的。

苏希望离开江南地产时，胸膛挺得高高的，脚步踩得地板咚咚作响，留给江南地产诸人一个宽厚背影。

上了车，苏希望的笑容慢慢消失。他很威严地靠在车椅上，注视前方，没有如往常一般和司机聊天。

他此刻已经陷入极度沮丧之中，肥胖的身躯中藏着深深的恐惧和悔恨。今天在江南地产办公室的表演几乎耗尽了所有精力，他将最后一丝精力用在司机面前，维持老板的最后尊严。

回到家，苏希望楼上楼下查看一遍，没有见到妻子。他打通妻子的电话，得知妻子正在打麻将。他放下电话，响亮的哭声就在家里响起。

苏希望仰面躺在地上，肚子和胸口一起一伏，哭了起来。哭声由小到大，最后变成鬼哭狼嚎。他住在别墅里，有独家小院，与周边邻居隔得挺远。只要家里无人，无论怎么哭都不会有人管。

鼻涕、眼泪、口水，凡是能出水的地方都在冒水。哭到痛快时，他尿了裤子，屋里弥漫起尿臊味。

"我不该贪心，三个亿啊。全部都在煤矿里，拿不出来啊。够我吃五辈子的，吃也吃不完啊。"苏希望如农村妇女那样哭诉，而且是有韵味地哭唱。

反复唱了十几遍后，手机响起。苏希望翻身爬起来，用帕子将眼泪揩掉，接通电话，然后用愉快的声音道："阿姨，什么事啊？"

"小苏啊，你送五百万元到南州家里来。家里急着用钱。"

"阿姨，什么时候要？"

"越快越好。倒霉时喝凉水都塞牙，你舅舅遭了小人，现在还没有出来。我们要花钱打点。"

"以前这五百万元是小意思，现在钱都塞进煤矿那个无底洞了，一时半会儿筹不齐。"

"小苏啊，你舅平时对你不薄。你舅是被诬陷的，组织上很快就要还他清白。你不要找借口推这推那。没有钱，是不是需要给龙书记打个电话，让他给建委打招呼，多拨点工程款？你舅在煤矿的那点股份，我们也不想钱生钱了，把股本退给我们就行了。一个月，能不能拿过来？"

"一个月，太紧了；两个月，肯定没有问题。工程款就不用找龙书记了，江南地产讲信用，不拖款。"

"没有哪个地产商不拖款，小苏别哄我这个老太婆。"

打完电话，苏希望脸上的肌肉一点一点往下掉，由笑脸变成了哭相。他将电话扔在地上，又开始如农村小院的土狗一样在地上滚来滚去，边滚边哭。这一次他哭骂舅舅所谓的股本。

电话又响起。

"老爸，我想提款车。我的车太没型了。几万美元，你又不是没有。"

"等两个月，现在手里紧。"

"老爸，我真的很想要。"

"等两个月吧。"

"不给就算了。"

听到电话里的忙音，苏希望如挨了两鞭子的狗，又在地上躺着，大声号叫。

电话再响起。

看到是侯沧海的电话，苏希望站了起来，脸上神情专注，没有丝毫癫皮狗形象。

"苏总，有一个做模板的老刘到我们办公室，问我们拨款没有，你没有付款给老刘？"

"这个老刘和我们有点小纠纷，所以没有给他钱。你让他来找我，为点小钱跑到公司去，太削我面子。侯总，你放心吧，我马上给老刘打电话。"

给老刘打完电话，既说好话，又带威胁，总算让老刘离开江南地产办公室。老刘是老鼠精，肯定嗅到了什么气味，所以才撕下面子要钱。

"以后老子发达了，让老刘提起裤子爬开，关键时刻下烂药。"

电话接连响了两次，苏希望这才接了电话。这次他没有站起来，躺在地上打电话。

"苏希望，你狗日的什么时候还钱？再不还钱，老子要下了你一只手。"这是资金保全部恶狠狠的声音。

"再等几天，我就有钱了。"

一阵恶言之后，电话被挂掉。苏希望刚才还能哭得出来，此时躺在地上，除了眼珠子间或转一下，如死去一般。

苏希望一直觉得自己这三年就是做了一个天大的噩梦。三年前，他是较为纯粹的建筑商。在这个行业里摸爬滚打这么些年，积累了一大笔钱和一大群关系，生活过得有滋有味。转折点在煤炭上。省银行当领导的舅舅送来了一个惊天财富——岭西省与山南省交界处的王沟煤矿。

他如高台跳水一般钻进了深山里的一个大矿，从此陷入一连串麻烦之中，到了今天，二十来年辛苦给别人修房子的钱全部搭了进去，还从银行贷款一个亿以及三千万元高利贷。这些钱如泥牛入海，全部化成煤渣。

苏希望一直幻想"卖出一吨煤赚多少钱"来安慰自己。但是，这一大笔巨款还没有到手，自己就要窒息而死。窒息而死的临界点在舅舅被调查。舅舅由实权派变成靠边派，而且极有可能进监狱。他的黑金帝国眼见着就要轰然倒地，在危急关头，他明知是毒药，还是喝下了高利贷这碗毒酒。

绝望中，苏希望想通过江南地产的三幢大楼还掉高利贷，然后熬到煤矿黑金出世。从理论上完全可行，届时，他的财富将比修楼房时多十倍都不止。可是，他低估了自己的失血速度，千疮百孔的钱袋子根本无法支撑到煤矿正常生产。

按照国家规定，建筑企业在施工之前都需要上缴工程总支付款的百分之五作为质量保证金，三幢楼交了三百万元保证金。这笔钱在前些年没有什么大不了的，但在现在就是拿走了很大一笔流动资金。而且这笔保证金交出去之后，真正回账至少要三年。

今年运气更差，钢材在半年时间内不停猛涨。工程开工不能停，向甲方要求增资又难，这项工程仅这笔费用就多了五百多万元。

此外，下面的人以及供应商又催要人工费、材料费。

以前舅舅大权在握时，这些事情都好办。如今，苏希望拿着工程合同找到银行借贷，银行高挂免谈牌，一句话，先还旧钱，再谈新款。

他找到以前关系挺不错的副行长，哀求道："我是二级资质企业，锁厂危房改造工程真能赚钱，就是周转一下，一定能按时还贷。"这位副行长推得一干二净："地是江南地产的，要借只能是江南地产来借。你是建筑企业，我爱莫能助。"

几年前，他有一段时间每个星期都和副行长在一起吃喝玩乐，这时墙倒众人推。当这位副行长说"我爱莫能助"时，苏希望很想拿酒瓶子将这个副行长脑袋打破。

极度绝望下，苏希望反而无所畏惧了。他躺在地上想了很久，爬起来，给高州另一个放水人打了电话，喝下另一杯毒酒。

此时，他暗自庆幸煤矿是在邻省，暂时捂着盖子没有被揭穿，否则想喝毒酒都喝不到。

两天后，苏希望在洗头房外面用一个新卡给110打了电话后，然后走进洗头房，要了两个洗头妹为自己服务。当公安冲进屋里时，一男两女赤条条在床上，被捉了现行。

苏希望妻子交了罚款，第二天就和苏希望离婚。房子和儿子归苏希望妻子。

事情到了这一步，苏希望彻底放开了，根本不管已经深度套牢的煤矿，天天守在工地。主楼施工相当顺利，没有风波。

8月中旬，根据合同要求，苏希望向江南地产提出五百万元"按施工进度拨款申请表"。他填好拨款申请表，没有马上送走，反复思考后，重新填写了一张七百万元的申请表。

将申请表送走以后，他仍然坚守在工地上，实则做好人间消失的准备，人间消失以后，在高州的公司、邻省的煤矿、银行的贷款、放水者的钱以及所有的关系，苏希望都将放弃。这是金蝉脱壳之计，是毒计，也是苦计，不到山穷水尽，绝对不能使出这一招。

对于江南地产来说，这是一次正常拨款。拿到申请表之后，侯沧海来到张小兰办公室，道："这是苏希望要求拨付的进度款。"

"你怎么看？"

"从程序上来看没有问题，工程量由老戴签字确认，监理也签了字。"

"我心里不踏实。我爸提醒，苏希望在邻省煤矿投入比较多，要注意他的资金。"

"我让老戴调查了工人和供应商，上一期的钱全部都付了。这一笔工程款到位后，苏希望才能支付这一阶段工人的工资和供应商的钱。一句话，苏希望把前面的屎尿擦干净了，没有啥大问题。如果不付进度款，要影响工程进展。"侯沧海又道，"我让老戴和梁期罗挤了水分，实付四百八十万元。"

如果没有对苏希望的怀疑，这是一次极为正常的拨款。

侯沧海和张小兰是新人，接手的是黄德勇市长极为关注的危房改造工程，事关张跃武煤矿帝国的成败，在诸多因素共同作用下，两人同意将这笔四百八十万元进度款拨给苏希望。

张小兰坐在办公桌后面，侯沧海坐在其对面。她端起咖啡喝了一口，望了眼前男子一眼，道："喝咖啡吗？"

这是隔离解除以后，张小兰第一次邀请侯沧海喝咖啡。

侯沧海喝着略带苦味的咖啡，道："董事长，你终于从天上回到人间了。"

张小兰这一段时间几乎天天都在清风棋苑和快刀手聊天。侯沧海变成快刀手以后，顿时换了一个人，变成话篓子，语言清奇，反转速度极快。张小兰聊到后来，居然开始吃起无影宗的醋。侯沧海对无影宗的兴趣明显大于自己，这一点实在让现实中的张小兰悲伤。

"我不是从天上回到人间，是从烂泥坑里爬起来。"张小兰等着侯沧海追问这句话的来源，没有料到侯沧海张开血盆大口，将咖啡倒进口中，然后拍了拍屁股，公事公办地拿着有自己签字的进度表，道："那我让梁期罗赶紧办。"

望着那张办公室脸，张小兰产生了将咖啡杯扔过去的欲望。这个欲望十分强烈，忍了半天才忍住。

梁期罗从小道消息听说江南地产要弄一个财务总监岗位，尽管不知这个消息是虚是实，还是老实多了。他拿到手续完备的拨款单，立刻安排手下办理手续。

苏希望对这笔钱望眼欲穿，想尽办法将大笔款项弄到手以后，立刻按照原计划玩起了人间消失。

借银行钱不还是老赖，名声不好听，但是弄进监狱却很难。

借了高利贷还不了，那真是断手断脚的下场，甚至丢命，还要波及家人。他最初是施苦肉计与妻子离婚，准备以此转移财产。思来想去，若是把前妻留在高州，红了眼的放水人肯定不会放过妻子。在妻子得知残酷真相后，最初无法接受，痛哭半宿才勉强接受现实。

两人又将家庭剧变告诉了在海外的儿子，一家人彻底消失在所有人的视线之中。

苏家是彻底裸奔，所有不动产以及公司都原封不动地留在当地。他们手里有四百八十万元工程款，以及妻子两百万元私房钱，生存不会受到影响。这两百万元私房钱是苏希望妻子留给自己的后路，从来没有给任何人透露。这次要做亡命鸳鸯，她才将私房钱拿了出来。

在夜幕中离开高州时，苏希望和妻子有一段对话。

"你这人毛病不少，但是对我们母子还不错，否则我才不会跟你跑路。"

"我也不想这样，谁愿意逃命？"

"我们两人的身份证是真的吗？"

"当然是真的，有钱能使鬼推磨。只不过我的相片用的是余二哥。"

余二哥是苏希望的表兄，两人相貌颇为相似，可以鱼目混珠。

"你这么胖，余二哥是瘦子，不一样。"

"从今天起，我们就亡命天涯，我要减肥。"

说到这里，苏希望老婆醒悟过来，道："你早就料到这一天了？"

"银行贷款全部投进王沟煤矿，我借了高利贷以后就觉得害怕，办了我们一家三口的假身份证。"

"我们这要走了，所有亲戚和朋友从此就彻底断了联系，心里不好受。"

"那也胜过被人装了麻袋丢进河里，也比断手断脚强。我们离开山南，越远越好，然后从头来过吧。"

夜色茫茫，神情恓惶的夫妻俩离开高州，踏入另一条无法预测的命运之河。

第三十六章　建筑商卷款而逃

最先发现苏希望失踪的是苏希望公司的财务人员。这一段时间，不少供应商打来电话讨要材料款。

江南地产付了四百八十万元进度款，但是钱在苏希望的授意下转走。此刻，苏希望公司只有不到一万元现金。财务人员多次给苏希望打电话，其电话一直处于关机状态，包括苏希望老婆的电话同样如此。

财务人员来到苏希望家里，家里无人。

到了支付工人工资的那一天，公司财务人员仍然找不到苏希望。工人骂声一片，几个包工头每天都到财务室探听情况。

施工企业扣发工资是常事，工人们都习惯了，牢骚归牢骚，依然在工地上干活。

工人的牢骚引起侯沧海的警惕，找到工程科老戴，道："苏希望平时经常在工地，这三天，他似乎不在工地？"

老戴想了想，道："有好几天没有看见他了。"

"你回想一下，最后一次见他是什么时间？"侯沧海熟悉工地，询问老戴时，试图回想起最后一次见到苏希望的时间。

"给钱之前。"两人几乎同时反应过来。

侯沧海意识到出了问题，安排道："你马上联系杜工和财务大姐，问清楚情况。"

老戴打完电话，脸色严峻起来，道："他们两人都不知道苏希望在哪里，有几天没有见到人了。而且，苏希望老婆也不见了。"

侯沧海道："先不要声张，让杜工和财务大姐立刻到我的办公室。你到工地观察情况，如果有异常，要稳住。"

在江南地产办公室，侯沧海和张小兰刚刚说完情况，杜工和财务大姐就一起来了办公室。四人关了办公室房门，谈苏希望的反常举动。

得知苏希望公司账上只有一万元现金，侯沧海一颗心就不停地往下沉："公司的钱，怎么就随意让苏希望划走？这违反财经纪律。"

财务人员挺委屈地道："这是私人公司，老板要用钱，我必须执行。老板名下有几家企业，互相周转是常事。"

从现在看起来，苏希望极有可能卷钱跑路了。侯沧海百思不得其解的是苏希望为什么要卷钱跑路。他有一个二级资质建筑企业在手，还在邻省经营一个煤矿，实在没有跑路的理由。

他慢慢地整理思绪，准备针对性策略。

"今天我们谈的事情，你们在外面不能透露，苏总有可能与老婆来了一场说走就走的旅行。"为了稳住苏希望公司的两个员工，侯沧海故意说得很轻松。

"材料款可以拖一拖，工人工资不太好拖。"

"想办法拖两天，借口你自己找。每家施工企业都拖过工资，不用我来教吧。"

侯沧海表现得很镇静、从容、自信。

两人离开后，侯沧海和张小兰脸色凝重地互相对望。两人脸上没有笑容，紧绷绷的，所有与此事无关的表情全部消失得一干二净。特别是张小兰，面对四百八十万元有可能被卷走的大事，小女人心态完全消失。

侯沧海道："苏希望极有可能跑了。"

张小兰道："他为什么要跑？"

侯沧海道："肯定有原因，我们掌握的材料少。"

张小兰道："四百八十万元啊。现在怎么办？"

侯沧海道："如果苏希望卷款跑了，那就是犯罪，是职务侵占或是挪用资金，得让公安经侦介入。他在建委那边交有保证金，足够支付工人工资。你马上给你爸打电话，给他讲这事。"

打完电话，张小兰和侯沧海直奔高州森林别墅。

张跃武听了事情的详细经过，凭着多年做企业的经验，毫不犹豫地道：

"如果苏希望真是跑了，唯一的原因只能是资金链断裂。资金链断裂的原因绝对在他的煤矿上。煤矿就是一个吞口，多少钱都填不满。我同意侯沧海的意见，立刻报警，由经侦出面，把苏希望公司的情况彻底弄明白，到底欠了多少钱、欠了谁的钱，免得到时是一笔糊涂账。但是有一点要注意，如果是资金链断裂，各方来追钱的人很多，银行的人有可能会盯住苏希望交到建委的保证金。这个时候抢到碗里的都是肉，抢到一点就减少一点损失，就看谁的动作快。"

张跃武提到"煤矿引起资金链断裂"，侯沧海顿时将所有事情联系起来，有豁然开朗之感。他继续深入分析张跃武所言，道："如果仅仅是欠银行的钱，苏希望不太可能跑路，最多是拖着不还，或者耍死狗，让银行继续贷款。高州私营老板多，放高利贷的也多。我怀疑苏希望借了高利贷，实在还不起，这才跑路。"

"这个想法有道理，十有八九是为了躲高利贷。"张跃武认同这个说法。

"我们下一步怎么办？"张小兰是第一次遇到如此复杂的情况，心里发慌，一时之间有点乱了手脚。

经过三人讨论，侯沧海脑中有了大体思路："第一，我们要向黄市长报告这事，一点不能隐瞒。黄市长一直关注危房改造工程，出了这样的事情，他必须在第一时间了解，以后才能支持我们。第二是要向公安局经侦大队报案，由他们出面控制苏希望公司，停止一切经营活动，把损失减至最低。第三是动作要快，争取把放在建委的保证金拿出来，支付工资和材料款。第四，如果苏希望真的借了高利贷，有可能要牵涉到我们。这一段时间公司和工地都要有所防备，注意安全，确保正常经营。"

张跃武一直认为侯沧海是可用之才。所谓可用之才，一定要用复杂紧急的局面来考验。从现在的表现看，女儿张小兰还不具备应对这种事情的能力，当然这也不能怪女儿，她才从大学毕业就掌管一家房地产企业，驾驭不了这种局面很正常。

侯沧海刚才提出的四条应对之策，思路非常清晰。

"我马上找黄市长。侯子带着苏希望公司的杜工和财务人员到公安局报案。小兰去找建委，务必要将保证金想办法弄出来。"

侯沧海又建议道："找黄市长的时候最好写一个报告，黄市长能在报告上做批示，事情就好办多了。"

张跃武道："那你赶紧写，小兰房间里有电脑。"

侯沧海正要进房间写报告。张小兰记起早上进入清风棋苑，自己一直挂在网上，还没有关掉，紧张地道："等会儿，我处理完一点东西，你再进来。"

张跃武催促道："有什么保密的？事情急，别啰唆。"

张小兰进了房间，赶紧将清风棋苑关掉，这才让侯沧海进房间写报告。

侯沧海在写报告的时候，体会到以前在机关的应用文训练大有用处，让他知道怎么表达才能获得实质性好处。他的手指在键盘上翻飞，半个小时后，侯沧海敲下年月日以后，回头对张小兰道："有没有 U 盘？"

在张小兰拉开抽屉找 U 盘时，侯沧海打量了以前没有进来过的闺房。张小兰的闺房和寻常女孩子闺房的不同之处是有很多书，还有棋谱。书架上放着一张大相片，相片中，六个青春女孩迎风张臂，笑容灿烂，裙角飘扬，清纯无比。

张小兰道："这是我们毕业时全寝室的合影，这是关系最好的韦苇，以后要过来推销防盗门。"

韦苇是长发飘飘的女子，有一张极为性感的厚嘴唇，在六人之中最为成熟性感。侯沧海道："她做什么工作的？"

张小兰道："她在银行上班，家里有人做防盗门生意。她开玩笑说是赚嫁妆。"

闺房里有若有若无的香水味，以及年轻女子身体里散发出来的香味。侯沧海最受不了这种氛围，赶紧走出房间，上街打印材料。

江南地产对于苏希望跑路之事反应迅捷，张跃武、侯沧海和张小兰分头行事，同时进行。

市公安局经侦支队案件受理室接到侯沧海报案以后，不慌不忙，严格按程序办事。

受警民警将报警表交给侯沧海，道："你来报案，要有本人的有效身份证件和复印件。这种单位报案还要有营业执照原件和复印件，不是法人代表报案，要携带法人代表授权书，报案人应在复印件上注明提供的时间及写上'与原件相同'几个字，签字盖章，或按印指纹。书面报案材料以及举报犯罪事实的相关证据材料，也要签字盖章，或按印指纹。"

侯沧海虽然曾在政法委工作，但是没有具体办过案，除了身份证以外，什么都没有带。他问道："如果没有这些材料，就不能立案？"

受警民警带着职业性冷淡，反问道："你说呢？没有这些证明材料，谁都可以来乱报案，我们怎么工作？"

侯沧海给江南地产办公室拨打电话，让杨莉莉将所需要的材料在一个小时之内送到经侦支队案件受理室。

填完报警表，侯沧海坐在报案室里等待杨莉莉。他闭目养神，脑子里一直在推演苏希望跑路后有可能出现的各种状况，提前思考预案。

四十分钟后，杨莉莉将所需材料送到经侦支队。

受警民警检查材料以后，动作娴熟地将案情录入警用信息管理系统，并把自动编号的报案回执打印出来。

侯沧海拿到回执，问道："请问，支队什么时候开始侦办？"

受警民警道："侦办？还早呢。现在只是完成了第一步，支队会尽快开展立案审查工作，一般在七个工作日内，做出立案或不予立案的决定，到时会通知你。我说明一点，疑难、重大经济犯罪案件，可以延长三十到六十个工作日决定是否立案。你留在这里也没有用，回去吧，到时办案民警会去找你。"

受警民警严格按照程序办事，其解释完全符合办案要求，一点儿都没有错误。

侯沧海听得脑袋立刻大了一圈。按照他原来的设想，报案后，公安介入，使用查询、冻结、扣押、搜查、询问等侦查手段，将苏希望公司情况全面掌握，这样才能有效应对各类潜在矛盾和冲突。

现在看起来自己的设想过于理想，公安自有一套程序，并不会因为企业心急如焚而改变程序。可是严格按照公安程序办理，会给锁厂危房项目增加许多潜在的风险。

侯沧海手执报案回执单，给张跃武打去电话，讲了报案情况。

张跃武压低声音道："黄市长还在开常委会。我给他发了短信，会议结束以后我找他。你先回公司，等消息。"

下午3点左右，市经侦支队长接到局办通知，要求支队汇报江南地产报案情况。市经侦支队长完全没有对该案的印象，从系统中调出此案，才知道是上午才报的案子。他对副支队长发牢骚道："现在的老板们真是手眼通天，上午才报案，下午就捅到局长那里。"

副支队长安慰道："老陆，你是干刑警出身的，对经侦不熟悉。我们办案会遇到一个个牛气冲天的老板，很多老板可以直接递话到市委书记和市长耳朵里。为经济发展保驾护航，这可不是说着玩的。"

陆支队长道："你认识那个跑路的苏希望吗？"

副支队长道："怎么不认识？前几年风光得很，还给辖区派出所捐赠过车辆。我不看案情都知道，他是败在贪心上，贪心不足蛇吞象啊。"

陆支队长道："让江南地产老板来一趟，我听他怎么讲，然后给老大汇报。"

侯沧海正在办公室和陈杰商量如果有高利贷的人到工地捣乱如何应对，接到经侦支队的电话后，赶紧又到经侦支队。这一次，他见到了经侦正、副支队长，谈了苏希望携款跑路的前因后果。

从经侦支队出来，侯沧海到锁厂工地上看了一眼。由于信息封锁得好，工地秩序井然，仍然在正常施工。

回到办公室时，张小兰办公室的房门开着，老戴斜坐在沙发上。老戴眼睛喝得通红，如兔子眼睛。张小兰脸上绯红一直延伸到雪白的脖子处，看上去如一只煮熟的虾。

侯沧海闻到一股浓浓的酒味，吓了一跳，道："你喝了多少？"

老戴道："张总平时不喝高度白酒，今天中午为了办成事情，与建委晏副主任碰了两个高杯，足足四两，她是真拼了。"

侯沧海道："建委怎么说？"

老戴道："建委还得向分管市领导汇报，等领导发话。"

"官僚主义害死人啊。"侯沧海无奈地叹息道，"张总，你别坐在办公室了，回去休息。"

张小兰突然站起来，一阵风一样冲向卫生间，紧接着从卫生间传出哇哇的呕吐声。

侯沧海是第一次听到张小兰喝醉酒的呕吐声。

作为富二代，董事长张小兰始终与江南地产有一种隔膜感。产生隔膜感的主要原因在于员工们都靠江南地产工资生活，而张小兰完全不依靠江南地产的收入就能过得很好。这种隔膜感让员工们很难和她产生"同呼吸、共命运"的情感。今天她为了江南地产喝得在卫生间呕吐，让隔膜感稍稍减弱。至少侯沧海有这种感受。

财务室的梁期罗听到呕吐声，兴奋起来，站在办公室门口观察外面的情况。他如今接受了杨敏交代的任务，除了监控江南地产经济活动以外，还要随时向杨敏报告张小兰的私生活。

张小兰每一声呕吐，都将成为梁期罗射向侯沧海的炮弹。

在前一段时间，梁期罗经常跳出来和侯沧海作对。数次对峙之后，他受到了侯沧海赤裸裸的威胁。让他悲伤的是张跃武和张小兰居然偏向侯沧海这个奸臣，让他这个忠臣次次受委屈。

如今，梁期罗改变了做法，不再出言顶撞侯沧海，而是单独向杨敏打小报告，给侯沧海下烂药。如何打小报告，他进行过深入思考：一定要将公司利益与张小兰捆绑在一起，才最容易得到杨敏的支持。

"杨局长，张小兰喝醉了，在卫生间吐得厉害。"

"为什么让小兰喝酒，还喝得在公司吐？"

"唉，这事还是侯沧海一意孤行造成的。"

"江南地产又出什么幺蛾子了？"

"杨局长，我是犹豫了两天才打这个电话的，免得被人误会是告状的小人。可是不说出来，对不起杨局长的信任，良心受不了。有一个叫苏希望的建筑商卷了五百万元逃跑了。张小兰是为了去要苏希望交给建委的保证金，与建委领导喝酒，所以才喝醉了。"

"建筑商为什么要卷钱跑？"

"我不知道原因，这个建筑商是侯沧海定的。"

"侯沧海定的建筑商，为什么他不到建委要钱，让兰花花喝这么多酒？他要上天吗？"

"我不清楚侯总在做什么，没有见到他的人影。"

"什么侯总，就是一个打工仔。脸是自己挣的，也是自己丢的，真是给脸不要脸。"

杨敏接到梁期罗的小报告后火冒三丈，难以控制自己的愤怒。她为了让朋友承包江南地产工程，不惜放下老板娘的架子，亲自到高州当说客。谁知自己家请来的打工仔根本不给老板娘面子，把江南地产的家全部当了，弄得自己这个老板娘在朋友圈里受到嘲笑，很失面子。这件事情，她为了大局，忍了。

谁知这个打工仔又带着刚大学毕业的女儿深入一线，被隔离在锁厂。这件事情有点偶然性，她最终还是忍了。

现在，打工仔自己闯了祸，还让兰花花去收拾残局。这事，她绝不能忍。

杨敏立刻给丈夫打电话，质问此事，让她更加生气的是丈夫居然还在替侯沧海说话。

"这是一个偶然事件，江南地产按进度拨款，没有什么问题。"

"他们千挑万选才定下来三个建筑商，既然如此，为什么会选了一个孬货？我怀疑侯沧海在里面有猫腻。没有猫腻，我不姓杨。赶紧让侯沧海滚蛋，我们家的企业凭什么让他当家？张跃武，你这人莫名其妙，脑子进了水。我忍了很久，这一次绝对不能忍。"

"这事处理起来很复杂，有可能要惹出群体性事件。"

"你这个当爹的，为什么让女儿喝酒？侯沧海在吃什么屎？"

"你别打断我说话，侯沧海一直在协调公安，防止出现群体事件。你别来插手啊，我给你说，这就是意外事件。做生意搞企业，谁都会遇到陷阱。"

"意外个狗屁！我怀疑你有不可告人的目的。是不是养了小三？侯沧海是代表小三的？"

"不要胡搅蛮缠。"

"被我说中了吧，难怪跑到高州去搞煤矿，是不是有意躲我？"

妻子高八度的嗓门如烈性炸药爆炸，让张跃武眩晕了至少有十分钟。他纳闷当初为什么会认为杨敏温柔贤淑、知书达理，而且自己还把这八个字的优点反复给家里人宣传。现在看起来，她的"温柔贤淑、知书达理"都是面子功夫，其实内心是极具控制欲又能表演的强悍女人。

另外，张跃武又无法过于强硬。虽然妻子对侯沧海的判断基本上全错，但是她对自己的判断很准确。

放下电话不久，张跃武接到市政府办公室的电话，通知其明天到市政府小会议室参加有关锁厂危房改造项目的协调会。

江南地产办公室也接到会议通知。

侯沧海此时开车送张小兰到医院输水。

张小兰在卫生间吐了一阵子，肠胃在翻江倒海。吐到最后，她肚子里已经没有什么东西了，甚至胆汁也吐了出来。

侯沧海见这种状态不行，又送张小兰到高州市一院。如今高州市一院已经成为二七高州分公司的重要战略据点，杨兵与大部分医生弄得如铁哥们儿一样。杨兵接到侯沧海电话时恰好在一院，赶紧找到昨天在一起喝大酒唱大歌的医生哥们儿。

张小兰来到医院立刻开始输水。输水不久，她便沉沉地睡去，脸上的绯红色慢慢淡去。

"以前，她在山岛俱乐部不喝酒吗？"侯沧海问杨莉莉。

杨莉莉道："很少，她以前喝酒就是装装样子，今天听老戴说，喝了整整两大杯。"

侯沧海坐在床边椅子上守着沉睡的张小兰。张小兰除了侧脸轮廓非常漂亮以外，还有长长的睫毛以及精致的五官。他移开目光，努力将思维集中在明天的协调会上。

张小兰醒来时已经是晚上7点，吃晚饭没有食欲，喝了几口侯沧海熬的粥。

第二天，张跃武和侯沧海到市政府参加协调会。

会议总体来说对江南地产有利，会议纪要明确了以下几个内容：市公安局经侦支队正式立案，开始侦查此案；市建委同意动用苏希望缴纳的保证金，用于支付工人的工资和材料款；江南地产要精心组织施工，不让项目受到影响，特别是不能影响锁厂老工人住宅楼的建设；南城区采取强有力措施，维护社会稳定。

从会场出来后，侯沧海觉得天空晴朗起来，一扫会前的阴郁。

张跃武心情比侯沧海阴沉，原因是杨敏已经到高州来兴师问罪了。

侯沧海和张跃武在汽车旁进行了几句简短对话。

"侯子，苏希望卷款跑路，是意外事件，与你和我都没有关系。"张跃武强调。

"苏希望被选为建筑商，完全符合各项要求。前期施工质量和进度也不错。老戴经验丰富，发现了蛛丝马迹。我被苏希望假象迷惑，没有重视老戴提出的问题。"侯沧海尽量客观公正地描述此事。

他之所以会选择苏希望，一方面是苏希望资质合格，以前开发的房产都还不错；另一方面是张跃武看中了苏希望背后的银行关系，想通过这个工程与银行建立更加紧密的联系。

"你不用自责，这就是生意场的残酷性，谁都不能保证永远不踩雷。市政府对我们的支持挺大，有政府的支持，企业才容易生存。"

"我有隐忧。根据经侦提供的情况，苏希望借有高利贷，这事处理不好会很麻烦。我要建立一个原则，江南地产和高利贷绝对不能搅在一起。"

"本来就没有关系，不能别人尿炕我们来负责。到时见招拆招吧，也不必惹怒放水的狠人。另外有一件事，今天杨敏到了高州，如果她有冒犯你的地方，不要往心里去啊。"张跃武拍了拍侯沧海的肩膀，上了自己的小车。

侯沧海驾驶越野车，独自朝公司开去。

天空阴沉，黑云压城城欲摧。

（第三部完）

享讀者

WONDERLAND